suhrkamp taschenbuch 588

José María Arguedas (1911–1969) verbrachte seine Kindheit unter Indios. Er erlebte und erlitt die täglichen Demütigungen der Indios, teilte ihre Bräuche, Nöte und Feste. 1929 ging er nach Lima, studierte an der Universität San Marcos, wurde 1937 inhaftiert auf Grund seiner Aktivitäten für die spanische Republik, widmete sich ab 1944 anthropologischen Studien und lehrte seit 1957, publizierte zahlreiche Untersuchungen zum Thema der Quechua-Indios. 1969 beging Arguedas Selbstmord.

In Arguedas' Meisterwerk aus dem Jahr 1958, dem Roman *Los ríos profundos,* begleitet der jugendliche Erzähler Ernesto – wie einst der Autor – seinen Vater, einen armen Rechtsanwalt, der sich seine Mandanten unter den Indianern und Mestizen sucht, durch die peruanische Landschaft der Kordilleren, der Wüsten, der tiefen Flüsse. In den Städten begegnet er steinernen Zeugen der Inka-Kultur, in den Dörfern den Liedern und Mythen der Quechua, einer Gedankenwelt, die sich seiner immer stärker bemächtigt.

Das Wanderleben des Knaben nimmt ein Ende, als der Vater den Sohn in eine Klosterschule gibt. Hier wird Ernesto die Unvereinbarkeit der beiden peruanischen Völkerschaften, die Unveränderlichkeit eines von Herren und Sklaven hingenommenen und von der Kanzel als gottgewollt und vaterländisch gepriesenen Wirtschaftssystems bewußt. Die Unbildung seiner Lehrer, die Lasterhaftigkeit der Mitschüler machen den Knaben den Unterdrückten geneigt, ihrer ungebrochenen Verbindung zur belebten und unbelebten Natur.

Als das »Böse wächst«, der Aufstand der um das ihnen nötige Salz gebrachten Indianer niedergeschlagen wird und sich »die Zeichen mehren«, fällt die »Pest« über die Stadt und straft sie, bis einst der Fluß auf seinem Weg zum Meer das Übel in das Land der Toten tragen wird. Arguedas ist, vor Alegría, der bedeutendste Autor des »Indigenismo«, jener politisch-literarischen Richtung, die den Eingeborenen zu eigener bleibender Äußerung verhelfen wollte. Der Roman gilt, ebenso wie der 1959 publizierte *Menschensohn* (BS 506) von Augusto Roa Bastos, als »klassisches« Beispiel für die authentische Darstellung der Welt der Indios.

José María Arguedas

Die tiefen Flüsse

Roman

Suhrkamp

Titel der Originalausgabe: *Los ríos profundos*
Aus dem Spanischen übertragen von Suzanne Heintz

suhrkamp taschenbuch 588
Erste Auflage 1980
Alle deutschsprachigen Rechte bei
Verlag Kiepenheuer & Witsch, Köln
Lizenzausgabe mit freundlicher Genehmigung
des Verlags Kiepenheuer & Witsch, Köln
Suhrkamp Taschenbuch Verlag

Satz: LibroSatz, Kriftel
Druck: Nomos Verlagsgesellschaft, Baden-Baden
Printed in Germany
Umschlag nach Entwürfen von
Willy Fleckhaus und Rolf Staudt

2 3 4 5 6 7 – 90 89 88 87 86 85

Die tiefen Flüsse

Der Alte

Er flößte Respekt ein, obgleich er altmodisch aussah und schmutzig war. Die bedeutenden Persönlichkeiten in Cuzco pflegten ihn feierlich zu grüßen. Er trug immer einen Stock mit goldenem Griff bei sich; der Hut mit dem schmalen Rand warf ein wenig Schatten auf seine Stirn. Es war mühsam, ihn zu begleiten, weil er vor allen Kirchen und Kapellen niederkniete und den Hut in auffälliger Weise abnahm, wenn er die Mönche grüßte.

Mein Vater haßte ihn. Er hatte als Sekretär in den Haciendas des Alten gearbeitet. »Mit der Stimme eines Verdammten schreit er von den Gipfeln herab, damit seine Indios glauben sollen, er sei immer und überall gegenwärtig. Er speichert die Früchte in den Haciendas und läßt sie verfaulen, weil er findet, es lohne sich nicht, sie nach Cuzco oder Abancay zu bringen, um sie zu verkaufen, und es reut ihn, sie seinen *colonos* zu schenken. Er wird zur Hölle fahren«, sagte mein Vater von ihm.

Sie waren verwandt, und sie haßten sich. Und doch schmiedete mein Vater in Gedanken an diesen Mann einen merkwürdigen Plan. Obgleich er mir sagte, wir würden nach Abancay gehen, machten wir uns von einem fernen Dorf auf den Weg nach Cuzco, aber nur, um dort wenige Tage zu bleiben. Voller Sehnsucht erwartete ich die Ankunft in der wunderbaren Stadt. Und bei einer unvergeßlichen Gelegenheit lernte ich den Alten kennen.

Wir erreichten Cuzco bei Nacht. Der Bahnhof und die breite Allee, die wir langsam entlang gingen, versetzten mich in Erstaunen. Die elektrische Beleuchtung war schwächer als in manchen kleinen Dörfern, die ich kannte. Zäune aus Holz oder Eisen schützten Gärten und moderne Häuser. Das Cuzco meines Vaters, die Stadt, die er mir tausendmal beschrieben hatte, konnte das nicht sein.

Mein Vater drückte sich im Schatten der Wände entlang. Cuzco war seine Geburtsstadt, und er wollte nicht, daß man ihn erkannte. Wir sahen wohl wie Flüchtlinge aus, doch wir kamen nicht als Besiegte, sondern um einen großen Plan zu verwirklichen.

»Ich werde ihn zwingen. Ich kann ihn vernichten«, hatte mein Vater gesagt.

Er meinte den Alten.

Als wir in die engen Straßen kamen, ging mein Vater hinter mir und den Trägern her, die unser Gepäck brachten.

Ich sah die geschnitzten Balkone, die mächtigen, gleichmäßigen Portale, die gewundenen Gassen am Abhang des Berges. Doch keine einzige alte Mauer.

Ich kannte sie alle, diese vorspringenden Balkone, die steinernen Portale, die kunstvollen Säulengänge, die großen Patios mit ihren Bogen. Ich hatte sie in der Sonne von Huamango gesehen. Auf dieser Straße aber suchte ich Mauern der Inkas.

»Sieh da drüben«, sagte mein Vater. »Das war der Palast eines Inka.«

Als mein Vater auf die Mauer zeigte, blieb ich stehen. Sie war dunkel, rauh; sie lockte mich mit ihrer schrägen Oberfläche. Die weiße Wand des ersten Stockwerkes stieg senkrecht aus der Mauer empor.

»Du kannst sie dir später in Ruhe ansehen. Gehen wir jetzt zum Alten«, sagte mein Vater.

Wir hatten das Haus des Alten erreicht. Es stand in der gleichen Straße wie die Mauer des Inka.

Wir betraten den ersten Patio, der von einer Säulengalerie mit steinernen Bogen umgeben war. Darüber erhob sich das erste Stockwerk mit dünnen Säulen und engeren Bogen. Trübe Lampen beleuchteten den Patio, alles war still. Mein Vater rief. Aus dem ersten Stock kam ein Mestize herunter, ein Indio folgte ihm. Die Treppe war im Vergleich zu der Weitläufigkeit des Innenhofes und der Galerien sehr schmal.

Der Mestize trug eine Lampe und führte uns in den zweiten Patio, der weder Bogen noch ein weiteres Stockwerk, sondern nur Galerien mit hölzernen Säulen hatte. Er war dunkel, elektrisches Licht gab es nicht. In ein paar Kammern brannten Lampen, und wir hörten Stimmen. Es waren wohl Zimmer, die der Alte vermietet hatte, denn er selber wohnte gewöhnlich auf der größten seiner Haciendas, im Tal des Apurímac. Er kam nur gelegentlich in die Stadt, um Geschäfte zu erledigen, oder an Feiertagen. Als wir vorübergingen, traten ein paar Mieter aus ihren Zimmern und blickten uns nach.

Im Patio hing der Duft einer kleinen Verbene mit dünnen Ästen. Der Stamm hatte nackte weiße Flecken, ein Zeichen, daß ihn die Kinder gequält hatten.

Der Indio trug unser Gepäck. Ich hatte ihn mir aufmerksam angesehen, weil ich annahm, daß er ein *pongo* sei. Die enge Hose bedeckte seine Beine nur bis zu den Knien. Er war barfuß, und an den nackten Waden traten die Muskeln hart und glänzend hervor. Der Alte wird ihm gesagt haben, er müsse sich im Cuzco waschen, dachte ich. Seine Gestalt war zart und wirkte eher aufgeschossen als groß. Aus den Seitenrändern seiner Mütze kam das Stroh hervor. Er blickte uns nicht an. Unter dem Schirm der Mütze konnte ich seine Adlernase, die tiefliegenden Augen und die herausstehenden Sehnen am Hals sehen. Der Ausdruck des Mestizen dagegen war fast frech. Er trug einen Reitanzug.

Sie führten uns in den dritten Patio, in dem es keine Galerien gab.

Es roch nach Abfällen. Doch die Erinnerung an die Mauer des Inka und der Duft der Verbene trösteten mich.

»Hier?« fragte mein Vater.

»So hat es der Herr befohlen. Er hat die Kammer ausgesucht«, antwortete der Mestize.

Er öffnete die Tür mit dem Fuß. Mein Vater bezahlte die Träger und entließ sie.

»Sag dem Herrn, daß ich ihn sofort in seinem Schlafzimmer aufsuchen werde. Es ist dringend«, befahl mein Vater dem Mestizen.

Dieser stellte die Lampe auf eine Steinbank in der Kammer. Er wollte etwas sagen, aber mein Vater sah ihn mit befehlender Miene an, und der Mann gehorchte. Wir blieben allein.

»Eine Küche! Wir sind im Hof für das Vieh!« rief mein Vater.

Er nahm mich am Arm.

»Es ist die Küche der Viehtreiber«, sagte er. »Morgen in aller Frühe gehen wir weiter nach Abancay. Weine nicht! Ich will nicht wegen des verfluchten Alten verdammt sein.«

Seine Stimme klang gepreßt, und ich umarmte ihn.

»Wir sind in Cuzco«, sagte ich.

»Deshalb, deshalb.«

Er verließ das Zimmer, und ich folgte ihm bis zur Tür.

»Warte auf mich oder geh und sieh dir die Mauer an«, sagte er. »Ich muß mit dem Alten sprechen, sofort.«

Er ging sehr schnell über den Hof, als wäre dieser hell erleuchtet.

Das Zimmer, das man uns zugewiesen hatte, war eine Küche für die Indios. In der Ecke, in der sich eine steinerne Feuerstelle befand, wie sie die Indios benutzen, reichten die Rußflecken bis zur Decke. Bänke aus ungebrannten Lehmziegeln liefen rings um den Raum. Eine Bettstelle aus geschnitztem Holz mit einer Art Baldachin aus rotem Tuch störte die demütige Bescheidenheit dieser Küche. Die Decke aus fleckenloser grüner Seide, die auf dem Bett lag, hob den Gegensatz noch mehr hervor.

›So ist der Alte‹, dachte ich, ›so empfängt er uns.‹

Ich fühlte mich jedoch nicht unbehaglich in diesem Raum. Er glich jener Küche, in der ich meine Kindheit verbringen mußte, jener dunklen Kammer, in der mich die indianischen Mägde und die *concertados* liebevoll umsorgten, in der ich ihrer Musik, ihren Liedern und ihren weichen, süßen Stimmen lauschte. Doch was sollte die geschnitzte Bettstatt bedeuten? Die schändliche Seele des Alten, sein niedriges Verlangen, den Neuankömmling, den Vagabunden zu beleidigen, der es gewagt hatte, zurückzukehren? Wir brauchten ihn nicht. Warum besuchte ihn mein Vater? Warum wollte er ihn vernichten? Es wäre besser gewesen, ihn in seinen Sünden verfaulen zu lassen. Der Alte war vorher benachrichtigt worden und hatte ein sicheres Mittel gewählt, um meinen Vater zu kränken. Aber wir würden im Morgengrauen über die Pampa von Anta weiterreisen. So war es vorgesehen. Ich lief hinaus, um mir die Mauer anzusehen.

Sie bildete einen Winkel, lief eine breite Straße entlang und setzte sich in einer engen und dunkleren Straße fort, in der es nach Urin stank. Diese enge Straße führte den Berg hinauf. Ich ging Stein für Stein neben der Mauer her. Ich entfernte mich ein paar Schritte, betrachtete sie von weitem und näherte mich ihr wieder. Ich berührte die Steine mit den Händen und folgte der gewundenen Linie, die unübersichtlich war wie der Lauf der Flüsse, in denen Felsblöcke liegen. In der Stille der düsteren Gasse schien die Mauer zu leben; auf der Innenseite meiner Hände brannten die Fugen der Steine, die ich berührt hatte.

Lange Zeit kam niemand durch diese Straße. Doch als ich am Boden kauernd einen der Steine betrachtete, erschien am oberen Ende der Straße ein Mann. Ich erhob mich. Gegenüber stand eine hohe, halb zerfallene Wand aus Lehmziegeln. Ich lehnte mich an sie. Der Mann ließ mitten auf der Straße Wasser und setzte dann seinen Weg fort.

›Er muß verschwinden‹, dachte ich, ›er muß im Boden versinken.‹ Nicht weil er Wasser ließ, sondern weil er nun stillstand und es aussah, als kämpfte er gegen den Schatten der Mauer. Ich wartete vollständig verborgen in der Dunkelheit, die aus den Steinen drang. Mühsam ging er schließlich an mir vorbei. Als er die erleuchtete Ecke erreicht hatte, fiel er hin. Er mußte betrunken sein.

Doch sein Erscheinen hatte die Aufmerksamkeit, mit der ich die Mauer betrachtete, die Verbindung, die sich zwischen ihr und mir zu bilden begann, nicht gestört. Auf den Reisen, die wir durch Peru unternahmen, von Osten nach Westen und von Süden nach Norden, hatte mir mein Vater von seiner Geburtsstadt, von ihren Palästen und Tempeln und von den vielen Plätzen erzählt. Auf diesen Reisen war ich groß geworden.

Wenn mein Vater seinen Feinden gegenüberstand und noch mehr, wenn er aufrecht auf den Plätzen der Dörfer die Berge betrachtete und aus seinen blauen Augen Ströme von Tränen zu fließen schienen, die er, als trüge er eine Maske, immer zurückhielt, dann dachte er über Cuzco nach. Ich wußte, daß wir eines Tages in die erhabene Stadt kommen würden. »Wir werden dorthin gehen, um ein ewiges Gut zu gewinnen«, sagte mein Vater eines Nachmittags in Pampas, wo uns der Haß belagerte.

Die Steine der Inka-Mauer waren größer und fremdartiger, als ich es mir vorgestellt hatte: sie kochten unter der weißgetünchten Wand des ersten Stockwerks, die zu der engen Straße hin blind war, und sie riefen mir die Quechua-Lieder in Erinnerung, die einen einzigen feierlichen Ausruf bständig wiederholen: *yawar mayu* Fluß aus Blut, *yawar unu* blutiges Wasser, *puk-tik' yawar k'ocha* See aus siedendem Blut, *yawar wek'e* blutige Tränen. Könnte man nicht auch *yawar rumi* blutiger Stein oder *puk'tik' yawar rumi* Stein aus siedendem Blut sagen? Die Mauer war starr, doch brodelte es in allen Ritzen, und die Oberfläche schillerte wie die Flüsse im Sommer, wenn sie in der Mitte der Strömung, an der gefährlichsten Stelle, mächtige

Strudel bilden. Die Indios nennen diese trüben, schäumenden Flüsse *yawar mayu,* weil sie in der Sonne einen beweglichen Glanz haben, der dem des Blutes ähnlich ist. *Yawar mayu* nennen sie auch den erregten, wilden Teil der Kriegstänze, wenn die Tänzer zu kämpfen beginnen.

»*Puk'tik, yawar rumi,* Stein aus siedendem Blut«, rief ich mit lauter Stimme der Mauer zu.

Und da die Straße ruhig blieb, wiederholte ich den Ruf mehrere Male.

In diesem Augenblick bog mein Vater um die Ecke. Er hörte mich und kam durch die enge Straße näher.

»Der Alte hat mich angefleht und um Verzeihung gebeten«, sagte er. »Aber ich weiß, wie falsch er ist. Morgen gehen wir fort. Er behauptet, daß alle Zimmer des ersten Patio mit Möbeln, Säcken und Krimskrams vollgestellt seien und daß er eigens für mich das große Bettgestell seines Vaters habe herunterbringen lassen. Ausreden! Doch ich bin ein Christ, und beim Morgengrauen müssen wir mit dem Alten in der Kathedrale die Messe hören. Danach gehen wir sogleich. Wir sind ja nicht nach Cuzco gekommen, um hier zu bleiben, wir sind auf dem Weg nach Abancay. Wir setzen die Reise fort. – Das ist der Palast des Inka Roca. Die Plaza de Armas ist ganz in der Nähe. Gehen wir langsam! Wir wollen uns auch den Tempel des Acllahuasi ansehen. In Cuzco hat sich nichts verändert. Noch immer urinieren hier die Betrunkenen und die Passanten auf der Straße. Später wird es noch üblere Gerüche geben . . . Die Erinnerung ist besser. Gehen wir!«

»Der Alte soll verflucht sein«, sagte ich. »Wohnt jemand in dem Palast des Inka Roca?«

»Seit der Konquista.«

»Leben sie noch?«

»Hast du die Balkone nicht gesehen?«

Das Gebäude aus spanischer Zeit, das über der Mauer zu schweben schien, sah aus wie ein erstes Stockwerk. Ich hatte es vergessen. In der engen Straße schien die weißgetünchte Wand nur dazu zu dienen, der Mauer Licht zu geben.

»Papa«, sagte ich. »Jeder Stein spricht. Laß uns einen Augenblick warten.«

»Wir werden nichts hören. Sie sprechen nicht. Du bist verwirrt. Sie sind in dir und beunruhigen deine Seele.«

»Jeder Stein ist anders. Sie sind nicht behauen. Sie bewegen sich.«

Er nahm mich am Arm.

»Sie scheinen sich zu bewegen, weil sie ungleich sind, noch ungleicher als die Steine auf den Feldern. Weil die Inkas den Stein in Lehm verwandelt haben. Ich habe es dir oft gesagt.«

»Papa, es scheint, als gingen sie, als drehten sie sich, und doch bewegen sie sich nicht.«

Ich schmiegte mich an meinen Vater. An seine Brust gelehnt betrachtete ich die Mauer von neuem.

»Wer wohnt in dem Palast?« fragte ich noch einmal.

»Eine adlige Familie.«

»Wie der Alte?«

»Nein. Es sind Adlige, aber auch sie sind geizig, doch nicht wie der Alte. Nein, nicht wie der Alte. Alle Herren in Cuzco sind geizig.«

»Erlaubt es der Inka?«

»Die Inkas sind tot.«

»Aber diese Mauer nicht. Warum verschlingt sie den Besitzer nicht, wenn er geizig ist? Diese Mauer kann sich bewegen, sie könnte sich in den Himmel erheben oder ans Ende der Welt fliegen und wieder zurückkehren. Haben sie keine Angst, die, die drin wohnen?«

»Mein Sohn, die Kathedrale ist in der Nähe. Wir sind durch den Alten verstört. Wir wollen beten.«

»Wohin ich auch gehen werde, immer werden mich die Steine begleiten, die der Inka Roca aufschichten ließ. Ich möchte ein Gelübde ablegen.«

»Ein Gelübde? Du bist verwirrt, mein Sohn. Laß uns in die Kathedrale gehen. Hier ist es so dunkel.« Er küßte mich auf die Stirn. Seine Hände zitterten, aber sie waren warm.

Wir verließen die Straße, überquerten eine andere, sehr breite, gingen durch eine enge Gasse, und dann sahen wir die Kuppeln der Kathedrale. Wir kamen auf die Plaza de Armas. Mein Vater führte mich an der Hand. Vor uns waren die Portale mit ihren weißen Bogen. Wir standen im Schatten der Kirche.

»Niemand ist mehr auf dem Platz«, sagte er.

Es war die größte Kirche, die ich je gesehen hatte. Die Bogen schienen den Eingang zu einer schweigenden Pampa in eisigen

Regionen zu bilden. Wenn doch ein *yanawiku* geschnattert hätte, eine Ente, die in den Lagunen der Pampa lebt!

Wir traten auf den Platz. Es schien, als hätte jemand die Bäume und Laubengänge des Parks vor der Kathedrale und den Türmen der Jesuitenkirche absichtlich klein gehalten.

»Die Bäume konnten nicht wachsen«, sagte ich. »Sie konnten es nicht im Angesicht der Kathedrale.«

Mein Vater führte mich in die Vorhalle. Wir stiegen die Stufen hinauf. Vor dem großen Mittelportal nahm er den Hut ab. Wir brauchten lange, um die Vorhalle zu durchqueren. Unsere Schritte hallten auf dem Stein. Mein Vater betete, doch sprach er nicht die üblichen Gebete, sondern redete in seinen eigenen Worten zu Gott. Dann traten wir in den Schatten der Fassade. Er hieß mich nicht beten. Ich stand mit entblößtem Kopf erschöpft da. Die Fassade war gewaltig; sie schien so breit zu sein wie der Fuß der Berge, die sich an den Ufern der Gebirgsseen erheben. In der Stille gaben die Türme und die Vorhalle das kleinste Geräusch zurück wie die Felsen an den eisigen Seen. Dunkel hallt dort das Geschrei der Enten oder die menschliche Stimme wider. Das Echo ist verschwommen, es scheint in der Brust des Reisenden selbst zu erklingen, der angespannt horcht und den die Stille bedrückt. Wir gingen durch die Vorhalle zurück, die Stufen hinunter und traten in den Park. »Hier feierten die Inkas ihre Feste«, sagte mein Vater. »Sieh dir den Platz gut an, mein Sohn. Er ist nicht quadratisch, sondern rechteckig, er erstreckt sich von Süden nach Norden.«

Wir standen zwischen der Jesuitenkirche und der gewaltigen Kathedrale; eine Reihe kleiner Arkaden setzte zwischen beiden die Linie der Grundmauern fort. Die Kathedrale erhob sich uns gegenüber und die Kirche der Jesuiten an einer der Längsseiten des Platzes. Wohin gehen? Ich wollte niederknien. Unter den Arkaden gingen Passanten; in wenigen Läden sah ich Licht. Niemand schritt über den Platz.

»Papa«, sagte ich, »die Kathedrale erscheint aus der Ferne noch größer. Wer hat sie gebaut?«

»Der Spanier mit den Steinen der Inkas und den Händen der Indios.«

»Die Jesuitenkirche ist höher.«

»Nein, sie ist nur schmäler.«

»Und sie hat keine Vorhalle, sie steigt direkt aus dem Boden empor.«

»Es ist keine Kathedrale, mein Sohn.«

In der Dunkelheit der Nacht sah man nur die eine Seite der Kuppeln. »Regnet es auf die Kathedrale?« fragte ich. »Fällt der Regen auf die Kathedrale?«

»Warum fragst du das?«

»Der Himmel erleuchtet sie, das ist gut. Doch können weder Blitz noch Regen sie treffen.«

»Der Regen ja, der Blitz nie. Im Regen, ob stark oder sanft, wirkt die Kathedrale größer.«

Ich sah einen Fleck – es mußten Bäume sein – in einer Vertiefung des Berges.

»Eukalyptus?« fragte ich.

»Wahrscheinlich. Früher gab es sie nicht. Dahinter liegt die Festung, der Sacsayhuaman. Du kannst sie nicht sehen. Morgen früh gehen wir hin. Nachts ist das unmöglich, denn die Mauern sind gefährlich. Man sagt, daß sie Kinder verschlingen. Doch die Steine sind wie die im Palast des Inka Roca, aber jeder einzelne ist höher als die Spitze des Palasts.«

»Singen die Steine in der Nacht?«

»Vielleicht.«

»Wie die größten Steine in den Flüssen und Abgründen. Die Inkas mußten die Geschichte jedes ›verzauberten‹ Steines kennen und ließen mit ihnen die Festung bauen. Und die Steine, mit denen sie die Kathedrale bauten?«

»Die Spanier meißelten sie. Sieh, wie scharf die Ecken des Turms sind.«

Selbst im Dämmerlicht waren die scharfen Kanten erkennbar; der Mörtel, der die behauenen Steine verband, ließ die Kanten noch mehr hervortreten.

»Wenn sie die Steine mit dem Meißel beschlugen, nahmen sie ihnen den ›Zauber‹. Aber die Kuppeln der Türme bewahren vielleicht noch den Glanz der ewigen Seligkeit. Sieh, Papa, sie glänzen wirklich.«

»Ja, mein Sohn. Weil du ein Kind bist, siehst du gewisse Dinge, die die Erwachsenen nicht mehr sehen. Die göttliche Harmonie besteht auch auf der Erde. Laß uns dem Alten verzeihen, da du seinetwegen Cuzco kennenlernst. Morgen kommen wir in die Kathedrale zurück.«

»Und der Platz, ist er spanisch?«

»Nein. Der Platz nicht. Die Arkaden, die Kirchen, ja. Doch der Platz nicht. Der Inka Pachakutek', der Erneuerer der Erde, hat ihn erbaut. Siehst du nicht, daß er anders ist als die Hunderte von Plätzen, die du kennst?«

»Bewahrt er deshalb den Glanz des Himmels? Sieh, er spiegelt Licht von der Fassade der Türme wider. Papa, laß uns die Nacht hier verbringen.«

»Vielleicht lebt Gott besser auf diesem Platz, weil er der Mittelpunkt ist, den der Inka gewählt hat. Es ist nicht wahr, daß die Erde rund ist. Sie ist lang; denk daran, mein Sohn, daß wir immer durch die Länge und die Breite der Welt gezogen sind.«

Wir näherten uns der Jesuitenkirche. Sie war nicht gewaltig, sie wirkte beruhigend. Neben dem einzigen Portal hätte ich gern gesungen. Ich verspürte nicht den Wunsch, zu beten. Die Kathedrale war zu groß, sie war wie das Portal zur ewigen Seligkeit für jene, die ihr Leben lang gelitten haben. Aber vor dem Portal der Jesuitenkirche, das ich vollständig überblicken konnte, überkam mich das Verlangen, eine Hymne anzustimmen, die anders war als die Quechua-Gesänge, die ich die Indios hatte singen hören, wenn sie in den kleinen Dorfkirchen weinten. Nein, kein Gesang mit Tränen!

Mit großen Schritten machten wir uns auf den Weg zum Amaru Cancha, dem Palast des Huayna Capac, und zum Tempel der Acllas.

»Haben sie auch die Jesuitenkirche mit den Steinen der Inkas gebaut?« fragte ich meinen Vater.

»Mein Sohn, welche anderen Steine hätten denn die Spanier in Cuzco behauen sollen? Nun, du wirst sehen.«

Die Mauern des Inka-Palastes und des Tempels bildeten eine enge Gasse, die auf den Platz führte.

»Es gibt nicht eine einzige Tür in dieser Straße«, sagte mein Vater. »Sie ist noch genauso wie zu den Zeiten der Inkas. Sie dient nur als Durchgang. Komm, sehen wir sie aus der Nähe an.«

Sie schien in den Ur-Fels gehauen zu sein. Ur-Fels nennen wir den wilden ursprünglichen Fels, der von Parasiten und roten Flechten bedeckt ist. Die Straße erinnerte an jene Wände, die vom ruhigen oder brausenden Wasser der Flüsse, das über sie herabstürzt, geschaffen und geformt worden sind.

»Sie heißt Loreto Quijllu«, sagte mein Vater.

»Quijllu, Papa?«

Dieses Wort bezeichnet auf Quechua die Risse oder Spalten in den Felsen. Nicht aber die Risse und Spalten in den gewöhnlichen Steinen, sondern nur die mächtigen, endlosen Adern oder Gänge, die die Kordillere kreuz und quer durchziehen und tief unter den verschneiten Gipfeln liegen, deren Licht den Reisenden blendet.

»Hier sind die Ruinen des Tempels von Acllahuasi und des Amaru Cancha«, rief mein Vater.

Die Mauern wirkten feierlich und waren aus vollkommenen Steinen. Eine Mauer des Tempels war sehr hoch, die andere niedrig, mit steinernen Schlangen am Portal.

»Lebt hier niemand?« fragte ich.

»In Acllahuasi nur die Nonnen von Santa Catalina. Sie leben in strenger Klausur und gehen nie aus.«

Der Amaru Cancha, der Palast des Huayna Capac, war eine Ruine, deren oberer Teil eingestürzt war. Die unterschiedliche Höhe der Mauern des Palastes und des Tempels ließ das Licht in die Straßen eindringen und bändigte die Schatten.

Die Straße war eindrucksvoll, aber nicht streng. Wenn sie breiter gewesen wäre, hätte man vielleicht die geraden Steine weniger deutlich gesehen. So aber waren sie ganz nah; sie brodelten nicht, sie sprachen nicht, sie besaßen nicht die Kraft jener, die in der Mauer des Palastes des Inka Roca spielten. Diese Mauer gebot Stille; hätte hier jemand mit schöner Stimme gesungen, dann hätten die Steine die Musik mit vollkommen gleichem Klang wiedergegeben.

Wir standen dicht nebeneinander, und ich dachte an all das, was mir mein Vater auf unseren Reisen von Cuzco erzählt hatte. Dann hörte ich Glockenklang.

»Die Maria Angola«, sagte ich.

»Ja, sei still. Es ist neun Uhr. Man hört sie fünf Meilen weit bis zur Pampa von Anta. Die Reisenden bleiben dann stehen und bekreuzigen sich.«

Die Welt mußte sich in diesem Augenblick in Gold verwandeln. Auch ich, nicht nur die Mauern und die Stadt, die Türme, die Vorhalle und die Fassaden, die ich gesehen hatte.

Die Stimme der Glocke erklang von neuem. Und ich glaubte, das Bild meiner Beschützer, der indianischen Alkalden, Don

Maywa und Don Victor Pusa, vor mir zu sehen, wie sie niederknieten und vor der weiß gestrichenen Kirche aus Lehmziegeln in meinem Dorf beteten, während das Licht des Abends nicht glänzte, sondern sang. Auf den *molles* erhoben die gefürchteten Adler, die *wamanchas,* die Köpfe und tranken das Licht, an dem sie erstickten.

Ich wußte, daß man die Stimme der Glocke fünf Meilen weit hören konnte, und doch fürchtete ich, daß sie auf dem Platz zerbersten würde. Aber die Stimme hob sich langsam in großen Abständen, und der Gesang wurde stärker, verband sich mit den Elementen, und alles verwandelte sich in diese Musik von Cuzco, die die Tore der Erinnerung öffnet.

In den großen Seen, besonders in jenen mit Inseln und Schilfwäldern, gibt es Glocken, die um Mitternacht läuten. Wenn ihr trauriger Gesang ertönt, steigen Stiere aus Feuer oder Gold aus dem Wasser und schleppen Ketten hinter sich her; sie erklimmen die Gipfel und brüllen in der eisigen Kälte, denn die Seen in Peru liegen hoch in den Anden. Ich glaubte, daß diese Glocken *illas* seien, versunkene Klänge der Maria Angola, die die *amarus* in Stiere verwandelten. Vom Mittelpunkt der Welt aus mußte die Stimme der Glocke, wenn sie in den Seen versank, die uralten Geschöpfe verwandelt haben.

»Papa«, sagte ich, als die Glocke zu läuten aufhörte, »hast du mir nicht gesagt, daß wir Cuzco besuchen würden, um ewig glücklich zu sein?«

»Der Alte ist hier«, antwortete er, »der Anti-Christ.«

»Wir gehen schon morgen. Auch er wird auf seine Haciendas zurückkehren. Könnten nicht die Glocken in den Seen, die wir auf den Punas gesehen haben, *illas* der Maria Angola sein?«

»Vielleicht, mein Sohn. Du denkst noch wie ein Kind.«

»Ich habe Don Maywa gesehen, als er die Glocken läutete.«

»Das ist wahr. Ihre Stimme ruft die Erinnerung wach. Laß uns gehen.«

Im Dämmerlicht bewegten sich die steinernen Schlangen am Portal zum Palast des Huayna Capac. Sie allein bewegten sich in dieser Gasse, schlängelnd folgten sie uns bis ins Haus.

Der Pongo wartete vor der Tür. Er nahm die Mütze ab und folgte uns mit bloßem Kopf bis in den dritten Hof. Er ging geräuschlos, das zerzauste Haar stand ihm zu Berge. Ich sprach ihn auf Quechua an. Erstaunt musterte er mich.

»Kann er nicht reden?« fragte ich meinen Vater.
»Er wagt es nicht«, antwortete er, »obwohl er uns in die Küche begleitet.«
In keinem der vielen Dörfer, in denen ich mit meinem Vater lebte, gab es Pongos.
»Tayta«, sagte ich zu dem Indio auf Quechua, »bist du aus Cuzco?«
»Mánan«, antwortete er, »von der Hacienda.«
Er trug einen gestreiften, sehr kurzen Poncho. Er verbeugte sich und bat, gehen zu dürfen. Seine Verbeugung war die eines Wurms, der darum bittet, zertreten zu werden.
Ich umarmte meinen Vater, als er die Lampe anzündete. Der Duft der Verbene drang bis zu uns. Ich konnte die Tränen nicht zurückhalten. Ich weinte wie am Rand eines großen, unbekannten Sees.
»Das macht Cuzco«, sagte mein Vater. »Die Stadt läßt die Kinder ihrer abwesenden Söhne nicht los. Es muß auch der Gesang der Maria Angola sein.«
Er wollte sich nicht im Bett des Alten zur Ruhe legen.
»Machen wir uns unsere eigenen Betten«, sagte er.
So richteten wir uns unser Lager auf dem Boden wie in den Fluren der Häuser, wo wir in den Dörfern die Nacht verbrachten. Meine Augen waren müde. Ich sah den Indio der Hacienda vor mir, sein erstauntes Gesicht, die kleinen Schlangen des Amaru Cancha, die Seen, die sich unter der Stimme der Glocke bewegen. Um diese Stunde würden sich die Stiere auf den Weg zu den Gipfeln machen.
Wir beteten laut. Mein Vater bat Gott, jene Gebete nicht zu erhören, die der Alte mit seinem schändlichen Mund in allen Kirchen und sogar auf der Straße sprach.

Er weckte mich am nächsten Morgen in aller Frühe: »Es wird hell. Bald läutet die Glocke.«
Er hielt die goldene Uhr mit den drei Deckeln in der Hand, die er nie verkauft hatte. Sie war ein Andenken an seinen Vater. Wenn er unrasiert und in zerrissenen Kleidern diese prunkvolle Uhr aufzog, glich er einem Schwärmer. In dem Dorf, in dem die Kinder Vögel gemordet hatten und uns die Leute aushungern wollten, trat mein Vater auf den Flur hinaus, und vor dem Wald giftiger Kräuter, die im Patio wuchsen,

strich er mit den Händen zärtlich über die Uhr, ließ sie in der Sonne glänzen; dieses Licht stärkte ihn. »Wir wollen aufstehen, wenn die Glocke um fünf Uhr zu läuten beginnt«, sagte er.

»War das Gold, das Doña Maria Angola schenkte, um die Glocke gießen zu lassen, nur Schmuck?« fragte ich.

»Wir wissen, daß sie einen Zentner Gold gestiftet hat. Dieses Metall stammte aus den Zeiten der Inkas. Vielleicht waren es Stücke der Sonne von Inti Cancha oder der Wände des Tempels oder der Idole. Es waren nur Stücke, vielleicht auch große Schmuckstücke, die aus diesem Gold hergestellt worden waren. Aber es war nicht nur ein Zentner, sondern viel mehr Gold, mit dem die Glocke gegossen wurde. Maria Angola allein schenkte einen Zentner. Das Gold, mein Sohn, klingt, damit sich die Stimmen der Glocken bis zum Himmel erheben und mit dem Gesang der Engel zur Erde zurückkehren.«

»Und die häßlichen Glocken der Dörfer, die nicht mit Gold gegossen wurden?«

»Es sind vergessene Dörfer. Gott mag sie hören, aber welchen Engel soll dieser Lärm dazu bewegen, zur Erde hinabzusteigen? Auch der Mensch besitzt Macht. Was du gestern nacht gesehen hast, darfst du nicht vergessen.«

»Papa, ich sah Don Pablo Maywa auf den Knien vor der Kapelle seines Dorfes.«

»Aber vergiß nicht, mein Sohn, die kleinen Glocken dieses Dorfes enthielten Gold. Es war ein Dorf von Bergleuten.«

In diesem Augenblick erklang der erste Glockenschlag der Maria Angola. Unser Zimmer, das bis zur Decke mit Ruß befleckt war, begann unter dem hallenden Klang zu schwingen. Das Schwingen war traurig, die Rußflecken wiegten sich wie ein schwarzes Tuch hin und her. Die letzte Schwingung schwebte noch sterbend in der Luft, als der zweite, noch traurigere Schlag erklang.

Ich war vierzehn Jahre alt; ich hatte meine Kindheit in einem fremden Haus unter der Aufsicht grausamer Leute verbracht. Der Hausherr, der Vater, hatte gerötete Lider und buschige Brauen; mit Freuden quälte er alle, die von ihm abhingen, Diener und Tiere. Später, als mich mein Vater befreite und ich mit ihm durch die Dörfer zog, begriff ich, daß die Menschen überall leiden. In Cuzco weinte vielleicht die Maria Angola für sie alle. Ich hatte niemals eine demütigere Kreatur gesehen als den Pongo des Alten. Mit jedem Schlag wurde die Stimme der Glocke trauriger und versank tiefer in allen Dingen.

»Papa, wer hat sie gemacht?« fragte ich ihn nach dem letzten Schlag.

»Glockengießer aus Cuzco, mehr weiß man nicht.«

»Sicher sind es keine Spanier gewesen.«

»Warum nicht? Sie waren die besten, sie waren Meister.«

»Haben auch die Spanier gelitten?«

»Sie glaubten an Gott, mein Sohn. Je größer ein Spanier war, desto mehr demütigte er sich vor Gott. Und sie mordeten auch untereinander. Aber wir müssen uns beeilen und unsere Sachen packen.«

Bald würde die Sonne aufgehen. Das geschnitzte Bettgestell des Alten zeichnete sich deutlich in der Mitte der Kammer ab. Das merkwürdige Dach und der Seidenstoff, der es bedeckte, ärgerten mich. Die Rußflecken bildeten einen demütigen Hintergrund. Wäre das Bett doch zusammengestürzt! Dann wäre alles gut gewesen.

Wir packten die Matratze meines Vaters, die drei Schafsfelle, auf denen ich zu schlafen pflegte, und unsere Decken ein.

Dann verließen wir das Zimmer. Die Mieter des zweiten Patio betrachteten uns erstaunt. Viele von ihnen standen mit Kübeln und Pfannen um ein Wasserbecken. Die Verbene wuchs an der trockensten und härtesten Stelle in der Mitte des Hofs. Die obersten Zweige blühten. Der gerade Teil des Stammes, bis dorthin, wo er sich zu verzweigen begann, war fast nackt.

Die Wände dieses Hofes waren wohl seit hundert Jahren nicht mehr gestrichen worden, die Kinder hatten sie mit Kohle beschmiert. Es roch schlecht, nach Urin und verfaultem Wasser. Das unglücklichste Wesen aber, das dort lebte, war gewiß die Verbene. »Wenn sie sterben, wenn sie verdorren sollte, dann wäre der Hof eine Hölle«, sagte ich leise. »Trotzdem werden die Kinder sie töten, sie werden mit ihren Messern die Rinde wegreißen.«

Der erste Patio, der des Herrn und Besitzers, war sauber und ruhig. Neben einer Säule im ersten Stockwerk stand mit entblößtem Haupt der Pongo. Er verschwand. Als wir zur Galerie des ersten Stockwerks hinaufstiegen, sahen wir ihn an die hintere Wand gelehnt. Er grüßte mit einer Verbeugung. Dann trat er zu meinem Vater und küßte ihm die Hände.

»Niño, niñito«, sagte er zu mir und lief uns wimmernd nach.

Der Mestize bewachte aufrechtstehend eine geschnitzte Tür.

Hinter meinem Vater trat ich in das Zimmer.

Der Alte saß auf einem Sofa. Es war ein sehr großes Zimmer, wie ich bisher noch keines gesehen hatte; der Boden war ganz mit Teppichen ausgelegt. Spiegel in breiten Rahmen aus mattem Gold schmückten die Wände, in der Mitte der Facettendecke hing ein Kristalleuchter. Die Möbel waren hoch und mit rotem Stoff überzogen. Der Alte erhob sich nicht. Wir gingen zu ihm. Mein Vater gab ihm nicht die Hand. Er stellte mich vor.

»Dein Onkel, der Besitzer der vier Haciendas«, sagte er dann.

Der Alte blickte mich an, als hätte er es gern gesehen, wenn ich im Teppich versunken wäre. Ich bemerkte, daß die Aufschläge seines Rockes abgenutzt waren und fettig glänzten. In Huamanga war ich einmal mit einem Schneider befreundet gewesen, und wir hatten uns zusammen über die altmodischen Röcke gewisser großer und geiziger Herren lustig gemacht, die ihre alten Kleider von ihm flicken ließen. »Ein solcher Spiegel dient zu nichts«, pflegte der Schneider auf Quechua zu sagen, »hier betrachtet nur der Teufel sein Gesicht, der neben dem Herrn Wache hält, um mit ihm zur Hölle zu fahren.«

Ich senkte den Kopf und gab dem Alten die Hand. Der Salon hatte mich verwirrt; ich durchquerte ihn ängstlich und wußte nicht, wie ich gehen sollte. Aber der schmutzige Glanz, den ich auf dem Rock des Alten bemerkt hatte, gab mir meine Ruhe zurück. Der Alte beobachtete mich dauernd. Nie hatte ich kleinere und glänzendere Augen gesehen. Er wollte mich bezwingen. Er stellte sich mir entgegen. Warum? Er preßte seine dünnen Lippen zusammen. Dann sah er meinen Vater, den ungestümen und großherzigen Mann an, der es vorgezogen hatte, unter Indios und Mestizen zu leben und einsam durch die Dörfer zu ziehen.

»Wie heißt du?« fragte mich der Alte und musterte mich von neuem.

Ich war gewarnt. Ich hatte Cuzco gesehen. Ich wußte, daß hinter den Mauern der Inka-Paläste die Geizhälse wohnten. ›Du‹, dachte ich und musterte ihn ebenfalls genau. Die hallende Stimme der großen Glocke und die *amarus* vor dem Palast des Huayna Capac hafteten mir noch immer im Sinn. Wir befanden uns im Zentrum der Welt.

»Ich heiße wie mein Großvater, Señor«, sagte ich.

»Señor? Bin ich nicht dein Onkel?«

Ich wußte, daß die Mönche in den Klöstern besondere Vorbereitungen trafen, wenn er seinen Besuch ansagte, und daß ihn die Domherren auf der Straße grüßten. Doch uns hatte er in die Küche seines Hauses führen lassen; er hatte befohlen, dort, an der rußgeschwärzten Wand jene geschnitzte Bettstatt aufzustellen. Dieser Mann konnte nicht schlechter, er konnte nicht mächtiger sein als mein Hüter mit den buschigen Brauen, der mich ebenfalls in die Küche verbannt hatte.

»Ja, Sie sind mein Onkel. Aber jetzt gehen wir, Señor«, antwortete ich.

Ich sah, daß sich mein Vater freute, obgleich er in fast feierlicher Haltung verharrte.

Der Alte erhob sich lächelnd, ohne mich anzusehen. Ich sah jetzt, daß sein Gesicht aschgrau und die Haut, die sich von den Knochen zu lösen schien, vertrocknet war. Er trat zu einem Ständer, an dem viele Spazierstöcke hingen; alle hatten einen goldenen Griff.

Die Tür des Salons war offen geblieben, und ich konnte den Pongo sehen, der in Lumpen gehüllt mit dem Rücken zum Gitter der Galerie stand. Von weitem sah man, wie er sich anstrengte, mehr tot als lebendig auszusehen, von weitem spürte man das unsichtbare Gewicht auf seiner Brust.

Der Alte reichte meinem Vater einen schwarzen Stock, dessen goldener Griff Kopf und Hals eines Adlers darstellte. Er bestand darauf, daß mein Vater ihn annehme und behalte. Sie sahen mich nicht an. Mein Vater nahm den Stock und stützte sich auf ihn; der Alte wählte einen dickeren mit einem einfachen Griff, der wie der Amtsstab eines Alkalden aussah.

Als er an mir vorbeiging, sah ich, wie klein er war, fast ein Zwerg; nur seine Miene war herrisch, das sah man ihm selbst von hinten an.

Wir traten auf die Galerie. Alle Glocken begannen zu läuten. Die langsamen Schläge der Maria Angola aber waren deutlich herauszuhören.

Der Pongo versuchte, sich uns zu nähern; doch der Alte verscheuchte ihn mit einer Bewegung seines Stocks.

Es war kalt auf der Straße. Aber die Glocken machten die Stadt glücklich. Ich lauschte der Stimme der Maria Angola. Zu ihren Schlägen, die die ganze Welt einhüllten, erklangen in allen Kirchen die Stimmen der übrigen Glocken. Das ernste Geläut machte in mir das demütige Bild des Pongo lebendig, seine tiefliegenden Augen, seine knöcherne Nase, das einzige Kraftvolle an seiner Erscheinung, sein entblößtes Haupt, auf dem die schmierigen Haare absichtlich zerzaust zu sein schienen. »Er hat weder Vater noch Mutter, er hat nur seinen Schatten«, wiederholte ich in Erinnerung an die Worte eines *huayno,* während ich bei jedem Schritt auf einen neuen Schlag der mächtigen Glocke wartete.

Das Geläut, der Ruf zur Messe, verstummte, und ich konnte nun die Stadt im Licht des Tages genauer betrachten. In einer Stunde oder schon eher würden wir sie verlassen. Der Alte sprach.

»Der Inka Roca hat sie erbaut. Sie zeigt das Chaos des primitiven Geistes der Heiden.«

Seine Stimme war hoch und dünn und schien nicht die eines ergrauten und harten Mannes zu sein.

Die Umrisse der Mauer spielten mit der Sonne; die Steine hatten weder Kanten noch gerade Linien; jeder glich einem vom Licht erregten Tier; sie weckten in mir den Wunsch, zu feiern, über irgendeine Pampa zu laufen und Jubelschreie auszustoßen. Ich hätte es gern getan, doch der Alte fuhr fort zu predigen; er brauchte gewählte Worte, als versuche er, meinen Vater in Erstaunen zu versetzen.

Als wir an die Ecke der Plaza de Armas kamen, ließ er sich auf beide Knie nieder, entblößte das Haupt, beugte den Kopf und bekreuzigte sich langsam. Viele erkannten ihn, aber sie lachten nicht; ein paar Jungen kamen näher. Mein Vater stützte sich ein paar Schritte vom Alten entfernt auf seinen Stock. Ich erwartete, daß ein *huayronk'o* erscheinen und ihm Blut auf die Stirn spucken würde, denn diese fliegenden Insekten sind Boten des Teufels oder Flüche eines Heiligen. Der Alte erhob sich und beschleunigte den Schritt. Er setzte den Hut nicht wieder auf, er ging, den grauen Kopf entblößt, voran. Nach ein paar Schritten standen wir vor dem Portal der Kathedrale. Mein

Vater folgte ihm höflich. Der Alte war so gebieterisch, daß ich ihn gern von hinten geschüttelt hätte. Vielleicht aber wäre er nicht einmal hingefallen, denn er schien schwer zu sein, als wäre er aus Stahl; er bewegte sich mit großer Kraft.

Wir betraten die Kirche, und der Alte kniete auf den Fliesen nieder. Die Säulen und Bogen, der Glanz des Goldes, die hohen Gewölbe bedrückten mich. Hoch oben beteten viele Männer, es klang wie das Summen unzähliger großer Fliegen. Nur wenige Leute waren in der Kirche. Indianische Frauen mit farbigen Kopftüchern weinten. Die Kathedrale glänzte nur schwach, denn das Licht, das durch die Alabasterfenster gebrochen wurde, war anders als das Sonnenlicht. Wir schienen uns in einer jener sagenhaften Städte zu befinden, die in der Mitte eines Berges unter Schichten ewigen Eises liegen, durch die das Licht dringt. Der hohe Chor aus blank poliertem Holz befand sich in der Mitte der Kirche. Der Alte erhob sich und führte uns in das rechte Seitenschiff.

»Der Herr der Erdbeben«, sagte er und zeigte auf ein Altarbild, das bis zum Gewölbe hinaufreichte. Er sah mich an, als wäre ich kein Kind mehr.

Ich kniete neben ihm nieder, und mein Vater kniete auf der anderen Seite.

Ein Wald von Kerzen brannte vor dem Bild des Herrn. Christus stand von Rauch umhüllt auf dem Grund des vergoldeten Altarbildes, das von Säulen und Bogen umgeben war, in die man Engel, Früchte und Tiere geschnitzt hatte.

Wenn der Thron dieses Gekreuzigten durch das Portal der Kathedrale getragen wird, stoßen alle Indios in Cuzco ein Geheul aus, das die Stadt erzittern läßt; sie bedecken dann die Sänfte des Herrn, die Straßen und Gassen mit den zarten roten Blüten der *ñujchu*-Pflanze.

Das Antlitz des Gekreuzigten war fast schwarz und so unregelmäßig wie das Gesicht des Pongo. Wenn er in der Prozession mit weit ausgestreckten Armen, den tiefen Wunden an seinem Körper, dem Haar, das im Licht des Platzes wie ein schwarzer Fleck nach einer Seite fiel, an der Kathedrale vorbei durch die gewundenen Straßen zöge, würde er den Schmerz der leidenden Menschen steigern, weil er der war, der noch mehr, der unaufhörlich litt. Jetzt, in Rauch gehüllt, im erregenden Licht des Morgens und der Kerzen, auf dem Altar aus kochendem Gold schien es, als stände er im dunstigen Abendlicht der heißen Küste, dort, wo das Gold sanft und glänzend ist, nicht schwer und flammend wie das Gold der Wolken in der hohen Sierra oder das Gold des Frosts, wenn ängstigende, dunkle Wolkenfinger das Licht der Sonne zu zerreißen scheinen.

Dieser schwarze und leidende Christus strahlte eine Ruhe aus, die nicht Frieden brachte, sondern das Leiden verstärkte. In der weiten Kathedrale, zwischen den Flammen der Kerzen und dem schwachen Glanz des Tages gebar das Antlitz dieses Christus' neue Leiden, breitete es über die Wände, die Gewölbe und Säulen aus. Ich wartete darauf, daß sie weinen würden. Doch der Alte war da und betete hastig mit seiner metallenen Stimme. Die tiefen Falten auf seiner Stirn traten im Licht der Kerzen deutlich hervor und erweckten den Anschein, als hätte sich seine Haut von den Knochen gelöst.

»Keine Zeit für mehr«, sagte er.

Wir wohnten der Messe nicht bei. Wir verließen die Kirche. Schnell kehrten wir zurück. Der Alte führte uns.

Wir besuchten auch die Jesuitenkirche nicht, ich konnte nicht einmal mehr die Fassade betrachten; ich sah nur den Schatten der Türme auf dem Platz.

Vor dem Haus stand ein Lastwagen. Der Mestize, der hohe Stiefel trug, sprach mit dem Fahrer. Sie hatten unser Gepäck schon aufgeladen. Wir brauchten den Patio nicht mehr zu betreten.

»Es ist alles bereit, Señor«, sagte der Mestize.

Mein Vater gab dem Alten den Stock zurück.

Ich lief bis in den zweiten Hof, um von dem kleinen Baum Abschied zu nehmen. Als ich vor ihm stand, seine mageren Äste und die wenigen roten Blüten betrachtete, die hoch oben zitterten, hatte ich Angst vor Cuzco. Das Antlitz des Christus', die Stimme der großen Glocke, das Entsetzen, das nicht aus dem Gesicht des Pongo wich, der Alte auf den Knien in der Kathedrale, sogar die Stille der Loreto Quijllu – all dies bedrückte mich. An keinem anderen Ort konnte die menschliche Kreatur mehr leiden. Ich verließ den Patio. Wir würden nun gehen.

Der Alte gab mir die Hand.

»Wir werden uns wiedersehen«, sagte er.

Ich sah, daß er glücklich war. In einiger Entfernung stand der Pongo an die Wand gelehnt. Durch die Risse in seinem Hemd sah man die Brust und einen Arm. Mein Vater war bereits auf den Lastwagen gestiegen. Ich trat zu dem Pongo und nahm von ihm Abschied. Er war nicht mehr so erstaunt. Ich umarmte ihn, ohne ihn an mich zu pressen. Er wollte lächeln, doch er wimmerte nur und rief auf Quechua: »Niñito, du gehst schon, du gehst schon weg.«

Ich lief zum Wagen. Der Alte erhob zum Abschied die beiden Stöcke.

»Wir hätten in die Jesuitenkirche gehen sollen«, sagte mein Vater, als sich der Wagen in Bewegung setzte. »Neben dem Hauptaltar gibt es Balkone, ja, mein Sohn, geschnitzte Balkone mit vergoldeten Vorhängen. Sie waren für die Nonnen bestimmt, die dort die Messe hörten und nicht gesehen werden durften. Aber ich weiß, daß in der Morgendämmerung die kleinsten der Engel dorthin hinabsteigen, sie flattern umher und singen unter der Kuppel, wenn die Maria Angola zu läuten beginnt. Für den Rest des Tages herrscht ihre Seligkeit in der Kirche.«

Er hatte den Alten vergessen, der es so eilig gehabt hatte, uns zu verabschieden, obgleich die Messe noch nicht vorüber war; er erinnerte sich nur noch an die Stadt, sein geliebtes Cuzco und die Kirchen.

»Papa, die Kathedrale macht traurig«, sagte ich.

»Deshalb haben die Jesuiten ihre eigene Kirche gebaut. Sie treten für die Welt und die Erlösung ein.«

Als wir schon im Zug saßen und ich die Stadt im Feuer der Sonne wachsen sah, das auf die Dächer und die mächtigen Kuppeln fiel, entdeckte ich den Sacsayhuaman, die Festung hinter dem Berg, wo man die Eukalyptusbäume gepflanzt hatte.

Zwischen dem Grau des Grases klebten die Mauern in durchbrochenen Reihen auf dem Abhang. Schwarze Vögel, nicht so groß wie die Kondore, drehten ihre Kreise oder stürzten sich vom Himmel auf die Mauerreihen. Mein Vater sah, daß ich die Ruinen betrachtete, und sagte nichts. Weiter oben, als die ganze Festung, die den Berg umklammert hielt, sichtbar wurde und ich die abgerundeten, stumpfen Mauerkanten unterscheiden konnte, sagte er:

»Sie sind wie die Steine des Inka Roca. Man sagt, daß sie bis zum Jüngsten Gericht stehenbleiben werden und daß der Erzengel auf ihnen seine Trompete blasen wird.«

Dann fragte ich ihn nach den Vögeln, die über der Festung kreisten.

»Sie sind immer hier«, erwiderte er. »Erinnerst du dich nicht daran, daß *huaman* Adler bedeutet? *Sacsay huaman* heißt ›gefüllter Adler‹.«

»Gefüllt? Mit Luft?«

»Nein, mein Sohn. Sie fressen nicht. Es sind Adler der Festung. Sie brauchen nicht zu fressen, sie kreisen über ihr. Sie sterben nicht, sie leben bis zum Jüngsten Gericht.«

»An jenem Tag wird der Alte noch schlimmer als heute sein, noch grauer.«

»Er wird überhaupt nicht mehr sein. Das Jüngste Gericht ist nicht für die Teufel.«

Wir fuhren über den Gipfel und kamen nach Iscuchaca. Dort mieteten wir Pferde, um die Reise nach Abancay fortzusetzen. Wir würden über die Pampa von Anta reiten.

Während wir über die unendliche Ebene trabten, sah ich noch immer Cuzco vor mir, die Kuppeln der Kirchen im Licht der Sonne, den langen Platz, auf dem die Bäume nicht wachsen konnten. Wie waren wohl die Eukalyptusbäume auf den Abhängen des Sacsayhuaman gewachsen? Vielleicht hatten die geizigen Herren, die seit der Konquista in den alten Herrschaftshäusern wohnten, den Boden der Stadt mit ihrem Atem vergiftet. Ich dachte an die kleine Verbene im Haus des Alten.

Mein Vater ritt ruhig dahin. In seinen blauen Augen leuchtete das Vergnügen, das er zu Beginn jeder langen Reise empfand. Sein großer Plan war mißlungen, aber wir ritten, und der Geruch der Pferde erfüllte uns mit Freude.

Am Nachmittag erreichten wir die Gipfel der Kordillere, die das Tal des Apurímac begrenzt. »Der Gott, der spricht«, bedeutet der Name dieses Flusses.

Der Fremde entdeckt ihn fast plötzlich, wenn vor seinen Augen eine unendliche Reihe schwarzer und verschneiter Berge auftaucht. Die Zuckerrohrfelder winden sich die steilen Abhänge hinauf und scheinen über den Schluchten zu schweben. Die dünne, durchsichtige Luft der Höhen wird beim Abstieg ins Tal immer schwerer.

Ganz unvermittelt betritt der Reisende die Schlucht. Die Stimme des Flusses und die Tiefe des staubigen Abgrunds, das Spiel des fernen Schnees und die Felsen, die wie Spiegel glänzen, wecken in ihm uralte Erinnerungen, die ältesten Träume.

Je tiefer der Reisende in das Tal hinabsteigt, desto deutlicher spürt er, daß er durchsichtig wird wie ein Kristall, in dem die Welt schwingt. Summende Insekten fliegen durch die warme Luft, Wolken giftiger Moskitos umschwärmen das Gesicht. Der Bewohner kalter Gegenden nähert sich dem Fluß schläfrig, fiebrig, mit geschwollenen Adern. Die Stimme des Flusses wird lauter, doch sie betäubt nicht, sie erregt. Sie fesselt die Kinder und gibt ihnen Ahnungen von unbekannten Welten ein. Schilf zittert neben dem Fluß. Die Strömung eilt dahin wie ein wildes, ungezähmtes Pferd.

»Apurímac mayju, Apurímac mayu«, wiederholen die Kinder auf Quechua, zärtlich und ein wenig erschrocken.

Die Reisen

Mein Vater fand in seinem ganzen Leben keinen Ort, an dem er gern geblieben wäre; er war ein Anwalt der Provinz, unruhig und unstet. Auf unseren Wanderungen lernte ich mehr als zweihundert Städte und Dörfer kennen. Er fürchtete die heißen Täler und verließ sie jedesmal, so schnell er konnte, doch blieb er gern in den Dörfern mit gemäßigtem Klima: in Pampas, Huaytará, Coracora, Puquio, Andahuaylas, Yauyos, Cangallo . . . In all diesen Dörfern gibt es keine Wälder, aber sie liegen an kleinen Flüssen voll großer, glänzender Steine und flinker Fische. Der *arrayán*, die *lambras*, die Weide, der Eukalyptus, der *capuli*, die *tara* sind Bäume mit glattem Holz, deren Zweige oder Äste leicht und sauber geschnitten werden können. Man sieht sie von weitem, und wer Schatten sucht, legt sich hin und ruht unter einem Baum, der allein singt, mit tiefer Stimme, in der Himmel, Wasser und Erde verschmelzen.

Die großen Steine halten den Lauf der kleinen Flüsse auf; an ihnen bilden sich Stauungen, Fälle und Strudel und Furten. Die Fundamente der Holzbrücken ruhen auf diesen Steinen, und die Seile der Hängebrücken und Fähren sind an ihnen befestigt. Sie glänzen in der Sonne, und es ist schwierig, darauf zu klettern, weil sie fast immer fugenlos und glatt sind. Von diesen Steinen überblickt man den Lauf des Flusses besser; man sieht seine Biegungen, man sieht, wie die Berge sich im Wasser spiegeln. Die Männer schwimmen zu den großen Steinen in der Mitte des Flusses, ruhen sich aus und schlafen dort. Nirgendwo hört man die Stimme des Wassers besser. Sind die Flüsse groß und breit, erreichen nur die kühnen und mutigen Schwimmer die Steine; die übrigen, die Ängstlichen und die Kinder, bleiben am Ufer. Von dort aus schauen sie zu, wie die Starken in der tiefen Strömung umherschwimmen, wie sie die einsamen Steine erreichen, sie mit Mühe erklimmen, wie sie sich aufrichten und das Tal betrachten, um das Licht des Flusses in sich einzusaugen, die Kraft, mit der er vorwärtsstrebt und in unbekannte Gebiete dringt.

Jedesmal, wenn meinem Vater die Berge, Wege und Spielplätze, die Verstecke der Vögel und die Eigenarten eines Dorfes vertraut geworden waren, beschloß er, dieses Dorf zu verlassen.

Mein Vater hörte gern *huaynos*; er konnte nicht singen und tanzte schlecht, aber er wußte genau, in welchen Dörfern, Gemeinden oder Tälern bestimmte Lieder heimisch waren. Kaum war er in einem Dorf angekommen, so versuchte er herauszufinden, wer der beste Harfenspieler war, wer am schönsten *charango*, Geige oder Guitarre spielte. Er ließ die Musikanten rufen, und sie verbrachten eine ganze Nacht in unserem Haus. In diesen Dörfern spielen nur die Indios Harfe und Geige. Mein Vater mietete immer die billigsten Häuser, die es gab. Der Boden bestand aus Erde und die Wände aus nackten oder mit Schlamm verputzten Lehmziegeln. Eine Öllampe spendete Licht. Die Zimmer waren geräumig; die Musiker spielten in einer Ecke. Die indianischen Harfenspieler spielen mit geschlossenen Augen, und die Stimme der Harfe erklingt aus der Dunkelheit. Der *charango* erzeugt die Wirbel, die Worte und Melodie der Lieder dem Gedächtnis einprägen.

Zu einer bestimmten Tageszeit fliegen die Vögel in den Dörfern zu Plätzen, die sie kennen: in die Steinwüsten, die Gemüsegärten, auf die Büsche, die rings um die Wasserstellen wachsen. Und je nach dem Wetter ist das Ziel ihres Fluges verschieden. Die Einheimischen nehmen diese Einzelheiten nicht wahr, doch die Reisenden, jene Leute, die weiter müssen, vergessen sie nicht. Die *tuyas* ziehen die hohen Bäume vor, die Distelfinken schlafen oder ruhen auf den gelben Büschen; die Drossel singt auf Bäumen mit dunklem Laub: auf den Holunderbüschen, den Eukalyptusbäumen und den *lambras*. Sie meidet die Weiden. Die Schwalben fliegen zu den alten durchlöcherten Mauern, die wilden Tauben suchen die Schluchten, die scheinbar weit entfernten kleinen Wälder; sie wollen aus der Entfernung gehört werden. Der Spatz ist der einzige Vogel, den es überall gibt. Der *viuda pisk'o* hüpft auf den großen Dornbüschen hin und her, öffnet die schwarzen Flügel und schreit. Die großen Papageien sind Wandervögel, die kleinen ziehen die großen Kakteen, die dornigen Bäume vor. Wenn es dunkel wird, verteilen sich alle diese Vögel über den Himmel; in jedem Dorf schlagen sie eine andere Richtung ein, und wer diese Reisen je gesehen hat, dem bleiben sie fest in der Erinnerung haften, und nichts kann sie aus dem Gedächtnis auslöschen.

Einmal kamen wir in ein Dorf, in dem die meisten Einwohner die Fremden haßten. Es war ein großes Dorf, in dem es nur wenige Indios gab. Die Abhänge waren von weiten Flachsfeldern bedeckt. Das ganze Tal schien aus Lagunen zu bestehen. Die blaue Blüte des Flachses hat die Farbe der Bergseen, und die Felder gleichen bewegten Seen, deren Wellen je nach der Stärke des Windes klein oder groß sind.

Capulí-Bäume säumten alle Wege in der Nähe des Dorfes. Es sind hohe, dicht belaubte Bäume mit glänzendem Stamm, die einzigen Obstbäume des Tals. Die Vögel, die harte Schnäbel haben, die *tuya*, der *viuda pisk'o* und die Drossel flogen um die Gemüsegärten. Mittags und abends stürzten sich die Kinder dieses Dorfes auf die Bäume. Niemand, der ihn einmal gesehen hat, kann den Kampf der Kinder dieses Dorfes gegen die Vögel vergessen. In den Ortschaften, in denen Weizen angebaut wird, bewaffnet man die Kinder mit Schleudern und leeren Büchsen; sie gehen auf den schmalen Wegen durch die Weizenfelder, lärmen mit den Schleudern, singen und schütteln die Büchsen. In ihren Liedern bitten sie die Vögel, wegzufliegen, und raten ihnen: »Der Weizen ist vergiftet. Geht, geht! Fliegt weg, fliegt weg! Er gehört dem Herrn Pfarrer. Geht! Sucht andere Felder!« In dem Dorf, von dem ich spreche, aber waren alle Kinder mit Gummischleudern bewaffnet; sie jagten die Vögel wie Feinde im Krieg und trugen die Vogelleichen auf den Wegen am Rand der Felder zusammen und zählten sie: 20 *tuyas*, 40 Drosseln, 10 *viuda pisk'os*.

Ein hoher, spitzer Berg war der Wächter des Dorfes. Auf dem Gipfel stand das größte und mächtigste Kreuz, das ich je gesehen habe. Im Mai wurde es ins Dorf gebracht, um vom Priester gesegnet zu werden. Dann kamen die Indios in Scharen aus den Gemeinden des Tals und versammelten sich mit den wenigen *comuneros* des Dorfes am Fuß des Berges. Alle betranken sich aus großen Schläuchen voll Branntwein. Später stiegen sie klagend und weinend den Berg hinauf, machten das Kreuz los und trugen es ins Tal. Bei Einbruch der Dunkelheit kehrten sie über die stachligen kahlen Hänge ins Dorf zurück.

Ich verließ dieses Dorf, als die Indios mitten auf dem Platz beim Kreuz Wache hielten. Sie hatten sich mit ihren Frauen versammelt, Lampen und kleine Feuer angezündet. Es war nach Mitternacht. Ich klebte Zettel an die Straßenecken, auf denen ich mich mit einem Fluch von den Dorfbewohnern verabschiedete. Dann ging ich zu Fuß nach Huancayo.

In diesem Dorf versuchten die Leute, uns auszuhungern; sie stellten an jeder Ecke unseres Hauses Wächter auf, die die Klienten meines Vaters bedrohten; sie haßten die Fremden ebenso sehr wie Heuschreckenschwärme. Ich ging in der Nacht zu Fuß nach Huancayo, mein Vater sollte bei Tagesanbruch auf einem Lastwagen nachkommen. Das Kreuz lag auf dem Platz. Die Musik war fast verstummt, nur die Stimmen einiger heiserer Harfen verloren sich in der Pampa. Die Indios machen während der Vesper gewöhnlich Lärm und Unruhe, aber hier lagen Männer und Frauen nur herum, sie redeten im Schatten neben dem Kreuz wie große Frösche, die in den Sümpfen quaken.

Weit weg von dort, in der Kordillere, sah ich andere Dörfer, deren Bewohner neben ihren Kreuzen Wache hielten. Sie sangen ohne große Begeisterung, aber sie hatten wenigstens Licht; Hunderte von Kerzen beleuchteten die Wände, an die sie die Kreuze gelehnt hatten.

Kurz bevor ich den Gipfel erreichte, dachte ich an die *capulí*-Bäume, die in diesem Dorf an den Mauern wachsen; ich sah noch einmal, wie die verletzten Vögel herunterfielen und sich in den Ästen der Bäume verfingen; ich erinnerte mich an den kleinen, stillen Fluß, in dem es keine großen Steine gab und der sich stumm durch die Flachsfelder wand; ich dachte an die flinken Fische, deren Rücken in der Sonne glänzten, und an den unvergeßlich haßerfüllten Ausdruck in den Gesichtern der Menschen.

Es war ein feindseliges Dorf, das in einer Wut lebte, die ansteckte. An einer Straßenecke, an der dichtes Unkraut wuchs, in dem sich Grillen und Frösche versteckten, gab es einen Laden. Dort wohnte ein hochgewachsenes junges Mädchen mit blauen Augen. Manchmal ging ich abends an diese Ecke, um *huaynos* zu singen, die man im Dorf noch nie gehört hatte. Vom Gipfel aus konnte ich jetzt diese Ecke sehen, sie lag fast am Ende des Dorfes. Es war eine selbstlose Huldigung. Bei Einbruch der Nacht stahl ich Mais, kochte die Maiskolben mit meinem Vater in einem Topf aus Lehm, dem einzigen, den es in unserem Haus gab. Nach dem Essen sprachen wir voller Haß über das Dorf und planten unsere Flucht. Schließlich gingen wir zu Bett, doch sobald mein Vater zu schnarchen begann, erhob ich mich wieder. Hinter dem staubigen Hof unseres Hauses lag ein weiter, mit hohem, giftigem Gras bewachsener Platz, über den die großen *capulís* des benachbarten Gartens ihre weiten Äste breiteten. Aus Angst vor dem dichten Graswald, in dem Tausende von Kröten umherkrochen, kam ich nicht ein einziges Mal in die Nähe der Zweige dieser *capulís*. Wenn ich nachts hinausging, quakten die Frösche, und ihr schauriger Chor begleitete mich auf meinem Weg. Ich ging bis ans Ende der Straße, und vor dem Laden des jungen Mädchens, das als einziges die Fremden nicht mit abweisenden Augen anzusehen schien, sang ich die *huaynos* aus fernen Dörfern, aus Querobamba, Lambrama, Sañayca, Toraya, Andahuaylas . . . die Lieder aus den tiefen Tälern. Ich machte mir Luft. Ich befreite mich von der bitteren Verachtung und dem Haß, mit dem sie uns in diesem Dorf verfolgten, ich sang in der Nacht vom Feuer meiner Reisen über die hohe Kordillere, ich sang von den Flüssen, den Brücken, die über dem Wasser hängen, das verzweifelt vorwärts strebt, dem glänzenden Licht und den Schatten, die die höchsten und drohendsten Wolken werfen. Dann kehrte ich langsam ins Haus zurück und dachte an die Zeit, in der ich das Alter und die Entschlossenheit hätte, um mich einer schönen Frau zu nähern, einer Frau, die um so schöner wäre, wenn sie in feindseligen Dörfern lebte.

Gegenüber von Yauyos gibt es ein Dorf, das Cusi heißt. Yauyos liegt in einem kleinen, schmalen Tal an einem Zufluß des Cañete. Der Bach entspringt an einem der wenigen Schneeberge, die es auf dieser Seite der Kordillere gibt. Das Wasser stürzt mit starkem Gefälle zu Tal, bis es den großen Fluß erreicht, der an der entfernten Seite des Tals vorbeifließt. Der Bach schlängelt sich verborgen zwischen Bergen hindurch, die sich plötzlich und steil erheben und zwischen denen es weder Einschnitte noch Schluchten gibt. Die Menschen bebauen die abschüssigen Hänge und lehnen sich bei der Arbeit gegen den Berg, um das Gleichgewicht nicht zu verlieren. Auch die Ochsen stemmen sich vor den Pflug, und am Ende der Furche, wenn sie umkehren, gleichen sie Zirkustieren, die die Schritte zählen. In diesem Dorf führen drei Brücken über den kleinen Fluß: zwei sind aus Zement, sie sind fest und sicher, die dritte besteht aus alten Eukalyptusstämmen, die mit trockenem

Schlamm bedeckt sind. In der Nähe der alten Brücke liegt ein kleiner Wald voll großer Eukalyptusbäume. Manchmal kamen ganze Schwärme von Papgeien herbeigeflogen und ließen sich auf ihnen nieder. Sie hängten sich an die Zweige, stießen Schreie aus und wanderten die Äste entlang. So schienen sie sich laut schreiend miteinander zu unterhalten und über ihre Ankunft zu freuen. Sie wiegten sich in den hohen Kronen der Bäume. Doch kaum begannen sie die Ruhe zu genießen, kaum war ihr Geschrei in den felsigen Abgründen verhallt, da traten auch schon die Schützen aus den Häusern und liefen mit der Waffe in der Hand in den Wald. Das Schreien der großen Papageien habe ich nur in Gegenden gehört, wo der Himmel klar und tief ist.

Ich betrat den Wald von Yauyos noch vor den Schützen. Ich beobachtete die Papageien und hörte ihrem Geschrei zu. Dann kamen die Schützen. Es heißt, daß die Füsiliere von Yauyos deshalb berühmt sind, weil sie aufrechtstehend schießen können, eine Kunst, die sie an den Papageien üben. Sie zielten, und bei jedem Schuß fiel ein Papagei zu Boden, manchmal trafen sie zufällig auch zwei. Warum bewegte sich der Vogelschwarm nicht? Warum flogen sie nicht davon, als sie das Knallen der Schüsse hörten und so viele Verletzte fallen sahen? Sie blieben auf den Ästen sitzen, schrien, kletterten umher und hüpften von einem Baum zum anderen. Ich machte Lärm, warf Steine in die Bäume und schüttelte Blechbüchsen voller Kiesel. Die Schützen lachten mich aus und töteten unbekümmert weiter. Dann kamen in Gruppen die Schulkinder gelaufen, um die toten Vögel einzusammeln und sie an Seilen aufzuhängen. Als das Schauspiel vorbei war, spazierten die Knaben mit ihrer Beute durch die Straßen; die Seile nahmen die ganze Breite der Straße ein, und an jedem Seil hingen zwanzig bis dreißig blutige Papageien.

In Huancapi verbrachten wir nur wenige Tage. Es ist die bescheidenste Provinzhauptstadt, die ich gesehen habe. Sie liegt in einem breiten, kalten Tal am Fuß der Kordillere. Alle Häuser haben Strohdächer, und nur die Auswärtigen – der Richter, der Telegraphenbeamte, der Unterpräfekt, die Lehrer, der Priester – sind keine Indios. Auf den Berghängen raschelt der Wind im dürren Gras; auf dem Grund des Tals und in den Schluchten wächst der *k'eñwa*, ein niedriger Baum mit roter Rinde. Der Berg, über dem die Sonne aufgeht, steigt senkrecht aus einem Abgrund voll dunkelglänzender Felsen empor. An seinem Fuß wachsen zwischen großen Steinen die gleichen roten Bäume mit kleinen Blättern; die Stämme erheben sich mitten in der Steinwüste, und die Zweige winden sich zwischen den Felsen hindurch. Am Abend fällt ein gelbes Licht in den Abgrund. Obwohl das Dorf ziemlich weit entfernt liegt, ist es dann möglich, die roten Stämme der Bäume zu unterscheiden, weil der Fels den Schein der Wolken spiegelt, so daß das Durcheinander von Bäumen und Steinen deutlich erkennbar wird. Die Falken des Tals bauen in dieser tiefen Schlucht ihre Nester. Wenn die Kondore und Sperber in der Nähe vorbeifliegen, dann greifen die Falken an; sie stürzen sich mit gespreizten Flügeln auf ihre Opfer und schlagen ihnen die Klauen in den Rücken. Der Kondor ist dem Falken hilflos ausgeliefert, er kann sich nicht verteidigen, er schlägt mit den Flügeln, aber der Falke verfolgt ihn, wenn er ihn erwischt. Auch die Sperber fliegen schreiend und klagend über das Tal, wenn sie von Gruppen kleiner Falken gejagt werden. Doch dieser Vogel greift weder den Kondor noch den Sperber im Ernst an, er krallt sich in ihnen fest, erhebt sich wieder in die Luft und stürzt von neuem herunter, um seine Opfer zu quälen. Im Mai singen die Indios einen kriegerischen *huayno*:

Killinchu yau,
Wamancha yau,
urpiykitam k'echosk'-ayki
yanaykitam k'echosk'ayki.

K'echosk'ayki,
apasak'mi apasak'mi
killincha
wamancha.

Höre zu, Falke,
höre zu, Sperber,
ich nehme dir deine Taube,
deine Geliebte nehme ich dir.
Ich muß sie dir entreißen, ich will sie dir entreißen.
Ich muß sie dir entreißen, ich will sie entführen,
oh, Falke, o Sperber.

Sie fordern mit ihrem Lied alle heraus – Falken, Sperber und Kondore. Am Fuß der hohen Berge, neben den steilen Felsen, wo die Raubvögel ihre Nester bauen, singen die Indios in diesem trockenen, kalten Monat. Sie singen ein Lied von den kalten Regionen, den tiefen Schluchten, den Steppendörfern des Südens.

Wir verließen Huancapi vor Morgengrauen. Auf den Strohdächern lag Schnee, und die Kreuze auf den Dächern waren mit Eis bedeckt. Die Stiere aus Lehm, die die Indios auf beiden Seiten der Kreuze befestigen, erschienen zu dieser Stunde größer; die hocherhobenen Köpfe gaben ihnen das Aussehen lebender Tiere, die in die Tiefe blicken. In den Rinnsalen der Straßen waren Gras und Kräuter gefroren. Die Zweige, die über den Bach hingen, schwangen unter der Last des Schnees schwerfällig im Wind oder wurden vom Wasser hin und her bewegt. Die Felswand der Falken war deutlich zu erkennen, denn über ihr leuchtete die Milchstraße. Auf dem Weg nach Cangallo stiegen wir zuerst ins Tal hinunter und folgten dem Lauf des Baches. Die Nacht war eisig, und wir redeten nicht; mein Vater ritt voran, ich hinter ihm, und der Treiber folgte uns zu Fuß. Wir wollten den großen Fluß, den Pampas, erreichen. Er ist der größte Fluß in den gemäßigten Zonen. Sein Bett ist breit und sandig. Im Mai und Juni dringen Sand und Steine fast bis in die Mitte des Bettes vor, dahinter erhebt sich ein langer, niedriger Streifen blühender Ginsterbüsche, ein Urwald, in dem Tauben, kleine Vögel und Wolken gelber Schmetterlinge leben. Eine Taube braucht lange, um von einer Seite des Flusses zur anderen zu fliegen. Die Furt für die Lasttiere ist lang, hundert Meter kristallklaren Wassers, in dem die Schatten der Fische auftauchen, wenn sie davonstieben, um sich unter den Steinen zu verbergen. Doch im Sommer ist der Fluß ein reißender Strom erdigen Wassers; dann sind die Furten verschwunden, und große Märsche sind nötig, um die Brücken zu erreichen. Wir wählten den Weg, der zur Furt von Cancallo führt.

Es wollte schon Tag werden. Wir kamen in die Gegend der *lambras*, der *molles* und der *tara*-Weiden. Da tauchte über dem Berg, an dem der Wildbach entspringt, ganz plötzlich ein Licht auf, das hinter uns leuchtete – ein Stern, der heller und kälter glänzte als der Mond. Als das Licht in die Schlucht fiel, schimmerten die Blätter der *lambras* wie Schnee; Bäume und Kräuter sahen aus wie starre Eisgebilde, und die Luft selbst wurde zu durchsichtigem Eis. Mein Herz schlug wie in einer leuchtenden Höhle. Von einem unbekannten Licht gespeist, wurde der Stern größer und größer, und der Weg aus weißer Erde war weithin sichtbar. Ich ritt schneller, um meinen Vater einzuholen, er hielt den Kopf gesenkt, das Fell seines schwarzen Pferdes glänzte, und der Schatten bewegte sich wie ein weißgrauer Fleck. Es war, als gingen wir über ein Feld aus Wasser, in dem sich der Glanz einer verschneiten Welt widerspiegelt. »Der große Morgenstern, *werak'ocha*, der große Morgenstern«, rief der Treiber, der uns eingeholt hatte. Er empfand in dem plötzlichen Licht die gleiche Begeisterung wie wir.

Langsam stieg der Stern höher. Wir kamen in den Schatten einer hohen Felswand, die senkrecht in den Himmel stieg, und wir betraten die Dunkelheit wie eine Zuflucht. Es war die letzte Biegung des Baches. Dahinter lag der Fluß, das breite blaue Tal, der große, ruhige, winterliche Pampas. Von dem Stern blieb nur ein weißer Schein am Himmel, ein Kreis, der lange brauchte, um sich aufzulösen. Wir durchquerten die Furt, die Pferde plätscherten im Wasser und zitterten vor Freude über die kristallklare Strömung. Wir erreichten die *lúcumo*-Wälder, die es überall auf den kleinen Haciendas in der Nähe von Cangallo gibt. Es waren große Bäume mit geradem Stamm und hoher, blätterreicher Krone. Tauben und *tuyas* flogen aus den Bäumen auf die Felder.

Von Cangallo ritten wir nach Huamanga über die Pampa der *Indios morochucos*.

Die Morochucos – Reiter mit europäischen Gesichtszügen und der Legende nach berüchtigte Viehdiebe – sind Nachkommen der exkommunizierten Anhänger Almagros, die sich auf dieser kalten, unfruchtbaren und feindseligen Pampa niedergelassen haben. Sie spielen *charango* und *wak'rapucu*, rauben Frauen und stieben auf kleinen Pferden, die so schnell sind wie Vicuñas, über die Steppe. Der Viehtreiber, der uns als Führer diente, betete, solange wir über die Pampa ritten. Doch wir trafen keine Morochucos auf unserem Weg. Erst in der Nähe von Huamanga,als wir langsam den Hang hinunterritten, sahen wir etwa zehn von ihnen; sie kürzten den Weg ab und sprengten im Galopp an uns vorbei. Ich konnte ihre Gesichter kaum erkennen, weil sie von Ponchos verhüllt waren; ein breites Tuch schützte den Hals, und die langen Ponchos fielen auf beiden Seiten des Pferdes bis fast auf den Boden. Manche trugen *wak'rapucus* auf dem Rücken, eine Art Trompete aus Horn, deren einzelne Teile mit silbrigen Ringen ineinandergefügt waren. Weit unten, in der Nähe eines Waldes glänzender *molle*-Bäume, bliesen sie ihre Hörner, um ihre Ankunft in der Stadt anzukünden. Der Gesang der *wak'rapucus* stieg zu den Gipfeln empor wie das Gebrüll brünstiger Stiere.

Wir setzten unsere Reise langsam und unbeirrt fort.

Der Abschied

Bis mir mein Vater eines Tages mit einer Geste, die energischer war als sonst, gestand, daß unsere Wallfahrt in Abancay zu Ende sein würde.

Um diese kleine, stille Stadt zu erreichen, mußten wir drei Departements durchqueren. Es war die längste und seltsamste Reise, die wir je zusammen unternommen hatten – etwa fünfhundert Meilen in vorher geplanten Tagesmärschen, die genau eingehalten wurden. Sie führte über Cuzco, wo er geboren worden war, studiert und seine Laufbahn begonnen hatte; doch er hielt sich dort nicht auf, im Gegenteil, er floh, als brenne Feuer unter seinen Füßen.

Wir überquerten den Apurímac, und in den blauen unschuldigen Augen meines Vaters sah ich jenen Ausdruck, den sie jedesmal annahmen, wenn er aus Enttäuschung eine neue Reise plante. Die Glut des Tals lähmte mich, er aber ritt still und versonnen dahin.

»Er ist noch immer der gleiche verfluchte Mensch«, sagte er einmal.

Und als ich ihn fragte, wen er meine, antwortete er: »Der Alte.«

Es gibt eine wilde Blume mit gelber Krone, die man *amank'ay* nennt; das Hin- und Herwiegen der großen Vögel heißt *awankay*. *Awankay* – im Fluge schweben und in die Tiefe blicken. Abancay! Das mußte ein zwischen Wäldern voll unbekannter Bäume verlorenes Dorf in einem Tal mit riesigen Maisfeldern sein, Feldern, die bis zum Fluß hinunterreichten. Heute glänzen die Dächer aus Wellblech grell, Gärten mit Maulbeerbäumen liegen zwischen den einzelnen Stadtvierteln, und die Zuckerrohrplantagen erstrecken sich bis zum Pachachaca. Die Stadt ist nicht frei, denn sie liegt auf fremdem Besitz, auf dem Land einer Hacienda.

An dem Tag, an dem wir dort ankamen, läuteten die Glocken. Es war vier Uhr nachmittags. Alle Frauen und der größte Teil der Männer knieten in den Straßen nieder. Mein Vater saß ab und fragte eine Frau nach der Ursache des Glockengeläuts und des Betens in den Straßen. Die Frau erzählte ihm, daß in diesem Augenblick Pater Linares, der heilige Prediger von Abancay und Rektor des Colegio, operiert werde. Er befahl mir, vom Pferd zu steigen und neben ihm niederzuknien. Fast eine halbe Stunde beteten wir am Straßenrand. Niemand ging durch die Straßen, und die Glocken läuteten, als riefen sie zur Messe. Der Wind blies uns den Abfall von den Straßen ins Gesicht. Doch niemand erhob sich, um seinen Weg fortzusetzen, bis das Geläut der Glocken verklungen war.

»Er soll dein Rektor sein«, sagte mein Vater. »Ich weiß, daß er ein Heiliger ist, der beste Prediger in Cuzco und ein großer Lehrer der Mathematik und der spanischen Sprache.«

Wir wohnten im Haus eines Notars, eines Studiengefährten meines Vaters. Auf der langen Reise hatte er mir von seinem Freund erzählt; er war überzeugt, daß dieser ihm in Abancay Klienten empfehlen würde und daß er so vom ersten Tag an arbeiten könnte. Aber der Notar war ein kranker Mann. Gebeugt und bleich, aufs äußerste geschwächt, konnte er kaum gehen. Ein Angestellter erledigte die Arbeiten des Notariats und bestahl ihn erbarmungslos.

Mein Vater empfand Mitleid mit seinem Freund, aber er klagte dauernd, daß er sich im Haus dieses Kranken und nicht in einem Wirtshaus niedergelassen hatte. Man richtete uns zwei Betten auf dem Boden im Schlafzimmer der Kinder her. Sie schliefen auf Fellen und wir auf den Matratzen.

»Gabriel, mein Bruder, verzeih«, sagte der Notar.

Die Frau ging mit niedergeschlagenen Augen umher und wagte weder zu sprechen noch aufzublicken. Wir wären viel lieber unter irgendeinem Vorwand davongegangen. »Wir hätten in ein Wirtshaus, in irgendein beliebiges Wirtshaus gehen sollen«, sagte mein Vater mit leiser Stimme.

»Nach so langer Zeit kommst du von so weit her, und ich bin nicht einmal imstande, mich um dich zu kümmern«, klagte der Kranke.

Mein Vater bedankte sich bei ihm und bat ihn um Verzeihung, doch er konnte sich nicht entschließen, ihm zu sagen, er solle uns gehen lassen. Es war nicht möglich. Die Stimme seines Freundes drohte jeden Augenblick zu erlöschen, er sprach mit größter Anstrengung. Die Kinder halfen der Mutter, sie sahen mich ohne großes Mißtrauen an, doch empfanden sie Scheu vor meinem Vater und wagten nicht, ihn anzusehen.

Mein Vater trug einen alten Anzug, den ein Dorfschneider angefertigt hatte. Sein Aussehen war vieldeutig. Er schien vom Land zu stammen, aber seine blauen Augen, sein blonder Bart, sein fehlerloses Spanisch und sein gutes Benehmen bestätigten diesen Eindruck nicht. Nein, wir riefen kein Mitleid hervor, aber wir verletzten auch nicht die Gefühle bescheidenerer Leute. Trotzdem war es ein grausamer Tag. Und wir fühlten uns glücklich, als wir am folgenden Abend auf einer Lehmbank in einem Raum voller Bretter schlafen durften, den wir in einer der Straßen im Zentrum der Stadt mieteten.

So, ganz plötzlich, begann unser Leben in Abancay. Und mein Vater verstand es, die ersten Unannehmlichkeiten zu nutzen, um das Fehlschlagen des eigentlichen Zwecks dieser Reise zu rechtfertigen. Er konnte nicht bleiben, er konnte kein Büro eröffnen. Zehn Tage lang klagte er über die Häßlichkeit des Ortes, die Stille, die Armut, die Hitze, das Fehlen von Klienten. In dieser Provinz gab es keinen Kleinbesitz; die Prozesse waren alle strafrechtlicher Natur, kleinliche Streitereien, die kein Ende nahmen. Das gesamte Land aber gehörte den Großgrundbesitzern, selbst die Stadt Abancay konnte sich nicht ausdehnen, weil sie von der Hacienda Patibamba umgeben war und weil deren Besitzer weder Reichen noch Armen Land verkaufte. Unter den Großgrundbesitzern aber gab es nur einige alte Rechtsfragen, die seit Jahrzehnten auf eine Lösung warteten.

Ich wurde im Colegio angemeldet und schlief im Internat. Mir wurde klar, daß mein Vater weggehen würde. Nach vielen Jahren gemeinsamer Reisen mußte ich nun zurückbleiben, und er würde allein weiterziehen. Wie immer würde irgendein Zufall seinen Weg bestimmen. In welches Dorf? Auf welchem Weg? Er würde nicht wieder nach Cuzco zurückkehren; er würde den Pachachaca überqueren, sich auf die andere Seite des Tals begeben und die auf der Höhe gelegenen Dörfer besuchen. Auf jeden Fall müßte er zuerst ins Tal hinuntergehen. Dann würde er die gegenüberliegende Kordillere hinaufreiten, er würde Abancay zum letzten Mal von einem fernen Paß, von irgendeinem blauen Gipfel aus sehen, wo er für mich unsichtbar wäre. Allein würde er dann ein anderes Tal, eine andere Pampa erreichen, seine Augen würden den Horizont und die Ferne in einer anderen Weise sehen, er würde schweigend zwischen Steinen und Büschen dahintraben; in den Schluchten und auf den Gipfeln würde der Himmel mit größerer Macht, mit großer Grausamkeit und Stille in seiner Seele versinken. Solange wir zusammen waren, gehörte die Welt uns, Freuden und Leiden gingen von ihm zu mir.

Nein, er konnte nicht in Abancay bleiben. Abancay war weder Stadt noch Dorf, es trieb meinen Vater zur Verzweiflung.

Aber er versuchte doch, mir zu beweisen, daß er sein Versprechen halten wollte. Er putzte sein Schild, auf dem ›Anwalt‹ stand, und befestigte es an der Hausmauer neben der Tür des Zimmers. Mit Hilfe einer Trennwand teilte er den Raum und machte im hinteren Teil auf einer Pritsche aus Lehmziegeln sein Bett. Er saß vor der Tür oder ging umher und wartete auf Klienten. Hinter der Wand schauten die Bretter hervor. Manchmal, wenn er vom Spazierengehen und vom Sitzen genug hatte, legte er sich ins Bett. Gelegentlich fand ich ihn so, verzweifelt. Sobald er mich sah, gab er sich den Anschein der Geschäftigkeit.

»Möglich, daß mir einer der Großgrundbesitzer eine Rechtssache übergibt. Das würde genügen . . .«, sagte er. »Auch wenn ich zehn Jahre in diesem Dorf verbringen müßte, so wäre wenigstens deine Zukunft gesichert. Wir würden ein Haus mit einem Garten mieten, und du brauchtest nicht im Internat zu wohnen.«

Ich gab ihm recht. Aber er war daran gewöhnt, in Häusern mit großen Höfen zu leben und mit Dutzenden von Indios und Mestizen – seinen Klienten – auf Quechua zu plaudern, seine Rekurse zu diktieren, solange die Sonne den Patio erleuchtete und sich fröhlich über den Bretterboden des »Büros« ergoß. Nun fühlte er sich beengt, die Wände dieses Raums, der für Krämer gebaut war, bedrückten ihn.

Als er mich daher eines Tages in der Schule besuchte, und zwar in Gesellschaft eines Unbekannten, der wie ein Gutsbesitzer vom Dorf aussah, wußte ich, daß seine Abreise beschlossen war. Eine unbändige Freude leuchtete in seinem Gesicht. Beide hatten getrunken.

»Ich bin nur für einen Augenblick mit diesem Herrn gekommen«, sagte er. »Er ist aus Chalhuanca hierher gereist, um einen Anwalt zu sprechen, und wir haben beide das Glück gehabt, uns zu treffen. Die Angelegenheit ist einfach. Du hast die Erlaubnis, auszugehen. Komm nach der Schule ins Büro.«

Der Fremde gab mir die Hand.

Sie verabschiedeten sich sofort wieder. Die mit Leder verstärkte Reithose des Fremden, seine dicken Gamaschen, sein kurzer Rock, seine Krawatte mit dem dünnen Knoten im breiten Ausschnitt des Hemdes, die Farbe seiner Augen, seine Schüchternheit, sein Hut mit dem breiten Band – all dies sah genauso aus wie bei allen Gutsbesitzern aus indianischen Gegenden.

Am Nachmittag besuchte ich meinen Vater. Ich traf den Mann aus Chalhuanca im Büro, er saß auf einer Bank. Die Tür, die sonst weit offen stand, war angelehnt. Auf dem Tisch standen verschiedene Flaschen. Mein Vater bot dem Fremden ein Glas dunkles Bier an.

»Mein kleiner Sohn, die Sonne, die mich erleuchtet. Da ist er, Señor«, sagte er.

Der Mann erhob sich respektvoll und kam mir entgegen.

»Ich bin aus Chalhuanca, mein Junge. Dein Vater, der Doktor, ehrt mich.«

Er legte seine Hand auf meine Schulter. Um seinen Hals lag ein Tuch aus Vicuña-Wolle; die Knöpfe seines Hemdes waren violett. Er hatte helle Augen, doch in seinem sonnenverbrannten Gesicht erinnerten sie an die Augen eines Indio. Er glich allen anderen Freunden, die mein Vater in den Dörfern zu finden pflegte.

»Du bist der Trost des Herrn Doktors, du bist sein Herz. Ich, ich bin nur kurze Zeit hier. Auf ihn, Doktor!«

»Auf ihn!«

Und sie leerten jeder ein volles Glas.

»Er ist schon fast erwachsen, Señor Don Joaquín«, sagte mein Vater und zeigte auf mich. »Mit ihm bin ich schon fünfmal über die Kordillere gezogen, mit ihm bin ich die sandigen Küsten entlanggewandert. Wir haben auf den Punas, am Fuß der verschneiten Berge geschlafen, und wir sind hundert, zweihundert, fünfhundert Meilen weit geritten. Und nun ist er im Internat einer katholischen Schule. Wie wird er es ertragen, Tag und Nacht eingesperrt zu sein, er, der an so vielen Orten gewesen ist? Doch du bist in deiner Schule. Du bist am richtigen Ort. Und du sollst sie nicht verlassen, bis du fertig bist, bis zur Universität. Aber niemals, niemals sollst du Anwalt werden. Es ist genug des großen Übels mit mir.«

Er war unruhig. Ständig schritt er auf und ab. Er brauchte mir nichts mehr zu sagen. Hier war der Fremde, ein Halstuch aus Vicuña-Wolle, ein Hut indianischer Machart, Gamaschen mit gelben Schnallen, violette Knöpfe am Hemd, lange, vom Schweiß filzige Haare, grüne Augen, die von der Kälte wäßrig geworden waren. Er sprach Spanisch mit mir. Sobald er Quechua sprechen würde, würde er das Halstuch abnehmen – oder es ordentlich um den Hals rollen.

»Ich, mein Junge, bin aus Chalhuanca und führe einen Prozeß gegen einen Großgrundbesitzer. Jetzt will ich es ihm zeigen. Wie der Falke, wenn er den Sperber im Flug in Stücke reißt. Dank der Ratschläge deines Vaters, natürlich. Warum soll er mich eigentlich nicht in mein Dorf begleiten? Nicht wahr, Doktor?«

Er wandte sich an ihn, aber mein Vater antwortete nicht und kehrte ihm den Rücken zu.

Der Fremde sah mich von neuem an.

»Glaube nichts, mein Junge. Ich bin aus Chalhuanca. Ich bin gekommen, um Ratschläge für meinen Prozeß zu holen. Hier ist der Doktor. Wie ein Sperber hat er alles begriffen. Ich war bereits gebunden. Doch ein Anwalt ist ein Anwalt und weiß mehr als ein Schreiberling. Verdammte Schreiberlinge! Nun werden sie sehen! *Payhunak'a nerk'-achá . . .*« Und er machte seinem Ärger auf Quechua Luft.

Mein Vater konnte kaum an sich halten. Vergeblich suchte er zu verbergen, daß er gehen würde. Die naiven Versuche seines Freundes, der die Nachricht vertuschen wollte, verrieten die Reisepläne erst recht und verstörten meinen Vater noch mehr. Er stützte sich auf den Tisch und weinte. Der Mann aus Chalhuanca versuchte ihn zu trösten. Er sprach auf Quechua zu ihm, bot ihm alle Belohnungen an, die man in der Sprache der Indios versprechen kann, damit die großen Kümmernisse für einen Augenblick vergessen werden. Dann wandte er sich an mich:

»Chalhuanca ist nicht weit von hier, mein Junge«, sagte er.

»Hinter diesen Bergen, in einem kleinen Tal. Wir werden im Auftrag deines Vaters kommen, um dich zu holen. Wir werden Feuerwerkskörper knallen lassen, wenn du den Platz betrittst, die Trommeln werden wirbeln und die Tänzer springen. Du wirst mit Dynamit im Flusse fischen, zu Pferd über alle Hügel reiten, du wirst Rehe, Kaninchen und Wildschweine jagen.«

Ich ließ ihn reden und trat zu meinem Vater. Lange Zeit blieben wir nahe zusammen. Der Fremde redete auf Quechua weiter, ging lärmend um uns herum und rief immer lauter und immer begeisterter:

»Chalhuanca ist besser. Ganz nahe beim Dorf gibt es einen Fluß, und wir haben die Fremden gern. Niemals ist ein Anwalt dorthin gekommen, niemals. Man wird Sie wie einen König empfangen, *doctorcito*. Alle werden sich verneigen, wenn Sie vorübergehen, und den Hut abnehmen, wie es sich gebührt. Sie werden Land kaufen, Doktor, der Junge soll ein Pferd und gute Ackergeräte aus Metall haben . . . Du wirst im Galopp durch die Furt reiten und auf meinem Gut mit der Peitsche knallen und das Vieh zusammentreiben. Wir werden auf den Inseln im Fluß Enten jagen, und du wirst vor den wilden Stieren der Hacienda die *capa* schwingen. Weine nicht! Es ist eher ein Wunder des Schutzpatrons von Chalhuanca, daß er dieses Dorf für euch ausgewählt hat. Auf Ihr Wohl, Doktor! Lassen Sie den Kopf nicht hängen! Steh auf, braver Junge! Auf Ihr Wohl, Doktor! Auf daß Sie sich von diesem traurigen Ort verabschieden!«

Mein Vater stand auf. Der Mann aus Chalhuanca goß mir ein halbes Glas Bier ein:

»Er ist ja schon fast erwachsen, erwachsen genug für diese Gelegenheit!«

Es war das erste Mal, daß ich mit meinem Vater trank. Und seine Freude über die lockenden Pläne der Zukunft kehrte zurück, wie immer am Vorabend der Reisen.

»Ich werde in Chalhuanca bleiben, mein Sohn, und mich endlich irgendwo niederlassen. Wie der Herr sagt, will ich in den Ferien mit einem feurigen Pferd auf dich warten, auf dem du über die Hügel und im Galopp durch die Furten reiten kannst. Ich werde am Ufer des Flusses ein Landhaus kaufen und eine Mühle aus Stein bauen lassen. Vielleicht kommt Don Pablo Maywa und richtet sie ein. Irgendwo muß man sich niederlassen, man kann nicht immer so weiterwandern wie der irrende Jude . . . Der gute Alcilla soll bis zum Dezember dein Vormund sein.«

Wir trennten uns fast fröhlich, beide mit der gleichen Hoffnung, die uns jedesmal nach der Mühsal eines Dorfes ermutigte, wenn wir beschlossen, uns wieder auf den Weg zu machen.

Er würde über die Kordillere auf der anderen Seite des Pachachaca gehen und den Fluß auf einer steinernen Brücke mit drei Bogen überqueren. Auf dem Gipfel würde er Abschied vom Tal nehmen und neue Felder sehen. Und wenn er in Chalhuanca neue Freunde träfe, würde er über meine Abwesenheit traurig sein, und ich würde dann Schritt für Schritt das große Tal und die Stadt entdecken, würde die Schläge einer traurigen, mächtigen Strömung spüren wie alle Kinder, die allein in der Welt sind, in einer Welt voller Ungeheuer und Feuer, in einer Welt voll großer Flüsse, die mit herrlicher Stimme singen, wenn sie gegen Steine und Inseln stoßen.

Die Hacienda

Wenn in den kleinen Dörfern gemeinsam die Ernte eingebracht wird, spenden die Grundbesitzer *chicha* und große Schüsseln voll scharf gewürzter Speisen. Sie ziehen an Festtagen über Straßen und Plätze, singen *huaynos* und tanzen. Werktags tragen sie alte Gamaschen, Kleider aus billigem Tuch und um den Hals einen Schal aus Vicuña- oder Alpaca-Wolle. Sie reiten schwere Pferde, tragen Sporen aus Bronze, und über dem Sattel liegt immer ein Schafsfell. Sie überwachen die Indios genau und wenn sie mehr von ihnen wollen, als im allgemeinen für gerecht gehalten wird, schlagen sie sie ins Gesicht, prügeln und treten sie und bringen sie eigenhändig ins Gefängnis. An Festtagen oder wenn sie die Hauptstadt der Provinz besuchen, tragen sie Anzüge aus feinstem Wollstoff, schwingen sich auf silberverzierte Sättel, die mit ganzen Teppichen aus Fellen belegt sind, gebrauchen Steigbügel mit breiten Metallhauben und Sporen mit großen eisernen Haspeln. Sie scheinen sich verwandelt zu haben; sie überqueren den Platz im Galopp, lassen die Pferde tänzeln und fuchteln mit den Armen. Wenn sie sich in diesem Aufzug betrinken, stoßen sie die Sporen in die Leiber der Pferde, bis diese wund sind. Bügel und Sporen sind blutigrot. Sie galoppieren durch die Straßen und zügeln hart an den Ecken die Pferde. Die Tiere rutschen auf dem Pflaster aus, und der Reiter zwingt sie, rückwärts zu gehen. Manchmal bleiben die Pferde stehen und bäumen sich auf, doch dann dringen die Sporen noch tiefer in die Wunden, und die Zügel werden grausam angezogen; der Reiter verlangt viel, denn sein Stolz quält ihn. In Gruppen schauen die Leute zu. Nur selten gelingt es einem Pferd, durchzugehen und über die Felder zu entfliehen; dann schleift es den Reiter auf dem holprigen Boden hinter sich her.

Die Indios kennen die Häuser der Grundbesitzer sehr genau. Diese schlafen in alten Betten aus Bronze mit vergoldetem Baldachin. Jedes Haus hat einen großen Patio und einen Hof für das Vieh, eine Galerie, eine Vorrats- und eine Kornkammer, einen großen, mit Holzbänken und alten Sesseln möblierten Raum, eine Küche, die immer weit entfernt auf der anderen

Seite des Patios liegt, denn dort essen die Landarbeiter, die indianischen *peones*. Der Gutsbesitzer trägt sein Scherflein zum religiösen Fest des *alferado* und zur *mayordomía* bei. Er darf nicht weniger großzügig sein als ein Indio, es sei denn, er hätte seine Ehre als Grundbesitzer verloren.

Abancay war von der Hacienda Patibamba umgeben. Von Süden nach Norden, von einem Gipfel bis zum anderen gehörte das ganze Tal den Großgrundbesitzern.

Der Park von Patibamba war schöner und größer als die Plaza de Armas in Abancay. Dichtbelaubte Bäume warfen ihren Schatten über die Steinbänke. Rosensträucher und Lilien wuchsen an den mit Steinen gepflasterten Wegen. Das Haus hatte weiße Bogen, eine stille Galerie mit glänzenden Fliesen und große Fenster mit geschmiedeten Gittern. Der Gemüsegarten der Hacienda verlor sich in der Ferne, dort waren die Wege mit Blumen und Kaffeesträuchern gesäumt. In einer Ecke des Parks stand ein großer Vogelkäfig, dessen Dach bis zu den Wipfeln der Bäume reichte. Er hatte mehrere Stockwerke, und in ihm lebten Dutzende von Distelfinken, Lerchen und anderen Vögeln. Eine weißgetünchte Mauer umgab das Herrschaftshaus, den Torbogen schützte ein eisernes Gitter.

Der Besitzer und seine Familie lebten allein in der riesigen Villa. Ich betrachtete sie oft durch das Gitter, immer waren der Park und die Galerie still und verlassen. Gewöhnliche Schmetterlinge mit roten Flügeln und schwarzen Flecken schaukelten von Blume zu Blume und flogen bis in die hohen Äste der *pisonayes*. Nur ein einziges Mal vernahm ich den Klang eines Klaviers – jemand spielte im Innern des Hauses, doch die Musik schien in dem Garten voller Obstbäume zu erklingen, der das Haus umgab.

Ein breiter Durchgang verband das Wohnhaus mit der Fabrik und den Hütten der indianischen *colonos*. Kaum ein paar Schritte vom Herrenhaus entfernt war der Boden mit Zuckerrohrresten übersät. Die Fabrik stand auf einem gepflasterten Hof. Im Lauf der vielen Jahre hatten sich die Abfälle zu einem hohen, weichen Berg aufgetürmt, der sich nun zwischen den Hütten der Indios verlief und einen Streifen Gras zuzudecken begann.

Im Sommer brennt die Sonne auf den trockenen Honig, auf die weißen Reste des gemahlenen Zuckerrohres herab. Dann fällt Regen, die Reste gären, riechen nach Branntwein, und ganze Schwaden ziehen über die Hütten. Diese sind niedrig, die Wände bestehen aus schmalen Lehmziegeln, die Dächer aus Zuckerrohrblättern, alles ist armselig und staubig. Die Indios und ihre Frauen sprechen nicht mit Fremden.

»*Jampuyki mamaya*, ich will zu dir, *madrecita*«, rief ich an manchen Türen.

»*Manán, ama rimawaychu*, ich will nicht, sprich nicht mit mir«, antwortete man mir.

Sie sahen aus wie der Pongo des Alten. Schwärzlicher Schweiß lief ihnen vom Kopf über den Hals, und sie waren noch schmutziger, wenn sie sich vom staubigen Boden der Hütten oder der Fabrik zwischen Wolken von Moskitos und Wespen erhoben, die zwischen den Resten des Zuckerrohrs summten. Sie trugen alle Hüte aus Wolle, die von Schweiß und Alter filzig waren.

»*Señoray, rimakusk'ayki*, laß mich mit dir sprechen, Señora.« Ich blieb hartnäckig und versuchte oft, irgendein Haus zu betreten. Aber die Frauen betrachteten mich ängstlich und mißtrauisch. Sie verstanden nicht einmal mehr die Sprache der *ayllus*; sie hatten sie völlig vergessen und merkten nicht, daß ich in den Worten und im Ton der *comuneros* zu ihnen sprach.

Und ich mußte in die Stadt zurück! Betäubt und verloren irrte ich über die glühenden Wege des Tals, die auf die Zuckerrohrfelder führen. Bei Einbruch der Dämmerung, wenn nur noch die Gipfel in Licht getaucht sind, erreichte ich Abancay. Dann hatte ich Angst, daß ich die Leute nicht mehr erkennen oder diese vorgeben würden, mich nicht mehr zu kennen. Wenn der Pater Rektor sah, wie ich über und über mit Staub und Erde bedeckt den Patio der Schule betrat, nannte er mich einen »Verrückten« oder einen »dummen Vagabunden«. Tagelang konnte ich weder spielen noch behalten, was ich lernte. Nachts stand ich auf und beschloß, davonzulaufen, meine Kleider in ein Bündel zu packen, noch in der Nacht den Pachachaca zu überqueren, das andere Ufer zu erreichen und als freier Mensch über die Puna bis nach Chalhuanca zu gehen. Aber es gelang mir schließlich, den Entschluß meines Vaters zu achten, und ich wartete; ich sah alles, dachte über alles nach und prägte es meinem Gedächtnis ein.

In diesen Tagen der Verwirrung und Unruhe fiel mir der Abschiedsgesang wieder ein, den mir die Frauen jenes *ayllu* widmeten, in dem ich als Flüchtling lebte, als man meinen Vater verfolgte.

Auf der Flucht vor grausamen Verwandten bat ich um Obdach in einem *ayllu*, dessen Bewohner in dem kleinsten und fröhlichsten Tal, das ich je gesehen habe, Mais anpflanzten. Dornbüsche voll brennend roter Blüten leuchteten, und der Gesang der Wildtauben schwebte über den Maisfeldern. Die Familienoberhäupter und die Señoras, die *mamakunas* der Gemeinde, beschützten mich und lehrten mich die große Zärtlichkeit, die Sanftheit, in der ich lebe.

Als die Politiker meinen Vater nicht mehr verfolgten, suchte er mich im Haus der Verwandten, bei denen er mich zurückgelassen hatte. Mit dem Kolben seines Revolvers schlug er dem Familienvorstand den Schädel ein und stieg danach ins Tal hinunter. Er betrank sich mit den Indios und tanzte viele Tage mit ihnen. Er bat den Vikar, eine feierliche Messe in der Kapelle des *ayllu* zu zelebrieren. Danach, unter dem Knallen der Feuerwerkskörper und dem Läuten der Glocken umarmte mein Vater die Alkalden der Gemeinde – Pablo Maywa und Victor Pusa – in der Vorhalle der Kirche. Einen Augenblick später bestiegen wir auf dem Platz unsere Pferde und machten uns auf die lange Reise. Wir verließen das kleine Dorf und ritten den Hang hinauf. Die Frauen sangen das Abschiedslied:

Vergiß uns nicht, mein Kleiner,
vergiß uns nicht!
Weißer Hügel,
hilf, daß er zurückkommt;
Wasser des Berges, Quelle der Pampa,
niemals soll er verdursten.
Falke, nimm ihn auf deine Flügel
und bring ihn zurück.
Ewiger Schnee, Vater des Schnees,
verletz ihn nicht auf seinem Weg.
Böser Wind,
rühr ihn nicht an.

Regen und Sturm, trefft ihn nicht.
Nein, Abgrund, entsetzlicher Abgrund,
überrasche ihn nicht.
Komm zurück, mein Sohn,
komm zurück.

»Weine nur! Weine, mein Sohn, denn wenn du nicht weinst, wird dein Herz zerspringen«, sagte mein Vater, als er sah, daß ich die Augen zukniff und schweigend weiter ritt.

Und seitdem sind wir auf Reisen gewesen. Von Dorf zu Dorf, von Provinz zu Provinz, bis wir in dieses tiefste aller Täler mit seinen Lehen, seinen Leibeigenen und seinen Zuckerrohrfeldern kamen. Mein Vater verließ Abancay zu früh – als er die Hölle dieser Stadt entdeckte, als mich Haß und Trostlosigkeit von neuem befielen.

Die Großgrundbesitzer kamen nur ins Colegio, um den Pater Rektor zu besuchen. Sie schritten über den Hof, ohne jemanden eines Blickes zu würdigen.

»Der Herr von Auquibamba«, sagten die Internen.

»Der Herr von Pati!«

»Der Herr von Yaca!«

Es schien, als zählten sie die Namen der großen Sterne auf.

Der Pater Rektor pflegte Messen in den Kapellen der Güter zu lesen. Doch an bestimmten Sonntagen kamen die Grundbesitzer nach Abancay. Dann wurde in der Kirche gepredigt und gesungen.

Der Pater Rektor begann seine Predigten immer in sanftem Ton. Mit bewegten Worten pries er die Jungfrau Maria; seine Stimme klang angenehm und leise, doch bald erregte er sich. Er haßte Chile*, und er fand immer einen Weg, um vom religiösen Thema abzuschweifen und das Lob des Vaterlandes und seiner Helden zu singen. Er predigte den zukünftigen Krieg gegen die Chilenen. Er rief die Jünglinge und die Kinder auf, bereit zu sein und niemals ihre höchste Pflicht, die Rache, zu vergessen. Und erst in diesem Zustand heftigster Erregung erinnerte er die Menschen an ihre übrigen Pflichten. Er lobte die Großgrundbesitzer und nannte sie das Fundament des

* Chile siegte in der Guerra del Pacifico, im Pazifischen Krieg (1879-1883), gegen Peru und Bolivien.

Vaterlandes, die Säulen seines Reichtums. Er pries die Frömmigkeit der großen Herren und die Sorgfalt, mit der sie die Kapellen in ihren Gütern instand hielten; er lobte sie dafür, daß sie die Indios zur Beichte und zum Abendmahl anhielten, daß sie sie zur Ehe, zum Frieden und zur demütigen Arbeit zwangen. Dann senkte er seine Stimme wieder und sprach über irgendeine Stelle der Passionsgeschichte.

Nach der Messe erwarteten ihn die Mitglieder der Behörden und die Grundbesitzer am Kirchenportal; sie standen um ihn herum und begleiteten ihn in die Schule zurück.

An diesen Sonntagen aß der Pater Rektor mit den Internen zu Mittag; er saß am Kopfende des Tisches und schaute uns gütig an. Er strahlte vor Glück, machte Späße und lachte. Er hatte ein rosiges Gesicht und eine scharfe Nase; die dichten weißen, nach hinten gekämmten Haare verliehen ihm trotz seines Alters ein schneidiges eindrucksvolles Aussehen. Die Frauen bewunderten ihn, die Jünglinge und die Männer hielten ihn für einen Heiligen, und die Indios der Haciendas sahen in ihm ein überirdisches Wesen. In meinen Träumen erschien er mir als vieldeutige Gestalt: einmal sah ich ihn als Fisch mit wedelndem, gegabeltem Schwanz, der in den ruhigen Wassern zwischen den Algen umherschwamm und die kleinen Fische verfolgte, die sich am Ufer unter den Wasserpflanzen versteckten; ein andermal sah ich ihn als Don Pablo Maywa, den Indio, den ich am meisten geliebt und der mich am Rand der großen Maisfelder an seine Brust gedrückt hatte.

Die Brücke über die Welt

Pachachaca!
Brücke über die Welt!

Es gab in dieser Stadt nur ein einziges fröhliches Viertel – Huanupata. Hier mußte sich einst der Abfallplatz des *ayllu* befunden haben, denn der Name bedeutet ›Schutthügel‹. In diesem Viertel wohnten die Marktweiber, die Lastträger und andere ungelernte städtische Arbeiter, die Gendarmen, die Angestellten der wenigen Läden; hier lagen auch die Wirtshäuser, in denen die Viehtreiber, die reisenden Mestizen und jene Leute übernachteten, die irgendwo in der Provinz einen Prozeß führten. Nur in diesem Viertel gab es *chicherías*. An Samstagen und Sonntagen wurden in den größten *chicherías* Harfe und Geige gespielt und *huaynos* oder *marineras* getanzt. Man erzählte sich, daß auf diesen lärmenden Festen leichte Frauen, darunter sogar Mestizinnen, zu finden seien, die von der Prostitution lebten.

Wolken von Fliegen summten am Eingang zu den *chicherías*; dicke Fliegenteppiche krochen auf dem Boden und auf den Abfällen, die auf die Straße geworfen wurden, umher. Wenn jemand eine *chichería* betrat, erhoben sie sich in aufgeregten Schwärmen. Der Fußboden war von den Tritten vieler Menschen hart geworden, die Tische waren niedrig, die Bänke schmal. Alles war schwarz von Schmutz und Rauch. Mehrere Mestizen-Mädchen bedienten die Gäste. Sie trugen kastilische Umschlagtücher mit Seidenbändern, Hüte aus gebleichtem Stroh und breite bunte Gürtel. Die Indios und *cholos* betrachteten sie mit großer Ungeniertheit. Der Ruf einer *chichería* hing oft von der Schönheit dieser Mädchen ab, die fröhlich und gefällig servierten. Aber ich weiß, daß der Kampf um ihre Gunst lang und beschwerlich war. Nicht jeder durfte mit ihnen tanzen, denn die Wirtin hatte ein Auge auf sie und lehrte sie die eigenen Schliche und Erfahrungen. Viele Fremde hielten beim Abschied an der letzten Biegung des Weges inne und weinten, weil sie ihre Zeit vergeblich vertan, Nacht für Nacht *chicha* getrunken und bis zum Morgengrauen Lieder gesungen hatten.

Die *chicherías* wurden mittags geöffnet, aber die Musiker spielten nur an den Samstag- und Sonntagnachmittagen und -abenden. Dann durfte jeder Gast um den *huayno* bitten, den er am liebsten hatte, und nur selten war dem Harfenspieler ein Lied nicht bekannt. Die Fremden zogen im allgemeinen die *chicherías* den Wirtshäusern vor. Wenn der Fremde aus weit entfernten und völlig andersartigen Gegenden kam – aus Huaraz, aus Cajamarca, aus Huancavelica oder aus den Provinzen des Collao – geschah es manchmal, daß er um einen unbekannten *huayno* bat. Dann glänzten die Augen des Harfenspielers vor Freude, er rief den Fremden zu sich und bat ihn, mit leiser Stimme vorzusingen. Ein einziges Mal genügte. Der Geiger erfaßte die Melodie sogleich und begann sie zu spielen; die Harfe begleitete ihn. Meist berichtigte der Fremde mehrere Male: »Nein, nicht so, der Geist, das Gefühl ist anders.« Und er sang mit lauter Stimme und versuchte, den Musikanten das Wesen der Melodie nahezubringen. Unmöglich! Das Thema, die Melodie waren zwar dieselben, doch die Musiker machten aus dem Lied einen *huayno* des Apurímac mit lebhaftem, zärtlichem Rhythmus. »Mánan, nein«, schrien die Männer aus den kalten Provinzen, die vom Collao wurden wütend, und wenn sie betrunken waren, befahlen sie den Musikanten, zu schweigen, und bedrohten sie mit großen Gläsern voll *chicha*. »Genauso ist die Melodie, Señor«, protestierte der Harfenspieler. »Nein, du Hund«, schrie der andere. Und beide hatten recht. Dann begann der Mann vom Collao zu singen, doch die Leute aus dem Tal konnten zu diesem Gesang nicht tanzen. Der Rhythmus war langsam und hart, als würde Metall zermalmt. Und wenn der *huayno* traurig war, schien in der *chichería* der Wind aus den Höhen zu blasen, der im Stroh raschelt und über die mageren Kräuter der Steppe fährt. Dann erinnerten wir uns an die Wolken der Kordillere, die drohend, kalt und erbarmungslos sind, an den düsteren Regen und die unendlichen Schneefelder. Aber die Leute vom Collao waren beliebt. Die Mestizen-Mädchen, die diese Höhlen voller Fliegen, diese nach *chicha* und gärenden Abfällen riechenden Löcher nie verlassen hatten, hielten in der Arbeit inne, um ihnen zuzuhören.

Die Mädchen kannten nur die *huaynos* des Apurímac und des Pachachaca, das heißt der heißen Gegenden, wo Zuckerrohr und Obstbäume wachsen. Wenn sie mit ihren dünnen Stimmen sangen, tauchte eine andere Landschaft auf: das Raunen der großen Blätter, der blitzende Glanz des schäumenden Wassers, das zwischen Büschen und weißen Kaktusblüten zu Tale springt; der schwere, ruhige Regen, der auf Zuckerrohr tropft; die Schluchten, in denen die Blüten des *pisonay* glühen, voll roter Ameisen und gefräßiger Insekten:

Ach, Schmetterling,
hör auf, in der Blüte zu bohren,
Flügel aus Smaragden.
Sei nicht grausam,
komm herunter zum Ufer des Flusses,
Flügel aus Smaragden.
Und schau mir zu, wie ich weine neben dem
roten Wasser,
schau zu, wie ich weine.
Komm herunter und schau mich an,
goldener Schmetterling,
alle meine Traurigkeit,
verwundete Blume des Feldes,
Blume der Flüsse,
die du verließest.

Ich ging in die *chicherías*, um Lieder zu hören und Indios aus den Haciendas zu treffen. Ich wollte mit ihnen reden und gab die Hoffnung nicht auf. Aber ich traf sie nie. Einmal betraten ein paar in Lumpen gehüllte Indios eine *chichería*, ihre Haare waren noch länger und schmutziger als gewöhnlich. Ich trat zu ihnen und fragte sie, ob sie zu irgendeiner Hacienda gehörten. »*Mánan haciendachu kani*, ich gehöre zu keiner Hacienda«, antwortete einer von ihnen verächtlich. Später, als ich mich überzeugen mußte, daß die *colonos* niemals ins Dorf gingen, suchte ich die *chicherías* nur noch auf, um Musik zu hören und Erinnerungen nachzuhängen. Die Melodien leise mitsummend, dachte ich an die steinigen Felder, die Plätze und Kirchen, die kleinen Flüsse, wo ich glücklich gewesen war. Und ich verbrachte viele Stunden zu Füßen des Harfenspielers oder in einem Winkel an der Tür und lauschte. Denn das heiße Tal, die glühende Luft, die von hohem Unkraut überwucherten Ruinen anderer Viertel in Abancay waren meine Feinde.

In diesen anderen Vierteln lebten die Beamten, die Kaufleute, manche Grundbesitzer und ein paar alte, verarmte Familien. Die meisten Häuser waren von großen Obstgärten umgeben, und der Schatten der Bäume fiel bis auf die Straße. Viele Gärten waren ungepflegt, ja sogar verlassen, die Mauern zerbröckelten und waren teilweise bis auf den Grund eingestürzt, so daß die Wurzeln des Weißdorns sichtbar wurden, der an den Mauern gepflanzt wird. Die Wege waren alt und baufällig und mit Zweigen und großen Teppichen feuchter Blätter bedeckt. Im Gras krochen die Frösche umher, und Gräben klaren, nutzlosen Wassers liefen kreuz und quer durch die Gärten.

In diesen Vierteln gab es viele leere Bauplätze und wüste Felder, auf denen Büsche und Weißdorn wuchsen. Zwischen der Plaza de Armas und dem Fluß gab es nur zwei oder drei Häuser und ein verwildertes Feld mit niedrigen *higuerilla*-Büschen, voller Frösche und Taranteln. Das war der Spielplatz für die Schüler des Colegio. Hier wurden die patriotischen Predigten des Paters Rektor in die Wirklichkeit umgesetzt. Gruppen ›peruanischer‹ und ›chilenischer‹ Schüler führten hier Krieg. Wir beschossen uns gegenseitig mit Gummischleudern, und die Früchte der *higuerilla*-Büsche dienten als Geschosse; danach gingen wir zum Sturmangriff über und kämpften mit Fäusten und Püffen. Die ›Peruaner‹ mußten immer gewinnen. Die besten Sportler der Schule wählten ihre Freunde für diese Gruppe aus; die anderen gehorchten den Befehlen und mußten die Wahl respektieren.

Viele Schüler kamen mit geschwollenen Nasen, blauen Augen und blutigen Lippen in die Schule zurück. »Es sind fast alles ›Chilenen‹, *padrecito*«, sagten die Anführer. Der Rektor lächelte und holte den Verbandkasten, um unsere Wunden zu verbinden.

Añuco war ein schlauer, listiger ›Chilene‹, der einzige Interne, der einer Familie von Grundbesitzern angehörte.

Man wußte in Abancay, daß der Großvater Añucos ein reicher Grundbesitzer, ein lasterhafter Mensch, ein Spieler und Schürzenjäger gewesen war. Er hatte auf die größte seiner

Haciendas Hypotheken aufgenommen und seinen Sohn in sein Lasterleben eingeführt.

Der Vater Añucos trat seine Erbschaft frühzeitig an und widmete sein Leben – wie der Großvater – dem Spiel. Er ließ sich in den Villen der Großgrundbesitzer nieder, lud die Nachbarn ein und organisierte im Salon des jeweiligen Herrenhauses ein Spielkasino. Er spielte Klavier, sang und war zu den Töchtern und Frauen der Gastgeber sehr galant. Die Wochen, die er in den Herrenhäusern der Haciendas verbrachte, waren eine denkwürdige Zeit. Eines Tages aber hatte er den letzten Quadratmeter Land verloren. Seine beiden Haciendas fielen einem Einwanderer in die Hände, der in Cuzco eine Fabrik gebaut hatte und nun Land kaufen wollte, um Baumwolle anzupflanzen.

Es hieß in Abancay, daß Añucos Vater die letzten drei Jahre seines Lebens in der Stadt verbracht hatte. Er wohnte im eigenen Haus, einer zerfallenen Villa mit einem Garten voll Unkraut und nutzloser Bäume, die im Winter verdorrten und im Sommer durch den Regen von neuem ausschlugen. Fast jeden Tag beschloß der Herr, seinem Leben ein Ende zu machen. Er ging in die Kirche und betete; er nahm Abschied von der Welt, betrachtete noch einmal den Himmel und die Berge und kehrte dann mit festen Schritten in sein Haus zurück. Anfangs beobachteten ihn die Nachbarn und die wenigen Freunde, die er in der Stadt besaß, mit einer Mischung aus Schrecken und Erleichterung, denn sie wußten von seinem Entschluß. Am folgenden Morgen aber ging die Haustür regelmäßig von neuem auf, und der Herr trat, in ein weites spanisches Cape gehüllt, in den Garten. Die Nachbarn erzählten, daß sie eines Tages, kurz vor dem Abendgebet, gesehen hätten, wie er an einem Orangenbaum im Garten ein Seil befestigte und daran eine Schlinge machte, die über dem Boden baumelte, und wie er dann aus dem Innern des Hauses zwei Kisten holte, die er aufeinanderstellte. So schien also alles beschlossen zu sein. Doch der Herr lehnte sich nur an den Baum und wartete. Und als die Glocken zum Abendgebet riefen, trat er auf die Straße, ging langsam in die Kirche und kehrte dann zurück. Aber er betrat den Garten nicht mehr. Er blieb im Haus. Er holte in den folgenden Tagen auch das Seil nicht herunter, und die Kisten blieben unter dem Baum stehen.

Añuco war ein illegitimer Sohn dieses Herrn. Die Priester des Colegio hatten ihn zu sich genommen, als er neun Jahre alt war, kurz bevor der Vater starb. Das Haus wurde verkauft, um die letzten Schulden des Caballero zu bezahlen.

Obwohl er völlig verarmt war, wurde Añuco in der Schule besonders gut behandelt. Manchmal richteten die Grundbesitzer, die auf Besuch kamen, das Wort an ihn, und es hieß sogar, daß manche von ihnen für seine Bücher und kleinen Ausgaben Geld spendeten. Er aber bestritt dies wütend und stürzte sich auf jeden, der so etwas zu behaupten wagte. »Mich erhält die Schule«, schrie er.

Añuco hatte einen Beschützer – Lleras, den besten Speerwerfer und Läufer und unersetzbaren Verteidiger der Fußballmannschaft. Lleras war der schwerfälligste Schüler im Colegio; man wußte nicht recht, woher er kam, die Väter protegierten ihn. Er hatte das erste Jahr dreimal wiederholen müssen, aber er war der Stärkste von allen, und die Einwohner der Stadt fürchteten ihn. Er hatte alle Schüler und alle Dorfjungen zusammengeschlagen, die sich je mit ihm eingelassen hatten. Er war hochmütig, mürrisch, verlogen und launisch. Trotzdem trugen wir ihn an vielen Sonntagnachmittagen auf den Schultern vom Fußballplatz in die Schule, wenn die Mannschaft des Colegio über einen Klub aus der Stadt oder aus einer anderen Provinz gesiegt hatte. Dann schrien wir seinen Namen laut durch die Straßen; inmitten der allgemeinen Aufregung blieb sein Gesicht kalt und beherrscht; unser Beifall schien ihn nur selten zu berühren. Dafür spielte dann Añuco den Helden. Wir machten ihm in der Nähe des Siegers Platz, und er hüpfte herum, rief den Namen seines Freundes, kreischte und schrie Bravo. Er bildete sozusagen eine Volksmenge für sich und feierte sein eigenes Fest. Manchmal aber geschah es, daß sich Lleras nach einem siegreichen Spiel langsam und mit einem Ausdruck der Herausforderung umzukleiden begann. Añuco reichte ihm die Kleider und packte seine Fußballschuhe zusammen. Beide richteten sich auf: »Weg von hier«, schrie Lleras. »Raus, ihr räudigen Hunde«, fügte Añuco hinzu. Und sie trieben uns über das Feld. Dann konnte sie keiner beglückwünschen, und nicht einmal der Pater Rektor wagte es, zu Lleras zu gehen. Erst in der Nacht führte er ihn in die Kapelle des Colegio, wobei er seinen Arm um Lleras' Schultern legte.

Lleras kam fast immer mit Schatten unter den Augen, aber mit klarem Gesicht heraus. Ein paar Tage hörte er auf, die kleineren Schüler zu quälen, er nahm seine Mahlzeiten ein, ohne mit jemandem zu sprechen. Der gleiche Schatten lag über Añuco. Añuco pflegte plötzlich und unerwartet unter den »Chilenen« aufzutauchen. Er griff seine Gegner wie eine vom Teufel besessene Katze an. Er war schlank und ungefähr vierzehn Jahre alt. Seine Haut war zart und grauweiß, was ihm ein kränkliches Aussehen gab. Im Kampf aber wurden seine dünnen, harten Arme zu furchtbaren Waffen; er schlug mit beiden Händen zu, als wären es die Enden zweier Baumstämme. Niemand mochte ihn gern. Die neuen Schüler, die aus entfernten Provinzen kamen, unterhielten sich in den ersten Tagen mit ihm, und Añuco versuchte dann regelmäßig, sie gegen die anderen Schüler mißtrauisch zu machen und aufzuwiegeln. Er war immer der erste, der sich an die Neuen heranmachte, doch sie wurden ihn bald leid, und dann verwandelte er sich in ihren ersten Feind. War es ein älterer Schüler, beschimpfte er ihn mit den unflätigsten Ausdrücken, bis dieser sich auf ihn stürzte, und Añuco so einen Vorwand hatte, Lleras zu Hilfe zu rufen. War es aber ein kleinerer Schüler, dann schlug er ihn bis aufs Blut. Im ›Krieg‹ war er wild und grausam. Er nahm für seine Schleuder nur Steine anstelle von Früchten, und im ›Nahkampf‹ teilte er Fußtritte von hinten aus oder trat jene, die am Boden lagen. Er war einmal bei den ›Chilenen‹, einmal bei den ›Peruanern‹, je nachdem, welcher Gegner schwächer war. Er hielt sich an keine Regeln und wartete begierig darauf, bis ein Junge im Gruppenkampf zu Boden stürzte; dann gelang es ihm immer, dem Gefallenen ins Gesicht zu treten oder ihm kleine, wie zufällige Stöße zu versetzen, als geschähe es im Eifer des Spiels, als wäre er völlig darin vertieft. Gelegentlich verhielt er sich zwar anders. Aber schließlich verbot man Añuco das Kriegsspiel. Trotz Lleras' Einspruch schlossen wir ihn in einer großen Versammlung aus und nannten ihn einen ›Verräter‹ und ›Vaterlandsverkäufer‹. Er spielte jedoch weiter mit, es sei denn, er streifte mit Lleras über die Hügel oder besuchte die *chicherías*, um dort die Mestizen-Mädchen und die Indios zu ärgern. Er tauchte immer unerwartet auf; er kroch hinter den Büschen hervor, sprang von einer Mauer herunter oder kletterte aus irgendeinem Graben. Manchmal half er auch einem kleineren

Schüler, der verfolgt oder gefangen genommen und von mehreren ›Wächtern‹ in die ›Kaserne‹ gebracht wurde. Er stürzte sich wie ein junges Raubtier auf sie, grunzte, kratzte, biß und teilte gut gezielte, sichere Schläge aus. »Weg, räudige Hunde, ich habe die Tollwut«, brüllte er, und seine Augen glänzten so stark, daß sie jedem Entsetzen einjagten; dann begann er ernstlich zu kämpfen, und seine Gegner flohen. Wenn Añuco aber einer Gruppe von Schülern in die Hände fiel, die ihn besonders haßten, wurde er erbarmungslos geschlagen. Dann schrie er wie ein Schwein, das geschlachtet wird, rief um Hilfe, und sein schrilles Gekreisch war in der ganzen Stadt zu hören. Er übertrieb seine Schmerzen und stöhnte mehrere Tage lang. Und die Haßgefühle hörten nicht auf, heimtückisch schlichen sie weiter und griffen immer mehr um sich.

Manche Schüler spielten am Abend auf den Galerien des ersten Patio Harmonika; andere zogen es vor, sich im hinteren Schulhof zu verstecken, um zu rauchen und Frauengeschichten zu erzählen. Der erste Patio war mit Steinen gepflastert. Rechts vom Eingangsportal stand das Schulgebäude, links erhob sich eine alte, leere und feuchte Wand, an deren Fuß die große Wasserleitung und ein kleiner viereckiger Behälter lagen. Alte Holzsäulen liefen rings um den Hof und trugen die Galerie des ersten Stockwerks. Drei trübe Lampen beleuchteten die untere Galerie, doch der Patio selbst blieb fast im Dunkeln. Zu dieser Stunde krochen die Frösche manchmal bis ins Becken, badeten darin oder quakten am Rand. Am Tag versteckten sie sich im Unkraut, das in der Nähe der Leitung wuchs.

Oft veranstalteten drei oder vier Schüler einen Wettbewerb im Singen und Spielen von *huaynos*. Dann versammelte sich ein großes Publikum, um zuzuhören und den Schiedsrichter zu spielen. Einmal sang jeder Teilnehmer über fünfzig *huaynos*. Die Harmonikaspieler mochten es gern, wenn ich vorsang. Die einen wiederholten dann die Melodie, die anderen, in tieferen Lagen, die Begleitung. Sie wiegten den Körper hin und her, senkten und hoben den Kopf im Eifer und schlugen den Takt. Aber am besten spielte Romero, ein großer, schlanker Mestize aus Andahuaylas. Romero spielte *rondín*.

Der innere Hof, der eigentliche Schulhof, war nicht gepflastert. Ein langer, staubiger Gang verband ihn mit dem ersten Patio. Am Anfang dieses Ganges lag der Eßsaal; ganz hinten, am anderen Ende, waren hinter einer Bretterwand die Latrinen – Kisten ohne Boden über einem Wassergraben, der von einem kleinen Tank gespeist wurde.

Tagsüber spielten mehr als hundert Schüler auf diesem kleinen, staubigen Platz. Viele Spiele waren brutal; die Großen und Starken wählten sie aus, um miteinander zu kämpfen oder um die Kleinen und Schwachen zum Weinen zu bringen. Merkwürdigerweise zogen viele der kleinen Schüler die rauhen Spiele vor, wenn sie sich auch hinterher tagelang darüber beklagten und bleich und gedemütigt herumhinkten.

Nachts war der Spielplatz in Dunkelheit gehüllt, denn das letzte Licht brannte zehn Meter entfernt über der Tür des Eßsaals.

Manchmal ging nachts eine schwachsinnige Frau, die in der Küche half, mit langsamen Schritten über den Platz. Einer der Patres hatte sie in einem benachbarten Dorf gefunden und ins Colegio gebracht.

Sie war keine India, hatte blondes Haar und eine weiße Haut; das Gesicht war allerdings immer mit Schmutz und Unrat verschmiert. Sie war klein und dick. Morgens sahen wir sie manchmal aus der Zelle jenes Paters kommen, der sie in die Schule geholt hatte. Wenn sie nachts auf den Spielplatz ging, schlich sie lautlos im Schatten der Wände entlang, und man sah sie erst, wenn sie schon ganz nahe an der Bretterwand war oder die Tür zu einer Latrine öffnete. Jedesmal rief sie Schrecken und Bestürzung hervor. Die großen Schüler schlugen sich darum, wer als erster zu ihr durfte, oder sie standen vor der Latrine Wache und warteten in einer Schlange. Wir Kleineren blieben zurück; stumm, zitternd vor Aufregung sahen wir den Schlägereien zu oder beobachteten die Jungen, die verkrampft in der Reihe standen. Nach kurzer Zeit – manche warteten noch oder wälzten sich auf dem Boden – rannte die Frau wie gehetzt davon. Fast immer aber holte sie einer ein und versuchte, sie noch einmal zu erwischen. Wenn sie im Durchgang verschwunden war, dauerte die Erregung an; das Schimpfen, die Beleidigungen und die Schlägereien der größeren Schüler nahmen kein Ende.

Nie stürzten sie sich mit größerer Rachgier aufeinander. Sobald einer zu Boden gefallen war, versetzten ihm seine Rivalen Fußtritte, traten ihm mit den Absätzen auf den Kopf und jene Körperteile, die am meisten schmerzten. Wir Kleineren hüteten uns, in die Nähe zu kommen. Wir hörten die ekelhaften, schmutzigen Flüche der Älteren; wir sahen, wie sie einander in der Dunkelheit verfolgten, wie manche flohen, wie der Sieger sie bedrohte und ihnen laut schreiend befahl, in Zukunft bei den Kleinen im Winkel zu bleiben. Der Kampf hörte erst auf, wenn die Glocke die Schüler in den Schlafsaal rief oder wenn einer der Patres in der Tür des Speisesaals mit lauter Stimme Ruhe gebot, weil er die Flüche und das Geschrei gehört hatte.

In den Vollmondnächten erschien die Schwachsinnige nicht auf dem Spielplatz.

Añuco und Lleras behandelten die verletzten Opfer der nächtlichen Schlägereien mit ungeheuerer Verachtung. Manchmal schauten sie den Faustkämpfen vom Gang aus zu. Sie kamen erst, wenn der Kampf begonnen oder wenn die Gewalttätigkeit der Jungen bereits nachgelassen hatte und sie aus lauter Verzweiflung eine Schlange bildeten.

»Los, Kinder, anstellen, anstellen«, schrie Añuco und Lleras lachte laut. Er meinte uns, die Kleinen, die wir uns in die Winkel des Patio verkrochen hatten. Die Großen verharrten wortlos in der Reihe oder stürzten sich zu mehreren auf Lleras, der dann zum Eßsaal lief, worauf die Verfolgung aufgegeben wurde.

Ein Abgrund des Hasses trennte Lleras und Añuco von den größeren Schülern. Doch wagte keiner, den besten Sportler der Schule zum Kampf herauszufordern.

Bis eines Nachts etwas geschah, was den Haß gegen Lleras schürte und steigerte.

Einer der bescheidensten und kleinsten Schüler des Internats hieß Palacios. Er stammte aus einem Dorf der Kordillere, las nur mit Mühe spanisch und verstand die Sprache kaum. Er war der einzige Schüler des Colegio, der aus einem indianischen *ayllu* kam. Seine Demut entsprach seiner Herkunft und seiner Unbeholfenheit. Einige von uns versuchten, ihm beim Lernen zu helfen, aber ohne Erfolg; er begriff nichts, und die ganze Atmosphäre der Schule, die Erklärungen der Lehrer und der Inhalt der Bücher waren ihm völlig fremd. Er war der

Qual des Lebens im Internat und der Schulstunden hilflos ausgeliefert. Trotzdem bestand sein Vater mit unsagbarer Hartnäckigkeit darauf, daß er in der Schule blieb. Der Vater war groß und nach Art der Mestizen gekleidet, er trug Krawatte und Gamaschen. Jeden Monat besuchte er seinen Sohn. Dann gingen sie zusammen in den Empfangsraum, und wir hörten seine wütende Stimme. Er sprach spanisch. Aber wenn er sich aufregte, verlor er die Beherrschung und beschimpfte seinen Sohn auf Quechua. Palacitos* klagte und weinte und bat seinen Vater flehentlich, ihn aus dem Internat zu nehmen.

»Bring mich in eine öffentliche Schule**, *papacito*«, bat er auf Quechua.

»Nein, du bleibst im Colegio«, beharrte der Cholo energisch.

Dann ging er. Er machte dem Rektor und den übrigen Lehrern wertvolle Geschenke: vier oder fünf geschlachtete Schafe und mehrere Säcke Mais und Kartoffeln.

Der Rektor ließ Palacitos jedesmal nach dem Besuch seines Vaters zu sich rufen. Am Ende des langen Gesprächs war Palacitos noch verweinter, noch demütiger und verschüchterter als nach der Unterredung mit seinem Vater; er suchte dann einen ruhigen Ort, um zu weinen. Manchmal nahm ihn die Köchin zu sich in die Küche, aber sie mußte aufpassen, daß es die Priester nicht merkten. Wir entschuldigten sein Fehlen beim Lehrer, und Palacitos verbrachte den Nachmittag unter ein paar schmutzigen Wolldecken in einem Winkel der Küche. Erst dann beruhigte er sich. Wenn er die Küche verließ, waren seine Augen zwar noch etwas geschwollen, aber wach und fast glänzend. Er redete ein bißchen mit uns und spielte. Die Schwachsinnige betrachtete ihn mit einer gewissen Vertrautheit, wenn sie durch die Tür des Eßsaals kam.

Lleras und Añuco wurden es allmählich leid, Palacitos zu ärgern. Er war kein Unruhestifter, er interessierte sie nicht. Nach einiger Zeit versetzte ihm Añuco den letzten Fußtritt und kümmerte sich von da an nicht mehr um ihn.

Doch eines Nachts begab sich die Schwachsinnige in ganz ungewöhnlicher Weise zum Spielplatz; sie mußte sehr vorsich-

* Verkleinerungsform von Palacios; wird bei Eigennamen oft für die Söhne zur Unterscheidung von den Vätern gebraucht; kann aber auch eine spöttische oder zärtliche Bedeutung haben.

** Die staatlichen Schulen sind gratis und genießen daher weniger Ansehen.

tig gegangen sein, denn niemand hatte sie entdeckt. Plötzlich hörten wir die klagende Stimme Palacitos'.

»Nein, ich kann nicht, ich kann nicht, Brüderchen.«

Lleras hatte das Kleid der Schwachsinnigen bis an den Hals heraufgezogen und wollte, daß sich der kleine Palacitos auf sie werfe. Die Frau verlangte nach ihm, sie stöhnte und winkte dem Jungen mit beiden Händen.

Wir rannten alle zusammen hin. Es war nicht sehr dunkel, denn die Nacht war sternenklar und wolkenlos. Wir sahen Palacitos in der Nähe der Tür, hinter der Bretterwand; die Schwachsinnige lag auf dem Boden. Lleras stand gegenüber der Tür.

»Was wollt ihr, ihr Hunde?« schrie er. »Raus, raus! Hier ist er, der Doktor Palacios, der Doktor Palacios!«

Er versuchte zu lachen, aber wir stürzten uns auf ihn, und er begann sofort verzweifelt zu schreien.

»Hilfe, Vater, Hilfe!«

Die Schwachsinnige konnte entwischen, aber sie ging nicht über den Gang; schlauerweise lief sie ans andere Ende des Spielplatzes. Zwei Lehrer kamen in den Patio.

»Sie sind alle zusammen über mich hergefallen, Vater«, klagte Lleras.

Die anderen brachten kein Wort hervor.

»Warum?« fragte der eine der Lehrer.

»Sie wissen selbst, Vater, daß er ein Schläger ist und daß er sich gemein benimmt«, antwortete Romero, der älteste von allen.

»Was habe ich denn getan? Sagt, was habe ich getan?« fragte Lleras zynisch.

»Er wollte Palacios mißbrauchen, wie ein Teufel, in schmutziger Weise . . .«

»In schmutziger Weise? Was heißt das?« fragte der andere Priester in unverkennbarem Zorn.

»Ausreden, *padrecito*«, fiel Añuco ein. »Sie sind neidisch auf ihn, weil er der beste Sportler ist.«

»Dummheiten ungezogener Jungen! Geht schlafen! Weg von hier, alle!« befahl der Pater.

Lleras lief als erster davon. Wir alle hinter ihm her.

Im Schlafsaal forderte Romero Lleras zum Kampf heraus.

»Morgen abend«, sagte Lleras.

»Jetzt sofort«, verlangte Romero.

»Jetzt sofort«, riefen wir alle.

Aber der Rektor begann draußen vor dem Schlafsaal auf und ab zu gehen.

Palacios wagte nicht aufzublicken. In den Kleidern legte er sich auf sein Bett und zog die Decken über den Kopf.

Añuco sah Romero an, bevor er in sein Bett stieg, und sagte: »Mein armer Junge, mein armer Junge!«

Romero war fest entschlossen und gab Añuco keine Antwort; er drehte sich nicht einmal nach ihm um.

Dann löschte der Rektor die Lichter. Niemand sagte mehr ein Wort.

Trotz unserem brennenden Verlangen kam der Kampf nicht zustande. Der Rektor verbot uns für die ganze Woche, auf den inneren Hof zu gehen.

Lleras und sein Freund rauchten in den verborgenen Winkeln der Galerie oder gingen Arm in Arm spazieren. Niemand redete mit ihnen. Abends, wenn er die Frösche quaken hörte, rannte Añuco zum Brunnen und warf kleine Steine in das Becken oder schlug mit einem langen Holzstock auf den Rand. »Verfluchte Biester«, schrie er und schlug wie ein Besessener zu. »Da ist einer, Lleras, ich habe ihn erwischt«, rief er vergnügt und lief ans Licht, um zu sehen, ob Blut an dem Stock klebte.

Die Tage verstrichen, und Romero verlor den Mut. Er sprach nicht mehr von seinen Plänen, von der Methode, die er anwenden wollte, um Lleras zu besiegen, um ihn zu Boden zu zwingen und zu demütigen. »Endlich hat die Stunde geschlagen«, hatte er uns versprochen. »Ich will ihm die Nase brechen. Ihr werdet das Blut dieses verfluchten Kerls in Strömen fließen sehen.« Und vielleicht wäre es ihm gelungen. Romero war schlank, aber behende und stark; er hatte kräftige Beine, und in der Fußballmannschaft des Colegio spielte er den Mittelstürmer. Wenn er beim Spiel mit größeren und stärkeren Gegnern zusammenprallte, überrannte er sie oder sprang geschickt wie ein Affe zur Seite und wich so ganzen Gruppen von Spielern aus. Wir hatten großes Vertrauen zu ihm. Doch sprach er weniger und weniger von seinem Vorhaben. Und niemand wollte ihn dazu drängen, denn Lleras war verschlagen, erfahren und grausam. »Wenn er sieht, daß er verliert, ist er imstande, Romero ein Messer in den Rücken zu stoßen«, sagte einer der Schüler.

Doch auch Lleras sprach nicht mehr von der Abmachung. Am folgenden Sonntag gingen er und sein Freund als erste weg. Wir sahen sie weder in der Stadt noch auf dem Fußballplatz. Sie kamen auch nicht zum Mittagessen. Nachher erzählten sie, sie seien bis hinauf zu den ersten Schneefeldern des Ampay gewandert.

Palacios vermied es, Lleras und Añuco zu begegnen. Er blieb beständig in unserer Nähe, und aus lauter Angst vor seinen beiden Feinden gewann er etwas mehr Vertrauen zu seinen übrigen Mitschülern.

»Wenn ich ihn in meinem Dorf mit meinem Vater sähe, würde ich ihn umbringen lassen«, sagte er in jenen Tagen, als wir auf den Zweikampf warteten, zu mir. Er zitterte ein wenig, als er sprach. Und zum ersten Mal sah ich, daß ein fester Entschluß seinen Blick härtete und sein Gesicht belebte. Seine Wangen röteten sich.

Sein Vater besuchte ihn, nachdem nichts aus dem Zweikampf geworden war. Als der Vater gegangen war, rief er mich in unser Klassenzimmer. Neben dem Katheder sagte er leise zu mir:

»Hör, Bruder, gib das hier Romero. Mein Vater hat es mir geschenkt, weil ich ihm versprochen habe, in der Schule zu bleiben.«

Und er legte eine glänzende Goldmünze, die neu geprägt zu sein schien, in meine Hände.

»Und wenn Romero sie nicht annehmen will?«

»Bitte ihn darum. Niemand wird es erfahren. Wenn er nicht will, dann sag ihm, daß ich aus der Schule fortlaufen werde.«

Ich suchte Romero und ging mit ihm nach oben. Es war fast sechs Uhr abends, und alle Schüler waren in den beiden Höfen. Ich gab ihm die Münze. Zuerst wurde er rot, wie nach einer großen Beleidigung, dann sagte er: »Nein, das kann ich nicht annehmen, ich bin ein Hund.« – »Jedenfalls hast du Lleras gedemütigt«, antwortete ich. »Begreifst du das nicht? Seit vielen Tagen herrscht und befiehlt er nicht mehr wie früher und hat aufgehört, die Kleinen zu ohrfeigen. Zwar schreit, droht und brummt er, doch er hat nicht mehr den Mut, uns anzurühren. Es ist besser, daß du dich nicht geschlagen hast.

Du hast ihm einen Maulkorb angelegt, ohne ihn zu besiegen.« Als er noch immer zweifelte und die Augen nicht hob, redete ich weiter auf ihn ein. Es störte mich, daß er in meiner Gegenwart den Blick gesenkt hielt, denn er war viel älter als ich und besuchte eine höhere Klasse. »Siehst du nicht, wie sich Palacitos verändert hat?« fragte ich. »Es wäre deine Schuld, wenn er aus der Schule wegliefe.« Schließlich nahm Romero das Geld. Endlich sah er mich an. »Aber ich werde es nicht ausgeben«, sagte er, »sondern die Münze als Andenken behalten.« Dann konnte er endlich lächeln.

Mit der Zeit wurden Palacios und Romero gute Freunde. Nicht sofort, sondern allmählich. Dieser Umstand allein war eine Warnung für Lleras. Ich glaube, daß er damals beschloß, aus dem Colegio zu fliehen, obwohl er wußte, daß er dann Añuco zurücklassen mußte, daß er ihn den anderen wehrlos ausliefern würde.

Wochenlang ging die Schwachsinnige kein einziges Mal auf den dunklen Hof.

Viele der Internen wurden unruhig. Einer von ihnen, der trotz seiner kräftigen Gestalt ein großer Feigling war, begann sie zu verfluchen.

Man nannte ihn Peluca*, weil sein Vater Friseur war. Peluca versteckte sich in den Latrinen und sogar unter den Betten, sobald einer der Lehrer die Boxhandschuhe auf den Spielplatz brachte. Sein Ausdruck war immer weinerlich wie der eines Kindes, das die Tränen zurückhalten will.

»Peluca, weine nicht, sei doch nicht so«, spotteten die Klassengefährten und die Internen. Er wurde rot vor Zorn und zerriß vor Wut seine Hefte und Bücher. Und wenn sie ihn zur Verzweiflung trieben und ihn im Chor zu hänseln begannen, vergoß er schließlich wirklich Tränen.

»Peluquita**, sei nicht traurig.«

»Peluquita, ich rufe meine Großmutter, damit sie dich tröstet.«

»*Agú*, Peluquita«, sagten sie.

Er mußte neunzehn oder zwanzig Jahre alt sein. Sein Hals war dick, der Nacken stark wie der eines Stieres. Er hatte große

* Perücke.

** Verkleinerungsform, die hier spöttisch gemeint ist.

Hände und muskulöse Beine, und in den Ferien arbeitete er auf dem Feld. Anfangs glaubte man, er könnte ein guter Boxer werden. Die Schüler erzählten, er habe gezittert, als man ihm die Handschuhe anzog, sein Gegner aber habe ihn dennoch mit Mißtrauen beobachtet. Als er aber den ersten Schlag ins Gesicht erhielt, drehte sich Peluca um, duckte sich und wollte nicht weiterkämpfen. Man beschimpfte ihn, sogar die Lehrer verlangten, daß er weiter boxe und beschämten ihn mit den verletzendsten Ausdrücken. Alles war vergeblich, er weigerte sich, noch einmal seinem Gegner gegenüberzutreten. Pater Cárpena, der das Boxen liebte, verlor die Geduld, gab ihm einen Fußtritt und stieß ihn zu Boden.

Wenn aber Peluca im inneren Hof die Schwachsinnige erblickte, schien eine Wandlung in ihm vorzugehen. Geschickt machte er sich die Verwirrung des ersten Augenblicks zunutze, um ja nicht das Nachsehen zu haben. Es hieß, daß er sich dann mit einer Hinterlistigkeit benahm, die die anderen in Wut versetzte. Danach entwischte er auf den ersten Patio, in die schützende Nähe der Lehrer. Blind vor Wut versuchten die anderen Schüler, ihn mit grausamen Schlägen von der Schwachsinnigen wegzureißen, doch sie sagten, daß die Frau ihn mit unbezwingbarer Kraft umarmte. Und Peluca verließ die Latrine unter einem Hagel von Fußtritten. Nur selten schloß man ihn dort ein, und als dies einmal geschah, riß er die Bretterwand mit einem einzigen Faustschlag zu Boden.

Nachdem vier lange Wochen seit dem Zwischenfall mit Palacios und der Frau vergangen waren, wurde Peluca von großer Unruhe ergriffen. Er sprach nicht, er ging aufgeregt hin und her, stieg die Treppen zu den Schlafsälen hinauf und hinunter. Er murmelte obszöne Flüche und hörte die Beleidigungen und Scherze nicht, mit denen ihn die anderen zu ärgern versuchten.

»Hör, Peluca, hör du Vieh«, riefen sie.

»Welch große Liebe für die Schwachsinnige!«

»Er vergeht, er sehnt sich zu Tode nach ihr!«

»Schaut, wie er weint!«

Und alle lachten.

Doch er hörte nicht hin; ihm war alles gleichgültig geworden, denn er war viel zu sehr mit seiner Leidenschaft beschäftigt.

Die Isolierung, in die das zermürbende Warten Peluca getrieben hatte, reizte die Schüler, und eines Nachts überfielen sie ihn im inneren Hof.

»Peluca hört uns nicht einmal mehr«, klagten die einen.

»Man muß ihn gründlich aufwecken«, riet ein anderer.

Es war eine mondhelle Nacht. Die grauweiße Erde des inneren Hofes leuchtete, und die weißgestrichenen Wände warfen Licht auf den Platz. Peluca betrat allein den Hof. Hinter ihm bildeten die Schüler einen Kreis und schlossen ihn ein. Peluca merkte es zuerst nicht; er ging weiter, und erst als er sich umdrehte, weil er Schüler vor sich gesehen hatte, entdeckte er, daß sie ihn von allen Seiten umzingelten. Dann begannen sie zu rufen:

»Du stirbst ja, Peluca!«

»Wegen der dreckigen Chola!«

»Wegen der Schwachsinnigen!«

»Ein Esel bist du!«

»Und sie ist ja so jungfräulich!«

»Die Jungfrau. Bringt dem armen kleinen Peluquita seine kleine Jungfrau!«

Wie gelähmt blieb er in der Mitte des Kreises stehen. Die Schüler schrien weiter. Dann aber kam er zu sich; er ging dorthin, wo die älteren Schüler standen, und wetterte:

»Haltet's Maul, ihr schmutzigen Kerle, haltet's Maul.«

Er blieb neben Ismodes stehen und sprach mit ihm. Ismodes hatte struppiges Haar und ein pockennarbiges Gesicht.

»Ich habe dich gesehen, du Schwein«, sagte er. »Hier habe ich dich gesehen, du hast neben den Kisten auf dem Boden gelegen und dich selbst gerieben wie ein Verfluchter. Die Augen sind dir fast aus dem Kopf gequollen, du Schwein.«

»Und du, du Antichrist«, sagte er zu Montesinos. »Du auch, am gleichen Ort. An der Wand hast du dich gerieben, du Hund.«

Er zeigte mit dem Finger auf einen nach dem anderen und klagte sie alle desselben Verbrechens an.

Zu Romero sprach er anders.

»Du, um Mitternacht, in deinem Bett; erst keuchst du wie ein tollwütiges Tier, und dann wimmerst du ganz leise. Nur Lleras und ich, nur wir sind aufrechte Christen. Du aber sollst verflucht sein, du ekelhafter Kerl. Alle, ihr alle werdet euch in der Hölle wälzen.«

Niemand sagte ein Wort. Erhobenen Hauptes schritt er davon und durchbrach den Kreis; kein anderer konnte so stolz sein.

Die Schüler zerstreuten sich allmählich und bemühten sich, auf Zehenspitzen zu gehen, um nicht den geringsten Lärm zu machen. Es war, als schliefe ein großer Feind, ein *nakak'*, im Patio.

Während des Abendgebets, nach dem Essen, weinten ein paar der kleineren Schüler. Der Pater Rektor war ebenso erstaunt wie befriedigt darüber. Dies eine Mal beteten die Schüler den Rosenkranz mit großer Inbrunst und heiligem Eifer.

Von diesem Tag an empfanden viele der jüngeren Schüler eine noch größere Angst vor dem unergründlichen, dunklen Hof. Wir, die wir auf dem gepflasterten Patio fröhliche und witzige *huaynos* sangen, friedlich plauderten und Geschichten von Bären, Ratten, Pumas und Kondoren erzählten, wir, die wir im kleinen Fluß von Abancay, dem kristallklaren Mariño, kleine Dämme bauten, um die Strömung abzulenken – wir konnten das plötzliche Entsetzen, die stechende Angst nicht überwinden, die uns dieser Patio einflößte.

Was Peluca gesagt hatte, drückte nur ein dunkles Vorgefühl in Worten aus. Ich wußte, daß die Winkel dieses Patio, das Geräusch des Wassers, das in den Zementgraben fiel, die kleinen Kräuter, die versteckt hinter den Kisten wuchsen, der feuchte Boden, auf den sich die Schwachsinnige legte und wo sich, sobald sie gegangen war, manche Schüler wälzten – ich wußte, daß der ganze hinter den Bretterwänden verborgene Raum das Reich des Teufels war. Der Gestank bedrückte uns, schlich sich in unsere Träume; und wir Kleinen kämpften gegen diesen Alptraum, zitterten vor ihm, versuchten uns zu retten – aber vergeblich, wie die Fische der Flüsse, wenn sie in die trüben Fluten des Hochwassers geraten. Der Morgen brachte Klarheit und Befreiung; die hohe Sonne schenkte ihr glänzendes Licht selbst jenen gelblichen Kräutern, die in der schwülen Luft der Latrinen gediehen. Aber der Wind der Dämmerung weckte den entsetzlichen Vogel von neuem, der im inneren Hof mit den Flügeln schlug. Wir gingen nicht mehr allein dorthin, obgleich uns ein dunkles Verlangen danach trieb. Nur wenige von uns folgten den Großen. Beschämt, als hätten sie in verseuchtem Wasser gebadet, kehrten sie zurück; sie blickten uns ängstlich an, und eine tiefe Reue bedrückte sie. Nachts, wenn sie glaubten, daß alle schliefen, beteten sie mit halblauter Stimme.

Eines Nachts sah ich, wie Chauca aufstand. Barfuß und halb nackt trat er auf den Gang. Ein trübes rötliches Licht drang von draußen in den Schlafsaal. Chauca war blond und schlank. Ganz leise öffnete er die Tür und ging hinaus. Er trug eine Gummipeitsche in der Hand. Nach kurzer Zeit kam er zurück. Seine Augen standen voll Tränen und seine Hände zitterten. Er küßte die Peitsche und legte sich langsam wieder hin. Sein Bett stand gegenüber dem meinen am einen Ende des Schlafsaals. Einige Augenblicke blieb er auf dem eisernen Bettgestell liegen und weinte, dann deckte er sich zu. Am folgenden Morgen erwachte er sehr vergnügt; ein schönes Karnevalslied aus seinem Dorf vor sich hin summend, ging er hinaus, um sich im Becken des Patio zu waschen. In großen Sprüngen rannte er die Treppe hinunter, lief hinaus auf den Hof und tanzte um den kleinen Wasserbehälter. Fröhlich rief er den Fröschen zu und bespritzte sie mit Wasser. Seine Freude, die Reinheit seiner Augen steckten an. Kein Schatten lag mehr auf seiner Seele. Er jubelte, und die Freude glänzte in seinen Augen. Später erfuhr ich, daß er sich in der Nacht vor der Tür der Kapelle gegeißelt hatte.

Sehnsüchtig erwartete ich die Sonntage, um über Land zu gehen. An den anderen Tagen überwand ich das Böse, indem ich an meinen Vater dachte und mir die großen Heldentaten ausmalte, die ich vollbringen würde, sobald ich erwachsen wäre. In Gedanken sah ich jenes schlanke, junge Mädchen mit dem schönen Gesicht vor mir, das in dem feindseligen Dorf mit den *capulí*-Bäumen gelebt hatte. Gleichzeitig stellte ich mir andere, jüngere Mädchen vor, die mich vielleicht mit größerer Aufmerksamkeit betrachten, meine Träume erraten und auf sich beziehen würden. Mädchen, die die Erinnerung an meine Reisen, an die Flüsse und Berge, die ich gesehen hatte, an die Abgründe und weiten Ebenen voller Seen, durch die ich gewandert war, teilen würden. Diese Mädchen mußten klein und schlank sein, blaue Augen und Zöpfe haben.

Aber an vielen Abenden folgte auch ich den großen Schülern auf den inneren Hof, und weil ich ihnen zuschaute, wurde auch ich beschmutzt. Sie glichen den bösen Geistern, den Ungeheuern, die in Alpträumen erscheinen und mit ihren haarigen Armen und Beinen drohen. Wenn ich aus dem dunklen Hof zurückkam, verfolgte mich der Ausdruck mancher meiner Gefährten, die heisere, angstvolle, gepreßte Stimme, mit der sie ihre Klagen oder ihren Triumph in den Abend hinausheulten. Zu dieser Stunde war es noch hell, die untergehende Sonne beleuchtete die Dächer, und der gelbe, süßliche Himmel schien zu brennen. Und wir wußten nicht, wohin wir gehen sollten. Die Wände, die Türen, unsere Kleider, der Himmel, der zu dieser Stunde so seltsam und ohne Tiefe war wie ein hartes Dach aus goldenem Licht – alles wirkte verdorben, verloren oder zornig. Kein Gedanke, keine Erinnerung konnten in diese tödliche Einsamkeit dringen, die mich in dieser Zeit von der Welt absonderte. Und ich hatte doch immer auch das Fremde als zu mir gehörig empfunden! Als ich zum erstenmal eine Reihe schöner Weiden sah, die sich am Ufer eines Baches wiegten, konnte ich mir nicht vorstellen, daß mir diese Bäume fremd waren. Die Flüsse, die Büsche, die an den Abhängen der Berge wachsen, sogar die Häuser in den kleinen Dörfern mit ihren roten, von Kalkstreifen durchzogenen Dächern, die blauen Alfalfafelder, die geliebten Maisfelder – das alles hatte immer mir gehört. Doch wenn ich bei Einbruch der Dämmerung aus dem inneren Hof zurückkehrte, schwand das mütterliche Bild der Welt aus meinen Augen. Und wenn die Nacht kam, wurde meine Einsamkeit, meine Verlassenheit größer und größer. Ich war von Kindern meines Alters und anderen Leuten umgeben, doch der große Schlafsaal war furchtbarer und trostloser als das tiefe Tal der Mühlen, in dem ich einmal verlassen zurückblieb, als mein Vater verfolgt wurde.

Das Tal der Mühlen war eher eine Schlucht, durch deren Grund zwischen großen, mit dornigen Büschen bewachsenen Felsen ein Bach floß. Das Wasser bildete Strudel unter den Steinen. An den ruhigen Stellen schwammen im Schatten der Steine verborgen flinke Fische, silbernen Nadeln ähnlich. Fünf Steinmühlen, die hintereinander auf der weniger steilen Seite der Schlucht standen, wurden vom selben Wasserlauf getrieben. Das Wasser floß durch eine enge Leitung aus Stein, die von den Spaniern angelegt worden war und durch einen langen, in den Fels gehauenen Stollen lief. Der Weg, der das Tal mit den benachbarten Dörfern verband, war fast so schmal wie das Aquaedukt; auch er war teilweise in den Fels gehauen oder hing über dem Abgrund. Die Reiter mußten sich unter dem niedrigen Felsdach bücken und sahen den Bach, der tief unten schäumte. Zur Regenzeit war der Weg nicht begehbar, selbst die Bergziegen glitten in dem gelben Schlamm aus. Die Sonne erschien spät und verschwand schon kurz nach zwölf; langsam stieg sie die felsigen Hänge des Tals hinan wie eine laue Flüssigkeit. Die Gipfel leuchteten hell, aber das Tal der Mühlen blieb im Schatten.

In dieser Schlucht lebte ich viele Monate lang allein; nachts weinte ich laut, ich wollte fortlaufen, aber ich hatte Angst vor dem Weg, Angst vor der Dunkelheit unter den Felsen und vor dem engen Pfad, der sich kaum sichtbar über die gelbe Erde schlängelte, die im Schatten der Nacht ein stumpfes, weiches Licht bewahrte. Wenn der Mond aufging, stand ich auf; die Mühlräder dröhnten, die riesigen Steine am Fluß mit den trockenen Büschen warteten auf mich, und ich vermochte nichts gegen sie. Die kleine, mit gelber Erde bedeckte Brücke aus Eukalyptusstämmen zitterte unter den Schritten der ersten Vorübergehenden.

Doch selbst dort, in jenem kalten Tal, das seine Bewohner in sich zu begraben schien, allein, in der Obhut eines alten, müden und fast blinden Indios verlor ich nie die Hoffnung. Die Fische im Fluß, die große Sonne, die so schnell den Himmel überquerte, die Distelfinken, die in den Höfen, wo der Weizen gelagert wurde, hin und her flogen, die Mühlen, die schwerfällig das Mehl ausstießen, die staubbedeckten Schweißtücher, die an den Kreuzen in den Mühlen hingen, selbst der ungestüme, wilde Bach gaben mir Mut. Ich lebte zwar in dauernder Angst, nicht so sehr, weil ich verlassen, sondern weil das Tal so düster war und ich bis dahin auf Pampas mit mütterlichen, glänzenden Maisfeldern gelebt hatte; ich brauchte Gesellschaft, um mich selbst wiederzufinden und die Felsen, die Stollen, die großen spitzen Steine dieses finsteren, verlassenen Tals in Ruhe erforschen zu können.

Daran dachte ich und erlebte jene Zeit in den Augenblicken großer Einsamkeit von neuem. In den Nächten im Internat aber fühlte ich Entsetzen – nicht so, als wäre ich wieder in das traurige, verlassene Tal der Mühlen zurückgekehrt, sondern als wäre ich in einen eisigen Abgrund gestürzt, der immer tiefer und weiter wurde und in den keine Stimme, kein Hauch, kein Laut aus der Welt mehr hinabdrangen.

Deshalb verließ ich an den Sonntagen, so schnell ich konnte, die Schule, um durch die Felder zu streifen und mich vom Feuer des Tals betäuben zu lassen.

Auf dem Weg zu dem großen Fluß ging ich durch die Zuckerrohrfelder. Je tiefer ich ins Tal kam, desto staubiger und glühender wurde der Weg; die *pisonayes* bildeten kleine Wälder, und die *molles* waren hoch und stark. Der *molle*, der mir in den Bergen aus Kristall gemacht zu sein schien und dessen rote Trauben im Wind wie Schellen klangen, war hier in der Tiefe ein dichtbelaubter, hoher, schläfriger Baum, der – wie ich – in der schweren kalkigen Luft versank und dessen Früchte unter einer Schicht aus Erde und Staub erstickten.

Manchmal erreichte ich nach einem stundenlangen Marsch den Fluß. Ich sah ihn, wenn meine Bedrücktheit und meine Schmerzen am größten waren. Ich betrachtete ihn von der Brücke aus und lehnte mich an eines der großen Steinkreuze über dem mittleren Pfeiler.

Der Fluß, der gefürchtete Pachachaca, macht oberhalb der Brücke eine scharfe Biegung. Er windet sich am Fuß einer mächtigen Felsmasse entlang, an der Schlingpflanzen mit blauen Blüten emporklettern. Dort ruhen sich die großen wandernden Papageien aus; sie halten sich an den Pflanzen fest und schreien laut von den Höhen herunter.

Unterhalb der Brücke fließt der Pachachaca ruhig und langsam nach Osten. Eine Weile schleppt er die langen, ins Wasser herunter hängenden Zweige des *chachacomo* mit; sobald sie sich aus der Strömung befreit haben, schnellen sie scharf zurück. Das Wasser ist wie flüssiger, blauer Stahl, lächelnd und trotzdem feierlich und tief. Ein kühler Wind fegt über die Brücke.

Die Brücke über den Pachachaca ist von den Spaniern gebaut worden. Sie hat zwei hohe Bogen, die auf einem Fundament von Kalk und Stein ruhen – mächtig und kraftvoll wie der Fluß selber. Die Strebepfeiler, die das Wasser teilen, sind in Felsen verankert und zwingen den Fluß in zwei schäumende Ströme.

Das Wasser prallt gegen die Pfeiler, es bäumt sich auf und leckt an der Mauer, als wollte es daran emporklettern, dann stürzt es durch die Bogen der Brücke. Bei Einbruch der Dämmerung bilden sich an den Pfeilern flüchtige Regenbogen, die sich im Wind drehen.

Ich wußte nie, ob ich die Brücke oder den Fluß mehr liebte. Beide reinigten und klärten meine Seele, füllten sie mit Kraft und Heldenträumen, so daß alle häßlichen Bilder, alle Zweifel und bösen Erinnerungen aus meinem Herzen verschwanden.

Und so, erneuert, wieder ich selber geworden, kehrte ich nach Abancay zurück; mit festen Schritten stieg ich den gefährlichen steilen Hang hinauf. In Gedanken plauderte ich mit meinen alten fernen Freunden, mit Don Maywa, Don Demetrio Pumaylly, Don Pedro Kokchi, die mich großgezogen und mein Herz dem ihren ähnlich gemacht hatten.

Danach fühlte ich mich viele Tage lang einsam, abgesondert. Ich wollte sein wie der große Fluß, der die Erde überquerte, die Felsen durchschnitt, sich unaufhaltsam und ruhig zwischen Wäldern und Bergen hindurchwand, um, begleitet von einem großen Volk von Vögeln, das auf den Höhen sang, im Meer zu enden.

In diesen Tagen brauchte ich meine kleinen Freunde nicht. Der Entschluß, unaufhaltsam vorwärts zu schreiten, begeisterte mich.

»Wie du, Pachachaca«, sagte ich, wenn ich allein war.

Dann konnte ich den dunklen Hof betreten, auf dem staubigen Boden herumgehen, mich den Bretterwänden nähern und danach sicher und ruhig ins Licht des großen Patio zurückkehren. Ich fühlte sogar mit der Schwachsinnigen Erbarmen. Sie tat mir leid, wenn ich an die unersättliche Roheit dachte, mit der sich die Schüler um sie stritten, wenn ich daran dachte, wie ihr Kopf gegen die Bretterwände oder auf den Boden der Latrinen schlug, daran, wie sie im Durchgang wie ein gehetztes Tier verschwand, und ich dachte an die armen Jungen, die sie bedrängten und sich selber solange erniedrigten, bis sie das Bedürfnis fühlten, sich zu geißeln und aus Reue zu weinen.

Ja, man mußte sein wie dieser unerschütterliche, kristallklare Fluß, wie seine unbesiegbaren Wasser. Wie du, Pachachaca! Schönes Pferd mit glänzender Mähne, unaufhaltsam und ewig, das über den tiefsten irdischen Weg zieht!

Zumbayllu

Die Quechua-Endung *yllu* ist eine Lautnachahmung. Sie beschreibt zum Beispiel das Summen, das kleine Flügel im Flug hervorbringen, das Geräusch, das durch die Bewegung kleiner Gegenstände entsteht. Die Form *yllu* besitzt Ähnlichkeit mit einer anderen, allgemeineren Form – *illa*. Damit wird ein bestimmtes Licht bezeichnet, außerdem die Ungeheuer, die bei der Geburt von den Strahlen des Mondes verletzt wurden – ein Kind mit zwei Köpfen oder ein Rind ohne Kopf. *Illa* ist aber auch der mächtige, schwarze und glänzende Fels, den eine große Ader aus weißem, stumpf glänzendem Stein durchzieht; *illa* ist ein Maiskolben, bei dem die einzelnen Körnerreihen nicht gerade, sondern kreuzweise oder kreisförmig verlaufen; *illas* sind die sagenhaften Stiere auf dem Grund der einsamen Bergseen, an deren Ufer Binsenwälder wachsen und in denen schwarze Enten schwimmen. Alle *illas* bringen Gutes oder Böses, jedoch immer in höchstem Grad. Berührt man ein *illa*, so ist es möglich, daß man entweder sofort stirbt oder der Auferstehung gewiß sein darf. Die Form *illa* besitzt nicht nur eine klangliche Ähnlichkeit, sondern ist auch dem Sinn nach der Endung *-yllu* verwandt.

Tankayllu heißt zum Beispiel die summende harmlose Hummel, die auf den Feldern an den Blumen nascht. Der *tankayllu* erscheint meistens im April auf den bewässerten Feldern, manchmal auch in anderen Monaten. Er bewegt die Flügel mit ungeheuerer Geschwindigkeit, um seinen schwerfälligen Körper, seinen viel zu großen Leib in die Luft zu erheben. Die Kinder laufen ihm nach und machen Jagd auf ihn. Der lange dunkle Körper endet in einem Stachel, der nicht nur nicht sticht, sondern sogar süß ist. Die Kinder fangen den *tankayllu*, um den Honig zu lecken, der an diesem falschen Stachel klebt. Doch sie erwischen ihn selten, denn er fliegt hoch und sucht die Blüten der Bäume und Büsche. Seine Farbe ist sonderbar, dunkler Tabak mit glänzenden Streifen am Bauch. Da das Geräusch seiner Flügel ziemlich laut ist, viel zu laut für das kleine Tier, glauben die Indios, daß im Körper des *tankayllu* nicht nur sein Leben, sondern noch eine andere Kraft wohnt.

Warum trägt er auf dem Stachel an seinem Bauch Honig? Warum können seine kleinen, schwachen Flügel die Luft bewegen und Wind erzeugen? Wie ist es möglich, daß der, der den *tankayllu* vorbeifliegen sieht, einen Luftzug im Gesicht spürt? Sein kleiner, pelziger Körper allein kann ihm nicht so viel Kraft geben. Und doch vermag er die Luft zu bewegen und wie ein großes Insekt zu summen; er steigt steil in die Höhe und verschwindet im Licht. Nein, er ist kein bösartiges Geschöpf; die Kinder, die seinen Honig lecken, fühlen ihr Leben lang im Herzen die sanfte Berührung eines milden Hauches, der sie vor Traurigkeit und Groll bewahrt. Aber die Indios sehen im *tankayllu* nicht ein Geschöpf Gottes wie in allen anderen Insekten; sie fürchten, er sei eine verworfene Kreatur. Sie finden, daß sich die Missionare einmal gegen ihn und andere privilegierte Wesen ereifern sollten. In den Dörfern am Ayacucho gab es einst einen Tänzer und Gaukler, der zu einer legendären Gestalt geworden ist. Er tanzte zu den großen Festen auf den Plätzen der Dörfer und vollbrachte am Vorabend heiliger Tage teuflische Taten. Er verschlang Eisenstücke, stieß sich Nadeln und Haken ins Fleisch und ging mit drei Brecheisen zwischen den Zähnen über die Vorhöfe der Kirchen. Dieser Tänzer hieß Tankayllu. Sein Gewand aus Kondorfedern war mit Spiegeln geschmückt.

Die große *quena*, die im Süden auf den Festen der indianischen Gemeinden gespielt wird, heißt *pinkuyllu*. Auf den Festen einzelner Familien dagegen wird niemals *pinkuyllu* gespielt. Es ist ein episches* Instrument, das weder aus gewöhnlichem Rohr noch aus Binsenrohr hergestellt wird, nicht einmal aus *mámak'*, einem Rohr des Urwaldes, das außerordentlich dick ist und zweimal so hoch wird wie das gewöhnliche wild wachsende Rohr. Der Hohlraum des *mámak'* ist dunkel und tief. In den Gegenden, wo es kein *huaranhuay* gibt, stellen die Indios kleinere *pinkuyllus* aus *mámak'* her, doch wagen sie dann nicht, dem Instrument den Namen *pinkuyllu* zu geben; sie nennen es einfach *mámak'*, um es von der gewöhnlichen *quena* zu unterscheiden. *Mámak'* heißt die Mutter; die, aus der

*Das heißt hier ein Instrument, das mit der präkolumbianischen Geschichte der Indios verknüpft ist, und das nur an den traditionellen Festen der indianischen *allus*, niemals aber an den kirchlichen Festen gespielt wird.

Leben keimt; die, in der etwas seinen Ursprung hat; *mámak'* ist ein magischer Name. Doch es gibt kein natürliches Rohr, aus dem ein *pinkuyllu* gemacht werden könnte; der Mensch muß ihn allein bauen. Er macht selber einen *mámak'*, tief und ernst, wie es ihn selbst im Urwald nicht gibt. Er kratzt das Mark aus einem Ast des *huaranhuay*, bindet die Enden mit Stiersehnen zusammen, so daß ein großes gebogenes Rohr entsteht, das er an der Sonne trocknen läßt. Es ist nicht möglich, das Licht zu sehen, das am unteren Ende des Rohrs eindringt, man nimmt in dem Bogen nur eine undeutliche Helligkeit, einen weichen Glanz wahr, wie am Horizont, wenn die Sonne untergegangen ist.

Dann bohrt der Erbauer des *pinkuyllu* Löcher in das Instrument, die scheinbar viel zu weit auseinander liegen. Die beiden ersten müssen vom Daumen und vom Zeige- oder Ringfinger der linken Hand, die so weit wie möglich gespreizt wird, verschlossen werden; die drei übrigen vom Zeige-, Ring- und kleinen Finger der rechten Hand. Indios mit kurzen Armen und kleinen Händen können nicht *pinkuyllu* blasen. Das Instrument ist so hoch, daß ein mittelgroßer Mann beim Spielen den Hals recken und den Kopf leicht in den Nacken legen muß, als wolle er den Himmel betrachten. Es sind immer mehrere Männer zusammen, die *pinkuyllu* blasen, und sie werden von Trommeln begleitet – auf den Dorfplätzen, auf offenem Feld, in den Höfen und Patios der Häuser, aber niemals in den Zimmern.

Nur die Stimme der *wak'rapukus* ist noch tiefer und kräftiger als die des *pinkuyllu*. Aber in den Gegenden, in denen der *wak'rapuku* zu Hause ist, kennt man den *pinkuyllu* nicht. Beide dienen den Menschen in den schweren und entscheidenden Augenblicken des Lebens. Der *wak'rapuku* ist ein Blasinstrument aus Stierhörnern; er wird aus dem dicksten und gekrümmtesten Teil des Horns hergestellt. Das Mundstück besteht aus Silber oder Bronze. Der gewundene feuchte Hals ist undurchdringlicher und dunkler als der des *pinkuyllu*, und auch den *wak'rapuku* können nur wenige Männer blasen.

Auf dem *pinkuyllu* und dem *wak'rapuku* werden nur epische Tänze und Lieder geblasen. Die betrunkenen Indios geraten oft in Zorn, wenn sie die alten kriegerischen Weisen hören, und während einige singen und spielen, kämpfen andere in blinder

Wut miteinander; später weinen sie blutend im Schatten der hohen Berge, am Rand der Abgründe, am Ufer der kalten Seen oder in der Steppe.

An den religiösen Festen erklingen weder *pinkuyllus* noch *wak'rapukus*. Verbieten die Missionare den Indios, diese Instrumente mit ihren dunklen und seltsamen Stimmen in den Kirchen, in den Vorhöfen oder neben dem Thron des Herrn in den katholischen Prozessionen zu spielen? *Pinkuyllus* und *wak'rapukus* erheben dagegen ihre Stimmen, wenn die Behörden einer indianischen Gemeinde neu gewählt werden, wenn die Jungen im Karneval wild miteinander kämpfen, wenn das Vieh gezeichnet wird oder Stierkämpfe stattfinden. Die Stimme der beiden Instrumente erregt die Indios leidenschaftlich, macht sie trunken und löst ihre Kräfte; wenn sie diese Stimmen hören, dann fordern sie den Tod heraus. Singend und fluchend stürzen sie sich auf die wilden Stiere, hauen Wege und Durchgänge in den nackten Fels, tanzen ohne Unterlaß und ohne den Wechsel von Tag und Nacht zu bemerken. Der *pinkuyllu* und der *wak'rapuku* bestimmen den Rhythmus, treiben sie an und sind ihnen Nahrung; keine Sonde, keine Musik, kein Element dringt tiefer hinab in das menschliche Herz.

Die Endung *yllu* bezeichnet den Klang dieser Musik und seine Fortpflanzung, *illa* die Fortpflanzung des Lichts, das nicht von der Sonne stammt. *Killa* ist der Mond, *illapa* der Blitz, *illariy* ist die Morgendämmerung, jenes Licht, das am Rand der Welt aufsteigt, bevor die Sonne kommt. *Illa* bedeutet niemals das feste Licht, das glanzvolle, übermenschliche Licht der Sonne. *Illa* bezeichnet alle Arten von schwächerem Licht: die Helligkeit, den Blitz, den Strahl, jedes zitternde Licht. Der peruanische Indio glaubt noch immer, daß er mit diesen nicht ganz göttlichen Lichterscheinungen in einer tiefen Beziehung steht; er glaubt an eine Verbindung seines Blutes mit der strahlenden Materie.

Zumbayllu! Im Mai brachte Antero den ersten *zumbayllu* in die Schule. Die kleinen Schüler standen im Kreis um ihn herum.

»Gehen wir auf den Hof, Antero.«

»Auf den Hof, Brüder, Brüderchen.«

Palacitos war unter den ersten. Sie rannten über die Böschung, liefen auf den staubigen Spielplatz und schrien: *»Zumbayllu, zumbayllu!«*

Ich folgte ihnen neugierig.

Was mochte ein *zumbayllu* sein? Was konnte dieses Wort, dessen Endung mich an schöne und geheimnisvolle Dinge erinnerte, bedeuten? Der sonst so schüchterne Palacios war fast an der Spitze der Gruppe von Jungen, die gekommen waren, um den *zumbayllu* zu sehen; mit einem großen Satz war er über die Böschung gesprungen, um als erster auf dem Spielplatz zu sein. Nun stand er da und schaute auf Anteros Hände. Ein großes sehnsüchtiges Glück verlieh seinem Gesicht einen Glanz, den es vorher nie gehabt hatte. Sein Ausdruck glich dem der indianischen Schulkinder, die im Schatten der *molles*, auf den Wegen zwischen den weit auseinanderliegenden Hütten und Dörfern spielen. Selbst der eingebildete Añuco, der runzlige und blasse Añuco, sah Antero vom anderen Ende der Gruppe aus an; in seinem gelblich-sauren Gesicht, das auf dem dünnen Hals mit den scharf hervortretenden Sehnen saß, lag eine zärtlich-ängstliche Neugier. Er glich einem neuen, eben bekehrten Engel.

Ich dachte an den großen Tankayllu, den Tänzer mit den Spiegeln, der im Vorhof der Kirchen mit großen Sprüngen herumgehüpft war. Ich dachte auch an den echten *tankayllu*, die Hummel, die wir im April und Mai zwischen den blühenden Büschen verfolgten. Ich dachte an die weißen *pinkuyllus*, deren Klang ich in den Dörfern des Südens gehört hatte. Und die *pinkuyllus* riefen mir die Stimme der *wak'rapukus* in Erinnerung – wie sehr gleicht doch die Stimme der beiden Instrumente dem lauten Brüllen, mit dem sich die brünstigen Stiere über Berge und Flüsse hinweg zum Kampf herausfordern!

Ich konnte den kleinen Kreisel nicht sehen und auch nicht, wie ihn Antero mit einer Schnur umwickelte. Ich stand hinten, in der Nähe Añucos. Ich sah nur, wie Antero in der Mitte der Gruppe mit dem rechten Arm eine Bewegung machte. Dann hörte ich ein dünnes Singen.

Es war noch früh, und die Wände des Hofes warfen lange Schatten; die Sonne leuchtete auf dem Kalk der Mauern an der Westseite. Die stickige Luft der tiefen Täler und die brennende Sonne verschlucken die Geräusche, sie ersticken den Gesang der Vögel, sie saugen ihn auf; in den Wäldern aber kann man immer in der Nähe der singenden Vögel bleiben. In den gemäßigten und kalten Gegenden trägt der Wind die menschliche Stimme und die Vogelstimmen über große Entfernungen. Der Gesang des *zumbayllu* verbreitete sich trotz der glühenden Sonne mit seltsamer Klarheit, als besäße er eine scharfe Schneide. Die ganze Luft mußte von dieser dünnen Stimme erfüllt sein – die ganze Erde, der sandige Boden, aus dem sie zu kommen schien. *»Zumbayllu, zumbayllu.«*

Ich wiederholte das Wort viele Male, während ich dem Summen des Kreisels lauschte. Es klang wie ein Schwarm großer *tankayllus*, die am gleichen Ort gefangen sind und sich im Staub drehen. Es machte mir Vergnügen, das Wort zu wiederholen, das so sehr dem Namen jener sanften Insekten gleicht, die singend im Licht verschwinden.

Plötzlich strengte ich mich an, stieß andere, größere Schüler beiseite und stand schließlich neben Antero. Er hatte einen kleinen Kreisel in den Händen. Der Körper bestand aus einer der kleinen grauen Kokosnüsse, die eingemacht und in den Läden verkauft werden; der Stachel war lang und dünn. Die Kugel hatte vier runde Löcher, wie Augen. Langsam band Antero eine dünne Schnur um den Kreisel; in vielen Windungen wickelte er den Stachel von seinem spitzen Ende her ein, dann warf er das Spielzeug in die Höhe. Einen Augenblick schwebte der Kreisel in der Luft, dann fiel er am anderen Ende der Gruppe von Schülern, dort, wohin die Sonne schien, zu Boden. Der lange Stachel zeichnete Kreise in die lockere Erde; der Kreisel drehte sich, und aus den vier Augen kamen leichte Luftströme; er zitterte wie ein großes, singendes Insekt, schließlich neigte er sich zur Seite und fiel um. Ein grauer Schatten lag wie ein Schein um das Kopfende, das sich noch drehte, eine schwarze Linie lief durch die Mitte der Kugel. Der hohe Gesang kam aus dieser dunkleren Hälfte, aus den Augen des Kreisels, den vier großen Augen, die in der harten Kugel wie in einer Flüssigkeit versanken. Feiner Staub stieg vom Boden auf und hüllte den kleinen Kreisel ein.

Der *zumbayllu* sang in mir weiter und brachte das Bild der Flüsse, der schwarzen Bäume, die über den Abgründen hängen, zurück.

Ich blickte Antero an. Kein Junge betrachtet ein bloßes Spielzeug in dieser Art. Welche Ähnlichkeit, welche geheime Beziehung bestand zwischen der Welt der tiefen Täler und dem Körper dieses kleinen, beweglichen, verwandlungsreichen Spielzeugs, das sich singend im Sand drehte, in den die Sonne einzutauchen schien?

Antero hatte rotes Haar, und sein Kopf schien zu brennen, wenn die pralle Sonne darauf fiel. Die Haut seines Gesichts war bräunlich, seine Stirn voller Leberflecken. Manche seiner Mitschüler nannten ihn *Candela* – Feuer –, andere riefen ihn auf Quechua *Markask'a* – den Gezeichneten – der Leberflecken wegen. Antero betrachtete den *zumbayllu* so eingehend, so versunken, so aufmerksam, daß er uns alle mitriß. Wir blieben stumm, solange der Kreisel tanzte, und Antero mit seinem spitzen Gesicht und der langen dünnen Nase schien einer fremden Welt anzugehören.

Noch bevor der Kreisel umgefallen war, schrie Lleras plötzlich: »Weg, ihr Käfer! Wie könnt ihr dieser Hexerei Candelas zusehen! Weg, ihr Stinktiere!«

Niemand achtete auf ihn. Nicht einmal Añuco. Wir lauschten dem *zumbayllu*.

»Stinktiere, armselige Bettnässer«, schimpfte Lleras fast gleichgültig weiter.

Der *zumbayllu* neigte sich immer mehr, bis er den Boden berührte; als er im Staub lag, beschrieb die Kugel einen Bogen und lag dann still.

»Verkauf ihn mir«, rief ich Antero zu, »verkauf ihn mir.«

Bevor mich jemand daran hindern konnte, kauerte ich auf der Erde und griff nach dem Kreisel. Der Stachel war lang und aus gelbem Holz. Dieser Stachel und die Augen, die mit einem glühenden Nagel in die Schale gebrannt worden waren und deren schwarze Ränder noch immer verkohlt rochen, gaben dem Kreisel ein unwirkliches Aussehen. Er war ein neues Wesen für mich, eine freundliche Erscheinung in einer feindseligen Welt, ein Band, das mich mit diesem verhaßten Patio, mit diesem Tal der Schmerzen, mit der Schule versöhnte. Lange betrachtete ich das Spielzeug, während die anderen Jungen verblüfft um mich herumstanden.

»Verkauf ihn dem Fremden nicht«, rief Añuco laut.

»Nein, dem nicht«, rief ein anderer.

»Verkauf ihn nicht«, sagte Lleras in befehlendem Ton. »Verkauf ihn nicht, sage ich.«

Mit Püffen und Stößen bahnte er sich einen Weg und stellte sich vor Antero. Ich blickte in seine Augen. Ich kann hassen – mein Haß vergeht, doch er ist unerträglich. Lleras' Augen waren wie flache, schmutzige, stickige Löcher. Hatte jemand dem trüben Schillern dieser Augen Einhalt geboten? Ein kleiner Junge war ruhig vor ihm stehengeblieben und hatte ihn mit wachsendem Haß betrachtet, einem Haß, der stärker war als jedes andere Gefühl.

»Ich verkaufe ihn dir, Fremder. Ich schenke ihn dir, ich schenke ihn dir«, rief Antero, als Lleras und ich uns noch immer anstarrten.

Ich umarmte Markask'a, während die anderen lärmten, als spendeten sie Beifall.

»Laß die Bettnässer«, sagte Añuco fast sanft zu Lleras.

»Und diese hier verschenke ich auch«, rief Antero, und er warf verschiedene *zumbayllus* in die Luft.

Vergnügt stritten sich die Jungen um die Kreisel. Lleras und Añuco gingen auf den ersten Patio.

Die Besitzer der übrigen *zumbayllus* kramten Schnüre hervor; in kleinen Gruppen versuchten sie, die Kreisel tanzen zu lassen. Bald hörte man die Stimmen der *zumbayllus*. Auf allen Seiten des Hofes erklang das leichte durchdringende Summen. Es war, als käme aus einem Wald blühender Büsche ein kleiner Schwarm singender Insekten geflogen, als hätten sie sich auf der trockenen Erde verirrt, erhöben sich in die Luft und fielen wieder in den Staub.

Ich bat Antero darum, seinen Kreisel tanzen zu lassen. Um uns herum bildete sich eine große Gruppe von Schülern. Niemand verstand es so gut wie Antero, den Kreisel zum Tanzen zu bringen. Seine Finger schlossen sich um die Kugel wie um ein großes unruhiges Insekt. Wenn er an der Schnur zog, erhob sich die graue Kugel bis zur Höhe unserer Augen, dann fiel sie langsam zu Boden.

»Jetzt bist du an der Reihe«, sagte er zu mir. »Nun hast du ja gesehen, wie ich es mache.«

Ich war sicher, daß ich den *zumbayllu* gut umwickeln und ihn richtig in die Höhe werfen würde. Trotzdem war ich ungeduldig und ängstlich. Ich ergriff den Kreisel und nahm die Schnur in die Hand. Ich band sie am Stachel fest, wickelte sie langsam darum und zog sie bei jeder Windung fest an. Dann nahm ich den Kreisel in die Finger der linken Hand, zog das Ende der Schnur zwischen Zeige- und Mittelfinger hindurch, wie es Antero getan hatte.

»Angeberei des Fremden!«

»Dummkopf«, riefen die aus Abancay.

»Dieses Spiel ist nicht für jeden beliebigen Auswärtigen.«

Doch Antero, der mir aufmerksam zugeschaut hatte, sagte: »So ist es richtig, so ist es richtig, mein Bruder.«

Ich zog an der Schnur und schloß die Augen. Ich fühlte, wie sich der *zumbayllu* in meiner Hand drehte. Ich öffnete die Finger, als die ganze Schnur aufgerollt war. Der *zumbayllu* sprang pfeifend in die Luft; die Schüler, die hinter uns standen, wichen zur Seite, sie machten ihm Platz, damit er auf den Boden fallen konnte. Als ich ihn unter dem Schweigen der übrigen Schüler betrachtete, läutete die Glocke, die das Ende der Pause anzeigte. Fast alle Schüler der Gruppe rannten davon. Nur zwei oder drei blieben zurück, in deren Gegenwart mich Antero feierlich beglückwünschte.

»Zufall«, sagten die anderen.

»Der geborene Kreiselspieler«, behauptete Candela. »Ein *zumbayllero* wie ich.«

Sein Haar war an den Wurzeln fast schwarz und glich dem filzigen Pelz gewisser Spinnen, die nach starken Regenfällen langsam über die Wege kriechen. Zwischen der Farbe seiner Haarwurzeln und der seiner Leberflecken bestand eine unerklärbare, jedoch deutliche Ähnlichkeit. Seine Augen schienen durch das gleiche unerklärliche Gesetz seines Blutes schwarz zu sein.

Bis zum Morgen des *zumbayllu* hatte sich Antero einzig durch die merkwürdige Farbe seines Haars und durch seine großen schwarzen Leberflecken ausgezeichnet. Darauf bezogen sich die Spitznamen, nicht aber auf die Eigenartigkeit seines Gesichts. »Dies ist Candela oder Markask'a«, sagte man mir, als ich nach ihm fragte. Er war älter als ich, zwei Klassen über mir. Er war weder ein besonders guter noch ein besonders schlechter Schüler, hatte keine engen Freunde und war zurückhaltend. Trotzdem besaß er eine gewisse Macht, eine bestimmte angeborene Autorität. Seine Gefährten hüteten sich, ihn zum Ziel der Späße oder des schadenfrohen Gelächters zu machen.

Er allein hatte nur einen Spitznamen, der jedoch nicht oft und selten in der Absicht, ihn zu ärgern, gebraucht wurde.

Wenn er die Schule oder das Klassenzimmer verließ, zog sein Kopf die Aufmerksamkeit der Neuen auf sich. In den Pausen stand er an eine der Säulen im Gang gelehnt, schaute zu, wie die anderen spielten, machte auch gelegentlich mit, doch nie bei den grausamen Spielen.

»Hör, Ernesto, man hat mir gesagt, daß du wie ein Dichter schreibst. Ich möchte, daß du einen Brief für mich schreibst«, sagte Markask'a ein paar Tage nach dem Spiel mit dem *zumbayllu* zu mir.

Er kam in unser Klassenzimmer. Die anderen rannten in der Pause auf den Hof, und wir blieben allein.

»Die von hier würde ich natürlich nicht um einen solchen Gefallen bitten. Aber du bist anders.«

»Natürlich, selbstverständlich, Brüderchen«, sagte ich. »Ich werde den schönsten Brief der Welt schreiben. Er ist für ein Mädchen, nicht wahr?«

»Ja. Für die Königin von Abancay. Du weißt, wer sie ist, nicht?«

»Nein. Sag mir, wer deine Königin ist, Bruder.«

»Ach, wie dumm von mir. Ich habe vergessen, daß du ein Fremder bist, daß du Abancay nicht kennst. Du gehst zwischen den Zuckerrohrfeldern von Patibamba spazieren, du bist einfältig, mein Bruder. Aber ich will dir die Augen öffnen, ich will ein bißchen den Führer für dich spielen. Ich habe alle Mädchen von nah und von fern angesehen. Und sie ist die Königin. Sie heißt Salvinia und geht ins *Colegio de las Mercedes.* Sie wohnt in der Avenida de Condebamba, in der Nähe des Spitals. Sie hat kleine tiefschwarze Augen. Die Locken hängen ihr in die Stirn. Sie ist ziemlich dunkel, fast schwarz.«

»Wie ein *zumbayllu*, Bruder Markask'a.«

»Genau so, Ernesto. Wie ein *zumbayllu*, der seit Tagesanbruch tanzt. Du mußt sie sehen, bevor du den Brief schreibst. Du mußt sie gut anschauen. Und da sie mir gehört, darfst du dich nicht in sie verlieben, nicht wahr?«

»Das brauchst du mir nicht zu sagen. Es ist mir, als wäre sie bereits meine Schwester.«

»Morgen, am Samstag gehen wir auf mein Zimmer, und

heute abend werde ich einen besonderen *zumbayllu* für dich machen. Ich habe einen *winku, cholo.* Die *winkus* singen anders, denn sie haben eine Seele.«

»Ich werde mir den Brief überlegen. Sprichst du schon mit ihr?«

»Nein, noch nicht. Aber ich habe ihr durch die Dienerin eine Nachricht geschickt. Die Dienerin stammt aus meinem Dorf.«

Die Glocke läutete, und wir mußten in den Hof gehen und uns aufstellen. In der Tür zu meinem Klassenzimmer drückten wir uns zum Zeichen unseres Bundes die Hand.

Dann ging Markask'a über den Hof und stellte sich in die Reihe seiner Klassengefährten.

Nach der letzten Stunde, als die Externen das Gebäude verlassen hatten, blieb ich allein in unserem Klassenzimmer. Ich empfand das Bedürfnis, über die Aufgabe, die mir Markask'a gestellt hatte, nachzudenken.

Wie sollte ich den Brief beginnen? Ich konnte mich nicht an die kleine Königin von Abancay erinnern. Die Avenida Condebamba war breit, sie hatte keine Bürgersteige. Man nannte sie Avenida, weil sie auf beiden Seiten von Maulbeerbäumen gesäumt war. Früher hatte sie zu einer großen *quinta* geführt. Als ich nach Abancay kam, verband sie das Dorf mit dem Fußballplatz. Ich konnte mich nicht erinnern, jemals ein Mädchen mit Stirnlocken an der Tür oder am Fenster eines der wenigen Häuser, die hinter den Maulbeerbäumen standen, gesehen zu haben. Die Bäume wuchsen nahe an den Steinmauern, und die großen nervigen Blätter warfen dichten Schatten auf die Straße. In den Andendörfern gibt es keine Maulbeerbäume. In Abancay versuchte ein Seidenzüchter, sie einzuführen, doch mußte er von seinem Vorhaben ablassen, weil die Grundbesitzer es erreichten, daß ihm dafür Steuern auferlegt wurden. Aber in den Gärten der Stadt vervielfachte sich ihre Zahl; sie wuchsen mit einer unvergleichlichen Üppigkeit und wurden zu großen, blätterreichen, sanften und edlen Bäumen. Die Vögel und die Kinder aßen die Früchte. Zur Erntezeit versammelten sich die Vögel in den Gärten, um sich an den Maulbeeren satt zu fressen; die Exkremente färbten sich dann rot und fielen auf den Kalk der Wände, auf die Wellblechdächer und manchmal auf die Strohhüte der Vorübergehenden.

In welchem Haus, in welchem Teil der Straße lebte wohl Markask'as Königin? Es war eine schöne Gegend, um auf die Geliebte zu warten.

Ich kannte die jungen Mädchen in Abancay nicht. An den Sonntagen wanderte ich durch die armen Viertel, besuchte die *chicherías* oder die umliegenden Weiler. In Abancay – wie überall – waren die jungen Mädchen ferne Wesen für mich. Ich hatte Angst vor ihnen und floh sie, auch wenn ich sie in den Büchern, die ich las, heimlich anbetete. Sie gehörten nicht in meine Welt, sie strahlten an einem anderen Himmel.

Am Gitter der großen Hacienda, die Abancay umgibt und die Stadt erwürgt, hörte ich manchmal einen unbekannten Walzer. Lerchen und Hunderte von Distelfinken sangen in den Bäumen neben der Galerie des Herrenhauses. Ich konnte nie herausfinden, wer am Klavier saß, doch glaubte ich, daß eine weiße Frau mit blondem Haar diese langsame Musik spielen müsse.

Im Tal des Apurímac, auf einer der Reisen mit meinem Vater, übernachteten wir einmal in einer Hacienda. Der Viehtreiber führte uns zum Wirtshaus, das weit vom Herrenhaus entfernt lag. Mein Gesicht war von der Hitze und von Moskitostichen verschwollen. Wir schritten unter dem hohen Erker des Herrenhauses entlang. Noch lag auf den verschneiten Gipfeln Sonne, und der Glanz dieses gelblichen fernen Lichts schien sich im Zuckerrohr widerzuspiegeln. Ich war betäubt, fiebrig, erregt von den Stichen der Insekten, vom leisen Summen ihrer Flügel und der alles übertönenden Stimme des großen Flusses. Als ich zum Erker des Herrenhauses hinaufsah, bemerkte ich ein junges schlankes Mädchen in einem gelben Kleid, das die schwarzen Wände des gegenüberliegenden Abgrunds betrachtete. An den großen Kakteen, die auf den schwarzen feuchten Felsen wuchsen, hingen unzählige aufgespießte Tiere. Wir schliefen in jener Nacht zwischen Ballen duftenden Alfalfa-Grases, in der Nähe des Pferdestalls. Die ganze Nacht fühlte ich das Blut in meinem Gesicht klopfen. Trotzdem erinnerte ich mich an den gleichgültigen Ausdruck des jungen, weißen Mädchens, an ihr kastanienfarbenes Haar, ihre schlanken Arme, die sie auf das Geländer stützte, und ihr schönes Bild begleitete mich die ganze Nacht.

Die Musik, die ich im Herrenhaus von Patibamba hörte,

besaß eine sonderbare Ähnlichkeit mit dem Haar, den Händen und der Haltung jenes Mädchens. Welche Kluft war zwischen ihrer und meiner Welt? Sie war wohl genauso tief wie jene zwischen dem Erker mit den großen Fenstern, in dem ich das Mädchen sah, und dem Staub des Alfalfa-Grases, dem Geruch der Exkremente, in dem ich die Nacht, vom Tanz der gierigen Insckten gepeinigt, verbrachte.

Trotz allem war ich sicher, daß ich diese Kluft wie ein Pfeil, wie ein brennender Funke, der in die Höhe steigt, überfliegen konnte. Der Brief, den ich für die Angebetete Markask'as schreiben sollte, würde an die Tore dieser Welt klopfen. »Diesmal darfst du deine besten Worte wählen«, sagte ich zu mir, »und sie schreiben.« Es war nicht wichtig, daß ich den Brief für jemand anders schrieb, vielleicht war es sogar besser, so anzufangen. »Mach dich auf zu deinem Flug, blinder Sperber, wandernder Sperber«, rief ich.

Ein neuer Stolz brannte in mir. Und wie jemand, der im Begriff steht, in den Kampf zu ziehen, begann ich den Brief für Markask'a zu schreiben:

»Sie sind die Herrin meiner Seele, mein angebetetes Fräulein. Sie sehe ich in der Sonne, im Wind, im Regenbogen, der unter den Brücken leuchtet, in meinen Träumen, in den Seiten meiner Bücher, im Gesang der Lerche, in der Musik der Weiden, die neben klaren Bächen wachsen. Meine Königin, Königin von Abancay, Königin der blühenden *pisonayes*; ich bin im Morgengrauen bis an Deine Tür gegangen. Die sanften Sterne der Dämmerung ruhten in Deinen Fenstern; das Licht des jungen Tages umhüllte Dein Haus und bildete darüber einen Kranz. Und als die Distelfinken kamen, um auf den Zweigen der Maulbeerbäume zu singen, und als die Drosseln und Lerchen geflogen kamen, glich die Straße dem Paradies. Dann war es mir, als sähe ich Dich, wie du allein zwischen zwei Reihen leuchtender Bäume daherschrittest. Angebetete Nymphe, Du spieltest zwischen den Maulbeerbäumen wie ein Schmetterling . . .«

Eine plötzliche Unzufriedenheit, heftige Scham veranlaßte mich, den Brief zu unterbrechen. Ich stützte Arme und Kopf auf die Schreibmappe, verbarg mein Gesicht und hielt inne, um diesem neuen Gefühl zu lauschen. »Wohin gehst du? Wohin gehst du? Warum machst du nicht weiter? Was erschreckt dich? Wer hat deinen Flug unterbrochen?« Von neuem hörte ich begierig in mich hinein.

»Und wenn *sie* lesen könnten? Und wenn ich *ihnen* schreiben könnte?«

Sie waren Justina oder Jacinta, Malicacha oder Felisa, die keinen Bubikopf, keine Locken hatten und auch nicht einen Schleier bis über die Augen trugen, sondern schwarze Zöpfe und wilde Blumen im Band des Hutes. »Wenn ich ihnen schreiben könnte, dann bräche meine Liebe wie ein klarer Fluß hervor; mein Brief wäre wie Gesang, der über den Himmel fliegt und sein Ziel erreicht.« Schreiben! Aber es war sinnlos, an sie zu schreiben, es führte zu nichts. »Geh, erwarte sie auf den Straßen und Wegen und sing!« Und wenn es doch möglich wäre? Wenn ich anfangen könnte? Ich schrieb:

»Uyariy chay k'atik'niki siwar k'entita . . .«

»Lausche dem smaragdgrünen Schmetterling, der Dir folgt; er spricht zu Dir von mir; sei nicht grausam, hör ihm zu. Seine kleinen Flügel sind müde, er kann nicht mehr fliegen, bleib stehen. Der weiße Stein, auf dem die Reisenden ruhen, liegt ganz nahe; warte dort und hör ihm zu, hör sein Weinen; er ist der Bote meines jungen Herzens, er wird von mir zu Dir sprechen. Hör, meine Schöne, Deine Augen sind große Sterne, schöne Blume, geh nicht weiter, halt an! Ich bringe Dir einen Befehl des Himmels: Du sollst meine zärtliche Geliebte sein . . .«

Diesmal hinderten mich die Tränen am Weiterschreiben. Glücklicherweise spielten um diese Zeit die Internen im inneren Hof, und ich war allein im Klassenzimmer.

Aber es waren keine Tränen des Kummers oder der Verzweiflung. Aufrecht verließ ich das Zimmer, in dem sicheren Stolz, mit dem ich im Januar, dann, wenn das Wasser am trübsten und wildesten ist, die Flüsse durchschwamm. Kurze Zeit ging ich im gepflasterten Hof spazieren.

Die Glocke, die lange zum Essen läutete, weckte mich aus diesen Träumen. Als ich den Eßsaal betrat, standen die anderen Schüler bereits neben ihren Stühlen. Bruder Miguel betete vor, und der Chor der Schüler wiederholte das Gebet. Ich war noch immer wie betäubt; es schien, als bewegten sich meine Gefährten in einem trüben, schaukelnden Raum, und ich sah sie sonderbar verzerrt.

»Was hast du?« fragte Palacitos. »Du siehst verstört aus. Die *zumbayllus* bringen dich durcheinander.«

»Ernesto soll aus dem Handbuch von Carreño vorlesen«, befahl Bruder Miguel.

Ein Diener gab mir das Buch. Ich begann das Kapitel vorzulesen, das angekreuzt war. Die Genauigkeit, die beim Vorlesen verlangt wurde, brachte meine Gedanken wieder in Ordnung. Das öffentliche Vorlesen hatte mir Ansehen verschafft. Obgleich ich einer der ältesten Schüler meiner Klasse war, konnte ich nicht vorlesen, als ich ins Colegio kam. Beim ersten Versuch scheiterte ich kläglich und wurde nach wenigen Augenblicken abgelöst. Es schien sich zu bestätigen, daß der Grund für mein Versagen nicht nur in meinem früheren Wanderleben lag, sondern schwerwiegender war. Aber nach vierzehn Tagen bat ich, es noch einmal versuchen zu dürfen; ich hatte stundenlang geübt, und alle waren nun überrascht. Ich las mit lauter, klarer und gelassener Stimme. Für einen Augenblick vergaßen die Schüler ihre Suppe und sahen mich an. Von diesem Tag an war ich einer der beliebtesten Vorleser. Jetzt, als mich Romero ablöste, hatte ich mich wieder beruhigt und konnte zu Palacios sagen:

»Es war der Hunger, Palacitos! Ich bin nicht so gut mit der Köchin befreundet wie du.«

Palacitos reckte den Hals und tuschelte mir ins Ohr:

»Ich war in der Küche. Heute nacht geht die Schwachsinnige auf den Hof. Lleras hat sie darum gebeten. Irgend etwas ist los, Brüderchen. Lleras und Añuco haben die Köpfe zusammengesteckt wie zwei Klatschweiber.«

»Nun gut. Wir werden nicht hingehen.«

»Wir spielen im äußeren Hof mit Chauca *rondín*.«

Lleras begann uns zu beobachten. Palacitos erschrak und sagte nichts mehr.

»Er hat es gemerkt. Aber erschrick doch nicht«, sagte ich zu ihm.

Seine Angst war groß. Er wagte nicht mehr, den Kopf zu heben, und aß mit gesenktem Blick. So war ich gezwungen, mit Rondinel zu sprechen, der rechts von mir saß; ich mußte etwas zu ihm sagen, obgleich er mich immer von oben herab behandelte. Lleras und Añuco beobachteten mich unverwandt.

»Du meinst wohl, daß du sehr gut lesen kannst«, begann

Rondinel. »Du glaubst auch, daß du ein großer Meister des *zumbayllu* bist, aber du bist nur ein kleiner Indio, auch wenn deine Haut weiß zu sein scheint. Nur ein kleiner, mieser Indio.«

»Und du bist weiß, aber zu nichts gut. Eine hoffnungslose Null.«

Ein paar Schüler, die mich hörten, lachten laut. Palacitos jedoch blieb vorsichtig.

»Ich fordere dich am Samstag zum Zweikampf«, rief Rondinel und blickte mich wütend an.

Er war sehr mager, nichts als Haut und Knochen. Seine kleinen, tiefliegenden Augen – ich habe nie wieder ähnliche gesehen – erweckten Mitleid; sie waren von dichten, sehr schwarzen Wimpern umgeben, die stark gebogen und unnatürlich lang waren. »Seine Augen könnten sehr schön sein«, sagte Valle, ein Schüler der fünften Klasse, der sehr belesen und sehr elegant war, »sie könnten schön sein, wenn sie nicht wie die eines toten Kindes aussähen.«

Gerade aus diesem Grund riefen sie Mitleid hervor. Es schien nämlich, als wären nur die Wimpern und die Augenhöhlen gewachsen, die Augen dagegen sahen aus wie die eines wenige Monate alten Säuglings.

»Armer *guagua*, armer *guagua*«, sagte ich.

Er wurde blaß vor Wut.

»Ich befördere dich am Samstag mit Fußtritten ins Jenseits«, keuchte er.

Ich antwortete nicht; bei diesem Mittagessen redeten wir nicht mehr miteinander.

Als wir den Eßsaal verließen, kam Lleras auf mich zu.

»Wie gut du dich doch verstellen kannst, *cholito*«, sagte er laut, damit Palacios ihn hören sollte. »Ich weiß aber trotzdem, daß du mit dem Indio Palacios über mich geflüstert hast.«

»Nein, das ist nicht wahr, Lleras«, antwortete Palacios fast wimmernd. »Ich habe ihm von meinem *rondín* erzählt.«

»Aufgepaßt, Brüderchen! Rondinel wird dem Fremden die Rippen einschlagen. Seine Arme und Beine sind nicht aus schlechtem Eisen. Sie tun weh. Hah, *zumbayllito, zumbayllu.*«

Er lachte laut und sah mich spöttisch an. Dann nahm er Rondinel am Arm:

»Ich werde dich trainieren«, sagte er. »Nur ruhig. Ich garantiere dir, daß du dem Fremden gleich die Augen blau schlagen wirst.«

Ich hatte Angst, als ich ihn reden hörte.

»Du hast Angst«, sagte Palacitos und sah mich an. »Wenn er dich besiegt, macht er für das ganze Jahr ein Schaf aus dir.«

Ich hatte mich noch nie nach einer formellen Herausforderung mit jemandem geschlagen. Das wäre das erste Mal, und ich fürchtete mich. Ich konnte die schändliche, die ekelhafte Angst, die in mir hochkroch, nicht überwinden.

»Ich habe Angst vor Lleras, nicht vor dem Dünnen«, sagte ich.

Aber das stimmte nicht. Ich hatte Angst vor dem Dünnen.

Und Markask'a kam an diesem Nachmittag nicht in die Schule.

»Paß auf«, sagte Romero, »die Mageren sind gefährlich. Wenn du ihn zuerst schlägst, ist er erledigt, aber wenn er dir zuvorkommt, haut er dir ein Loch ins Gesicht.«

Die Internen redeten nicht viel von dem Zweikampf. Der einzige, der ihm Bedeutung beimaß, war Valle.

»Es wird ein origineller Kampf werden, den wir unter allen Umständen sehen müssen. Ein drahtiger Stelzvogel gegen einen melancholischen Fremden! Der Kampf muß unbedingt stattfinden. Es wird ein merkwürdiges Schauspiel sein.«

Bis dahin hatte ich große Achtung vor Valle gehabt. Er war der einzige Schüler, der Bücher las. Er pflegte Romane und andere Bücher unter seiner Matratze zu verstecken. Die Patres behielten ihn im Auge, weil er sich als Atheist aufspielte und den anderen seine Bücher auslieh. »Gott existiert nicht«, sagte er beim Betreten der Kapelle, »ich bin mein eigener Gott.« Sein Hochmut war groß, aber er schien berechtigt zu sein. Er lieh mir eine Anthologie von Rubén Darío, und als ich auch die längsten Gedichte auswendig gelernt hatte, ließ er sie mich rezitieren. Dann meinte er nachdenklich: »Viel zu gefühlvoll, viel zu sensibel«, und ging davon.

Die stolzesten Mädchen des Ortes verliebten sich in Valle. Er hatte Anspruch darauf, denn er war Schüler der obersten Klasse und sehr elegant. Er bügelte seine Anzüge mit einer Sorgfalt und einem Können, die neidisch machten, und er band seine Krawatten mit einem Knoten, den er selber erfunden hatte und den er merkwürdigerweise mit einem Quechua-

Wort bezeichnete: *k'ompo*. Bald wurde der *k'ompo* in Abancay Mode. Es war ein großer, loser Knoten, und Valle brauchte fast die ganze Krawatte, um ihn zu binden. Auf diese Weise lenkte er die Aufmerksamkeit der jungen Frauen auf sich. Die Schulmädchen aber verachtete er, und seine Verachtung war aufrichtig. Er behauptete, seine große Liebe gehöre der Frau des Arztes, und er bewies das damit, daß er an den Sonntagen vor dem Arzthaus auf und ab ging. Wohlriechend, den Hut in die Stirn gedrückt, die Schuhe blank geputzt, den riesigen *k'ompo* gut sichtbar und in vollendeter Weise geknüpft, aufrecht und vornehm wartete er vor dem Haus und pfiff dabei irgendein Lied.

Obwohl er ein galanter junger Mann mit gewissen Rechten zu sein schien, hatte er keinen Zugang zu den besseren Kreisen. Die Frau des Arztes warf ihm hin und wieder einen wohlgefälligen Blick zu, die übrigen jungen Frauen nahmen seine Schmeicheleien hin, doch niemand lud ihn zu Festen ein. Er tröstete sich damit, daß er wenigstens unter den Schülern eine privilegierte Stellung einnahm. Er wußte auch, daß die Schulmädchen über ihn tuschelten, daß er ihre Aufmerksamkeit erregte und daß sie ihm auf der Straße nachschauten. Sein Atheismus und sein »Materialismus« waren berühmt, denn er erklärte überall, eine »enzyklopädische« Bildung zu besitzen. Er bewunderte nur die Form und verachtete die Romantiker und die Leidenschaftlichen. »Der arme unglückliche Espronceda und dieser noch unglücklichere, weinerliche Becquer«, pflegte er zu bemerken. Seine Vorbilder waren Schopenhauer und Chocano. Er nahm nie an den Schlägereien um die Schwachsinnige teil, und er hatte keine Freunde. Er lieh seine Romane und Gedichtbände mit zuvorkommender, jedoch herablassender Geste aus; nur ein Buch von Schopenhauer, das er in einem kleinen Koffer unter Verschluß hielt, gab er nie aus der Hand. »Das ist Lektüre für Starke, für Riesen; nur Gold kann diese Flüssigkeit ertragen, ohne zerfressen zu werden. Ihr wäret verloren, wenn ihr dieses Buch lesen würdet, oder ihr verständet es nicht«, sagte er zu uns.

Valle sprach mit Rondinel; er wartete, bis er uns beide in der Nähe sah, und erklärte dann, während ich zuhörte, daß mein Gegner, angesichts unseres Aussehens und unserer Veranlagung, alle Aussichten habe, mich zu besiegen, mir ein für allemal eine gewaltige Tracht Prügel zu verpassen. Dann kam er auf mich zu und sagte:

»Deine Lage ist also ehrenhaft. Wenn du gewinnst, dann nur dank deines Mutes, einzig und allein dank deines Mutes. Meine Glückwünsche – wie gern hätte ich, daß sich mir eine ähnliche Gelegenheit böte.«

Seine Art, zu sprechen, war immer die gleiche – gesucht und gespreizt. Und weil wir alle glaubten, daß er durch seine Belesenheit ein Recht darauf habe, so zu sprechen, störte sein Stil uns nicht und stieß uns auch nicht ab. Im Gegenteil, viele von uns versuchten, ihn nachzuahmen.

Valle war der einzige Schüler, der kein Quechua sprach, wenn er es auch verstand. Diese Lücke war echt; ich hörte verschiedentlich, wie er versuchte, ein Quechua-Wort auszusprechen. Es gelang ihm nie, er hatte die Sprache als Kind nicht gelernt.

»Ich bin nicht gewohnt, indianisch zu sprechen«, sagte er. »Ich habe die Wörter zwar im Ohr, aber meine Zunge weigert sich, derartige Laute hervorzubringen. Glücklicherweise werde ich die Indios nie nötig haben, denn ich will einmal nach Lima oder ins Ausland gehen.«

Durch Rondinels Herausforderung hatte Valle nun Gelegenheit, sich zu unterhalten und zu amüsieren.

»Nur dein Mut kann dich retten«, wiederholte er. »Zum Glück sind Sentimentale wie du entweder sehr tapfer oder sehr feige.«

Und er sah mich durchdringend an.

Allmählich verspürte ich eine ohnmächtige Wut auf ihn. Er erriet meine Angst, er wußte, daß mich diese Angst bedrückte und daß ich ihr beinahe unterlag. Vielleicht hatte er selber einmal ähnlich beschämende Angst empfunden.

»Dieser schlanke, dünne Rondinel muß gewinnen«, verkündete er. »Ein Quijote aus Abancay muß einen Quechua, einen Sänger von *jarahuis* besiegen. Welcher Kampf, meine Freunde, welch homerischer, welch würdiger Kampf. Ein neuer Zweikampf der Rassen, ein Schauspiel, das die Aufmerksamkeit des gesamten Internats, ja einen epischen Lobgesang verdient.«

Valles Prophezeiungen stiegen Rondinel zu Kopf. Er lief aufgeregt umher und weigerte sich sogar, Lleras' Ratschläge anzunehmen. Unter dem Einfluß des Stils und der Gesten

Valles hob er den Arm und sagte zu Lleras:

»Hör auf mit deinen Ratschlägen! Den kleinen *cholo* leg ich allein um und hau ihn in Stücke.«

Añuco lief mir nach, strich ständig um mich herum und rief:

»Wie traurig du bist, *zumbayllero*. Warum jetzt schon so betrübt?«

»Wirklich«, bestätigte Palacitos, »du bist schon ganz blaß. Reib dir das Gesicht und die Ohren, Bruder, bis das Blut durchscheint.«

Die Internen meines Alters redeten nicht mit mir. Sie zogen es vor, abzuwarten. Nur Romero sprach mir Mut zu, doch in mitfühlendem Ton.

Abends beim Gebet in der Kapelle versuchte ich, mich Gott anzubefehlen, aber es gelang mir nicht. Die Scham band mir Zunge und Gedanken.

Während ich vor Scham zitterte, kam mir plötzlich das Bild des *Apu* K'arwarasu in den Sinn. Und ich sprach zu ihm in der gleichen Weise wie die Schüler meines Heimatdorfes, wenn sie mit anderen kämpfen, an Wettläufen oder Mutproben teilnehmen müssen.

»Nur du, *Apu*, und Markask'a«, sagte ich. »*Apu* K'arwarasu, dir will ich meinen Kampf widmen. Schick mir deinen Falken, damit er über mir wache und mir von den Höhen herab zurufe. Fußtritte in das Gesäß, in die Rippen, in den sehnigen Hals des hungrigen Hundes! Ach ja, ich bin die Lampe, die Lampe des Bergmanns!«

So erflehte ich von dem großen Berg Hilfe, Mut und Trost, wie die Indios meines Dorfes, bevor sie sich auf dem Dorfplatz auf die wilden Stiere stürzen, auf deren Rücken Kondore festgebunden sind.

Der K'arwarasu ist der *Apu*, der Gott meines Heimatdorfes. Er hat drei schneebedeckte Gipfel, die sich hoch hinter einer schwarzen felsigen Bergkette erheben. An seinem Fuß liegen Seen, an denen rosafarbene Reiher wohnen. Der Falke ist sein Symbol. Die Indios erzählen, daß er sich zur Fastenzeit in Gestalt eines Feuervogels vom höchsten Gipfel erhebt und Jagd auf die Kondore macht, ihnen den Rücken zerfleischt und sie bekämpft, bis sie stöhnen und wimmern. Glänzend und blitzend fliegt er über die bestellten Felder, über die Viehweiden und versinkt danach im Schnee.

Die Indios rufen den K'arwarasu nur in höchster Not an. Kaum haben sie seinen Namen ausgesprochen, verfliegt die Todesangst.

Ich verließ die Kapelle und konnte meine feurige Begeisterung kaum noch beherrschen. Sobald der Pater Rektor und die übrigen Lehrer im ersten Stock verschwunden waren, ging ich zu Rondinel und gab ihm einen sanften Fußtritt, der als eine Art Ankündigung gemeint war.

»Hör, du Draht«, sagte ich, »jetzt sofort, jetzt sofort, auf dem Hof.«

Hier, vor der Kapelle war es fast dunkel. Valle stellte sich zwischen uns.

»Der typische Ausbruch der Sentimentalen«, sagte er ruhig und schob den Dünnen zur Seite. »Es handelt sich um eine den Regeln gemäße und ritterliche Aufforderung zum Kampf am Samstag und nicht um eine Balgerei im Dunkeln.«

»Natürlich nicht! Nicht jetzt!« schrien ein paar Schüler.

»Laß sie doch, sollen sie sich prügeln«, sagte Romero.

»Meine Herausforderung lautete für den Samstag, auf dem Feld mit den Büschen«, sagte Rondinel und schwang sich auf die Galerie. Unter einer der Lampen blieb er stehen. »Wenn ich etwas tue, will ich es sehen. Ich bin kein Indio, der sich im Dunkeln herumprügelt.«

Ich begriff, daß er sich nun fürchtete, daß er es jetzt war, der Angst hatte.

»Verräterischer Indio«, sagte Lleras.

Doch der Dünne widersprach ihm, wohl um meine Wut nicht noch mehr zu schüren.

»Er hat mich nicht wirklich getreten«, sagte er, »nur als Ankündigung.«

»Ich glaube, der Quijote bist du. Nun wirst du erst recht verlieren«, sagte Valle und legte seine Hände auf meine Schultern. »Dieser Fußtritt ›zur Ankündigung‹ sieht dir ähnlich, ein Vorgeschmack für dich und für uns, die wir deine edle Niederlage miterleben werden.«

Diesmal machte mir sein Spott keinen Eindruck. Er traf mich nicht. Während Valle noch redete, entwischte der Dünne leise in den Schlafsaal, und die anderen Schüler zerstreuten sich. Palacitos ging gleichzeitig mit Rondinel davon. Valles Begeisterung ließ nach.

Ich schämte mich nicht mehr, auf Antero zu warten und ihm die Geschichte zu erzählen; ich konnte sogar an die Briefe denken, die ich geschrieben hatte.

Die Glocke zum Schlafengehen läutete um halb neun Uhr. Doch wer wollte, konnte sich früher hinlegen.

Ich ging auf den inneren Hof. Ich war sicher, daß die Schwachsinnige kommen und irgend etwas passieren würde. Bis zum Läuten der Glocke dauerte es noch etwa eine halbe Stunde.

In einem Winkel des Hofes, in der Nähe der Latrinen stand Peluca auf der Lauer. Er war allein. Etwas weiter weg saßen Lleras und Añuco und rauchten. Weil ich wußte, daß Lleras mit der Schwachsinnigen gesprochen hatte, merkte ich, daß er und Añuco Peluca überwachten. Aus dem Nachbarhaus fiel Licht in den Hof und beleuchtete den obersten Teil der vom Regen zerfressenen Mauer. Ein paar Schüler, die am Fuß der Mauer saßen, blieben völlig im Dunklen. Sie erzählten Frauengeschichten und Priesterwitze.

Ich ging ans andere Ende des Hofes, in die Nähe der Mauer. Ich hatte keine Lust, mit jemandem zu sprechen. Ich empfand ein sonderbares Vergnügen und plötzlich überfiel mich der Wunsch, laut zu lachen. »Der dünne Rondinel hat dir den kalten Schweiß auf die Stirn getrieben, er hat dich wie ein Kaninchen zum Zittern gebracht«, sagte ich halblaut zu mir. Aber ich konnte trotzdem nicht ein einziges Mal lachen.

Dann dachte ich daran, wie ich Lleras standgehalten und seinen mörderischen Blick erwidert hatte. Ich hätte wohl weiter an meine Augenblicke der Schwäche und der Tapferkeit gedacht, wenn Peluca nicht über den Hof auf mich zugekommen wäre:

»Warum versteckst du dich hier?« fragte er drohend.

»Die Schwachsinnige wird kommen«, antwortete ich. »Paß auf, Bruder. Ich glaube, Lleras führt irgend etwas im Schild.«

»Hast du Angst vor mir?« fragte er wieder, diesmal ohne Zorn, eher mit großer Neugier.

»Ich weiß nicht«, antwortete ich. »In diesem Augenblick machst du mir keine Angst. Ich warne dich, weil ich Lleras hasse.«

Lleras und Añuco kamen auf uns zugelaufen.

»Was erzählt dir der Fremde? Sag es, oder ich schlage dir den Schädel ein«, schrie Lleras schon von weitem.

Peluca schwieg. Lleras war im Vergleich zu ihm klein; im Dämmerlicht schien die massige Gestalt Pelucas den viel kleineren Lleras zu erdrücken.

»Sag ihm nichts, Peluca, sag ihm nichts. Zertritt ihn doch!« schrie ich.

Nun kamen die anderen Schüler gelaufen, um zu sehen, was geschah. Schon wollte Peluca reden, als er dic Schritte der anderen hörte und sich mit einem großen Satz davonmachte. Er rannte die Böschung hinunter, an den Latrinen vorbei und in den Durchgang. Ich folgte ihm aufmerksam mit den Augen; als ich seine Schritte im Durchgang nicht mehr hörte, begriff ich, daß er sich dort versteckt hatte. Dann erreichten uns die anderen Schüler.

»Was gibt's, ihr Bettnässer? Der Fremde scheint nervös zu sein, er schreit aus lauter Lust. Weg mit euch«, befahl Lleras, »weg!«

Ich suchte Romero in der Gruppe, aber er war nicht dabei. Alle stoben auseinander, manche in den inneren, andere in den äußeren Hof. Ich blieb ruhig, wartete darauf, daß mich Lleras bedrohte. Ich hätte ihm tapfer geantwortet. Aber er ging mit Añuco in Richtung der Latrinen davon. Die übrigen Schüler versteckten sich von neuem in ihren Winkeln. Kurz darauf zerstreuten sie sich in Gruppen von zwei und drei. Chauca trennte sich von der letzten Gruppe; langsam kam er auf mich zu, mehr als cinmal blieb er stehen und sah zu Lleras hinüber, als erwartete er, daß dieser ihn anschrie und ihm verbot, weiterzugehen.

»Was ist los?« fragte er leise, als er neben mir stand. »Warum so einsam?«

»Ich warte. Irgend etwas wird geschehen. Die Schwachsinnige kommt.«

»Die Schwachsinnige? Woher weißt du das?«

»Lleras hat mit ihr in der Küche gesprochen. Palacitos hat sie gesehen. Es scheint so, daß Lleras und Añuco irgend etwas angezettelt haben. Gegen Peluca?«

»Kommt die Schwachsinnige wirklich? Es ist fast niemand mehr im Hof, Brüderchen. Ich warte, einmal, einmal muß ich sie haben!«

»Armer Chauca«, sagte ich, »ich weiß nicht, was heute Nacht passieren wird. Sicher kommt Lleras und jagt uns von hier weg.«

»Dann schreie ich, und wenn er mich nicht läßt, rufe ich laut um Hilfe. Es muß heute sein – oder nie!« Die Ungeduld erstickte ihn fast.

»Laß dich nicht mit Lleras ein«, warnte ich. »Geh nach Huanupata. Es soll dort andere, bessere Frauen geben. Diese hier ist nur eine schmutzige Idiotin.«

»Ich weiß nicht, Bruder. Sie muß es sein. Ich glaube, ich bin vom Teufel besessen. Ich glaube, ich habe mich selber verdammt. Warum macht mich diese dreckige Idiotin so verrückt? Jede Nacht bete ich zu unserem Herrn Jesus. Vergeblich, völlig vergeblich. Ich bin mit anderen *cholas* zusammengewesen. Natürlich! Mein Taschengeld reicht für zwei. Und doch, in der Nacht komme ich hierher; die Latrinen ziehen mich an, ich glaube, der Geruch. Ich bin noch ein Junge, ich bin noch nicht sechzehn. Es heißt, daß der Teufel in diesem Alter leicht in die Seele eindringt. Wo, wo bleibt nur mein Schutzengel? Ich glaube, wenn ich sie ein einziges Mal haben könnte, dann wäre ich nachher ruhig, der Ekel würde mich heilen . . .«

Als Chauca noch redete, erschien die Schwachsinnige auf dem Hof; rund und klein schlich sie die Mauer entlang zu den Latrinen. Keine zwei Meter davon entfernt stürzte sich Peluca auf sie und riß sie zu Boden. Lleras und Añuco kamen aus einem der Bretterverschläge und liefen zu Peluca:

»Lassen wir das gute Väterchen in Ruhe«, hörten wir Lleras mit fast normaler Stimme sagen; offenbar wußte er nicht, daß wir ihn hörten.

Chauca wagte nicht, hinzulaufen. Er ging langsam, Schritt für Schritt, näher, als überlege er. Ich folgte ihm. So kamen wir an den Rand der Böschung.

Añuco band Peluca etwas auf den Rücken. Es sah wie eine Wollschnur aus, die in einer kleinen Quaste endete. Lleras überwachte die Arbeit; er beachtete uns nicht, wandte nicht einmal die Augen nach unserer Seite. Añuco stand auf und sah zuerst uns, dann Lleras an.

»Laß uns gehen«, sagte Lleras leise, »sollen sich die Bettnässer vergnügen, wenn sie Lust haben.«

Auf den Zehenspitzen, ohne das geringste Geräusch zu machen, schlichen sie sich davon.

Ich spürte, wie Chauca zitterte. Er legte die rechte Hand an seine Wange. Eine schwüle Hitze, die aus den Füßen zu kommen schien, stieg in mir hoch.

Ich lief durch den Gang und auf den Hof.

Schon läutete Bruder Miguel auf der Galerie des ersten Stockwerks die Glocke. Zwei Priester klatschten in die Hände und riefen: »Zeit zum Schlafengehen.«

Sie gingen zum Durchgang und riefen dort verschiedene Male. Die Schüler, die in der Nähe standen, begaben sich in den Schlafsaal. Peluca kam aus dem inneren Hof gelaufen und rannte in großen Sätzen die Treppe hinauf. Bleich betrat er das Zimmer, seine Augen schienen in einer glänzenden Flüssigkeit zu schwimmen. Wir warteten alle stehend darauf, daß der Pater Rektor das Zimmer betrat.

Doch diesmal kam der Rektor nicht herein, um den Schlafsaal zu inspizieren, wie er es fast jeden Abend tat. Er blieb zwei Schritte von der Tür entfernt neben dem ersten Bett stehen und betete das Ave Maria. Wir antworteten ihm im Chor.

»Gute Nacht, meine Söhne, schlaft in Frieden«, sagte er dann und ging.

In der Tür prallte er mit Chauca zusammen.

»Und du, du schamloser Junge?« fragte er.

»Ich war in der Latrine, Väterchen«, hörten wir Chauca sagen.

Ich fühlte, daß seine zitternde Stimme nicht um Verzeihung bat, sondern um höhere Hilfe flehte.

»Was hast du denn? Was ist mit dir?« fragte der Rektor fast zärtlich. »Komm, mein Sohn, komm hierher.«

Er schob ihn ins Zimmer und betrachtete ihn im Licht.

Alle sahen ihn an. Er war über und über mit Erde und Staub bedeckt, Erde hing sogar in seinen Haaren. Seine Haltung war so unsagbar demütig, daß nicht einmal Añuco und Lleras lachten. ›Jetzt, jetzt gleich lachen sie‹, dachte ich und glühte vor Haß. Aber sie lachten nicht.

»Ich bin hingefallen, Vater«, sagte Chauca weinerlich.

»Sei nicht so dumm, mein Sohn, komm zu dir«, antwortete der Rektor und wischte mit beiden Händen den Staub von seinen Kleidern.

Mit gesenktem Blick ging Chauca zu seinem Bett. Der Rektor verließ den Schlafsaal und schloß die Tür hinter sich.

›Nun beginnt der Spaß für Lleras‹, dachte ich. Ich glaubte, daß er bald reagieren und sein Mütchen an Chauca kühlen würde. Aber er und Añuco sahen nur Peluca an.

Plötzlich sprang ein Bettnachbar Pelucas in die Mitte des Zimmers und rief:

»Herr Jesus, Herr Jesus, mein Gott!«

Er stammte aus Pampachiri, einem Dorf in den Anden. Mit großem Entsetzen zeigte er auf Pelucas Rücken.

»*Apasankas, apasankas*«, rief er.

Eine Schnur riesiger, behaarter Spinnen hing an Pelucas Rock.

Auch die, die schon im Bett lagen, standen noch einmal auf und gingen zu Pelucas Bett.

»Na und? Was macht das schon?« fragte dieser gleichgültig.

Langsam zog er den Rock aus und hielt ihn so weit wie möglich an den Ärmeln in die Höhe.

Die Spinnen krabbelten herum, aber nicht mit zuckenden, schnellen, sondern ganz langsamen Bewegungen. Die Taranteln sind schwerfällig; diese hier bewegten ihre Beine wie im Schlaf. Unter den gesträubten pelzigen Haaren, die sich ebenfalls bewegten, sah man den dicken, dunklen, rötlichschwarzen Körper.

Ich konnte kaum mehr an mich halten. Ich hatte schon immer Ekel und Angst vor den giftigen Taranteln empfunden. In den Bergdörfern betrachtet man sie als die Boten eines sicheren Todes. Ich schrie zwar nicht, ich konnte den Schrei in der Kehle ersticken, aber ich stützte mich auf das Bettgestell und kämpfte unter großer Anstrengung gegen die entsetzliche Angst, die in mir schrie. Chauca und Romero kamen zu mir.

»Was für ein Vieh, was für ein verfluchtes Vieh«, sagte Romero empört. »Aber sieh doch, paß auf, es ist überhaupt nichts.«

Peluca hatte die Schnur voller Spinnen von seinem Rock gerissen, die Tiere auf den Boden geworfen und zertrat sie nun mit beiden Füßen.

»Damit kann man mich nicht erschrecken«, sagte er. »Ich habe schon Spinnen umgebracht, als ich noch in der Wiege lag.«

Er strich noch einmal mit dem Fuß über die zermalmten Körper der *apasankas*. Dann trampelte er darauf herum, und es blieb nur noch ein Fleck.

Romero half mir, mich auszuziehen. Er sah mich lange an und versuchte so, meine Angst zu lindern.

»Es ist nichts, mein Junge. Außerdem ist es gar nicht sicher, daß sie stechen«, tröstete er. »Ich glaube, daß sie hier unten, im Tal, zahm werden. Sogar die Mädchen spielen mit ihnen, sie machen Bälle daraus. Natürlich sind sie häßlich. Dem Nachbar Pelucas, dem aus Pampachiri, geht es wie dir; er ist sogar noch bleicher als du, obwohl er so groß und dick ist.«

Chauca setzte sich auf mein Bett. Glücklicherweise kümmerte sich niemand mehr um ihn. Lleras und Añuco legten sich schleunigst hin und stellten sich schlafend. Chauca legte seine Hand auf meine Stirn.

»Ängstige dich doch nicht so furchtbar«, sagte er. »Warte nur. Eines Tages machen wir etwas mit Lleras. Etwas, woran er sein Lebenlang denken wird.«

»Vor den *apasankas* braucht man keine Angst zu haben«, wagte Palacitos von seinem Bett aus zu sagen.

Der Zwischenfall rettete Chauca. Er fand seine Ruhe wieder, und aus seinem Gesicht wich jedes Geheimnis, jeder Schatten. Einen Augenblick blieb er noch sitzen, Romero ging.

Trotzdem verfolgte mich die ganze Nacht ein Kehrreim im Traum, ein alter *huayno* aus meiner Kindheit, den ich lange vergessen hatte:

Apanķ orallay, apank' orallay,
apakullawayña,
tutay tutay wasillaykipi
uywakullawayña.
Pelochaykiwan
yana wañu pelochaykiwan
kuyaykullawayña.

Apankora, apankora
nimm mich für immer mit!
In dein Haus aus Dunkelheit!
Nähre mich, nähre mich
mit deinen Haaren,

mit deinen Haaren, die der Tod sind,
liebkose mich, liebkose mich.

Am nächsten Morgen stand ich schon sehr früh auf. Ich wusch mich am Brunnen im ersten Hof, um meinen Kopf zu kühlen. Dann zog ich mich leise an, ohne die anderen zu wecken, und ging in den inneren Hof.

Es wurde langsam hell. Am Wasserbecken steckten die kleinen Frösche die Köpfe aus dem Unkraut hervor. Die wenigen Bäume, die vom inneren Hof aus zu sehen waren und auf deren Ästen die gelben Lerchen sangen, hoben sich ernst von den zarten, rosa Wolken am Himmel ab; ein paar Vogelfedern schwebten in der lauen Luft des Tals.

Ich wickelte die Schnur um meinen schönen *zumbayllu* und ließ ihn tanzen. Der Kreisel sprang anmutig in die Höhe, fiel langsam wieder herunter und sang aus all seinen Augen. Ein großes, frisches und reines Glücksgefühl erfüllte mich. Ich war allein; allein betrachtete ich meinen *zumbayllu* und hörte ihm zu; er surrte mit sanfter Stimme und schien den Gesang aller Insekten, die zwischen blühenden Bäumen summen, in den Hof zu tragen.

»Ach, *zumbayllu, zumbayllu.* Auch ich will mit dir tanzen«, sagte ich.

Und ich tanzte; ich suchte einen Schritt, der zu der Bewegung seines langen Stachels paßte. Ich dachte an die Berufstänzer meines Heimatdorfes und ahmte sie nach.

Als die Glocke zum Aufstehen läutete, war ich der glücklichste Schüler von Abancay. Ich dachte an Markask'a, ging in Gedanken den Brief durch, den ich für seine Königin, für sein geliebtes Mädchen geschrieben hatte, dessen Wangen die Farbe des *zumbayllu* hatten.

»Zum Teufel mit Peluca«, sagte ich, »zum Teufel mit Lleras, Valle, dem Dünnen. Niemand ist mein Feind, niemand, niemand.«

Der Aufstand

Am gleichen Morgen gab ich Antero in der Pause den Entwurf des Briefes an Salvinia.

»Ich will ihn allein in meinem Zimmer lesen«, sagte er. »Und am Nachmittag lesen wir ihn zusammen. Ich warte um eins am Schultor auf dich.«

»Warum nicht sofort?« fragte ich.

»Nein. Jetzt nicht, lieber, wenn ich allein bin und an sie denken kann. Und wenn ich dich etwas fragen wollte, könnte ich es ja hier doch nicht tun. Die anderen würden uns stören.«

Dann erzählte ich ihm mein Abenteuer mit Rondinel.

»Aber du kannst diesen mageren Stengel ja umbringen«, rief er. »Jede Kleinigkeit treibt ihm die Tränen in die Augen. Nein, schlage dich nicht mit ihm! Er zittert sicher jetzt schon und weint wie ein kleiner Vogel. Irgendwie ist er nicht ganz in Ordnung, der Arme. Seine Mutter soll halb verrückt sein und ihn als Kind furchtbar geschlagen haben.«

»Du hast recht. Er sieht keinen mehr an, auch mich nicht. Er ist wie tot«, sagte ich.

Dann bat mich Antero, vor der Tür zu meinem Klassenzimmer auf ihn zu warten; er wollte Rondinel holen.

»Ich werde ihn beruhigen«, sagte er. » Er tut mir leid. Seine Mutter ist mit der Mutter meiner Königin sehr gut befreundet. Ich will es für sie tun. Ich sage ihm, du seist entschlossen, nicht auf der Herausforderung zu bestehen.«

Nach kurzer Zeit kam er mit dem Dünnen zurück. Sie rannten. Antero führte den anderen am Arm, zog ihn fast mit Gewalt hinter sich her.

»Gebt euch die Hand«, sagte er. »Auch er will Freundschaft schließen. Ich bin Zeuge. Gebt euch die Hand!«

Ich streckte die Hand aus und lächelte Rondinel zu. Seine kleinen tiefliegenden Augen hinter den schönen gebogenen Wimpern spiegelten den angstvollen Kampf seiner Seele wider, die nicht unterliegen wollte. Ich verstand, daß ich weiter lächeln, weiter bei ihm bleiben mußte, damit er nicht die Augen schlösse und fortliefe.

Ich umarmte ihn.

»Ich bin ein Hund, ein feiger Hund«, sagte er und begann zu weinen.

Wir führten ihn in mein Klassenzimmer. Alle anderen Schüler spielten auf den Höfen und sahen unsere Versöhnung nicht. Die Internen hätten sie als einzige stören können.

Der Dünne setzte sich an ein Schreibpult, legte den Kopf auf Anteros Arme und weinte noch ein wenig. Dann hob er das Gesicht und sah mich an.

»Sei doch nicht so blöd«, tröstete ihn Markask'a.

»Die anderen sind die Schlimmen«, sagte ich, »Lleras, Valle, Añuco. Nicht wir, mein Bruder.«

»Gott wird sie eines Tages bestrafen«, rief er.

Er erhob sich und gab mir noch einmal die Hand.

»Du bist ritterlich. Das kann ich als Mann sehen. Von heute an habe ich dich gern.«

Er zitterte etwas.

»Gehen wir spielen, Brüder«, rief er plötzlich. »Spielen wir mit den *zumbayllus*! Gehen wir!«

Wir liefen hinaus, und er faßte mich an der Hand.

Im Durchgang zwischen den beiden Höfen trafen wir mit Valle zusammen. Aufrecht wie immer kam er uns mit langsamen Schritten entgegen. Die Überraschung in seinem Gesicht zerstörte blitzartig seine künstliche Würde. Rondinel streckte ihm die Zunge heraus und schrie:

»Auf unseren Kampf kannst du warten, bis zu schwarz bist, du Idiot.«

Wir gingen weiter. Nicht eine Spur gezwungener Freundlichkeit blieb zwischen uns, denn wir wollten wirklich Freunde sein. Mit großem Eifer ließen wir unsere *zumbayllus* tanzen; wir warfen sie alle drei gleichzeitig in die Luft, und einmal tanzte der Kreisel des Dünnen länger als der Anteros. Wie glücklich er war! Er sprang herum, sah abwechselnd mich und Markask'a an und drehte sich auf einem Bein um sich selber. An diesem Morgen schien die Sonne für ihn allein. Die runde Welt brannte wie ein glänzendes Spielzeug in seinen Händen. Sie gehörte ihm, und wir anderen nahmen an seinem Glück teil, daran, daß er sich als Herr der Erde fühlte.

Als die Externen um zwölf Uhr nach Hause gingen, war draußen Frauengeschrei zu hören. Rondinel und ich saßen auf der kleinen Treppe, die zu meinem Klassenzimmer führte; von dort konnten wir die Straße überblicken. Viele Frauen liefen vorbei, lauter Mestizinnen, die wie die Serviermädchen und Wirtinnen in den *chicherías* gekleidet waren. Der Pater Rektor verließ sein Büro, trat auf den Flur und betrachtete die Straße von oben nach unten. Schnell, ja überstürzt ging er wieder hinein, und wir hatten das Gefühl, daß er Angst hatte.

Der Tumult auf der Straße wurde lauter. Immer mehr Frauen liefen vorbei. Ein Offizier kam in die Schule.

Der Rektor trat aus der Tür und rief laut nach den übrigen Lehrern.

»Hol' sie«, sagte er zu mir und klatschte in die Hände.

Ich lief in die Schlafzimmer und in den Eßsaal, um sie zu suchen. Es waren fünf Lehrer und Bruder Miguel. Sie versammelten sich mit dem Offizier im Rektoratszimmer, sie unterhielten sich nur wenige Minuten und gingen dann zusammen auf die Straße. Bruder Miguel blieb zurück, die Schule wurde seiner Obhut anvertraut.

»Es ist nichts«, beschwichtigte er. »Ich rufe jetzt zum Essen.«

Der Pförtner blickte weiter auf die Straße hinaus, das Tor zum Flur stand offen. Immer noch rannten Menschen durch die Straße, Männer, Frauen und Kinder, als verfolgten sie sich gegenseitig. Fast alle Internen standen auf dem Flur.

In diesem Augenblick begannen die Glocken Sturm zu läuten, und Frauengeschrei schallte schrill wie der Ton der höchsten Glocke vom Platz herüber. Lleras und Romero rannten auf die Straße hinaus und gingen in Richtung des Platzes davon. Wir alle hinter ihnen her. Der Pförtner rief:

»Sie laufen weg, Vater, Hilfe!«

An der ersten Straßenecke trafen wir mit Antero zusammen; auch er rannte. Neben mir lief Rondinel.

»Du nicht, Dünner«, sagte Antero. »Deine Mutter wird dich in der Schule abholen und sich aufregen,wenn sie dich nicht findet. Geh nach Hause! Lauf! Der Platz wimmelt von wütenden Frauen. Sie könnten dir etwas tun! Sie sind imstande und bringen dich um! Geh nach Hause, lauf!« Rondinel zögerte, zwischen Schrecken und Neugier hin und her gerissen.

»Nehmt mich mit, Brüder«, bat er schließlich.

Die Bestimmtheit, mit der Antero gesprochen hatte, schien ihm genügend Schutz zu gewähren.

»Ich will mitgehen, Markask'a. Nimm mich mit, Bruder.«

»Nein«, erwiderte Antero. »Es sind zu viele Menschen, die reinste Flut. Wer wollte sich um dich kümmern, Bruder? Nachher erzählen wir dir alles. Geh auf den Balkon bei dir zu Hause und schau zu. Geh! Und wir, wir laufen!«

Wir gingen davon und ließen den Dünnen zurück. Als wir ans Ende der Straße kamen, drehte ich mich nach ihm um. Rondinel stand noch immer an der gleichen Stelle und überlegte, ob er uns folgen sollte.

Eine große Frauenmenge schrie und schimpfte; sie füllten den Vorhof der Kirche und fast die Hälfte des Platzes. Alle trugen *mantas de Castilla* und Strohhüte. Am Rand des Platzes lungerten Schulkinder herum und starrten auf die Menge. Wir gingen bis in die Mitte. Antero bahnte uns einen Weg, indem er sich duckte und sich kopfvoran zwischen den Frauen hindurchschlängelte.

Kein Mann war zu sehen. Die Frauen zertraten mit ihren nackten Füßen oder mit hochhackigen Stiefeln die zarten Blumen im Park, knickten Rosensträucher, Geranien, Lilien und Veilchen. Alle schrien auf Quechua:

»Salz, Salz! Diese Diebe, diese Spitzbuben in der Verwaltung!«

Antero ging in die Nähe des Kirchturms, und ich folgte ihm aufgebracht. Der Aufruhr der Frauen erregte mich, ich hätte gern meine Fäuste gebraucht, wäre gern auf jemand losgegangen.

Die Frauen, die im Vorhof der Kirche und auf dem breiten Bürgersteig standen, der daran vorbeiführte, trugen in der linken Hand große Säcke mit Steinen.

Vom Rand des Parks aus konnten wir die Frau sehen, die am Eingangstor des Kirchturms sprach. Es war nicht möglich, weiter vorzudringen, die Menge auf dem Bürgersteig war viel zu dicht. Die Frauen schwitzten, ihre silbernen und goldenen Ohrringe glänzten in der Sonne. Die Frau unter dem Torbogen war eine berühmte *chichera*. Sie war so dick, daß sie den ganzen Bogen ausfüllte; das blaue, mit Samtbändern geschmückte Leibchen war aus glänzender Seide. Das Taftband des Hutes leuchtete sogar im Schatten und hob sich deutlich von dem stumpfen Grauweiß des frisch gefärbten Hutes ab. Sie hatte ein breites, von Pockennarben zerfressenes Gesicht;

die dicke Brust, die hochgeschnürt war, hob und senkte sich beim Sprechen wie ein Blasebalg. Die Frau sprach Quechua und die weichen *c* der sanften Sprache von Abancay schienen das harte Hämmern der gutturalen Laute, die von den Mauern der Kirche widerhallten, noch zu unterstreichen.

»*Mánan! Kunankamallam suark'aku* . . . Nein. Keinen Tag länger stehlen sie uns das Salz! Heute verjagen wir die Diebe aus Abancay! Schreit, Frauen! Schreit laut! Die ganze Welt soll es hören. Nieder mit den Dieben!«

Und die Frauen schrien:

»*Kunanmi suakuna wañunk'aku* . . . Heute sollen die Diebe sterben!«

Als sie die Losung wiederholten, schrie ich mit.

Markask'a sah mich erstaunt an.

»Hör, Ernesto, was ist mit dir los?« fragte er. »Wen haßt du denn eigentlich?«

»Die Salzdiebe natürlich«, antwortete eine der Frauen.

In diesem Augenblick ging eine Bewegung durch die Menge. Der Pater Rektor, von zwei Mönchen begleitet, bahnte sich einen Weg zwischen den Frauen. Die weißen Gewänder der Priester hoben sich von den buntfarbenen Tüchern der Frauen ab. Sie machten ihm Platz, und er kam verhältnismäßig schnell vorwärts. Er erreichte das Eingangstor und stellte sich neben die *chichera*. Er hob den rechten Arm, als wollte er sie segnen, dann redete er mit ihr. Wir konnten seine Worte nicht hören, doch am Gesichtsausdruck der Frau sahen wir, daß er sie um etwas bat. Die anderen Frauen verstummten, und allmählich breitete sich die Stille über den ganzen Platz aus. Man hörte geradezu, wie die Sonnenstrahlen auf die Frauen, auf die zertrampelten Blätter der Lilien im Park fielen . . . Jetzt verstanden wir die Worte des Paters. Er sprach Quechua:

»Nein, meine Tochter! Hüte dich, Gott zu beleidigen! Es ist nicht die Schuld der Behörden. Ich sage es dir im Namen Gottes.«

»Und wer hat denn das Salz an die Haciendas verkauft, um es den Kühen zu verfüttern? Kommen die Kühe vor den Menschen, Vater Linares?«

Die Frage der *chichera* schallte deutlich durch den Park, denn der Winkel, der von den Mauern des Turms und der Kirche gebildet wurde, verstärkte den Schall.

»Fordere mich nicht heraus, meine Tochter. Tu, was Gott befiehlt.«

»Gott bestraft die Diebe, Vater Linares«, erwiderte die *chichera* laut und verneigte sich vor dem Pater. Er sagte etwas, und sie schrie auf:

»Nicht über mich! Fluch über die Diebe!«

Sie bewegte den rechten Arm, als zöge sie an einem Seil. Und wiederum begannen die Glocken Sturm zu läuten.

»Vorwärts, vorwärts«, schrie die *chichera* auf Spanisch. Sie trat von der Schwelle, ging respektvoll um die Priester herum und auf den Ausgang zu. Die Menge machte ihr Platz. Die älteren Frauen, die auch die dicksten waren, die Wirtinnen der *chicherías*, bildeten links und rechts von der Führerin Spalier. So schritten sie alle auf den Ausgang zu.

Plötzlich fielen Schüsse.

»Macht nichts! Vorwärts, vorwärts!« schrie die Führerin.

»Vorwärts!« wiederholten die anderen.

»Vorwärts!«

»Vorwärts!«

Es war ein einziger Schrei, der durch die Menge wie eine Welle über den Körper einer Schlange lief.

Die Gendarmen, die den Ausgang bewachten, wurden überrannt, jedoch nicht geschlagen. Sie waren bescheidene Klienten der *chicherías*; sie zielten mit ihren Gewehren in den Himmel und schossen absichtlich in die Luft. Die Frauen nahmen ihnen die Waffen weg.

Die meisten Schüler und Neugierigen liefen eiligst davon, als die ersten Schüsse fielen. Markask'a aber hatte keine Angst. Fragend sah er mich an: »Gehen wir mit?«

»Gehen wir mit bis ans Ende!«

»Schreit ›vorwärts‹«, ermahnten uns die Frauen.

Und wir schrien so laut wir konnten.

»So ist es richtig! Brave Jungen! Vorwärts, vorwärts!«

Als wir um die letzte Ecke vor dem Gebäude der staatlichen Salzverwaltung bogen, versuchte Antero, mich aus der Menge herauszuzerren.

»Gehen wir«, sagte er. »Ich mag nicht hinter so vielen *cholas* herlaufen. Laß uns gehen! Mir langt der Spaß!«

»Nein«, erwiderte ich, »laß uns sehen, wie es weitergeht. Gehen wir bis ans Ende mit, Markask'a!«

Das Geschrei der Menge wurde noch lauter und wütender. Vereinzelte Salven und Schüsse waren noch immer zu hören. Antero machte sich davon.

»Ich gehe, denn ich bin nicht allein«, schrie er mir ins Ohr. »Ich muß mich um sie kümmern.«

Das stimmte. In allen Häusern fürchteten die Menschen zu dieser Stunde um ihr Leben. Markask'a hatte keine Angst, das konnte ich in seinen Augen sehen. Im Gegenteil; als er davon sprach, sie zu beschützen, und sich aus der Menge herauswand, sah er aus, als ginge er einem anderen, schwereren Kampf entgegen.

Er bahnte sich mit den Ellbogen einen Weg. Ich aber ging weiter. Was sollte ich sonst tun, wenn er ging, um seine Geliebte zu beschützen? So schrie ich noch lauter und drängte mich nach vorn. In den ersten Reihen herrschte großer Aufruhr. Die Steine dröhnten dumpf gegen die Pfosten, Gitter und Tore der Salzverwaltung. Fensterscheiben gingen in Scherben, aber es wurde nicht mehr geschossen.

»Blut, Blut!« hörte ich jemanden neben den Mauern des Hauses auf Quechua rufen.

Die Tore wurden umgerissen, die Frauen stürmten in den Hof. Ich erreichte die erste Reihe. Die Führerin trug ein Gewehr über der Schulter. Ströme von Schweiß liefen aus ihrem Haar. Sie kletterte auf die hohe steinerne Brüstung der Galerie und blickte uns alle durchdringend an.

»Ruhe!« befahl sie.

Eine Frau an ihrer Seite zeigte auf einen großen Blutfleck unterhalb der linken Schulter. Auch sie trug ein Gewehr.

»Was ist das?« fragte sie. »Die Kugel eines Salzhändlers. Die tut nicht weh.« Sie schwang den Arm wild im Kreis und lachte plötzlich laut.

»Das Lager. Zwanzig ins Lager«, befahl die Führerin auf Quechua.

Eine Gruppe Frauen rannte zum Lager. Von dort waren ihre Stimmen zu hören: »*Kachi* – eine Menge Salz.«

Sie schleppten die Salzsäcke, einen nach dem anderen, heraus.

Unter dem Staunen und Geschrei der Frauen brachten sie vierzig Säcke mit weißem Salz auf den Hof.

»Vater Linares, kommen Sie!« rief die *chichera* in einem

langanhaltenden Schrei. »Väterchen Linares, hier ist das Salz!« Plötzlich sprach sie spanisch. »Hier ist das Salz. Die Diebe, die verfluchten Diebe!«

Die Frauen hielten in ihrer Geschäftigkeit inne, als müßten sie einen Augenblick Stille bewahren, damit die Worte der *chichera* ihr Ziel erreichten. Die Frau rief noch einmal: »Väterchen Linares!«

Dann stieg sie für einen Augenblick von der Brüstung herab, ließ vor der Tür zum Lager Platz schaffen und befahl den Frauen, die sich drängelten und stießen, eine Reihe zu bilden. Die Verteilung begann.

Von der Brüstung aus überwachte die *chichera* die Arbeit, die geordnet vor sich ging. Einige Frauen schnitten die Säcke auf und füllten die Decken und Tücher der anderen mit Salz. Diese gingen dann in einer Richtung davon, und die Wartenden rückten auf der anderen Seite nach.

In den indianischen Dörfern bewahren die Frauen Ruhe, wenn die Männer feierliche Zusammenkünfte abhalten. Auf den Familienfesten und selbst bei den Ratssitzungen pflegen die Indios laut durcheinander zu schreien. Ein Fremder hat das Gefühl, einen unordentlichen Haufen heftiger und gewalttätiger Menschen vor sich zu haben. Wer redet mit wem? Und trotzdem herrscht eine bestimmte Ordnung, die Worte erreichen ihr Ziel, und die Männer kommen zu einem Beschluß. Die Frau, die kein Wort sagt, wenn sich die Männer versammeln, schreit und kreischt beim geringsten Anlaß, nichts hält sie vom Keifen und Streiten ab.

Warum zerkratzten sie sich auf dem Hof der Salzverwaltung nicht gegenseitig die Gesichter? Warum fielen sie nicht übereinander her? Warum beschimpften sie nicht einmal die, die draußen auf der Straße geblieben waren? Wenn eine einzige frei gewesen wäre, wenn sie den Bann gebrochen und geschrien hätte, dann hätte sie alle anderen mitgerissen und die Gemeinsamkeit zerstört.

Doch keine war frei. Von der Brüstung herab bestimmte die Führerin alles, selbst die Herzschläge jeder einzelnen, wütenden, siegreichen Frau. Versuchte eine, die Stille zu brechen, sah die Führerin auf, die Frauen stießen einander an, riefen sich gegenseitig zur Ordnung und legten den Streit bei. Von dem breiten Gesicht der *chichera* mit der niedrigen Stirn und den kaum sichtbaren Augen ging eine ordnende Kraft aus, die alle in ihren Bann zog, der Heftigkeit Schranken setzte und die Angst vertrieb. Der leuchtende Hut warf seinen Schatten bis auf die Augenlider. So entstand zwischen der Stirn, die im Schatten lag, und dem runden Kinn, den geschlossenen Lippen und den schwarzen Pockennarben, auf die die Sonne schien, ein Kontrast.

»Drei Säcke für die Armen von Patibamba«, schrie sie, als wollte sich mich aufrütteln.

Der größte Teil des Salzes war verteilt und der Hof fast leer.

Als sie diesen unerwarteten Befehl hörten, liefen ein paar Frauen in den Stall. Dort fanden sie vierzig Maultiere, die schon gesattelt waren. Erstaunt hielten die Frauen inne. Aber die Führerin befahl, drei Tiere auf den Hof zu führen. Weiter sagte sie nichts.

Während ein Teil der Frauen unter fröhlichem Lachen große Salzklumpen in die Tücher der übrigen warf, machten sich andere daran, die Säcke zu füllen, die für die *colonos* von Patibamba bestimmt waren.

Unter großer Anstrengung schleppten sie die vollen Säcke in den Hof. Aber sie mußten einen Teil des Salzes wieder ausleeren und die Säcke von neuem zunähen, denn sie waren zu schwer, um sie auf die Rücken der Maultiere zu heben. Auch die verletzte Frau wollte mit nach Patibamba gehen. Die Führerin betrachtete sie zweifelnd.

»Es blutet nicht mehr.« Sie hob das Leibchen in die Höhe, entblößte die Brust und zeigte die Wunde.

Aber die Führerin war nicht einverstanden. Sie suchte zehn Frauen aus und sagte den übrigen, sie könnten mitgehen, wenn sie wollten. Etwa fünfzig Frauen, alle mit ihren Tüchern voll Salz über der Schulter, folgten den zehn, die die Führerin ausgewählt hatte.

»Doña Felipa lebe hoch! *Patibambapak!*« schrien die Frauen, die hinter den Maultieren herliefen.

»Doña Felipa, Doña Felipa«, fielen die übrigen ein und verabschiedeten sich so von der Führerin.

Sie hatte als einzige die Wehrlosen, die Armen von Patibamba nicht vergessen. Die anderen Frauen hatten im Rausch des Erfolgs nicht an sie gedacht.

»Sorgfältig verteilen«, mahnte sie noch auf Quechua.

Im Hof ging die Verteilung weiter, doch ich zögerte nicht mehr – ich machte mich hinter den Frauen auf den Weg nach Patibamba, ich war genauso ungeduldig wie sie. Eine mächtige Freude stieg in mir auf. Ich war bereit, wenn nötig, gegen die ganze Welt zu kämpfen. Im Laufschritt eilten wir durch die Straßen.

Die Frauen trieben die Maultiere zum Traben an. Die Straßen in der Nähe der Salzverwaltung waren voller Menschen. Männer aus dem Volk bildeten eine schützende Schranke und ließen jene, die Krawatten trugen, nicht durch.

»Die Frauen könnten dir den Kopf abschneiden, Señor«, hörte ich sie sagen.

»Patibambapak, Patibambapak«, schrien diese und trieben die Maultiere an. Die Leute machten ihnen Platz.

Von den Balkonen der Häuser im Zentrum der Stadt regnete es Beschimpfungen: »Diebinnen, gottverlassene Diebinnen.«

Nicht nur die Damen, sondern auch die wenigen Herren, die um diese Zeit zu Hause waren, riefen Beleidigungen herunter.

»Huren, dreckige *cholas*.«

Auf einmal stimmte eine Frau ein Karnevalslied an, und die anderen fielen mit lauter Stimme ein.

Die Gruppe Frauen schien sich in einen Zug tanzender Masken zu verwandeln, der durch die Straßen lief. Im Gesang der Menge ertranken die Beschimpfungen, und wir maschierten im Takt des aufreizenden, ja fast aggressiven Rhythmus', den anscheinend selbst die vergnügt dahintrabenden Maultiere begriffen, nach Patibamba. Trunken von Begeisterung sangen die Frauen immer lauter:

Ach, Baum von Pati, von Patibamba!
niemand wußte,
daß dein Herz aus Gold ist.
Niemand wußte,
daß deine Brust aus Silber ist.
Ach, meine stillen Wasser,
meine stillen Wasser im Fluß.
Niemand wußte,
daß deine Fische aus Gold sind.
Niemand wußte,
daß deine Höfe aus Silber sind.

In der Nähe von Huanupata gesellten sich noch mehr Männer und Frauen zu der Abordnung. Die Leute traten vor die Häuser, um uns zu sehen, und kamen aus den Seitenstraßen gelaufen, um an den Straßenecken auf uns zu warten.

So erreichten wir die breite staubige Landstraße, die zur Hacienda führt. Allmählich lief eine große Volksmenge hinter den Maultieren her und bewegte sich im Tanzschritt vorwärts, denn die *chicheras* sangen unentwegt, und ihre Gesichter strahlten.

Ich dachte, sie würden auf der staubigen Landstraße aufhören zu singen, und wir würden langsamer gehen, denn es sind von Abancay fast zwei Kilometer bis zu den Häusern von Patibamba. Die Hufe der Maultiere, die Füße so vieler rennender Menschen wirbelten den Staub auf, der sich in der stillen Luft bis zu den Baumkronen erhob. Er legte sich auf die großen roten Blüten der *pisonayes*, auch auf die, die zuoberst hingen, und ihr Glanz erlosch. Aber Menschen und Maultiere bewegten sich mitten in der Staubwolke vergnügt und fröhlich vorwärts. Wir sprangen über Gräben, daß das Wasser in die Höhe spritzte, und liefen durch Pfützen, rissen die Vorübergehenden für einen Augenblick in unseren Strudel oder kreisten sie ein mit unserem Tanz.

Dann erreichte der Zug die Hacienda, die Stelle, an der die gepflasterte Straße beginnt. Die Frauen zogen eilig am Gitter vorbei, ohne den Park eines Blickes zu würdigen, sie wollten sofort zu den Hütten, zum staubigen Dorf der *colonos*. Ich aber blickte zu den Galerien des großen Herrenhauses hinüber, als ich hinter den Frauen herlief. Vor dem Gitter schrien und sangen sie noch lauter – das war ihre einzige Warnung. An beiden Enden der Galerie kauerten zwei Mestizen am Boden; sie trugen Stiefel, große breitrandige Hüte und hielten Gewehre in den Händen. Ein Mann in weißem Anzug stand auf der letzten Stufe der Treppe; er schaute den Frauen regungslos, scheinbar unbeteiligt zu.

Wir erreichten das Dorf; singend rannten wir durch die säuerlich riechende Gasse.

Die Türen der Hütten waren verschlossen.

»Wollen sie vielleicht nicht herauskommen? Wollen sie gerade jetzt nicht herauskommen? Was soll geschehen, mein Gott?« fragte ich mich und blickte auf die zerlöcherten, schwärzlichen Strohdächer der kleinen Häuser.

»Kommt heraus, *madrecitas*, wir bringen euch Salz«, schrie eine *chichera* auf Quechua.

»*Mamachakuna*, Mütterchen«, rief eine andere.

Alles blieb still. Die Frauen blickten sich suchend, die Augen voll Haß, nach allen Seiten um; ein paar von ihnen luden die Säcke von den Maultieren.

»Wovor habt ihr Angst?« rief die Führerin, und ihre fast männliche, drohende Stimme brachte endlich Leben in die Hütten.

»Wovor habt ihr Angst?« wiederholte sie. Sie trat auf eine der Hütten zu und drückte gewaltsam mit einer Bewegung der Schulter die Tür ein.

»Ach, *mamacita, mamacita*«, jammerten im Innern der dunklen Hütte Frauen und Kinder.

»Salz des Volkes für dich, *madrecita*«, rief die *chichera* und zeigte auf die Salzsäcke. Ihre Stimme wurde zärtlich.

»Kommt heraus und nehmt das Salz in Empfang, *madrecitas*«, rief plötzlich eine der Frauen von Patibamba auf Quechua.

Endlich öffneten sich alle Türen in der ganzen säuerlich-süß riechenden Gasse, in der es von Wespen wimmelte; mit langsamen Schritten kamen die Frauen zweifelnd und zögernd heraus.

In diesem Augenblick hob die *chichera* einen großen Klumpen weißen Salzes auf und warf ihn der India von Patibamba, die die anderen gerufen hatte, in den Schoß. Die Frau raffte ihre Röcke, und die *chichera* warf ihr noch ein paar Stücke Salz zu. Die India sah die *chichera* und das Salz an. Dann drehte sie sich um und lief so schnell sie konnte in ihre Hütte zurück, die Kinder folgten ihr; als alle darin verschwunden waren, verschloß sie die Tür.

Schließlich kamen alle Frauen, um ihr Stück Salz zu holen. Die drei Säcke wurden geöffnet, und das Salz unter dem unverständlichen Murmeln der Frauen mehr oder weniger gerecht verteilt. Die Indias nahmen es in Empfang, segneten es mit den Händen, kehrten in ihre Hütten zurück und verschlossen die Türen.

Als das Salz verteilt wurde, fühlte ich, wie mir der kalte Schweiß ausbrach. Mein Herz schlug rasend schnell, eine schmerzende Leere zog mir den Magen zusammen. Ich setzte mich halb betäubt von dem Geruch der faulenden Reste auf den Boden und stützte den Kopf in die Hände. Der Lärm nahm ab. Ich hörte Schüsse. Die Frauen von Abancay begannen wieder zu singen. Der Geruch der schleimigen Abfälle, der Melasse und menschlichen Exkremente, der die Hütten einhüllte, schien in meinen Adern zu schwellen. Aber ich nahm mich zusammen, stand auf und ging auf dem gepflasterten Weg zum Park der Hacienda.

Am Himmel glänzten metallische Wolken wie große Honigfelder. Ich hatte das Gefühl, daß mein Kopf in einem Meer aus Honig, der mich würgte und immer zäher wurde, schwamm. Schlaftrunken erreichte ich eine der Säulen am Eisengitter. Im Park der Hacienda sah ich noch ein paar gelbe Schmetterlinge, die über dem Rasen und den Blumen schaukelten. Sie tauchten aus den tiefen Kelchen der großen Lilien auf, flogen davon und winkten mit ihren zarten, feinen Flügeln. Ich legte mich im Schatten der Säule und der Bäume hin und schloß die Augen. Die Welt schwankte. Mein Herz blutete in Strömen. Es war glückliches Blut, das an diesem schönen Tag verschwenderisch vergossen wurde, an einem Tag, an dem der Tod, sollte er kommen, verklärt, in einen triumphierenden Stern verwandelt sein würde.

Dann galoppierten die Maultiere ganz dicht an meinen Füßen vorbei über die gepflasterte Straße. Die Frauen von Abancay liefen in wildem Durcheinander hinter ihnen her. Sie entfernten sich schnell wie ein leichter Wind, ich konnte sie schon nicht mehr sehen. Eine unüberwindliche Benommenheit überkam mich.

Spät, als die Sonne bereits unterging, weckte mich eine dicke Frau in einem rosa Kleid. Als ich die Augen öffnete, netzte sie mir die Stirn mit einem feuchten Taschentuch.

»Du bist ja ganz gelb, mein Sohn«, sagte sie.

Sie schälte eine Orange und gab mir eine Scheibe nach der anderen. Ich schaute sie lange an. Sie trug schwarze Strümpfe und flache Schuhe; der rötliche Rock fiel ihr bis auf die Füße, und das Leibchen war wie bei den Mestizinnen mit bedruckten Bändern geschmückt. Aber sie hatte eine weiße Haut, rote Wangen und blaue Augen. Sie sah wie eine Hausschneiderin oder wie die Frau eines Angestellten auf einer Hacienda aus.

»Wer bist du, Kleiner?« fragte sie. »Was ist dir passiert? Zum

Glück lassen sie in dieser Hacienda die Apfelsinen und Zitronen am Boden verfaulen.«

Ein paar Pappeln neben dem Gitter spendeten Schatten. Licht und Schattenflecken spielten auf dem Haar und der Stirn der Frau. Sie kauerte hinter mir, und ich lehnte mich an ihre Knie. Ich fühlte, wie ihre Hände meinen Kopf streichelten. Dann schluchzte sie; sie sprach Quechua.

»Wer hat dich hierher gebracht, mein Sohn? Wer hat dich hier allein gelassen?«

»Ich bin mit den *cholas* gekommen, die den Frauen von Patibamba Salz gebracht haben«, antwortete ich.

Sie schwieg. Unter den weichen Händen, die mich liebkosten, verflüchtigten sich die Anstrengungen des staubigen Weges, des hohen brennenden Himmels und die Last meiner Erinnerungen. Die Tränen der Frau rührten mich nicht zu einem noch verzweifelteren Weinen, wie sonst die Tränen anderer. Sie riefen den Schlaf, den Schlaf des Kindes im mütterlichen Schoß. Die Frau fühlte das. Sie setzte sich bequemer und lehnte sich an die Mauer, in die das Gitter eingelassen war; sie wartete, damit ich ruhen sollte.

Es war kaum Zeit vergangen, als ein paar Reiter über die Straße galoppierten. Die Steine knirschten unter den Hufen. Ich hob den Kopf und sah, daß sie in eine Staubwolke gehüllt in Richtung Abancay davonsprengten. Ich glaubte, daß einer den Kopf nach mir wandte. In diesem Augenblick wurde das Gitter der Hacienda geschlossen.

»Sie haben das Salz mitgenommen«, sagte die Frau.

Ich stand auf und fragte: »Welches Salz, Señora?«

Sie haben es den Indias weggenommen.«

»Welchen Indias?«

»Denen von der Hacienda. Sie sind in die Hütten gegangen, während der Zureiter der Fohlen und sein Gehilfe mit den Peitschen knallten, und haben ihnen das Salz wieder weggenommen. Die Peitschen knallten so laut, daß man nicht einmal das Weinen der armen Frauen hörte.«

»Sind Sie von hier, Señora?«

»Nein. Ich bin aus Cuzco. Ich bin mit meiner Herrin in Patibamba. Sie ist beim Verwalter auf Besuch.«

»Mit Peitschenschlägen haben sie ihnen das Salz weggenommen?«

»Nein. Sie haben die Peitschen nur in der Gasse knallen lassen. Die Männer sind noch immer auf den Feldern. Man hat sie dort mit Revolverschüssen aufgehalten. Was um Himmelswillen wird geschehen? Es heißt, man habe sie umzingelt, und sie wollten ausbrechen, um ihre Frauen zu beschützen. Aber sie kommen nur langsam vorwärts. Jetzt allerdings, nachdem man den Frauen das Salz weggenommen hat, wird man sie durchlassen. Und du, mein Kleiner? Wer bist du? Warum gehst du nicht zurück? Ich habe Angst.« Ich sagte ihr, wer ich war.

Dann begleitete sie mich fast die Hälfte des Weges.

Ich hätte gern unter blutigen Tränen das Karnevalslied von Patibamba gesungen, das uns auf dem gleichen Weg in entgegengesetzter Richtung begleitet hatte. Die Frau führte mich, sie umarmte mich, sie legte mir ihren breiten Arm um den Hals und berührte meine Schulter, doch ohne den Arm darauf zu stützen. Ich fühlte kein Gewicht, nur die Wärme ihrer Haut. Ich sagte nichts. Nie war die Welt trauriger gewesen – ausgebrannter, hoffnungsloser, in meinen Eingeweiden versunken wie eisige Trauer. »Mein Gott«, sagte ich zu mir, »mach, daß ich am Tor der Schule meinen Vater treffe.«

Als wir uns verabschiedeten, küßte mich die Frau auf beide Augen. Dann kehrte sie um. Ich vergaß, sie nach ihrem Namen zu fragen. Aber ich sehe noch immer wie eine unverlöschliche Sonne ihre blauen Augen, ihre unsterblichen, sanften Augen.

Ich ging schnell weiter. Ich war besessen von dem Gedanken, in Abancay meinen Vater zu treffen. Aber ich konnte nicht rennen, denn meine Beine zitterten und versagten mir fast den Dienst.

Ich erreichte das Viertel von Huanupata und fand es in wildem Aufruhr. In der schmutzigen Straße herrschten Geschäftigkeit und Lärm wie an einem Fest, an einem großen Feiertag. Der Boden war vom täglichen Waschen hart geworden; große Wasserflecken wechselten mit Urinspuren von Pferden und Menschen. Jeder Bewohner begoß den Teil der Straße, der vor seinem Haus lag. Der Boden war voller Risse. Manchmal blies der Wind von den Feldern in die Stadt und trieb Staub, Abfälle, Wollfetzen und trockene Blätter vor sich her. Nun wirbelte er den Staub in Huanupata in die Höhe und jagte die Abfälle durch die Straßen; er drehte sich im Kreis, bildete Wirbel und schien das andere Ende der Stadt zu suchen. Vor den *chicherías* wurde getanzt. Menschen strömten hinein und heraus, die hohen vergnügten Stimmen der Mädchen schallten bis ans andere Ende der Straße.

Als ich ein paar Schritte gegangen war, hörte ich, daß auch die Männer im Innern der *chicherías* sangen. Dämmerlicht, ein bleiernes, feuchtes, schwankendes Licht sank auf die Straße. Die Wolken, die mittags so hell geleuchtet hatten, ballten sich dunkel zusammen und legten sich wie ein Mantel über die schwache Abendsonne.

Woher waren die vielen Mestizen und Indios nach Huanupata gekommen? Fast alle waren betrunken; sie tanzten mit geschlossenen Augen und zeichneten mit den Füßen kunstvolle Figuren in den Staub. Die *chicherías* waren so voll, daß es nicht möglich war, hineinzukommen. Für die, die draußen bleiben mußten, wurden über die Köpfe der anderen *chicha*-Krüge von Hand zu Hand weitergereicht. Wie bei den Festen trank jeder auf fremde Kosten, bis er betrunken war.

»Willst du mal versuchen, mein Junge?« fragte mich ein Mestize, der aussah wie ein Träger vom Markt.

»Ja, gern«, antwortete ich.

Er reichte mir einen schweren Krug, und ich hob ihn mit großer Mühe in die Höhe, um zu trinken, während der Mestize und seine Freunde lachten. Die *chicha* war stark, und ich fühlte, wie sie mich wärmte.

»Gut, mein Junge! Zum Donnerwetter! Braver Junge! Rein, rein mit dem Trost«, rief der Mestize, der die langen Schlucke hörte, die ich nahm.

»Und warum das Fest, Don?« fragte ich ihn.

»Ach, zum Donnerwetter«, rief er und brach in lautes Gelächter aus. »Die Frau hat den Gendarmen die Zähne gezeigt. Sie haben die Salzverwaltung überfallen. Hoch lebe Doña Felipa!«

Und er begann, einen spöttischen *huayno* zu singen, dessen Melodie ich kannte. Die Worte aber, die er in diesem Augenblick erfand, waren eine Beschimpfung der Gendarmen und der Angestellten der Salzverwaltung. Die Umstehenden fielen ein, auf jede Strophe folgte lautes Gelächter. Der *cholo* sang die Verse ganz langsam, er sprach jedes Wort sorgfältig aus und gab ihm einen bestimmten Sinn, dann wurde der

Vers im Chor wiederholt. Sie sahen sich alle an und begannen zu lachen.

Die Leute in der *chichería* fingen ebenfalls an zu singen und zu tanzen. Sie schlugen mit nackten Füßen, mit Sandalen und Schuhen laut den Takt und stampften hart auf den Boden. Die nackten Fersen klangen dumpf, das Leder der Sandalen klatschte, und die Absätze der Schuhe hämmerten auf den harten Boden. Der Lärm drohte, die Worte des *huayno* zu zermalmen.

> Das Gewehr des kleinen Soldaten
> war aus Kakteen,
> deshalb, deshalb
> dröhnt es vergeblich.
> Deshalb, deshalb
> dröhnt es vergeblich.
> Nein, nein Bruder,
> es ist nicht das Gewehr,
> es ist die Seele des kleinen Soldaten,
> aus totem Holz.
> Der Revolver des Salzverwalters
> war mit Exkrementen der Lamas geladen und als Pulver,
> als Pulver nahm er Fürze des Maultiers.

Die Leute auf der Straße und in den anderen *chicherías* fielen in den Gesang ein. Der Mestize, der mich eingeladen hatte, und seine Freunde tanzten mit wachsender Begeisterung. Sie vergaßen ihre Umgebung, sie vergaßen auch mich.

Ich blieb ein Fremder in diesem Kreis und schaute zu wie jemand, der eine unerwartet hereinbrechende Flut in den Flüssen der Anden betrachtet. Jahrelang sind sie trocken und steinig, demütig und leer; plötzlich aber, in einem wolkigen Sommer, wenn der Regen in Bächen niederstürzt, schwellen sie an, das Wasser schäumt und wird tief. Sie versperren dem Reisenden den Weg und wecken unbekannte Gedanken und Ängste in ihm.

Ich blieb vielleicht eine Stunde auf dem Boden vor der *chichería* sitzen. Dort fand mich am Abend Antero.

»Ich habe dich gesucht wie Christus, Brüderchen, und hier bin ich viele Male durchgekommen. Warum hast du dich versteckt?« fragte er.

Er half mir, aufzustehen.

»Ich habe mich nicht versteckt; ich war hier, seitdem ich aus Patibamba zurückgekommen bin«, antwortete ich.

»Der Pater Rektor ist wütend, und ihr dürft morgen nicht ausgehen. Ich habe gesehen, wie er die Internen ausschalt.«

Er mußte schreien, damit ich ihn hören konnte. Schließlich nahm er mich am Arm und führte mich auf den Platz.

»Du kannst nachher essen. Sie warten auf dich, Brüderchen. Sie warten! Salvinia und Alcira. Ich weiß, daß ich dich jetzt nicht mitnehmen sollte, bevor du etwas gegessen hast, und so wie du aussiehst. Aber sie sagt, daß du ihr gefällst, weil du so anders, so menschenscheu bist.«

»Wer denn, wer?«

»Alcira ist eine Freundin von Salvinia. Sie möchte dich kennenlernen. Wenn wir nicht gleich gehen, ist es zu spät.«

Er sagte, wir müßten laufen. Ich war müde, ich verstand nicht mehr recht und folgte ihm halb betäubt. Ich wollte meine Herzschläge zählen, aber ich konnte sie nicht fühlen. An einer Ecke blieb ich stehen.

»Ist dir schlecht?« fragte Antero.

»Nein, nein, laß uns weitergehen!«

»So wirst du ihr noch besser gefallen«, sagte Markask'a keuchend. »Deine Haare sind wirr, sie stehen zu Berge, und bleich bist du auch.«

Ich konnte meine Gedanken nicht auf die junge Unbekannte konzentrieren, die mich, nach dem, was Antero sagte, in Salvinias Haus erwartete.

An einem anderen Tag, an einem anderen Nachmittag hätte mich eine solche Nachricht in Entzücken versetzt, und ich wäre so schnell wie möglich zu dem Mädchen gelaufen. Was machte es aus, ob sie schön oder häßlich war! Es war die erste Botschaft, die ich von einem Mädchen erhielt, und ich war vierzehn Jahre alt. Auf diesen Augenblick hatte ich seit meiner Kindheit gewartet.

Durch mein Heimatdorf fließt ein kleiner Fluß, dessen Wasser im Winter am Ufer gefriert. Das Gras am Rand, die langen Zweige, die ins Wasser hängen, bleiben bis zum Mittag mit Reif bedeckt. Die Kinder warfen kleine Schiffe aus Papier und Rohr in die Strömung, die flink unter den verschneiten Ästen vorbeischossen. Ich wartete weiter unten neben einem Dornbusch, dessen Stacheln aus Eis zu sein schienen. Ich lag auf dem Gras und sah zu, wie die kleinen Boote vorüberglitten. Oft glaubte ich, daß an Bord eines dieser Schiffchen ein unvergleichliches, das schönste aller Mädchen auftauchen würde. Sie müßte blond sein, und die Eisbogen würden sie mit ihrem unwirklichen weißen Licht anstrahlen. Die Sonne ist nie so grell wie das Licht, das aus dem verharschten Schnee über dem dünnen Gras hervorbricht.

Als wir schon in der Nähe von Salvinias Haus waren, überfiel mich ein ganz anderer Gedanke. Warum war ich nicht in die *chicherías* hineingegangen, um Doña Felipa zu suchen? Hätte ich gesehen, wie sie tanzte, hätte ich vielleicht das traurige Bild der Frauen von Patibamba, die unter dem Knallen der Peitschen das Salz wieder zurückgeben mußten, vergessen. Vielleicht würde ich Doña Felipa nie mehr sehen. Ich wurde unruhig. ›Ich muß sie suchen‹, dachte ich. ›Und dann suche ich auch die Frau aus Patibamba; ich werde sie nach ihrem Namen fragen und ihre Hände küssen.‹

»Was hast du?« fragte Antero. »Siehst du nicht, daß wir am Ziel sind? Da ist Salvinia.«

Wie schlank und dunkel sie war! Sie wirkte sehr jung in dem kurzen lila Rock und der weißen Bluse unter dem feierlichen Glanz der hohen Wolken.

»Ist sie fröhlich?« fragte ich Antero.

»Niemand ist fröhlicher als sie. Sie ruft uns.«

Sie lief unter die Maulbeerbäume und rief uns etwas zu. Neben dem Gitter, das den Garten umgab, blieb sie stehen.

Ich fühlte, daß Antero in diesem Augenblick große Angst verspürte und daß er deshalb so vorsichtig ging wie ein Dieb. Er wagte nicht, mich anzusehen. Er griff nach meinem Arm, nicht um sich darauf zu stützen, sondern um mich zurückzuhalten, um mir zu zeigen, wie verwirrt er war.

»Nicht so eilig, Bruder. Ich . . . ich verspüre so etwas wie eine freudige Angst«, sagte er zu mir.

War es durch die Leberflecke und die scharfe Nase oder durch die merkwürdige Übereinstimmung zwischen der Farbe seiner Augen und der der Leberflecken, daß sich im Gesicht Markask'as die Gefühle und sogar die Gedanken mit solcher Macht ausdrückten?

Ich mußte ihn ein wenig weiterstoßen.

»Warum so langsam?« fragte sie auf der anderen Seite des Gitters. »Alicia ist schon weggegangen.«

Sie hatte mandelförmige, leicht schräge Augen; die sorgfältig geschnittenen geraden Stirnfransen betonten die graziöse Linie der Augen. Nicht das Gesicht und nicht die Arme, sondern die Augen waren von der Farbe des *zumbayllu*. Aber nicht des *zumbayllu*, der ruht und schwärzlich ist, sondern des *zumbayllu*, der singt und sich blitzschnell um sich selber dreht, dessen Farbe dann heller, ein kristallklares Braun wird.

Ich stellte mich mit großer Höflichkeit vor. Mein Vater war mir ein Vorbild ritterlichen Benehmens gewesen. Wenn ich seine blauen Augen, seine weißen Hände, seinen schönen blonden Bart gehabt hätte . . .

Sie gab mir die Hand. Sie hatte lange Finger, die ein anhaltendes Gefühl der Sanftheit hinterließen.

»Ich muß gleich wieder gehen«, sagte sie. »Mein Vater kann jeden Augenblick kommen. Ich habe lange auf euch gewartet, denn ich wollte mich noch einmal bei Antero bedanken. Wie tapfer du bist! Vielen Dank, Antero. Gib mir die Hand.« Er sagte kein einziges Wort.

Als Salvinia das Gittertor schloß und sich von mir mit einer Handbewegung verabschiedete, konnte Antero endlich sprechen. Ganz leise sagte er: »Leb wohl, leb wohl, meine Königin.«

Vielleicht hörte sie ihn, aber sie zeigte es nicht. Anmutig ging sie davon.

»Sie ist hübsch, sehr hübsch«, sagte ich.

»Weißt du«, begann er, »woran liegt das wohl? Wenn ihre Augen ruhig sind, scheinen sie ein ganz klein wenig zu schielen, sie blicken nicht gleichmäßig, eines bleibt immer ein bißchen hinter dem anderen zurück. In dieser Ungleichheit offenbart sich ein Zweifel ihrer Seele. Ihre Schönheit liegt in der Nachdenklichkeit, und dadurch ist sie anziehend. Und noch etwas, Bruder. Wenn die Augen meiner Königin in dieser Weise ruhen, wird ihre Farbe deutlicher. Welche Farbe ist es? Weißt du es?«

»Nein, Markask'a. Ich glaube, es ist die Farbe des *zumbayllu*, des *zumbayllu*, der singt.«

»Richtig, richtig. Aber ich denke noch an eine andere, eine größere Ähnlichkeit. Eines Tages nehme ich dich auf die Hacienda meines Vaters mit. Sie liegt weit hinten im Tal des

Pachachaca, dort, wo der Urwald beginnt. Niemand ist je weiter vorgedrungen. Dort zeige ich dir ein kleines stilles Wasser zwischen gelben Felswänden. Die Wände spiegeln sich im Wasser. Das ist die Farbe, Bruder. Das Gelb des Felsens und das Grün des stillen Wassers im Pachachaca. Die Enten im Fluß und ein Vogel, der am Ufer nistet, haben Flügel von dieser Farbe. Die Indios sagen, daß es Geschöpfe des weiten stillen Wassers seien, und wenn ich Salvinia eines Tages auf meine Hacienda mitnehme, werden sie sagen, Salvinias Augen seien aus diesem Wasser. Sie werden sagen, sie sei eine Tochter des Flusses. Bestimmt, mein Bruder. Sie werden glauben, daß ich sie auf Befehl des Flusses mitbringe. Und wer weiß, vielleicht ist das wahr, vielleicht ist es die Wahrheit.«

»Und der *zumbayllu*?«

»Ja, auch wie der *zumbayllu*. Doch, sieh das an, Bruder.« Er zeigte mir einen kleinen Dolch, den er aus der Scheide zog, die an seinem Gürtel festgemacht war. Die Scheide war mit Silber verziert, der Griff des Dolches vergoldet.

»Ich wünschte, jemand würde versuchen, ihn mir wegzunehmen, sich mir entgegenzustellen. Ich habe Lust zu kämpfen, Bruder«, rief Markask'a laut. »Ich wünschte, sie könnte von ihrem Fenster aus sehen, wie ich einen Rivalen, der sie beleidigt hat, auf die Knie zwinge. Und ich zu Pferd! Zu Pferd wäre besser! Es würde sich aufbäumen und mit den Vorderbeinen in der Luft tänzeln; mit einem einzigen Schlag vor die Brust würde ich den anderen zu Boden stoßen. Ich bin über Wege galoppiert, die über Abgründe führen. Meine Mutter weinte, als sie es erfuhr. Auch sie würde weinen, und ich wäre glücklich. Hast du gehört, wie sie sagte, ich sei tapfer? Wegen einer Kleinigkeit! Weil ich mit dem Dolch ein paar Mestizen verscheuchte, die sich auf der Straße herumtrieben und vor Salvinias Haus herumlungerten. Ich habe ihr versprochen, heute nacht auf der Straße zu wachen. Die Indios und Mestizen werden betrunken sein und die ganze Nacht auf den Straßen singen. Die kleinen Soldaten aber haben sich versteckt. Und selbst, wenn Salvinia es nicht wollte, ich würde trotzdem mit meinem Dolch das Haus bewachen. Wenn sie aus Neugier ans Fenster tritt, wird sie mich erblicken . . .«

Im Licht einer Straßenlampe konnte ich sein Gesicht besser

sehen. Seine Nase erschien noch schärfer und knochiger, und seine Augen glühten vor Ungeduld.

»Das ist noch gar nichts; ein Haus vor betrunkenen Indios zu schützen, ist noch keine Heldentat. Wenn wenigstens eine andere Gefahr bestände. Wenn sie auf eine Insel im Fluß gegangen wäre und die Flut ihr den Rückweg abgeschnitten hätte, dann würde ich allein oder zu Pferd durch Wirbel und Schnellen schwimmen. Ich würde sie retten, Bruder. Ich würde sie zurückholen und ihrer Familie bringen. Ich kenne die wilden, trügerischen Flüsse; ich weiß, wie sie sind, wie sie wachsen, ich kenne ihre Gewalt, ich kenne die Strömungen. Um den Indios auf meiner Hacienda einen Schrecken einzujagen, bin ich einmal in der Regenzeit in den Pachachaca gesprungen. Die Frauen schrien laut, und ich ließ mich von der Flut davontragen. Man darf den Fluß nicht einfach quer durchschwimmen; man muß sich langsam und in der Richtung der Strömung daraus befreien; sie reißt mit, man streckt sich in der gleichen Richtung und plötzlich, mit einer leichten Bewegung des Körpers, entwischt man ihr; die Kraft des Wassers selbst stößt einen ab. Das ist eine Mutprobe, die die Angebetete sehen sollte. Sie soll nur weinen. Nachher wird sie sehen, daß du das Ufer erreichst. Und wenn du sie rettest? Wenn du im Sturm zu Pferd auf die Insel kommst und sie rettest? Großer Pachachaca, verfluchter Fluß, das ist es, das möchte ich tun! Mein Pferd kennt die Tücken dieses Flusses besser als ich. Die Indios fürchten ihn, weil er tief ist, weil er zwischen steilen Wänden fließt, weil sich an diesen Wänden die häßlichen, stachligen Kakteen voll aufgespießter Tiere wie Schlangen winden. Meinem Pferd ist das gleichgültig. Wir haben zusammen gelernt. Manchmal haben wir den Fluß nur überquert, um die Wand auf der anderen Seite zu berühren. Die Indios behaupten, daß meine Kraft in meinen Muttermalen liege, daß ich verzaubert sei. Wie hübsch ist das, Bruder, wie hübsch! Ich glaube, daß manchmal sogar meine Mutter Zweifel hegt. Sie blickt mich nachdenklich an und betrachtet die Muttermale ... Mein Vater dagegen lacht, er freut sich und schenkt mir Pferde ...«

Markask'a war mehr wert als ich, denn er hatte beharrlich einen Fluß, einen gefürchteten Fluß erforscht. Pachachaca – Brücke über die Welt.

Die Stimme Markask'as klang wie die Stimme des erbitterten Pachachaca. Wenn er die anfängliche Schüchternheit überwunden hätte, würde er in diesem Ton zu Salvinia sprechen. »Er wird sie entweder erschrecken oder sie beherrschen«, dachte ich.

»Es heißt, daß man viele lieben kann, eine nach der anderen«, fuhr er fort. »Das glaube ich nicht. Ich will nur sie. Ich will nicht lange weiter lernen. Ich will sie mitnehmen, und sollte sie mir der Teufel stehlen, dann, ja dann werde ich mich mit den *cholas* herumschlagen, mit zehn oder auch mit zwanzig.«

Er schien mir kein Schüler mehr zu sein; sein Gesicht härtete sich beim Sprechen, wurde reif. ›Ich habe ihn nicht gekannt, ich habe ihn kaum gekannt‹, dachte ich. Er hätte ebensogut einen Reitanzug, eine mit Leder verstärkte Hose, in der Hand eine Peitsche und auf dem Kopf einen Stohhut tragen können. Er hätte dann wie ein junger großzügiger Gutsbesitzer ausgesehen, der voller Pläne steckt und den die Indios gern haben. Wo war der fröhliche, geschickte Schüler geblieben, der Held des *zumbayllu*? Seine Augen, die dem Tanz des Kreisels zugesehen hatten, während sein Herz an dem wirbelnden Spielzeug hing, blickten jetzt wie die eines Räubers, eines jungen Tiers, das begierig sein Leben in Freiheit beginnen will.

Wir erreichten das Schultor. Er umarmte mich.

»Du hast mich zum Reden gebracht«, sagte er. »Alles, was ich denke, habe ich dir nun gesagt. Warum wohl? Wenn ich mit dir zusammen bin, öffnen sich meine Gedanken, und meine Zunge löst sich. Vielleicht weil du nicht von hier bist; zu den Hiesigen kann man kein Vertrauen haben. Mit Ausnahme von Romero und Lleras scheinen sie alle als Weiber auf die Welt gekommen zu sein. Morgen früh hole ich dich ab. Ich bringe dir den *zumbayllu,* den *winku,* Bruder, den verhexten *winku.* Ich werde ihn jetzt gleich machen.«

Und er rannte davon. Ich betrat die Schule durch die Hintertür.

Die tiefe Schlucht

Der Pater Rektor führte mich in die Kapelle der Schule. Vor dem kleinen, mit künstlichen Blumen geschmückten Altar schlug er mich.

»Das ist meine heilige Pflicht! Du bist dieser Weiberbande, die der Teufel verführt hat, nachgelaufen. Was habt ihr gemacht? Was habt ihr getrieben? Hier neben seinem Altar sollst du es Gott erzählen.«

Er hatte eine kleine geflochtene Peitsche. Ich ertrug die Schläge und die Schmerzen fast freudig und dachte an die knallenden Peitschen im Dorf von Patibamba. Ich kniete auf dem Teppich vor den Stufen zum Altar.

»Man hat dich in Huanupata gesehen; du bist hinter den Maultieren, die die Indias gestohlen haben, hergelaufen. Hast du auch mit diesen Diebinnen zusammen gesungen? Hast du mit ihnen gesungen? Sprich!«

»Ja, ich habe gesungen. Sie haben den Armen der Hacienda Salz gebracht. Wir haben gesungen!«

Meine Brust schien in Feuer getaucht zu sein.

»Und die Felipa? Hat sie mich verflucht? Gesteh es! Wir sind allein in der Kapelle. Allein mit Gott! Hat sie mich verflucht?«

»Nein, Vater, sie hat Sie nur gerufen, sonst nichts. Sie hat laut nach Ihnen gerufen, als sie die vierzig Säcke Salz entdeckten.« Der Pater legte mir die Hände auf die Schultern. »Du hast unschuldige Augen. Bist du es auch wirklich? Bist du es, du selbst? Oder bist du der Teufel im Schafspelz? Kleiner! Warum bist du mitgegangen?« fragte er.

»Auch Sie wären mitgegangen, Vater.«

»Ich wußte nicht, daß das Salz eingetroffen war. Der Beamte ist ein Dummkopf. Aber der Aufruhr darf nicht auf die Schule übergreifen. Laß uns beten, mein Sohn! Nachher beichtest du, damit du schlafen kannst.«

Ich erzählte ihm alles: die Verteilung des Salzes, die Befehle Doña Felipas, die Ankunft auf der Hacienda, wie ich mich später an das Eisengitter des Parks geschleppt hatte und auf dem Schoß einer Frau mit blauen Augen aufgewacht war. Ich erzählte ihm auch, daß wir die Pferde gesehen hatten, als sie vorbeigaloppierten, um das Salz in die Stadt zurückzubringen.

»Sie kamen nicht über die Hauptstraße«, sagte der Pater, »sie erreichten die Präfektur glücklicherweise auf einem Umweg. Der Verwalter ist energisch und geschickt.«

»Sie haben den Armen das Salz weggenommen und dabei mit den Peitschen geknallt. Sie haben ihnen das Herz zerrissen«, wagte ich einzuwenden.

»Es war gestohlenes Gut, mein Sohn, und Diebesgut dürfen nicht einmal die Armen behalten.«

»Sie haben nicht gestohlen, sie wollten ja nichts für sich. Wir gaben das Salz den Armen und kehrten dann zurück.«

»Warum sagst du: wir?«

»Weil ich dabei war, Vater. Ist das Diebstahl?«

»Das wagst du zu fragen, mein Kleiner? Wenn du unschuldig bist, dann urteile nicht! Höre auf mich! Ich bin alt und ein Diener Gottes.«

»Sie haben auch mich mitten ins Herz getroffen. Ich sah sie über die Straße galoppieren. Und die Frau mit den blauen Augen weinte, sie weinte blutige Tränen.«

Ich lehnte mich an die Brust des Priesters.

»Du bist entweder verwirrt oder krank. Oder die rebellischen Weiber haben dir etwas von ihrer Unflätigkeit eingehaucht. Knie nieder!«

Er betete lateinisch über meinem Kopf. Dann schlug er mich wieder, diesmal ins Gesicht, aber nicht mehr so heftig.

»Ich werde deinen Vater benachrichtigen Von jetzt an darfst du die Schule an den Sonntagen nicht mehr verlassen, um herumzustrolchen. Du kannst mit mir auf die Haciendas kommen. Deine Seele braucht Gesellschaft. Komm!«

Wir gingen hinaus.

Die Schläge und das Beten hatten mich gedemütigt. Ich hatte Angst, solange weinen zu müssen, bis ich an den Tränen ersticken würde. Die Internen hatten längst gegessen und flüsterten im halbdunklen Gang miteinander. Neben einer Säule auf der Galerie beobachteten Lleras und Añuco die Kapelle. Der Priester legte seinen Arm beschützend um meine Schulter. Dann führte er mich in den Eßsaal. Ich hatte keinen Hunger, ich war viel zu müde.

Der Priester aß langsam und trank seinen Wein.

»Dein Körper ist leer, deshalb magst du nichts essen. Es ist besser, wenn du fastest«, sagte er.

Dann ließ er die anderen rufen, damit sie den Rosenkranz beteten.

»Du hast deine Pflicht bereits erfüllt und verdienst Gottes Barmherzigkeit. Du kannst ins Bett gehen.«

Der alte Pater Augusto führte mich in den Schlafsaal. Er war es gewesen, der die Schwachsinnige in die Schule gebracht hatte. In seinem breiten Gesicht lag immer ein gütiger, beruhigender Ausdruck, aber er war auch für seinen Geiz bekannt, ja berühmt.

»Heh, du kleiner Landstreicher, du kleiner Fuchs, du«, sagte er zu mir.

Dann rannten die anderen Schüler in wildem Durcheinander in den Schlafsaal; sie bekreuzigten sich, sprachen wie üblich das Gebet des Priesters nach und legten sich hin. Doch die Schritte des Paters Rektor waren kaum auf der Treppe verhallt, als sich alle um mein Bett drängten. Im Dämmerlicht konnte ich ihre Gesichter kaum unterscheiden.

»Was hat er zu dir gesagt? Hat er dir gedroht, dich bis aufs Blut zu schlagen?«

»Er ist noch nie so gewesen. Kein Heiliger mehr, eher ein Rächer. Warum wohl?«

»Was haben die *cholas* gemacht?«

»Man hat dich hinter den Maultieren herrennen sehen. Du hast ganz verwirrt ausgesehen.«

»Er soll morgen erzählen!« rief Romero.

»Morgen«, wiederholte Chauca.

»Er ist ein Held! Er soll jetzt erzählen«, meinte Valle.

»Laßt ihn! Laßt ihn in Ruhe, ihr Wespen!« sagte Chipro und setzte sich auf sein Bett. »Wespen, Spinnen!«

Ich steckte den Kopf unter die Decke. Aber die anderen redeten noch lange weiter.

»Wenn ihr ihn zum Reden bringen wollt, dann reißt ihm die Decke weg und gießt ihm Wasser über den Kopf! Oder seid endlich still«, schrie Lleras.

Die Stimmen der Schüler und des Rektors, die Stimme Anteros und Salvinias, der Gesang der Frauen, der Vögel in der Avenida de Condebamba dröhnten in meinem Kopf, vermischten sich in meiner Erinnerung; sie fielen wie ungleiche

Tropfen in meinen Schlaf. Das Licht der Sonne bricht zwischen Regenschauern durch; es schimmert durch ein Loch in den Wolken, und die Landschaft wird plötzlich klar; das Wasser leuchtet, glänzend wiegen sich Bäume und Gräser, und die Vögel beginnen zu singen. Unschlüssig betrachtet der Mensch diese Welt, um die sich die Sonne und finstere Wolken streiten.

Am nächsten Morgen – es begann gerade zu dämmern – betrat der Pater Rektor den Schlafsaal. Die Glocke hatte noch nicht geläutet. Er öffnete die Tür und kam geradenwegs auf mein Bett zu.

»Steh auf«, sagte er, »wir fahren nach Patibamba.«

Ein paar andere setzten sich in ihren Betten auf und grüßten den Rektor.

»Schlaft, schlaft nur weiter. Es ist noch nicht Zeit. Aber ich habe für Ernesto eine Aufgabe.«

Er wartete, bis ich mich angezogen hatte. Dann gingen wir in den Hof. Vor dem Tor stand das Auto der Hacienda.

In den heißen Tälern ist es auch am frühen Morgen dunstig. In den Bergen aber ist zu dieser Stunde alles in durchsichtigen Glanz getaucht; der Mensch beherrscht den weiten Horizont, seine Augen trinken das Licht und im Licht das All. Im Tal des Pachachaca ist das Morgenlicht weich, es macht schläfrig und schwebt wie ein zarter rötlicher Dunst über der Welt.

Der gleiche entsetzliche Weg wie am Vortag. Doch jetzt legte ich ihn in Begleitung des Heiligen von Abancay im Auto zurück. Der Pater betete. Die großen Blüten der *pisonayes* glitten wie ein einziger roter Streifen über meinem Kopf vorbei. Ich konnte weder die einzelnen Blüten noch Bäume unterscheiden; es war ganz anders, als wenn man zu Fuß ging. Ich erkannte nur die große Zeder.

»Hier habe ich von ihr Abschied genommen«, sagte ich laut.

»Von wem?« fragte der Pater.

»Von der Frau mit den blauen Augen.«

Das Auto hielt nicht am Gitter des Herrenhauses, sondern fuhr geradenwegs zu den Hütten der Indios.

Alle Bewohner der Hacienda, die *colonos* oder *runas* von Patibamba, hatten sich im Hof der Fabrik versammelt. Die Frauen standen am Rand; sie trugen blaue oder schwarze Kleider, die Männer weiße Flanellhosen und Westen aus grobem Tuch.

Als der Priester erschien, erhob sich wie aus einer Kehle ein lauter Schrei.

Neben dem Torbogen, der zur Fabrik führte, hatten die Leute eine Estrade errichtet und mit Palmblättern geschmückt.

Der Priester kletterte mit Hilfe einer Leiter hinauf, und ich folgte ihm.

Unten, am Fuß des Gerüsts, standen nun die Männer, die ich vergeblich in den *chicherías* von Abancay gesucht hatte; und weiter hinten, an die Mauer gedrängt, die Frauen, die am Tag vorher schreckensbleich das Salz des Volkes in Empfang genommen hatten und gleich wieder in ihre Hütten geflüchtet waren. Was hatte der Priester nun mit ihnen vor – und mit mir? Ich sah suchend umher.

Je heller es wurde, desto durchdringender wurde der Geruch des gärenden Zuckerrohrs.

Der Priester ließ sich auf dem Gerüst auf einem Stuhl nieder. Mit dröhnenden Schritten stieg auch der Hauptverwalter der Hacienda hinauf. Er trug Stiefel mit eisernen Knöpfen, die höchsten Stiefel, die ich je gesehen hatte. Am Rand der Estrade stehend, sprach er auf Quechua zu den Leuten. Er sagte, der heilige Vater von Abancay sei so früh gekommen, um den Bewohnern der Hacienda zu predigen; die *colonos* von Patibamba machten ihm viele Sorgen; aber er liebe sie am meisten von allen. Dann sprang er mit einem Satz zu Boden, er brauchte die Leiter nicht.

Als der Priester aufstand und an den Rand des Gerüsts trat, brachen die Indios von neuem in lautes Rufen aus. Sie verkrampften die Finger und betrachteten ihn mit glänzenden Augen, in denen Tränen schimmerten. Der Wind bewegte das weiße Gewand des Paters.

Der Priester begann mit seiner hohen, dünnen Stimme auf Quechua zu sprechen:

»Ich bin dein Bruder, demütig wie du; sanftmütig wie du und der Liebe würdig, *peón* von Patibamba, mein Bruder. Die Mächtigen sehen die kleinen Blumen nicht, die am Ufer der Gräben wachsen, die die Erde bewässern. Sie sehen sie nicht, aber sie geben ihnen Nahrung. Wer ist stärker? Wer hat meine Liebe nötiger? Du, Bruder von Patibamba, nur du bist in meinen Augen und in den Augen Gottes, Unseres Herrn. Ich komme, um euch zu trösten; die Blumen des Feldes brauchen keinen Trost, ihnen genügen Wasser, Luft und Erde. Aber die Menschen haben ein Herz und brauchen Trost. Wir leiden alle, meine Brüder. Aber die einen mehr als die anderen. Ihr leidet für eure Kinder, für den Vater, für den Bruder; der Herr der Hacienda leidet für euch alle; ich leide für ganz Abancay, und Gott, Unser Vater, für alle leidenden Menschen. Wir sind auf der Welt, um zu weinen, zu dulden, zu leiden, wir sind hier, damit die Dornen unser Herz durchstechen wie das Unserer Lieben Frau. Wer hat mehr erduldet als sie? Du vielleicht, *peón* von Patibamba, du mit deinem Herzen, das so fröhlich ist wie das des Vogels, der auf den *pisonayes* singt? Leidest du mehr? Weinst du mehr . . .?«

Die Frauen begannen zu weinen, der Pater beugte sich vor und fuhr fort:

»Weint nur, weint«, rief er, »die Welt ist ein Tal des Jammers für die armen Geschöpfe, für die Indios von Patibamba.«

Nun weinten alle. Den Pater durchlief ein Schaudern. Ich sah die Augen der Leute. Die Tränen flossen über ihre schmutzigen Wangen, fielen auf ihre Brust, auf das Hemd, den Hals. Der Verwalter kniete nieder. Die Indios folgten seinem Beispiel, manche knieten im Schlamm.

Die Sonne beleuchtete jetzt die Gipfel der Berge. Ich kniete nicht nieder, ich hätte davonlaufen mögen, aber ich wußte nicht, wohin.

»Auf die Knie«, befahl mir der Pater, »auf die Knie.«

Ich ging über das Gerüst, sprang hinunter und fiel einem alten Mann vor die Füße. Die Stimme des Paters erhob sich von neuem:

»Diebstahl bringt Fluch über die Seele; wer stiehlt oder gestohlenes Gut empfängt, macht sich schuldig, er ist ein Verdammter, der keine Ruhe findet, der Ketten mit sich herumschleppt, der von den verschneiten Gipfeln herab in den Abgrund fällt, der wie ein verfluchter Esel aus den Schluchten auf die Berge steigt . . . Meine Töchter, meine Schwestern von Patibamba, glücklicherweise habt ihr das Salz zurückgegeben, das die betrunkenen *chicheras* aus der Verwaltung gestohlen hatten. Jetzt, jetzt gleich werdet ihr mehr, viel mehr Salz erhalten, das der Herr für Seine Geschöpfe, für Seine armen Kinder, für die *runas* der Hacienda kommen ließ . . .«

Ich stand auf, um ihn anzusehen. Aus dem dunklen Raum unter dem Gerüst schleppten die Gehilfen des Verwalters volle Säcke herbei.

Der Pater Rektor gab den *colonos* seinen Segen. Alle bekreuzigten sich. Sie sahen sich gegenseitig in die Augen. Sie waren glücklich. Unter unverständlichem Murmeln und Flüstern liefen alle zusammen und wieder auseinander, wie Hummeln, die summend in altem Holz bohren.

Ich ging auf den Weg. Von einer Mauer sah ich zu, wie das Salz verteilt wurde. Die Sonne schien bereits auf die höchsten Blätter des Zuckerrohrs; bald würden die Strahlen in den Hof fallen. In diesem Augenblick beschloß ich, an den Fluß zu laufen. Aber der Priester sah mich und rief mich zurück. Ich blickte ihn ängstlich an, doch er lächelte.

»Geh in die Schule zurück«, sagte er. »Ich werde in der Kapelle die Messe lesen. Du bist ein verwirrtes Geschöpf. Ich will sehen, was ich mit dir mache. Einer der Angestellten soll dich begleiten.«

»Vater, darf ich wenigstens die Frau mit den blauen Augen besuchen?« fragte ich.

»Nein. Der Verwalter soll dich zu Pferd bis an das Schultor bringen. Du darfst nicht ausgehen und die anderen auch nicht.«

So wurde ich hinten auf eines der Pferde von Patibamba gehoben und kehrte nach Abancay zurück, zum vierten Mal auf dem gleichen Weg.

»Señor«, fragte ich den Angestellten, »kennen Sie eine Frau mit blauen Augen, die mit ihrer Herrin auf der Hacienda zu Besuch ist?«

»Ja.«

»Geht sie schon bald weg?«

»Morgen.«

»Warum?«

»Weil die Truppen aus Cuzco noch nicht angekommen sind. Sie haben Angst. Deshalb gehen sie.«

»Truppen?«

»So sagt man. Die Herren haben Angst. Es sollen Truppen kommen, sie kommen bis Limatambo auf Lastwagen. Die Frau ist nur auf Besuch hier.«

»Sagen Sie ihr bitte, daß ihr der Schüler aus Abancay Lebewohl sagen läßt und ihr die Hände küßt.«

»Die Hände küßt? Warum?«
»Würden Sie ihr das bitte ausrichten?«
»Gut. Diese Frau ist sehr lieb.«
»Und der Besitzer der Hacienda?«
»Er kommt fast nie. Er lebt in Cuzco. Er spricht kaum spanisch.«
»Wer hat denn dann Angst?«
»Der Hauptverwalter und die Herren auf den Haciendas weiter unten im Tal.«
»Und die Truppen? Was werden die tun?«
»Weiß ich nicht, mein Junge. Sie werden eben kommen; sie werden den *cholas* und den Indios einen Schrecken einjagen und vielleicht jemanden umbringen, um ein Exempel zu statuieren.«
»Um ein Exempel zu statuieren?«
»Doña Felipa hat die Gendarmen davongejagt.«
Ein Exempel? Ein altes Wort, das ich seit meiner Kindheit in den kleinen Dörfern gehört hatte. Es brachte das Blut zum Gefrieren.
»Und das Salz? Ist es das gleiche Salz, das sie ihnen gestern weggenommen haben?«
»Ich weiß nicht, mein Junge. Heute, vor dem Morgengrauen, haben wir die Säcke aus dem Lager der Hacienda geholt. Der Priester ist ein Heiliger.«
»Das stimmt wohl. Er bringt die Indios zum Weinen.«
»Jetzt werden sie zufrieden sein.«
»Wie viele Indios leben auf der Hacienda?«
»Zur Hacienda gehören etwa dreihundert. Wir haben aber auch Tagelöhner, die verantwortungsvollere Arbeit verrichten.«
Wir erreichten Abancay. Nur wenige Leute waren auf den Straßen; ich sah keinen einzigen Gendarmen.
Vor dem Schultor hielten wir an. Der Angestellte klopfte an das Tor. Bruder Miguel öffnete.
»Ach, du bist nicht dort geblieben?« fragte er.
»Nein, Bruder. Der Pater Rektor hat mich zurückgeschickt.«
Der Angestellte grüßte den Bruder und galoppierte davon.
»Wie merkwürdig! Irgend etwas ist los . . .«, sagte der Bruder. »Du frühstückst in meiner Zelle und erzählst mir.«
Er führte mich in seine Zelle.

Bruder Miguel war Neger, aber er hatte ein scharf geschnittenes Gesicht und eine Adlernase.

»Du brauchst den Pater Rektor nicht zu fürchten«, sagte er. »Er führt die Seelen wie ein Heiliger. Aber gestern haben ihn die *cholas* aufgebracht und gereizt.«

»Auch der Pater Rektor ist merkwürdig, Bruder«, antwortete ich. »Ich verstehe ihn nicht. Warum hat er mich gestern geschlagen? Weil er mich liebe, sagte er. Und heute hat er zu den Indios gesprochen, um sie mit seinen Worten zum Weinen zu bringen. Ich wollte nicht niederknien, als er die *colonos* zum Weinen brachte. Ich glaube, er hat mir gedroht . . .«

»Du bist noch klein und in der Obhut der Schule. Du solltest spielen, nur spielen. Ich hole jetzt gleich das Netz, und wir spielen den ganzen Morgen Volleyball. Die anderen sind im Hof. Sicher wird der Pater Rektor allen verzeihen.«

Er ließ mir Schokolade und Brötchen, das Frühstück der Priester, bringen.

»Ist Antero gekommen, Bruder?« fragte ich, weil mir plötzlich Markask'as Versprechen einfiel.

»Nein. Vielleicht kommt er später.«

»Werden Sie ihn ins Haus lassen, Bruder?«

»Ja. Ich werde ihn hereinlassen, ich verspreche es dir.«

Ich stand auf, trat zu ihm und umarmte ihn.

»Wenn der Pater Rektor zurückkommt, umarmst du ihn auch, genau wie mich.«

»Ja, wenn er mich nicht zurückweist.«

»Du wirst sehen, er weist dich nicht zurück, er wird dich auch umarmen.«

Dann fragte ich ihn:

»Gefällt ihnen der *zumbayllu,* Bruder?«

»Ein köstliches Spielzeug. In Lima gibt es ähnliche, aber sie sind farbig wie der Regenbogen und größer. Sie tanzen an einer elastischen Schnur, aber sie sind längst nicht so sonderbar; ich möchte sagen, sie sind dumm, wenn man sie mit den kleinen Kreiseln von Abancay vergleicht, obwohl sie so bunt sind und viel lauter surren.«

»Woraus sind die Kreisel in Lima gemacht?«

»Aus bemaltem Blech.«

»Das wußte ich nicht. Dann gibt es sie also nicht nur in Abancay?«

»Doch, denn die Kreisel von Lima würden dir nicht gefallen.«

Es klopfte an die Tür, und ich fürchtete, daß ein anderer Schüler eintreten würde.

»Es ist Antero, Bruder«, sagte der Pförtner.

Der Bruder begleitete mich hinaus.

»Mach ihm auf«, befahl er.

Antero kam herein, wir standen am Fuß der Treppe.

»Der *winku,* Bruder«, rief er. »*Winku* und *layk'a,* wie du es noch nie gesehen hast.«

Er zeigte mir einen dunkelgrauen *zumbayllu* mit rötlichem Schimmer.

»Das ist der beste, den ich in meinem Leben gemacht habe, Bruder Miguel. Ich habe fast die ganze Nacht daran gearbeitet. Soll ich ihn tanzen lassen?«

»Auf den Steinen, mein Junge?«

»Ein verhexter Kreisel kann auf einer Nadelspitze tanzen. Sehen Sie, wie fein der Stachel ist.«

Er wickelte die Schnur um den Dorn. Die Schnur war gelb und schwarz.

»Er tanzt nicht«, sagte der Bruder, »er soll nicht tanzen!«

Antero warf ihn in die Höhe, der Kreisel drehte sich um sich selber und fiel auf einen der runden Steine am Boden. Sein Gesang war hoch und spitz und wurde immer lauter; wie der Ruf aus dem eigenen Blut drang er tief ins Ohr.

›Es wird kein Exempel statuiert, es wird kein Exempel statuiert. Doña Felipa soll leben‹, sagte ich mir, als sich der *zumbayllu* auf der Erde drehte.

»Teufelsjunge! Was hast du mit ihm gemacht?« rief der Bruder. »Ich glaube, das Spielzeug hat mich verzaubert.«

Antero lachte nicht; er kauerte auf dem Boden und folgte mit den Augen dem *zumbayllu.*

»Nun fliegt er über den Fluß«, sagte er. »Nun ist er da, nun erreicht er die Biegung, wo sich der Pachachaca gegen die Berge krümmt.«

Das Summen wurde leiser. Wir hockten alle drei auf dem Boden. Allmählich trennten sich die Flecken des kleinen Kreisels voneinander. Er sang nun wie eine langsame Hummel.

»Jetzt ist er allein. Stirb nicht. Ich halte dich mit den Händen.«

Er griff nach ihm. Die rötliche Kugel drehte sich noch ein paarmal zwischen seinen Fingern.

»Dieser *zumbayllu* ist nicht für jeden Tag, Bruder. Er ist ›verflucht‹«, sagte er. »Paß gut auf ihn auf und laß ihn nur für dich allein tanzen. Wenn ihn die anderen sehen, nehmen sie ihn dir weg oder treten ihn oder werfen mit Steinen nach ihm. *Winku* und *layk'a*!«

»Zeig mir, ob du mit ihm umgehen kannst«, sagte er und reichte mir den Kreisel.

»Natürlich, ich kenne die *layk'as*! Ich habe gesehen, wie der heilige Georg Taranteln erschlagen hat.«

Mit großer Ehrfurcht wickelte ich die Schnur um den Kreisel und betete zu ihm. Der Hof war glücklicherweise noch immer leer.

Ich warf den *zumbayllu* in die Höhe. Einen Augenblick glaubte ich, er werde sich zur Seite neigen und gegen die Mauer fallen. Wie eine Schlange glitt die Schnur aus meinen Händen. Aber die Kugel schwebte in der Luft, der Stachel drehte sich nach unten, und der *zumbayllu* fiel langsam auf den Boden. Er fiel zwischen rauhe Steine, und der Stachel begann sich einzubohren.

»Hinauf, *winku*«, rief Antero.

Der Stachel bohrte sich in eine Kerbe eines größeren Steines, die kaum einen Millimeter breit war; der Kreisel schwankte hin und her, drehte sich, beruhigte sich, die Spitze nagelte sich fest in die Kerbe. Der Stein selber war rund, und der Stachel berührte ihn nicht.

»Nun tanzt er nicht in die Berge, sondern senkrecht nach oben«, rief Antero. »Geradenwegs in die Sonne. Jetzt den Wasserfall, *winku,* den Wasserfall hinauf.«

Der *zumbayllu* hielt inne, als wäre er ein Teil des Steins, ein beweglicher Pilz auf einer gewölbten Steinplatte. Seine Stimme änderte sich.

»Hört ihr?« fragte Antero. »Er steigt zum Himmel hinauf! Er steigt zum Himmel hinauf! Er will sich mit der Sonne vereinigen . . .! Der *pisonay* singt, der *pisonay* singt!«

Die Indios im Tal des Pachachaca glauben, daß die Blüten des *pisonay* auf der Sonne größer werden als auf der Erde. Als das Summen leiser wurde, griff Antero nach dem Kreisel.

»Was sagen Sie nun, Bruder?« fragte Antero.

»Ich sage, daß du ein Teufelsjunge, ein Teufelskerl bist. Wie machst du dieses Spielzeug, das seine Stimme ändern kann?«

»Ich bin es nicht, es ist das Material, Bruder.«

»Gut. Ich hole jetzt das Netz und spiele mit den anderen. Ihr könnt hierbleiben.«

Als Bruder Miguel gegangen war, blickte mich Antero fest an.

»Der Kreisel ist gleichzeitig Engel und Teufel«, sagte er. »*Layk'a* wegen seines Feuers, *winku* wegen seiner Form, das sind die Teufel – doch auch Salvinia ist in ihm. Ich habe ihren Namen gesungen, als ich den Stachel festmachte und die Augen einbrannte.«

»Ich halte mein Wort«, rief er schnell, als er spürte, daß ich sein Geschenk vielleicht nicht annehmen wollte. »Er gehört dir, Bruder. Behalte ihn. Wir wollen ihn auf dem Feld oder auf einem großen Stein im Fluß zum Weinen bringen. Dann wird er noch schöner singen.«

Ich steckte ihn in die Tasche. Ich hatte Angst, daß er hier, auf dem gepflasterten Hof, gegen einen Stein stoßen und zerbrechen könnte. Behutsam befühlte ich ihn mit den Fingern. Er war wirklich *winku* – rund und doch nicht rund; und er war auch *layk'a* – verhext, weil er verschwommene rötliche Flecke hatte. Deshalb änderte er Stimme und Farbe, als wäre er aus Wasser. Der Stachel war orangefarben.

»Wenn ich ihn tanzen lasse und seinen Gesang in die Richtung von Chalhuanca blase, kann ihn mein Vater dann hören?« fragte ich Markask'a.

»Sicher, mein Bruder. Es gibt keine Entfernungen für ihn. Eben ist er bis zur Sonne gestiegen. Es ist nicht wahr, daß die *pisonayes* auf der Sonne blühen. Das glauben nur die Indios. Die Sonne ist ein glühender Stern, nicht wahr? Wie kann es dort Blumen geben? Aber Gesang brennt nicht und gefriert nicht. Ein verhexter *winku* mit einem orangefarbenen Stachel! Du sprichst zuerst mit ihm, mit einem seiner Augen, du sagst ihm deine Botschaft und weist ihm den Weg, und wenn er dann singt, bläst du ein wenig in die Richtung, in die er gehen soll, und du gibst ihm noch einmal deine Botschaft. Und der *zumbayllu* singt ins Ohr dessen, der dich erwartet. Versuch es, jetzt gleich!«

»Muß ich ihn selbst tanzen lassen? Ich selbst?«

»Ja, du. Denn du willst die Botschaft senden.«

»Hier auf dem Hof mit den Steinen?«

»Hast du nicht gesehen, wie er tanzte? Täusche ihn nicht! Nimm ihm nicht den Mut!«

Sehr sorgfältig umwickelte ich den Stachel. Und ich sah Antero an.

»Rede mit ihm, ganz leise«, riet er mir.

Ich legte meine Lippen auf eines seiner Augen.

»Sage meinem Vater, daß ich tapfer durchhalte«, sagte ich; »obwohl mein Herz verängstigt ist, halte ich durch. Hauch ihm deine Luft auf die Stirn. Sing für seine Seele.«

Ich zog an der Schnur.

»Stromaufwärts, den Pachachaca hinauf«, rief ich.

Der *zumbayllu* sang laut. Er ließ sich auf einer der hölzernen Stufen nieder, die zum Eßsaal führten; er hüpfte ein wenig auf den Fasern des alten Holzes und stellte sich schließlich auf eine helle Ader im Fußboden.

»Blas' ein wenig, blas' ein wenig«, rief Antero.

Ich blies in die Richtung von Chalhuanca, in die Richtung des tiefen Tals, durch das der Fluß fließt.

Er sang leise.

»Laß ihn, damit er allein stirbt«, sagte Markask'a.

Der Kreisel schwankte hin und her, seine Stimme wurde allmählich schwächer; sein Kopf berührte die Stufe, und er legte sich im Schatten hin.

»Jetzt sollte der Pater Rektor kommen«, sagte ich zu Antero. »Er hat mich geschlagen! Er hat mich gestoßen! Er hat *sanku* aus den Herzen der *colonos* von Patibamba gemacht. Aber jetzt sollte er kommen. Mein Vater ist bei mir. Was sagst du nun, Markask'a?«

»Komm, wir gehen in den inneren Hof. Dort lassen wir den *winku* in der Mitte tanzen«, rief er. »Wir werden ihn beide gegen Lleras, Añuco und Valle verteidigen.«

»Nein. Du hast gesagt, er müsse allein tanzen.«

»Gut. Dann erzähl mir, was gestern abend geschehen ist. Was ist mit den *colonos* von Patibamba? Warum hat dich der Vater geschlagen? Hat er dich wirklich geschlagen?«

»Erzähl du lieber, ob du Salvinias Haus bewacht hast . . .« Als wir noch sprachen, hielt ein Auto vor dem Schultor. Wir blickten uns an. Antero wollte etwas sagen, da hörten wir plötzlich die Stimme Bruder Miguels. Er schrie im inneren Hof:

»Auf die Knie, du Biest, auf die Knie.«

Wir rannten auf den Gang und sprangen über die Böschung in den Hof. Lleras lag unter dem Netz auf den Knien. Jemand hatte ihm die Nase eingeschlagen, aus seinem Mund lief Blut und tropfte auf seine Brust. Als wir die Gruppe erreichten, kniete auch Añuco auf dem Boden und verbarg das Gesicht in beiden Händen. Selbst seine nackten Beine – er trug noch kurze Hosen – waren bleich; die gespannten Sehnen an seinem Hals traten hervor, dicke Angstfalten standen auf seiner Stirn. Valle betrachtete den Bruder fast herausfordernd; auch Romero war mit geballten Fäusten zu der Gruppe getreten.

»Soll ich mit Fußtritten nachhelfen, Bruder?« fragte Romero. »Soll ich ihn mit Fußtritten zum Gehen bringen?«

»Vorwärts, auf den Knien«, schrie der Bruder und stieß ihn mit dem Fuß an.

Er hätte selbst einen Stein in Bewegung gebracht. Wir glaubten, daß sie alle auf die Knie fallen würden. Valle zwinkerte mit den Augen. Der Bruder war aschfahl; seine Nasenlöcher sogen die Luft ein wie die wilden Stiere auf der Puna, wenn sie dem Schatten der Vögel nachjagen; in seinen Augen trat das Weiße hervor – ich glaube, sie machten sogar dem Staub Angst.

Lleras schleppte sich auf den Knien vorwärts, Añuco folgte ihm weinend.

»In die Kapelle«, befahl der Bruder.

Wir gingen hinter ihnen her; Antero und ich waren um den Hof herum gegangen und zu den anderen Schülern gestoßen. Peluca und Palacitos standen an der Wand und schauten von weitem zu.

›Wie soll er die Böschung hinuntergehen? Er wird hinfallen und die Gelegenheit benützen, um sich davonzumachen‹, dachte ich, während Lleras auf den Knien vorwärts rutschte und sich im Schotter die Haut aufschürfte. Auch Valle folgte uns. Chauca begann zu weinen und blieb stehen.

In diesem Augenblick sahen wir den Pater Rektor. Er wollte über den Hof und zur Treppe gehen. Doch dann entdeckte er uns und blickte uns erstaunt an.

»Hilfe, Vater«, kreischte Añuco. »Hilfe, Väterchen!«

Der Rektor kam. Er wäre gern gerannt, doch er nahm sich zusammen. Ich sah es deutlich. Jedenfalls ging er schnell.

»Nicht aufstehen«, befahl der Bruder.

Aber Añuco lief davon, stürzte sich auf den Pater Rektor und umarmte ihn.

»Der Neger, Vater, der gemeine Neger!« schrie er wütend. Wir gingen vorwärts; wir bildeten fast eine Reihe, um den Pater Rektor zu sehen. Antero blieb zurück, er ging nach hinten bis zu den Latrinen. Der Bruder beruhigte sich etwas und blieb neben Lleras stehen. Er erlaubte ihm nicht, sich zu erheben. Der Pater Rektor konnte sich kaum rühren, weil Añuco sich an ihn klammerte.

»Der Neger, der Neger«, wiederholte er verwirrt und mit tränenerstickter Stimme. Der Priester hielt ihm den Mund zu und schüttelte ihn.

Endlich stand der Rektor neben uns. Lleras war blutüberströmt und sah aus, als hätte man ihm die Kehle durchgeschnitten. Sein Hemd war naß, und das Blut tropfte bis auf den Gürtel. Seine Nase blutete noch immer, und das frische Blut glänzte in der grellen Sonne.

»Was ist los?« fragte der Rektor und sah den Bruder an.

Wir, Antero und ich, hätten gern die gleiche Frage gestellt.

»Er hat mich beleidigt, Ehrwürdiger Vater«, antwortete der Bruder. »Wegen nichts, er hat mich wegen nichts beschimpft. Er stieß mich vor die Brust, warf mich zu Boden. Dann konnte ich mich nicht mehr beherrschen und bei Gott, mit der Hand Gottes, ich schlug ihn.«

»Mit wessen Hand? Mit wessen Hand, sagen Sie?« fragte der Pater.

»Ich schlug ihn, weil er mich beleidigte. Ich trage Gottes Kleid.«

»Steh auf, Lleras, und komm«, befahl der Pater. »Wir wollen in die Kapelle gehen. Sie gehen in Ihre Zelle und warten auf mich.«

Lleras erhob sich mühselig und sagte mit leiser Stimme – aber wir hörten es alle –: »Verfluchter Neger.«

Der Pater Rektor hatte sich bereits umgedreht, und wir erfuhren nie, ob er Lleras gehört hatte oder nicht. Der Bruder hatte die Hände zusammengelegt und schritt hinter Lleras die Böschung hinunter. Wir blieben stehen. Nur Añuco lief neben dem Pater Rektor her. Die Beine schienen ihm den Dienst zu versagen, als wäre er völlig erschöpft; er schwankte von einer Seite zur anderen. Die Schüler redeten auf einmal alle durcheinander.

»So mußte dieser *k'anra* enden«, sagte Romero.

»Er soll verdammt sein«, rief Chauca.

»Er hat den Bruder gestoßen«, rief Palacitos. »Er hat ihn umgeworfen, Brüderchen. Dann packte er ihn an der Schulter, weil er ihm ein *foul* nachgewiesen hatte, und sagte ›Neger, du dreckiger Neger‹ zu ihm. Der Bruder – ich weiß nicht, wie – stand auf, versetzte ihm einen Faustschlag, und das Blut spritzte aus seinem Gesicht. Was soll geschehen? Was wird es geben? Vielleicht wird es Asche regnen. Vielleicht wird der Frost die Pflanzen töten. Der Himmel wird sich rächen, Brüder.«

Palacitos schmiegte sich an Romero und begann dann verzweifelt zu weinen.

»Ich glaube, die Sonne wird sterben. Ach, *papacito*.«

Romero nahm ihn in die Arme und drückte ihn an seine Brust. Er trug ihn ins Schulgebäude.

»Auch der Bruder hat die Beherrschung verloren. Es ist wahr, daß er ein Neger ist«, sagte Valle.

»Und daß du eine Henne vom Misthaufen bist, ist auch wahr«, schrie Chipro Ismodes.

»Was?« fragte Valle, halb zweifelnd, ob er recht gehört habe.

»Eine Henne mit gelben Beinen.«

Und er trat dicht an ihn heran.

»Ich kämpfe nicht. Dazu erniedrige ich mich nicht«, sagte Valle verächtlich.

»Seht ihr es? Der Beweis. Die Henne darf man treten. Sie kämpft nicht.«

Chipro brach in Gelächter aus. Wir blickten uns alle an. Sogar Peluca kam näher, um Valle anzusehen. Antero wagte nicht, den Kreis zu verlassen.

»Dummköpfe«, sagte Valle und lief schnell die Böschung hinunter.

»So ist es, wenn man Blut sieht, meine Brüder«, sagte Chipro zu uns. »Den einen, den Feiglingen und Bettnässern, kriecht eine Gänsehaut über den Rücken. Die anderen haben Lust, jemanden zu verteidigen. Man kann nicht ruhig dabei bleiben. Zum Donnerwetter, der Bruder! Bruder Miguel! Wer sagt, er sei kein guter, kein liebevoller Mensch? Wer wagt das zu sagen?«

»Nur ein Verfluchter, ein Verdammter«, antwortete ich und umarmte ihn.

»Und wer glaubt, Lleras sei etwas anderes als ein Hurensucher, ein gemeiner und verfluchter Kerl? Valle vielleicht? Der steht da und wartet, bis ihm ein Hahn auf den Kopf scheißt.«

»In die Kapelle«, rief der Pater Rektor.

Antero blieb auf dem Hof und versteckte sich hinter den Bretterwänden. Wir anderen liefen aufgeregt davon.

»In die Kapelle«, rief der Pater noch einmal.

Romero kam mit Palacitos aus dem Schlafsaal. Valle erschien in der Tür eines Klassenzimmers. Er war ganz bleich; er kam wie ein Schlafwandler über den gepflasterten Hof. Ich sah ihn lange an. Als er zur Tür der Kapelle ging, setzte er die Füße ganz unregelmäßig auf. ›Irgend etwas ist mit ihm nicht in Ordnung‹, dachte ich.

Wir betraten die Kapelle. Lleras war nicht dort. Der Pater ging nach vorn zum Altar und wandte sich uns dann zu. Er betrachtete uns lange, einen nach dem anderen. Der Ausdruck seines Gesichts beruhigte mich. Wir wechselten vielsagende Blicke. Nicht nur die Sache mit Lleras stand zwischen uns, zwischen ihm und mir, sondern auch die Erinnerung an den Morgen. Vielleicht hatte er die Tränen der *colonos* vergessen, aber in mir brannten sie noch immer wie die Sonne, die so plötzlich über den Feldern der Hacienda aufgegangen war. Er blickte mich ruhig an.

»Meine Söhne, meine lieben Söhne«, begann er. »Derjenige, der sieht, wie eine große Sünde begangen wird, muß Gott ebenfalls um Vergebung bitten, denn die große Sünde greift um sich, sie ist ansteckend. Wir alle, die wir Zeugen waren, wollen darum niederknien und Gott anflehen, damit von dem Fleck nichts, gar nichts, auch nicht eine Spur übrigbleibe, weder im Herzen derer, die schlecht gehandelt, noch im Denken derer, die das Unglück gehabt haben, Zeugen zu sein . . .«

Der Priester sprach anders als vor den *colonos* von Patibamba auf dem schlammigen Hof der Hacienda. Oder glaubte vielleicht nur ich das? Fühlte nur ich das? Das Quechua, in dem er zu den Indios gesprochen hatte, weckte Bitterkeit in mir. ›Hat er verschiedene Zungen?‹ fragte ich mich, als ich ihm in der Kapelle zuhörte. ›Er versucht nicht, uns zum Weinen zu bringen; er will unsere Herzen nicht demütigen, er will nicht, daß sie in den Schlamm fallen, wo die Würmer in verfaulten Resten wühlen . . . Er erleuchtet uns, er hebt uns empor, bis er sich in seiner Seele mit uns vereint . . .‹

»Meine Söhne . . . Unser Herr segnet euch jeden Morgen mit seiner Barmherzigkeit; ein Engel schützt einen jeden von euch . . . doch die Menschen besitzen auch Freiheit. Darin liegt das Gute und das Böse in der Welt. Nichts aber ist unendlicher als das Herz, das uns Gott zum Opfer brachte, das er in die menschliche Kreatur hinein versenkte . . . Ihr werdet den Beweis sehen . . .«

Danach beteten wir zu dieser morgendlichen Stunde den ganzen Rosenkranz. Ich sah, daß Valle nicht betete. Er kniete wie immer zwei Bänke von mir entfernt in der gegenüberliegenden Reihe. Er rutschte auf der hölzernen Bank von einem Knie aufs andere, stützte den Kopf in die Hände und bewegte ihn manchmal ungeduldig. Añuco betete laut am Fuß des Altars, auf den steinernen Stufen.

Der Pater segnete uns und gab uns die Erlaubnis, hinauszugehen. Añuco blieb bei ihm.

Valle verließ die Kapelle als letzter. Die meisten Schüler blieben im ersten Hof. Sie redeten nicht miteinander. Ich ging auf den Spielplatz, um Antero zu suchen. Aber er war verschwunden. Ich sah, wie Chipro und Chauca zusammen den Gang betraten. Der Pater Rektor und Añuco überquerten den Hof und gingen die Treppe hinauf. Chipro und Chauca erreichten den Platz. Auch der Junge aus Pampachiri kam allein auf den inneren Hof, Valle folgte ihm mit schnellen Schritten. Er blickte uns nicht an; er ging zum äußersten Ende der Mauer, die an der Straße lag.

»Ismodes«, rief er, »Ismodes, komm!«

Chipro ging langsam auf ihn zu. Ich stand neben Valle.

»Du sollst den Vater nicht reizen«, sagte ich zu ihm.

Er antwortete nicht.

»Was ist los? Was willst du?« fragte Chipro.

Ich weiß nicht, warum alle pockennarbigen Jungen, die ich in meiner Kindheit gekannt habe, dunkelblond, unberechenbar und energisch waren, leicht zornig wurden und kleine Augen hatten wie Ismodes. Ihre Gesichter wirkten immer ausdruckslos und unbeweglich, deshalb fielen die Augen besonders auf.

Valle war größer; neben Ismodes sah er wie ein junger Herr neben einem kleinen Angestellten oder einem Botenjungen aus. Chipros Hemd war am Gürtel dreckig; ich glaube, alle seine Hemden waren zu kurz, so daß er sie dauernd mit den Händen in die Hosen stopfen mußte und sie dabei schmutzig machte.

»Jetzt, wo nur wenige Schüler auf dem Hof sind, nehme ich deine Herausforderung, deine gemeine Beleidigung an«, sagte Valle.

»Jetzt? Damit mich der Vater hinauswirft! Damit er mich für einen Antichristen hält! Du Feigling!« erwiderte Chipro.

Valle packte ihn am Rock. Er preßte seine dünnen Lippen zusammen und wurde bleich.

»Totenbleich«, rief Chipro und sah ihn verächtlich an.

Valle gab ihm einen Schlag auf den Kopf und stieß ihn gleichzeitig mit dem Knie in den Bauch. Er ließ ihn sofort wieder los.

»Verräterischer Bettnässer«, schrie Ismodes. »Ins Gesicht nicht! Hoffentlich sieht mich der Vater nicht!«

Er duckte sich blitzschnell und griff mit beiden Händen nach Valles Hoden.

»Na, du Feigling«, sagte er fast lachend. »Ja, er hat Hoden, Bruder, er hat welche.«

Lautlos stürzte sich Valle auf Chipro. Der ließ sich zu Boden fallen, Valle stürzte, Chipro stand sofort wieder auf und fragte:

»Habe ich eine Beule auf der Nase? Bin ich rot?«

Über dem einen Auge hatte er eine kleine geschwollene Stelle. Chauca preßte ein Geldstück darauf.

Der Junge aus Pampachiri half Valle aufzustehen; er wischte ihm den Staub von den Kleidern und stützte ihn mit einer Hand. Valle war noch bleicher geworden. Seine Lippen zitterten; ich ging zu ihm.

»Du bist tapfer«, sagte ich. »Du bist tapfer. Wußtest du nicht, daß alle *chipros,* alle pockennarbigen Jungen, sonderbar sind, daß man vor ihnen Angst haben muß?«

»Nur die Indios«, erwiderte er. »Oder die Söhne der Indios.«

Ich antwortete nicht. Der Junge aus Pampachiri und ich brachten Valle bis zur Treppe, die zu den Latrinen führte und wo es schattig war. Dort setzte er sich erschöpft hin. Der aus Pampachiri sah ihn mitleidig, bekümmert und verständnislos an.

Ein paar kümmerliche Gräser lugten aus den Ritzen in den

Bretterwänden der Latrinen hervor. Ich wußte, daß hinten, auf der anderen Seite, eine gelbe Blume wuchs, auf die die Sonnenstrahlen fielen, die sich durch ein Loch im Dach zwängten. In diesem Winkel konnten die Schüler sie nicht zertreten. Diese samtige ohrläppchenförmige Blüte, die auf Quechua ›Leichenpantöffelchen‹ heißt, kam mir plötzlich in den Sinn, denn der Anblick des erschöpften Valle und meine eigenen brennenden Erinnerungen an die Ereignisse des Tages und des Vortages ließen in mir keine anderen Gedanken mehr aufkommen. Das Leichenpantöffelchen blüht fröhlich und in großen Mengen an den feuchten Mauern auf den Feldern und an Wegrändern; es schwankt im Winde hin und her und zieht unwiderstehlich die großen schwarzen Hummeln an. Sie lassen sich schwerfällig in der kleinen Öffnung des Kelches nieder, und wenn sie davonfliegen, sind Flügel und Bauch vom Staub der Blume gelb.

Am folgenden Tag, am Montag, kamen die Externen nicht. Wir hörten, daß die Straßen in der Stadt leer und die Läden geschlossen waren.

Wir verbrachten den Tag wie die Sonntagnachmittage, jeder für sich. Antero kam nicht zurück, Rondinel blieb zu Hause bei seiner Mutter. Wir anderen lasen oder schrieben. Valle hielt sich die ganze Zeit über in seinem Klassenzimmer auf; er schien zu lesen. Romero langweilte sich zusammen mit Palacitos. Der Junge aus Pampachiri ging immer wieder bis an die Tür des Zimmers, in dem Valle saß, aber er wagte nicht, hineinzusehen. Chipro und Chauca diskutierten miteinander; manchmal las einer dem anderen etwas vor. Sie waren Klassenkameraden.

»Mit dem eleganten Valle ist es aus«, sagte Chauca morgens zu mir, als ich an der Treppe, wo die beiden saßen, vorbeiging. »Dieser Held!«

»Ich weiß nicht«, antwortete ich. »Gestern ist er auch wieder zu sich gekommen, nachdem er nachgedacht hatte.«

»Geh deinen Weg«, riet mir Chipro.

Ich liebkoste meinen *zumbayllu,* aber ich hatte Angst, ihn zu zeigen, obwohl Chipro freundlich mit mir gesprochen hatte. ›Wenn ich den beiden nun erzählte, daß ich einen verhexten *winku* besitze?‹ überlegte ich. Ich hatte Vertrauen zu ihnen; aber ich dachte an Anteros Warnung: »Er ist *layk'a,* verflucht;

und auch Salvinia ist in seiner Seele; ich habe ihren Namen gesungen, als ich die Augen ausbrannte ...« Ich wollte es lieber nicht wagen. Chipro stammte aus Andahuaylas und war der Sohn von Mestizen; vielleicht mochte er die *layk'as* nicht. Vielleicht wäre er glücklich, wenn er einen *winku,* eine geächtete Kreatur, zertreten könnte, mochte ihr Gesang noch so schön sein.

Mittags entschloß sich Romero, *rondín* zu spielen. Sein großer, beweglicher Körper schwang sich im Takt der Musik vor und zurück. Er begann mit den ersten Akkorden eines Karnevalsliedes, das ihm besonders gut gefiel: *»Apurímac mayu ...«* Wie die echten Meister des *rondín* steckte er das Instrument so weit wie möglich in den Mund und blies mit den Lippen langsam die dunkle Begleitung, dann spielten seine Finger laut die Melodie.

Romero hatte noch nie am Tage gespielt. Er begann ohne große Lust und begeisterte sich erst allmählich. Vielleicht fühlte er, daß der Hof die unschuldige Musik brauchte. Weder Lleras noch Bruder Miguel waren zu sehen; Añuco blieb im Zimmer des alten Pater Augusto. Der Pater Rektor hatte am Sonntag beim Mittag- und Abendessen an der Spitze des Tisches gesessen; jetzt war er in der Stadt. Die Schüler erschienen allmählich im Gang. Sie kamen jedoch nicht sofort zu Romero, der neben dem Brunnen saß. Ich ging als erster, dann folgten der Junge aus Pampachiri, Chipro und Chauca, Peluca, Saturnino und Iño Villegas.

»Nochmal das gleiche Lied«, bat ich.

Er beendete den Gesang mit einer Fuge, einem Tanz, senkte und hob den Kopf im Takt. Zum Schluß wurde der Rhythmus lebhafter. Romero hob das Gesicht, als könnte er so der Musik helfen, die eisigen Gipfel zu erklimmen, von wo sie der Wind davontragen würde. Und wir fühlten, daß sich uns die Welt, eine glücklichere Welt, durch die Musik von neuem auftat. Als wir alle im Kreis um Romero saßen, hörten wir plötzlich, wie von der anderen Seite einer Schlucht, die Stimme Añucos:

»Sei still, Romero! Brüderchen Romero, hör auf zu spielen!«

Er lehnte am Geländer des oberen Gangs und weinte. Er war ganz weiß und völlig außer sich, die Augen lagen tief in den Höhlen. Romero hörte auf zu spielen.

»Was geschieht in diesen Tagen mit Abancay?« fragte ich

bestürzt mit halblauter Stimme. Fest umklammerte ich den *zumbayllu* in meiner Tasche.

Añuco verschwand; er ging ins Zimmer des Paters Augusto zurück.

Als wir uns zerstreuten, kam vom Flur her der Pförtner auf den Hof. Er rannte auf uns zu und rief:

»Die Truppen sind gekommen, über den Paß von Sok'lla-k'asa, erzählen sie in der Stadt. Die *chicheras* verstecken sich. Die Gendarmen sind hingegangen und haben ihre Gewehre zurückgeholt. Aber nicht von Doña Felipa; sie hat zwei Mausergewehre behalten. Man sagt, daß sie die Tür von Doña Felipas *chichería* einschlagen wollen, wenn die Soldaten kommen. Die Leute von Huanupata beeilen sich, sie verlassen die *chicherías,* sie gehen fort. Es heißt, ein Oberst komme, der in Huanta Indios für den Militärdienst ausgehoben hat. Die Männer machen sich davon. In Huanupata haben sie Angst ... Auch die Gendarmen haben Angst ... Vielleicht läßt sie der Oberst erschießen, weil sie sich von den *chicheras* haben überrumpeln lassen ... Ein paar sollen davongelaufen sein, um sich am Ufer des Pachachaca zu verstecken ... Christen! Über Abancay ist ein Fluch hereingebrochen ... Jetzt können sie jeden umbringen ...«

»Und du, warum hast du Angst?« fragte Romero.

»Die Leute laufen! Die Truppen werden einziehen. Man erzählt, daß sie Huanupata umzingeln wollen. Nicht um zu schießen, sondern um das Viertel niederzubrennen. So viele alte Strohdächer! Was für ein Feuer! Und jetzt geht, macht euch davon, hier ist die Tür!«

Er zeigte mit ausgestrecktem Arm auf den Flur und redete weiter:

»*Jajaylla.* Ich habe schon Schießereien gesehen. Bei den Schießereien zielen sie nicht, glaube ich. Eine verirrte Kugel fliegt durch die Luft, in ein Fenster, an einen Pfosten, auf den Turm. In Huanta flogen die Kugeln bis auf die Felder, sie brannten und beleuchteten in der Nacht die Schlucht. So hoben sie die Indios zum Militärdienst aus.«

»Unsinn, das war 1910«, rief Romero.

Aber das Unglück war geschehen. Es war dem Pförtner gelungen, in den Schülern, die um ihn herumstanden, die schlimmsten Ahnungen zu wecken. Wir sahen uns an. Peluca blickte nach allen Seiten, als suchte er etwas, einen Ort, an dem er sich verstecken könnte.

»Niemand wird umgebracht, Vielleicht verprügeln sie die *cholas*«, sagte Iño Villegas, aber seine Stimme zitterte.

Der Pförtner hörte, daß das Tor zum Flur aufging, und rannte in die Küche. Der Pater Rektor trat ein. Er lächelte und ging schnell durch den Flur. Als er den Hof betrat, klatschte er in die Hände.

»In den Eßsaal!« rief er. »Warum hat man euch nicht gerufen? Es ist Zeit.«

»Väterchen, was sagen Sie dazu, daß Truppen nach Abancay kommen, um Huanupata niederzubrennen und die *chicheras* zu erschießen?« fragte Peluca mit dem Mut der Verzweiflung.

»Welcher verbrecherische Dummkopf hat das gesagt? Die Armee kommt, um die Ordnung wiederherzustellen. Die Händler haben ihre Geschäfte bereits wieder geöffnet.«

»Und in Huanupata?« fragte ich.

»Die schuldigen Frauen fliehen. Sonst nichts! Kommt, gehen wir, gehen wir zum Essen!«

Es gelang ihm nicht, uns seine Freude mitzuteilen. Wir aßen schweigend. Valle wagte, Chipro anzusehen. Er war allein. Die Zeugen seiner Niederlage bewahrten das Geheimnis. Vielleicht schämte er sich. Später, viel später würde Chipro vielleicht einmal die Geschichte erzählen und dabei wie ein Zicklein lachen. Aber jetzt war er selber aufgeregt; er gab Valles Blick ohne Spott zurück, ja, er wurde sogar ein wenig rot. Und Valle sah ihn weiter an. Er – er hatte keine anderen Sorgen. Dann blickte er uns an, Chauca, mich und den Jungen aus Pamapachiri. Er sah uns forschend an und bemühte sich offensichtlich darum, seine Überlegenheit wiederzugewinnen. Würde es ihm, nach dem, was im Hof geschehen war, gelingen? Aber wir, wir hatten den Pförtner gehört, den die Drohungen und Gerüchte, die er auf der Straße aufgelesen hatte, völlig verwirrt hatten; wir hatten Añuco gesehen, wie er sich über das Geländer des ersten Stockwerks beugte; wir hatten gehört, wie flehentlich er Romero gebeten hatte, aufzuhören; wir wußten, daß Lleras im Vorzimmer des Paters Rektor lag, mit einem Kräuterpflaster auf dem Mund und Nase; und wir wußten, daß Bruder Miguel in seinem Zimmer blieb. Valle war all dies gleichgültig. Würden die anderen erzählen, daß Chipro . . .?

Großes Unheil war über das Internat und Abancay hereingebrochen; vielleicht erfüllte sich eine alte Prophezeiung; vielleicht wurde der kleine Teil der Hacienda Patibamba, auf dem die Stadt Abancay lag, von den letzten Strahlen des elenden, stinkenden Lichts jenes Kometen berührt, der erst vor zwanzig Jahren am Himmel erschienen war. »Sein Licht war blau und kroch wie die Morgennebel dicht über dem Boden, und es war durchsichtig«, erzählten die alten Leute. Vielleicht zeigten sich die bösen Folgen dieses Lichts erst jetzt. »Über Abancay ist ein Fluch gekommen«, hatte der Pförtner gerufen und die Hände gerungen. »Jetzt können sie jeden umbringen!«

Der Pater Rektor aber schien von diesen Prophezeiungen nicht viel zu halten; er betrachtete uns mit zufriedener Herablassung, und ich hatte sogar das Gefühl, es tue ihm wohl, uns so verwirrt und verängstigt zu sehen.

Die Truppen sollten um fünf Uhr nachmittags in die Stadt einrücken. Um drei Uhr läutete die Schulglocke.

Die Schüler liefen aus den Klassenzimmern, den Fluren und dem inneren Hof zusammen. Die Lehrer kamen aus ihren Zellen. Der Pater Rektor stand aufrecht in der Tür seines Zimmers und befahl:

»Antreten! Wie zur Messe!«

Wir stellten uns vor seinem Zimmer der Größe nach auf. Ohne jemanden anzusehen, ging auch Añuco an seinen Platz zwischen Palacitos und Iño.

Die fünf Priester bildeten im Gang, vor der Treppe zum Hof, eine zweite, kürzere Reihe.

Dann kam Bruder Miguel, ohne Hut. Langsam, als fürchtete er sich, stieg er die hölzernen Stufen hinunter. Seine Haare schienen sich, wie in tausend kleinen Knoten, noch mehr zu kräuseln; ihre Farbe war aschgrau. Er ging aufrecht, den Kopf hoch erhoben, aber mit gesenkten Augen und bedrückender Demut.

Wir folgten ihm alle mit den Augen; seine Schritte hallten im Hof und in unseren erschreckten Herzen. Ich wollte sehen, wie Valle aussah, was für ein Gesicht er machte. Er blickte den Bruder nicht an; vielleicht hatte er ihn die Treppe herunterkommen sehen, aber dann hatte er die Augen abgewandt; kalt sah er den Rektor an.

Der Rektor kam zu unserer Reihe.

Der Bruder war in einiger Entfernung von den Priestern stehengeblieben.

»Komm herunter, Lleras!« rief der Pater.

Durch die offene Tür des Rektoratszimmers sahen wir Lleras auf dem dahinter liegenden Gang. Seine Lippen waren noch immer schwarzblau. Er blieb stehen und wankte hin und her.

»Komm herunter«, befahl der Rektor.

Endlich entschloß er sich und lief schnell zur Treppe. Er nahm zwei Stufen auf einmal und ging direkt auf den Bruder zu. Plötzlich stand er still und blickte ihn forschend an. Er maß ihn mit den Augen und betrachtete seinen entblößten Kopf.

»Bruder, verzeihen Sie mir. Ich bitte Sie vor meinen Gefährten um Verzeihung . . .«, sagte er.

Etwas, irgend etwas wollte er noch hinzufügen oder tun. Er senkte den Kopf und verneigte sich. Der Bruder hatte bereits die Hände erhoben.

»Nein«, schrie Lleras. »Nein! Er ist ein Neger, Väterchen, er ist doch ein Neger! *Atatauya*!«

Mit einem Satz erreichte er den gepflasterten Hof, überquerte ihn so schnell er konnte und trat in den Schatten des Torbogens; wir hörten, wie er den einen Torflügel zum Flur öffnete und ihn von außen mit einem lauten Knall zuschlug.

Der Rektor wurde kaum unwillig. Ein scharfer Blick hielt Añuco zurück, der sich in der Reihe bewegte.

»Du«, sagte er, »Du! Freund dieses verfluchten Kerls!«

»Ja, Vater«, schrie Añuco, »ja, ich will es tun, Väterchen.«

Er trat mit großen Schritten, aber ohne zu laufen, auf den Gang. Er stieg die Stufen hinauf und kniete vor dem Bruder nieder. Er konnte nicht sprechen. Er weinte. Er küßte beide Hände des Bruders. Da folgte ihm Palacitos. Er rannte an uns vorbei, und niemand hielt ihn zurück. Auch er kniete vor dem Bruder nieder und begann seinen Rocksaum zu küssen.

»Verzeihung, Verzeihung«, rief er. »Der Mond wird weinen, aus der Sonne wird Asche regnen. Verzeihen Sie, lieber Bruder. Sagen Sie, daß Sie mir verzeihen, Bruder.«

Der Bruder hob ihn auf und drückte ihn an seine Brust. Er küßte ihn ins Gesicht und auf die Augen, bis Añuco vor Freude herumhüpfte.

»Ich verzeihe euch und bitte euch um Verzeihung«, sagte der Bruder.

Und er verneigte sich vor Añuco. Fast ehrfurchtsvoll küßte er ihn auf die Wangen.

»Bitte, Vater, lassen Sie mich in die Kapelle gehen«, sagte er.

Seine Augen schimmerten feucht. Das Weiße darin war ganz groß und glänzend. Es war dieses Weiß rund um die Iris, rund um die wirklichen Augen, das seinem Blick so viel Zärtlichkeit verlieh, vielleicht, weil es sich so stark von der dunklen Haut abhob. Eine Welle der Wärme, die aus der Sonne oder der Erde zu kommen schien, durchlief mich und machte mich fröhlich. Palacitos und Añuco tanzten vor Freude um Bruder Miguel herum – trotz des fürchterlichen Abgrunds, trotz der düsteren Prophezeiungen. ›Jetzt wird niemand mehr sterben‹, dachte ich. ›Ein frischer Regen wird auf die Felder fallen. Die Truppen werden in die Stadt reiten und vielleicht ihre Hörner blasen.‹

»Geht mit dem Bruder«, stimmte der Rektor zu.

»Nur die, die möchten«, sagte der Bruder.

Aber wir folgten ihm alle.

Chipro suchte Valle und beide sahen sich an. In seinem von den Pocken entstellten Gesicht, das von so vielen kleinen Narben zerfressen und zerstört war, blitzten die Augen vor Vergnügen. Valle lächelte noch ein bißchen gezwungen, aber Chipro sah ihn unverwandt an und teilte ihm seine Freude mit. Sein Gesicht glich der Blüte eines *pisonay*; obwohl seine Augen so klein waren, schien das starre Gesicht allein vom Feuer dieser Augen zu leben. ›Ein Teufelskerl, dieser Chipro‹, dachte ich, als ich zur Kapelle ging, ›ein Teufelskerl. Niemand sonst hat diesen Glanz in den Augen. Vielleicht ein *pejerrey*, wenn er in der Sonne durchs stille Wasser schwimmt. Wie soll man da nicht lachen, wie soll man nicht vor lauter Freude tanzen? Sogar Valle, der hochmütige, der große Herr . . .‹

Lachend betraten wir die Kapelle, Chipro und Valle, der Don Juan, der Geck des Internats. Valle lächelte nur noch; offensichtlich wollte er sich zurückhalten. Chipro mußte das gemerkt haben, denn er sah mich anders an als Valle und zwinkerte mit den Augen.

Vor dem Altar wußte der Bruder nicht recht, was er sagen sollte; er blickte uns nur an und lächelte. Es wäre besser gewesen, wenn er uns auf den Hof oder auf die Straße hätte gehen lassen.

›Er muß eben die Feier in irgendeiner Weise zu Ende führen‹, überlegte ich. Nach langer Zeit konnte der Bruder endlich sprechen:

»In der Nähe meiner Heimatstadt, in San Juan de Mala«, begann er, »gibt es ein paar hohe Felsen, gegen die das Meer anstürmt. Oben auf diesen Felsen hat man eine Madonna mit dem Kind entdeckt. Wißt ihr, meine Söhne, daß die Felsen schwarz sind, schwärzer als ich . . . Und jetzt geht spielen! Mit meinen demütigen Händen erteile ich euch den Segen dieser heiligen Jungfrau; sie möge euch helfen, die Sünden zu vergessen, die ihr gesehen habt. Ich möchte nur die Wellen hören, die sich zu ihren Füßen brechen; diese Stimme wäre stärker als die Stimme meiner Schuld. Auf Wiedersehen, meine Söhne . . . Geht auf den Hof! Ich will noch hierbleiben.«

Wir gingen. Wie kam es, daß der Bruder, obwohl er doch ein Neger war, das Spanische so vollkommen aussprach? War er überhaupt ein Neger?

Palacitos schlug sich im Laufen auf die Schenkel, er spielte ein feuriges Pferd und drehte sich dauernd im Kreis. Unter der Tür der Kapelle zögerte Añuco einen Augenblick.

Ich ging zu ihm.

»Sieh«, sagte ich.

Ich zeigte ihm den rötlichen *winku*.

»Ein *winku*«, rief er.

»Und *layk'a*«, fügte ich hinzu.

»Hast du ihn tanzen lassen?« fragte er.

»Er tanzt besser als ein *tankayllu*. Er tanzt wie eine ganze Welt; Antero sagt, sein Gesang steige bis zur Sonne empor. Sollen wir ihn tanzen lassen, Añuco? Wollen wir ihn verteidigen, wenn ihn jemand treten will?«

»Wer sollte ihn treten? Wer?« fragte er.

»Dann laß uns gehen! Komm, Bruder! Denk daran, daß er *layk'a* ist.«

Ich zog ihn mit mir. Aber plötzlich begann er zu laufen. Palacitos machte noch immer seine Sprünge.

Ich umwickelte den Kreisel mit der Schnur. Fast alle anderen kamen angelaufen.

»Ein *winku*«, rief Romero.

Und nach einer Weile: »*Layk'a,* mein Gott, er ist *layk'a*. Laß ihn nicht tanzen!«

Auch Palacitos wollte den Kreisel sehen.

»Was heißt verhext? Hast du ihn nicht in der Kapelle bei dir gehabt, als uns der Bruder seinen Segen erteilte?«

»Ja«, antwortete ich.

»Dann ist er nicht mehr verhext. Dann ist er gesegnet. Laß ihn tanzen, Fremder«, rief Palacitos energisch.

Ich war enttäuscht.

»Ist er dann nicht mehr *layk'a*?« fragte ich Añuco.

Er sah mich an und überlegte.

»Doch, ein wenig immer noch. Wirf ihn in die Höhe!«

Ich warf ihn hoch in die Luft. Der Kreisel drehte sich um sich selber und fiel fast senkrecht herunter. Er sang durch seine Augen, als pfiffe aus den schwarzen Löchern ein fremdartiges unbekanntes Insekt und rührte unser Herz bis ins Innerste.

»Sicher hat ihn Candela gemacht«, rief Chipro.

»Schenkst du ihn mir?« fragte Añuco begierig. »Schenkst du ihn mir?«

»Laß ihn tanzen, Añuco«, erwiderte ich.

Er begann ihn sorgfältig zu umwickeln, indem er jede Windung der Schnur mit dem Fingernagel an die vorangehende preßte. Er sah mich nicht an, bevor er den Kreisel in die Höhe warf.

Geschickt ließ er ihn tanzen. Der *zumbayllu* drehte sich im Staub, und sein Gesang klang wie in einem Traum; dann schien er still zu stehen, gelähmt zu sein, man sah nicht mehr, wie er sich drehte.

»Er schläft«, sagte der Junge aus Pampachiri.

Aber dann erwachte er wieder und der Stachel bohrte sich in den Sand.

»*Layk'a,* nicht *layk'a, layk'a,* nicht *layk'a* . . . Nicht *layk'a!* Gesegnet!« rief Palacitos, als der Kreisel aufhörte zu tanzen und auf die lockere Erde fiel.

»Irgend etwas muß er haben«, bestätigte Romero. »Ja, er muß etwas haben.«

»Er gehört dir, Añuco«, sagte ich fröhlich.

»Wirklich?«

»Was du für einen herrlichen *zumbayllu* hast«, wiederholte ich und gab ihm den kleinen Kreisel. »In seiner Seele ist alles –

ein schönes Mädchen, das schönste, das es gibt; die Kraft Candelas, die Erinnerung an mich, an das, was verhext war, der Segen der heiligen Jungfrau von der Küste. Und er ist *winku*. Du mußt ihn allein tanzen lassen.«

»Was sagst du?«

»Ich erzähl es dir später.«

»Laß ihn noch einmal tanzen!« bat Valle.

Ich war erstaunt.

»Soll er noch einmal tanzen?« fragte ich Añuco.

»Ja«, sagte er. »Kostbares Ding. Er ist ein kostbares Ding.«

Die Brücke aus Stein

Bis sechs Uhr hörten wir weder Schüsse noch das Trappeln der Pferdehufe. Wir standen alle im äußeren Hof, um so nahe wie möglich an der Straße zu sein. Trotzdem hörten wir die Soldaten nicht einmaschieren. Erst als es dunkel zu werden begann, wurden in der Ferne Geschrei und Beifallsrufe laut.

»Sie haben lange gebraucht. Jetzt sind sie endlich da«, sagte Romero.

Wir sahen die Soldaten nicht, aber das Schreien der Menge wurde immer lauter.

»Tod den *chicheras*!« Deutlich hallten die Worte durch den Abend. Und unmittelbar darauf:

»Dieses Mannweib, die Doña Felipa!«

In diesem Augenblick ging die elektrische Straßenbeleuchtung an – ein paar schwache, rötlich schimmernde Lampen, die nur die Schatten stärker hervorhoben.

Die Schüler drängten sich im Flur.

Aber kein einziger Schuß war zu hören.

»Der Oberst lebe hoch«, schrien die Leute.

»Das ruhmreiche Regiment!«

»Ein ganzes Regiment gegen ein paar *cholas*?« fragte Valle.

»Die *chicheras* sind schlimmer als Männer, und es gibt mehr *chicheras* als Soldaten«, bemerkte Chipro.

»Der Mythos der Rasse! Auch die *cholas* sterben, sie sterben genauso wie die Indios, wenn man sie mit Maschinengewehren niedermäht.«

Valle sprach immer so; man wußte nie, ob er eigentlich seine Zuhörer oder seine Gesprächspartner oder sogar die Dinge, von denen er sprach, beleidigen wollte.

»Hast du nicht gehört, was der Pförtner sagte? Doña Felipa hat sich geweigert, die Gewehre herauszugeben.«

»Zwei Mausergewehre«, antwortete er. »Zwei Mausergewehre! Schwere Artillerie gegen ein ganzes Regiment!«

Die Glocken begannen zu läuten.

»Das Regiment besteht aus *cholos*« – Romero mußte schreien, um sich Gehör zu verschaffen.

»Wieder der Mythos der Rasse! Sollen sie sich umbringen bis

ans Ende der Zeiten. Ich bin nur ein Zuschauer, der vom Fatum verfolgt wird.«

»Vom Fatum verfolgt? Was soll das heißen? Jeder *cholo* kann dir das austreiben.«

»Kann er. Natürlich kann er das. Aber die Söhne der Söhne meiner Söhne werden immer noch spielen . . . und ihnen auf dem Kopf herumtrampeln.«

»Und wenn sie dich kitzeln? Wenn sie dich reizen?« fragte ihn Chipro.

»Dann müßte ich nur lachen.«

»Tränen lachen, bittere Tränen«, rief Chipro spöttisch.

»Kugeln«, schrie Palacitos.

»Hörst du denn nicht den Unterschied, du dummer *cholo*? Das sind Knallfrösche zu Ehren der Soldaten.«

Das Knallen kam von hoch oben und übertönte das Geschrei und die Rufe der Leute. Die Truppen mußten vor der Präfektur angekommen sein und würden jetzt wohl in die Kaserne marschieren, die in der Nähe der Avenida de Condebamba lag. Es war ein altes, leeres Gebäude, dunkelgrau, mit Zinnen und Türmchen an den Ecken. Die Leute behaupteten, daß man in Mondnächten die Stimmen der Wachen höre, die Nummern aufriefen. An Samstagabenden pflegten die Gendarmen ein paar Häftlinge in die Kaserne zu bringen, die dann die inneren Höfe von Unkraut säubern mußten; die Gemeindeverwaltung sorgte für die umliegenden Straßen. Aber nach außen zeigte die Kaserne nur ihre Mauern, Zinnen und Bogen. Sie war das größte Gebäude der Stadt und flößte den Leuten Angst ein, weil sie leer und verlassen war. Niemand wagte, die Mauern zu beschmutzen, denn außer den Gendarmen, die Wache hielten, wimmelte es dort von Kröten, die plötzlich die nackte Haut berührten.

Die Glocken läuteten noch immer.

Wir hörten die Schritte vieler Leute, die sich dem Schultor näherten.

»Kein einziger Schuß«, sagte Palacitos freudestrahlend.

»Das muß der Pater Rektor sein, der zurückkommt«, warnte Romero.

Wir liefen auf den Hof.

Der Pater Rektor öffnete die Tür und kam schnell auf uns zu.

»Es ist alles ruhig, meine Söhne. Der Oberst ersetzt von nun an den Präfekten. Morgen ist wieder Schule. Hört nicht auf die Prophezeiungen der *cholos*. Sie sind von Furcht und Schrecken erfüllt«, sagte er im Näherkommen.

»Werden sie niemanden erschießen?« fragte Peluca.

»Das fragst du noch einmal? Alle in die Klassenzimmer!« befahl er.

Ich wagte in diesem Augenblick nicht, ihn nach Doña Felipa oder Lleras zu fragen. Die Schüler gingen in die Klassenzimmer. Der Pater schickte sich an, in sein eigenes Zimmer hinaufzugehen. Am Fuß der Treppe, hinter einer Säule, holte ich ihn ein; der dunkle Flur schien mir Schutz zu gewähren.

»Väterchen«, sagte ich. »Und Doña Felipa?«

»Diese Nacht wird man sie verhaften«, antwortete er aufbrausend.

»Sie hat Gewehre, Vater.«

»Eben deshalb. Wenn sie sich wehrt, wird man sie erschießen.«

»Sie wird sich wehren, Vater.«

»Gott möge es verhüten. Die Soldaten werden sie niedermachen. Sie ist schuldig.«

»Auch sie kann töten! Vielleicht sollte ich zu ihr gehen! Vielleicht würde sie mir die Gewehre geben!«

»Du? Warum?«

Er kam ganz dicht an mich heran. Trotz des trüben Lichts sah ich seine Augen und sein Gesicht, seine Backenknochen und das weiße Haar.

»Warum? Du?«

Er wirkte größer. Sein weißes Gewand leuchtete, als spiegelte es die große Ungeduld wider, die ihn bedrängte; ich spürte seinen keuchenden Atem im Gesicht.

»Ich, Vater, ich habe sie gekannt . . . Ich könnte sie darum bitten, mir die Waffen zu geben . . . ich könnte ihr sagen . . .«

»Was, mein Sohn? Was könntest du ihr sagen? Du bist ihr nachgelaufen wie ein Hund. Komm, gehen wir hinauf.«

Eilig lief er die Stufen hinauf. Der Hof war leer.

»Bruder Miguel könnte mich begleiten«, sagte ich fest und trat im Gang des ersten Stockwerks ganz dicht an ihn heran.

»Weißt du was? Wenn dein Vater noch in Chalhuanca wäre, würde ich dich noch heute dorthin schicken; leider ist er nach Coracora gegangen, hundert Meilen weit von hier.«

»Sie können mich trotzdem schicken«, antwortete ich. »Ich möchte gehen, Väterchen. Hundert Meilen! Ich kenne die Berge. Schicken Sie mich, Vater, ach, lassen Sie mich doch gehen. Was sind hundert Meilen für mich? Das Himmelreich, die Seligkeit!«

»In des Himmels Namen! Ich weiß, daß du meinen Schutz nötig hast. Warum läufst du nur hinter den *cholos* und Indios her? Niemand wird der Felipa etwas antun. Niemand! Ich werde dafür sorgen. Ich selbst werde ihr sagen lassen, mein Sohn, daß sie die Gewehre herausgeben soll.«

»Ich will mit dem Bruder Miguel zu ihr gehen«, beharrte ich und trat noch näher zu ihm hin.

Er führte mich in den Empfangsraum, der mich an das Zimmer des Alten in Cuzco erinnerte. Ein roter Teppich bedeckte fast den ganzen Boden. Ein Klavier und hohe Polstermöbel standen darin. In diesem Zimmer fühlte ich mich plötzlich unsicher. An der Wand glänzten zwei große Spiegel in goldenen Rahmen. Das tiefe Licht der Spiegel hat mich schon immer beunruhigt – ich habe das Gefühl, ich könnte durch sie aus der Welt heraussehen. In den Kirchen in Cuzco hängen viele solcher Spiegel unerreichbar hoch an den Säulen.

Der Vater strich mir über den Kopf. Er bot mir einen mit Seide überzogenen Sessel an.

»Es macht nichts, daß dein Vater so weit fortgegangen ist! Du bist ja bei mir«, sagte er.

»Warum hat er mir nicht gesagt, daß er nach Coracora gehen wollte? Dann hätte ich wieder ein anderes, ein weit entferntes Dorf kennengelernt. Werden Sie Doña Felipa verteidigen?« fragte ich ihn.

»Nein, mein Sohn. Ich habe dir schon gesagt, daß sie schuldig ist. Aber ich werde ihr ausrichten lassen, daß sie fliehen soll . . . Irgendwie werde ich für sie eintreten.«

»Und dann will ich fort. Sie müssen mich gehen lassen, Vater! Ich werde in jedem Dorf nach meinem Vater fragen, bis ich ihn gefunden habe. Ich werde weinen wie ein Engel, wenn er plötzlich vor mir steht. Ist dieses Dorf sehr weit vom Pachachaca entfernt? Sehr weit vom Ufer des Flusses?«

»Sehr weit.«

»Dann hat sich der Gesang des *winku* verloren«, rief ich. »Und jetzt geht es nicht mehr, weil ihn der Bruder gesegnet hat.«

Der Priester sah mich lange an.

»Willst du deinem Vater und mir wirklich ungehorsam sein? Er möchte, daß du etwas lernst. Wovon redest du überhaupt?«

»Aber Sie, Vater, sagten Sie nicht, daß Sie mich wegschicken wollten?«

»Aber nicht jetzt, mein Kleiner. Du redest wirres Zeug. Du wirst hier bleiben und ein braves Kind Gottes werden, das schwöre ich.«

Er ließ mich allein. Er ging in sein Schlafzimmer und kam mit einem Glas zurück.

»Hier, trink«, sagte er.

Es war ein bitteres Gebräu.

»Ich habe auch davon getrunken.«

»Ich bleibe, Vater«, sagte ich. »Natürlich. Es ging ihm in Chalhuanca wohl nicht gut. Und er hat Sie beauftragt, es mir zu sagen.«

»Und er hat schon Geld aus Coracora geschickt. Du kannst dir einen neuen Anzug kaufen.«

»Darf ich mit Antero ausgehen, Väterchen?«

Ich ergriff die eine seiner Hände.

»Mit Antero, Vater?«

»Warum nicht, mein Sohn? Du kannst am Samstagnachmittag mit ihm weggehen, und ich gebe dir ein gutes Taschengeld.«

Ich wagte nun, aufzustehen und auf den Teppich zu treten.

»Komm, gehen wir«, sagte der Vater.

Er legte seinen Arm um meine Schulter. Ich roch den Duft des Wassers, das er sich ins Haar rieb. Wir gingen hinaus. Vom Gang des ersten Stockwerks sahen wir zwei Feuerwerkskörper, die in den Himmel stiegen und zerplatzten.

»Tod den *chicheras*! Sie sollen sterben!« schrien die Leute auf der Straße.

»So wird die Welt immer bleiben«, sagte der Priester. »Wenn die einen Feste feiern, dann müssen sich die anderen verstecken.«

»Und Lleras?« fragte ich.

»Er wird verloren sein! Er wird zugrunde gehen, denn er ist weggelaufen. Ja, mein Sohn. Warum nur rede ich mit dir über so ernste Dinge? Von jetzt an sollst du nur noch lernen und spielen, nichts anderes.«

»Ja, Vater. Vielleicht hat sich Lleras selber verdammt, weil er die kleinen Jungen so grausam gequält hat.«

»Ruf jetzt die anderen Lehrer, lauf«, bat er mich. »Läute, läute die Glocke dreimal.«

Er ging die Stufen hinunter, und ich läutete die Glocke. Die Priester und der Bruder eilten in den Empfangsraum.

Añuco kam nicht zum Essen. Der Rektor beaufsichtigte uns während der Mahlzeit. Eigentlich wollte ich am Abend im inneren Hof zusammen mit Añuco den *winku* tanzen lassen, um meinem Vater noch einmal eine Botschaft zu senden. Ich wollte den *winku* in die Luft werfen, seinem Surren lauschen und ihn dann in der ausgestreckten Hand auffangen. Wie gern hätte ich ihm in einem Winkel des dunklen Hofes beim Tanzen zugesehen!

Keiner von den anderen Schülern ging nach dem Essen in den inneren Hof. Wir sahen, daß Añuco mit den Vätern in den Eßsaal kam. Sie paßten auf ihn auf, und ich konnte nicht mit ihm sprechen. Mit gesenktem Blick ging er zwischen zwei Priestern. Ich wagte nicht, ihn zu rufen. Sein Gesicht war starr.Er kam nie mehr zu uns.

Ich rief Romero.

»Romerito«, bat ich. »Könntest du dort im inneren Hof auf deinem *rondín* das Lied vom *Apurímac* spielen?«

»Warum?« fragte er.

»Abancay ist so schwer wie der Himmel. Nur die Stimmen des *rondín* und des *zumbayllu* erreichen die Gipfel. Und ich möchte meinem Vater eine Botschaft nach Coracora senden. Hast du nie gesehen, daß die Wolken über den Zuckerrohrfeldern wie zäher Honig aussehen? Aber der Gesang des *zumbayllu* dringt hindurch. Das Lied des *winku* erhob sich am Mittag, und mit Anteros Hilfe blies ich es in Richtung Chalhuanca.«

»Das geht auch mit Wasser«, antwortete Romero. »Mit dem Wasser der Schule. Es kommt aus einer Quelle, nicht aus dem Mariño. Du legst den Mund auf den Strahl und sprichst zu ihm.«

»Das glaube ich nicht, Romerito. Das kann ich nicht glauben. Die Kordillere ist härter als Stahl. Wenn man ruft, kommt die Stimme zurück.«

»Das Wasser dringt durch den Stein hindurch. Hast du nie gesehen, daß aus den Felswänden Wasser tropft?«

»Aber wie soll das Wasser in das Haus eindringen, in dem sich mein Vater aufhält?«

»Wie seltsam du bist, Fremder. Ist dein Blut nicht auch Wasser? Deshalb spricht das Wasser, das es überall unter der Erde gibt, zu unserer Seele.«

»Das glaube ich nicht, Romerito. Blas lieber deinen *rondín*.«

»Den *rondín*? Siehst du denn nicht, daß Blech an ihm ist? Der *winku* ist anders. Der *winku* summt mit einer Kraft, die niemand bändigen, die man ebensowenig aufhalten kann wie das Funkeln der Sterne.«

»Ja, das ist wahr. Aber als ihn der Bruder in der Kapelle segnete, hat er ihn gezähmt und ihm seine Kraft genommen.«

Palacitos, der merkte, daß wir ein Geheimnis hatten, kam zu uns gelaufen.

»Glaubst du, daß der Gesang des *rondín* hundert Meilen zurücklegen kann, wenn man ihn darum bittet?« fragte Romero.

»Ich möchte meinem Vater im Gesang des *rondín* eine Botschaft senden, Palacitos«, sagte ich. »Romero soll *Apurímac mayu* spielen, und ich will das Lied bitten, auf die Gipfel zu steigen und in das Herz meines Vaters zu dringen. Er wird spüren, daß es meine Stimme ist. Wird sie ihn erreichen, Palacitos? Wird die Musik bis nach Coracora fliegen, wenn ich sie auf Quechua darum bitte? Du weißt mehr von diesen Dingen als ich.«

»Und das Blech auf dem *rondín?* Das muß zuerst abgerissen werden.«

»Warum?«

»Das Holz des *rondín* muß frei sein. Weißt du das nicht?«

»Ja«, sagte Romero, »ja, ich weiß es.«

Mit den Zähnen riß er das Blech heraus, auf dem die Fabrikmarke stand. Er war stark, er war ein großherziger Indio aus Andahuaylas.

»Jetzt«, sagte ich.

Wir gingen allein in den dunklen Innenhof.

Er spielte das Karnevalslied.

Die Musik würde durch die lichten Wälder schweben, die die Hänge am Pachachaca bedecken, dann würde sie über die

Brücke und durch das Tal ziehen. Wenn sie erst einmal die Höhe erreicht hätte, würde sie leichter vorwärtskommen. Im Schnee würde sie kräftiger werden; sie würde mit den Winden fliegen und zwischen den Seen auf der Steppe im trockenen Gras klingen, das in der großen Stille auch das kleinste Geräusch weitergibt.

»Wenn dich die Stimme des *winku* nicht erreicht hat, dann erreicht dich dieses Lied«, sagte ich und dachte an meinen Vater, als Romero auf dem *rondín* zu spielen begann. »Und wenn die ganze Welt gegen mich ist, und wenn sie mich besiegen will – es soll ihr nicht gelingen!« Mit wachsender Begeisterung fuhr ich fort: »Weder die glühende Sonne noch der stickige Staub des Tals, weder der Pater noch das Regiment . . . Ich werde gehen, ich will weggehen, allem zum Trotz . . .«

»Diese Musik ruft zum Kampf«, sagte Chipro, der am anderen Ende des Hofes die Böschung hinaufkam.

»Sieh! Die Schwachsinnige!« rief Palacitos und zeigte auf die Frau, die über den Hof lief und nun stehenblieb.

»Raus!« schrie Chipro.

Romero spielte weiter. Nun kam auch Peluca. Mit Schlägen und Püffen versuchte er, die Frau in die Latrinen zu zerren, aber sie wehrte sich verzweifelt.

»Ein Vieh, dieser Peluca«, sagte Chipro.

Wir sahen, wie er sie trat, und wir hörten seine Flüche.

Romero hörte auf zu spielen.

»Entweder du verschwindest, Peluca, oder ich schlage dir den Schädel ein«, schrie er.

Peluca hielt inne, und als er sich umdrehte, um zu sehen, ob Romero seine Drohung ernst meinte, entwischte die Frau. Er wollte ihr nach. Romero stampfte mit den Füßen auf den Boden. Peluca zögerte einen Augenblick, und die Frau verschwand im Gang.

»Ein Vieh, der Peluca«, wiederholte Ismodes. »Ein verdammtes Vieh.«

Einen Augenblick später wurden wir gerufen.

Am nächsten Tag kamen die Externen nicht zur Schule. Der Pförtner öffnete das Tor zur üblichen Zeit. Später aber befahl Pater Augusto, es wieder zu schließen. Der Rektor hatte mit den Angelegenheiten der Stadt zu tun.

Añuco erschien nicht auf dem Hof. Am Morgen hatte man sein Bett, seinen Koffer und eine kleine Kiste, in der er getrocknete Insekten, Samen, *huayruros,* Murmeln und farbige Stofffetzen aufbewahrte, aus dem Schlafsaal geholt. Er verschloß die Kiste immer mit einer Kette, und einige von uns konnten darin nur von weitem das farbige Gemisch von merkwürdigen Gegenständen erspähen. Wir wußten, daß Añuco eine Sammlung Murmeln besaß, die wir *daños,* Schädlinge, nannten, weil sie so groß waren. Alle Murmeln, die er kaufte, hatten rote Ringe – rot in allen Tönungen. Wenn er spielte, suchte er sich immer die ungeschicktesten und schwächsten Partner aus, und so verlor er nie eine Kugel. Er hob sie zusammen mit den Insekten in der Kiste auf. Uns fesselten die tiefen farbigen Ringe an den kleinen Kugeln; die einen waren dünn und schlängelten sich in vielen Windungen, andere liefen in der Mitte der Kugel zu einem Bündel zusammen und wurden zum Rand hin dünner. Die Ringe in den neuen Murmeln waren leuchtend rot, aber auch in den angeschlagenen, trüben Kugeln waren sie noch immer zu erkennen – seltsam und unerklärlich! Nun wurden Añucos Sachen in die Zelle Pater Augustos gebracht.

Gegen zwölf Uhr lehnte sich Añuco über das Geländer im Flur des ersten Stocks. Aber er rief niemanden. Seine Augen schienen noch tiefer in den Höhlen zu versinken. Er war bleich, fast grünlich. Seine Haut war immer von einem zarten, nicht sehr männlichen Weiß gewesen. Diesmal stand ihm die Blässe gut. Die Internen achteten seine Einsamkeit, und nach kurzer Zeit verschwand er wieder. Valle lächelte. Er las neben dem Wasserbecken.

Ein Externer, ein Freund Iño Villegas', kam vom Pförtner begleitet durch den Flur in die Schule. Am Ende des Ganges trafen wir mit ihm zusammen.

»Die Soldaten verprügeln die *chicheras* im Gefängnis«, sagte er. »Einige haben laut geschrien, als wollten sie die anderen aufwiegeln. Die Leute sagen, daß man ihnen die Röcke hochhebt und sie vor den Augen ihrer Männer auspeitscht, und weil sie keine Hosen tragen, sieht man alles. Sie haben den Oberst auf Quechua und auf Spanisch beschimpft. Ihr wißt ja, daß niemand so gut fluchen kann wie diese Weiber. Darauf hat man ihnen Exkremente in den Mund gestopft. Und sie haben noch mehr geflucht. Flüche gegen Peitschenhiebe! Das ist ein Streit . . .«

»Homerisch. Das ist homerisch«, rief Valle.

Niemand achtete auf ihn.

»›Den kleinen miesen Oberst, den freß ich nicht! Dieser Dreck, dieser Saudreck, er ist immer Dreck gewesen. Habt ihr den Scheißdreck aus Cuzco mitgebracht? Hat einer die Schweinerei aus dem Oberst herausgepreßt? Hoch soll er leben! Er wird noch Dreck gebären, bei Gott!‹ Das hat eine der *chicheras* gesagt, eine von denen, die nach Patibamba gingen. Und die Leute lachen heimlich auf der Straße.«

»Über wen?«

»Über die *cholas* wahrscheinlich. Aber in Huanupata und an allen Straßenecken stehen Soldaten mit Gewehren. Die Gendarmen suchen die geflohenen *chicheras* in den Dörfern auf der Höhe und in den Zuckerrohrfeldern.«

»Und Doña Felipa?« fragte ich.

»Sie soll in der Nacht geflüchtet sein. Aber man hat sie gesehen. Sie sind hinter ihr her, ein Unteroffizier und viele Gendarmen. Sie ist zum Pachachaca hinuntergeritten. Man sagt, sie habe Verwandte in Andahuaylas.«

»Hat sie wirklich Gewehre?«

»Deshalb sind ja so viele hinter ihr her. Sie ist mit einer anderen auf zwei Maultieren davon. Man hat die beiden gesehen, wie sie mit dem Gewehr über der Schulter zum Fluß geritten sind. Die weißen Hüte geben ein gutes Ziel ab, und man wird die beiden sicher am Hang erwischen, denn die Gendarmen haben Pferde der Armee.«

»Sind es Gendarmen oder Soldaten?« fragte Valle.

»Wie soll ich das wissen? Aber einholen werden sie die beiden bestimmt.«

»Wenn es Gendarmen sind, nicht. Wenn es richtige Soldaten oder *guardias* sind, dann vielleicht . . .«

»Warum sind die Externen nicht gekommen?«

»Weil jeder unruhig ist. Das Geschrei der *cholas* hat die ganze Stadt in Aufregung versetzt. Den Oberst haben sie wie Verdammte in der Hölle beschimpft. Diese Weiber haben keine Angst. Jetzt können die Indios und die *cholos* getrost einen Aufstand machen. Ein Sprecher verliest heute den Erlaß des Präfekten, ob die beiden *chicheras* umgebracht werden . . .«

»Niemand wird es erfahren«, sagte Valle lächelnd, »weil sie die Leichen in den Fluß werfen werden.«

»Wenn es Indios wären, dann ja. Die Indios sterben einfach so«, sagte Romero. »Aber eine *chichera* mit einem Gewehr? Hast du schon vergessen, was am Samstag geschehen ist?«

»Nein. Aber jetzt sind die Soldaten hier. Und die *chicheras* stehen mit dem Rücken zur Wand oder mit nacktem Hinterteil im Gefängnis. Jetzt wird nichts mehr geschehen.«

Der Pförtner befahl Iños Freund, zu gehen. Die Internen zerstreuten sich.

Die Sonne brannte auf den Hof. Wir saßen auf der schattigen Galerie und schauten auf die glühenden Steine. Wenn die Strahlen der Sonne am Mittag auf den Grund der steinigen Schluchten fallen, in denen nur Büsche und keine Bäume wachsen, wird es still.

Hummeln summten von einem Ende des Ganges zum anderen. Mit den Augen folgte ich dem langsamen Flug dieser Insekten, deren schwarzer Körper gegen Feuer geschützt zu sein und es abzustoßen scheint. Ich sah ihnen nach. Sie bohrten ihren Stachel in das Holz der Säulen, ihre Flügel sangen. Vielleicht zielte Doña Felipa, hinter einem Busch versteckt, in diesem Augenblick auf die Soldaten. Weil es so viele Soldaten waren, würden sie sie schließlich erwischen; sie würden sie töten und irgendwo in der Schlucht begraben. Vielleicht aber schoß sie hinter einem Wall von Steinen auf ihre Verfolger, vielleicht hatte sie in einem Felsgang oder einer Höhle am rechten Ufer des Flusses, das in der Nähe der Brücke steil und felsig ist, Schutz gesucht. Dort schallt die Stimme der wandernden Papageien von den Felswänden zurück. Jetzt suchte sie vielleicht mit scharfem Blick, dem keine Ameise entging, den gegenüberliegenden Weg ab, während ich hier mit den Augen dem langsamen Flug der Hummeln folgte. Vielleicht zielte sie in diesem Augenblick und kniff das eine ihrer kleinen Augen zu, die in ihrem großen pockennarbigen Gesicht wie Diamanten geleuchtet hatten. Dann könnte man sie nur am Kopf verletzen, und sie würde über die Felswand in den Pachachaca stürzen. Man würde ihre Leiche nie finden. Und das wäre wichtig. Denn wenn die wütenden Gendarmen den zerschossenen, gehaßten und entstellten Körper fänden – was würden sie wohl alles damit tun?

Dann erfuhren wir, daß die Verfolger mitten auf der Brücke über den Pachachaca eines der Maultiere gefunden hatten. Man hatte ihm den Kopf abgeschnitten und seine Eingeweide auf der Brücke ausgebreitet. Man hatte die Därme des Tieres über den Weg gespannt und sie auf beiden Seiten an den Kreuzen festgemacht. Viele Reisende waren stehengeblieben, hatten diese seltsamen Schnüre betrachtet, aber nicht gewagt, sie durchzuschneiden. Von einem der Steinkreuze war ein Halfter in den Fluß gefallen. Und oben auf dem Kreuz flatterte ein Tuch.

Die Guardias durchschnitten die Därme, die den Weg versperrten, und als sie das Halfter aus dem Fluß fischten, hörten sie einen Chor von Frauenstimmen, die, am anderen Ufer versteckt, ein Lied sangen:

Schieß nicht, *huayruro*,
schieß nicht auf die Brücke;
töte nicht, *huayruro*.
Warte auf der Brücke,
setz dich und hab keine Angst.

Die Guardias bestiegen ihre Pferde, überquerten die Brücke im Galopp und folgten dem ebenen Weg, der am Abgrund entlang führt. Sie waren den steilen Hang bereits ein Stück hinaufgeritten, als sie Schüsse hörten; auf der Brücke wirbelte Staub auf, und die Guardias hielten an. Ganz in ihrer Nähe fiel ein Schuß. Sie stiegen ab und beobachteten den gegenüberliegenden Hang, der mit Büschen bewachsen und genauso steil war wie der, den sie hinaufritten. Die Zuckerrohrfelder reichten fast bis an den Fluß hinunter, und am Rand der Felder wuchsen *pacae* und *guayaba*-Bäume. An den besonders steilen Stellen standen die *molles* dicht beisammen.

»Die *cholas* sind auf der anderen Seite, hinter den Büschen«, sagte der Unteroffizier.

»Sie wollen uns den Rückweg über die Brücke abschneiden; sie haben es gut berechnet.«

»Sie schießen von zwei Seiten.«

Der Unteroffizier befahl den Rückzug.

»Die sollen nur nicht glauben, daß sie uns zum Narren halten können«, sagte er. »Im Galopp hinüber, einer nach dem anderen. Woher sollte eine *chichera* auch zielen können!«

Weitere Schüsse fielen. Als die Guardias den Fuß der Felswand erreichten, auf der ein Ende der Brücke ruht, hielten sie an, um die Gegend zu beobachten und auf verdächtige Geräusche zu lauschen. Der Pachachaca dröhnte in der Stille; das Geräusch des fallenden Wassers breitete sich wie ein Mantel aus, unter dem man die Insekten, ja selbst die Heuschrecken hören konnte, die zwischen den Büschen herumhüpften.

Es fielen keine Schüsse, als die Guardias an der Biegung des Weges anhielten, dort, wo das gerade Stück beginnt, das auf die Brücke führt. Der Unteroffizier sprengte im Galopp über den Weg und die Brücke; die Männer folgten ihm. Im Trab ritten sie den Hang hinauf. Weiter oben fanden sie die beiden Gewehre, die an einem *molle* hingen.

»Sie haben uns zum Narren gehalten«, sagte einer der Männer. »Es sind gar nicht die Führerinnen. Die sind wohl über alle Berge. Sie werden zu Fuß gegangen sein. So erreichen sie den Gipfel schneller als zu Pferd.«

»Du und noch einer, ihr geht den beiden nach und wenn ihr bis nach Andahuaylas reiten müßt. Ich bringe die Gewehre zurück. Die Gefahr ist vorbei. Denkt daran, daß eine *chichera* verletzt ist«, befahl der Unteroffizier dem ältesten Guardia, der Zamalloa hieß und den man *Machete* nannte.

Diese Geschichte erzählten sich viele Leute in Abancay. Und es gab sogar Zeugen dafür – die Reisenden, die auf der Brücke aufgehalten worden waren und den Rückzug der Guardias beobachtet hatten, die *cholas,* die auf dem Hügel sangen und dann schossen, als die Soldaten den Fluß beobachteten, und schließlich die Guardias selber.

Lange Zeit sangen die Frauen nachts in Abancay und den umliegenden Dörfern dasselbe Lied: »Schieß nicht, *huayruro* . . .«, aber sie fügten noch eine weitere Strophe an:

Sie fanden an einem Baum die Gewehre,
die niemanden töteten.
Nur das Blut der Maultiere
tropfte von der Brücke,
tropfte von der Brücke.

Sie sangen das Lied meist in den Außenvierteln, doch sollen sie eines Nachts fast bis auf den Platz in der Mitte der Stadt gekommen sein.

Am Samstagnachmittag besuchte mich Antero. Wir redeten im inneren Hof miteinander.

»Die Männer der *chicheras* sind mit Schlägen und Stößen aus dem Gefängnis entlassen worden; vorher aber mußten sie die Straße reinigen«, erzählte er. »Es waren zehn. Zwei von Doña Felipa. Man gab ihnen einen Besen und ein paar Lumpen und befahl ihnen, den Bürgersteig zu säubern. Und während sie arbeiteten, hat man sie getreten. Am Ende der Straße ließ man sie laufen. Knallfrösche platzten, als sie sich davonmachten. All das geschah auf Anraten des Gefängniswärters.«

»Sag mal, Antero, stimmt es, daß die Männer der *chicheras* nichts zu sagen haben?«

»Die von Doña Felipa. So heißt es jedenfalls. Sie hatte zwei. Die Leute erzählen, daß sie den Gefängniswärter einmal mit Gewalt aus ihrer *chichería* hinauswarf, weil auch er bleiben und dort schlafen wollte. Er war betrunken, und sie ließ ihn auf der Straße liegen. Nun hat er sich gerächt. Aber Doña Felipa hat versprochen, über Abancay herzufallen. Manche sagen, sie sei in die Wälder gegangen. Sie hat gedroht, mit den *chunchos* über den Fluß zurückzukommen und die Haciendas in Brand zu stecken. Lleras hat sich mit einer Mestizin aus Huanupata davongemacht. Sie sind in Richtung Cuzco geritten. Die Mestizin war Schneiderin und besaß eine Kantine in Huanupata. Aber Lleras hat den Fluch, der auf ihm lag, in Abancay zurückgelassen. Er hat erzählt, er habe den Bruder zu Boden geworfen und ihn dann mit den Füßen getreten. Die Leute wissen schon alles, und die bigotten Tanten und die vornehmen Damen beten für den Bruder. ›Auch wenn er ein Neger ist, trägt er doch das Kleid des Priesters‹, sagen sie. Aber sie möchten, daß er Abancay verläßt. Die Tante, bei der ich wohne, hat zu mir gesagt: ›Wir werden den Pater Rektor bitten, ihn wegzuschicken; ein Mönch, der so beschämt worden ist, kann nicht länger hier bleiben; er sollte nicht einmal auf die Straße gehen.‹ Rondinels Mutter will den Jungen nicht mehr in die Schule schicken; er wird in ein Internat nach Cuzco gehen. ›Dort, wo man Gott beleidigt hat, soll mein Sohn nicht hin‹, sagte sie. Sie läßt ihn nicht fort. Der Dünne hat geweint, ich habe ihn gesehen.«

»Wohin wird Lleras gehen?« fragte ich Antero. »Wenn er dem Apurímac folgt, wird ihn die Sonne in Quebrada Honda* verbrennen. Sein Körper wird auf dem Rücken des Pferdes wie Wachs schmelzen und auf den Weg tropfen.«

»Verfluchst du ihn?«

»Nein. Die Sonne wird ihn verbrennen. Sie wird nicht erlauben, daß sein Körper Schatten wirft. Er ist selber schuld. Über Abancay ist Unheil hereingebrochen, aber das Internat wäre verschont geblieben, wenn Lleras nicht schon seit langem den Fluch in sich getragen hätte.«

»Und Añuco?«

»Er ist halb tot. Ich habe ihm den *winku* geschenkt und er lebte wieder ein wenig auf. Als uns der Bruder seinen Segen erteilte, segnete er auch den *zumbayllu* und nahm ihm seinen Zauber. Doch er sang und tanzte wie vorher. Añuco aber wird ihn schließlich zähmen; der *winku* ist geboren, um frei zu sein, und nun ist er wie sein neuer Besitzer in einer Zelle eingesperrt. Auf seinem Stachel und in seinen Augen wird Schimmel wachsen, und sein Geist wird erlöschen wie die Seele Añucos. Ich glaube, die Priester haben beschlossen, aus Añuco einen Geistlichen zu machen, weil er Waise ist. Deshalb sind sie zusammengekommen. Und nun lassen sie ihn nicht mehr zu uns.«

»Dann gibt es in der Schule keinen Verfluchten mehr«, rief Antero. »Um so besser. Heute sollst du Alcira sehen. Auch in der Stadt herrscht Ruhe. Aber es wird erzählt, daß man auf allen Haciendas von Doña Felipa spricht und überall Angst hat. Denn wenn sie mit den *chunchos* zurückkäme und die Haciendas in Brand steckte, könnten sich die *colonos* auf ihre Seite schlagen.«

»Die *colonos*? Niemals, Markask'a, niemals!«

»Auf meiner Hacienda gibt es nur wenige *colonos*«, erzählte er. »Und immer ist jemand mit der Peitsche hinter ihnen her. Meine Mutter leidet darunter, aber mein Vater muß seine Pflicht tun. Auf den großen Haciendas werden die *colonos* im Hof an den Stamm eines Baumes gebunden oder an den Händen an einem Ast aufgehängt und dann ausgepeitscht. Man muß sie schlagen. Danach weinen sie mit ihren Frauen und

* Name einer tiefen engen Schlucht.

Kindern. Sie weinen nicht wegen der Schläge, sie weinen wie verlassene Waisen. Es ist traurig. Und wenn man sie hört, möchte man selber weinen; als ich klein war, habe ich auch geweint, Bruder. Ich weiß nicht, warum man mich hätte trösten sollen, aber ich weinte, als suchte ich Trost, und nicht einmal meine Mutter konnte mich in ihren Armen beruhigen. Jedes Jahr kommen Franziskanermönche, um in den Haciendas zu predigen. Du solltest sie sehen, Ernesto. Sie sprechen Quechua, trösten die Indios und lehren sie traurige Lieder. Die *colonos* rutschen auf den Knien durch die Kapelle der Hacienda, sie wimmern mit dem Gesicht auf dem Boden und weinen Tag und Nacht. Und wenn die Mönche dann weiterziehen – das solltest du sehen! Die Indios laufen ihnen nach. Die Mönche reiten schnell davon, die Indios hinterher, sie rufen, springen über Hecken, Büsche und Wassergräben, um den Weg abzukürzen; sie schreien, fallen hin und stehen wieder auf, sie laufen die Hänge hinauf. Spät in der Nacht kommen sie zurück und drängen sich noch immer weinend vor der Tür zur Kapelle. An diesen Tagen versuchte meine Mutter, mich zu trösten; es gelang ihr aber nie.«

»Ich habe die *colonos* von Patibamba gehört, Markask'a.«

»Wenn man als Kind erwachsene Leute zusammen weinen hört – das ist wie eine Nacht ohne Morgen, die das Herz erdrückt; sie erstickt es, sie zeichnet es für immer.« Antero war sehr aufgeregt.

»Markask'a«, sagte ich. »In den Dörfern, in denen ich mit meinem Vater gelebt habe, sind die Indios keine *erk'es*. Aber hier scheinen sie niemals erwachsen zu werden. Wie kleine Kinder haben sie immer Angst. Dieses Gefühl des Erstickens, von dem du sprichst, habe ich nur bei den Stierkämpfen empfunden, wenn die Stiere Brust und Bauch der betrunkenen Indios aufreißen oder wenn die Leute bei Einbruch der Nacht am Ende des Dorfes von den Kondoren Abschied nehmen, die sie den wilden Stieren auf den Rücken gebunden haben. Dann singen sie alle verzweifelt, Männer und Frauen, und die Kondore versuchen vergeblich, sich in die Luft zu erheben. Aber dieses Singen bedrückt nicht; es reißt dich eher mit, es treibt dich dazu, jemanden, irgendeinen Verfluchten zu suchen, um dich mit ihm zu schlagen. Dieses Gefühl greift dich an, klammert sich mit Klauen in dir fest.«

»Ernesto«, rief Antero. »Wenn die *chunchos* mit Doña Felipa zurückkehren, auf wessen Seite würden sich die *colonos* schlagen, wenn sie die Felder brennen sähen? Vielleicht würden sie die Kasernen und die noch nicht verwüsteten Felder in Brand stecken und danach wie erschrecktes Vieh die Hänge zum Fluß hinunter laufen, um bei den *chunchos* Schutz zu suchen. Ich kenne sie, Ernesto, ich weiß, wie wütend, wie rasend sie werden können. Was glaubst du?«

»Ja, Markask'a«, rief ich laut. »Doña Felipa soll kommen! Ein Mann, der weint, weil man ihn seit Jahren ins Gesicht geschlagen hat, kann rasender werden als ein Stier, der Dynamit explodieren hört oder den harten Schnabel des Kondors im Nacken spürt. Komm, gehen wir, Markask'a! Wir wollen nach Huanupata!«

Antero sah mich lange an. Seine Muttermale glänzten, und seine tiefschwarzen Augen senkten sich in meine Augen.

»Bruder, wenn sich die Indios erheben, dann werde ich ohne zu zögern schießen«, sagte er.

»Ich verstehe dich nicht, Antero«, antwortete ich entsetzt. »Und eben hast du noch gesagt, daß du weintest?«

»Natürlich habe ich geweint. Wer hat nicht geweint? Aber die Indios müssen gebändigt, sie müssen unterworfen werden. Das kannst du nicht verstehen, weil du keine Hacienda hast. Laß uns lieber nach Condebamba gehen.«

Es war Samstag, und wir durften ausgehen. Der Pater Rektor hatte mir bereits einen neuen Anzug gekauft.

»Nach Condebamba? Wozu?«

»Alcira und Salvinia warten auf uns. Sogar ich beneide dich um deinen neuen Anzug. Alcira wird leiden.«

»Ist deine Hacienda weit, sehr weit von der Brücke entfernt?« fragte ich.

»Von welcher Brücke?«

»Der über den Pachachaca.«

»Ja. Sehr weit, zwei Tagereisen.«

»Und die *chunchos*?«

»Drei Tagereisen von meiner Hacienda.«

»Den Apurímac hinunter?«

»Von Abancay aus gesehen, den Apurímac hinauf.«

»Was glaubst du, für wen der Pachachaca Partei ergreifen würde?«

»Wen meinst du? Dich und mich, Salvinia und Alcira?«

»Nein, Candela. Ich meine die *colonos* und die *chunchos* und Doña Felipa gegen euch und die Guardias.«

»Er wäre wohl auf Doña Felipas Seite. Sie hat die Guardias aufgehalten, und ihr Schal flattert noch immer am Kreuz der Brücke. Der Fluß und die Brücke sollen jeden in Schrecken versetzen, der den Schal herunterholen will. Der Wind wird ihn eines Tages forttragen.«

»Geh allein nach Condebamba, Candela.«

»Warum nennst du mich Candela?«

»Sagen nicht alle Candela zu dir?«

»Du nie. Du hast mich immer Markask'a genannt, seitdem ich dir vor Lleras' Nase den *zumbayllu* schenkte.«

»Geh nach Condebamba, Antero. Ich möchte an den Fluß.«

»An den Fluß?«

»Ich werde ihm von dir, von Salvinia und von Doña Felipa erzählen. Ich werde ihm sagen, daß du auf die *colonos* schießen willst, daß du sie, genau wie dein Vater, eines Tages schlagen wirst, nachdem du sie an den *pisonayes* deiner Hacienda aufgehängt hast.«

»Was sagst du?«

»Stimmt es nicht?«

»Du bist nicht bei Trost, Ernesto. Was ist mit dem *winku*? Warum hast du ihn Añuco geschenkt?«

»Ich habe ja noch den anderen, den ersten. Ich will ihn auf einem Stein in Pachachaca tanzen lassen. Und sein Gesang wird sich im Himmel mit der Stimme des Flusses vereinen. Er wird zu deiner Hacienda fliegen, das Ohr deiner *colonos* und ihr unschuldiges Herz erreichen, das dein Vater schlägt, damit es niemals wachse, damit es für immer das Herz eines Kindes bleibe. Ich weiß es. Du hast es mir ja selbst gesagt. Und im Gesang des *zumbayllu* werde ich eine Botschaft an Doña Felipa senden. Ich will sie rufen, damit sie kommt und die Felder von Schlucht zu Schlucht, vom einen Ufer des Flusses zum anderen in Brand steckt. Und der Pachachaca wird ihr helfen. Du selbst hast gesagt, daß er auf ihrer Seite ist. Vielleicht macht er kehrt und fließt zurück, um die Boote der *chunchos* zu tragen.«

»Du bist krank, du bist völlig verwirrt, Brüderchen. Nur die *winkus* können Botschaften bringen. Nur die *winkus*! Und du hast gesagt, daß ihn Bruder Miguel in der Kapelle gesegnet und ihm so den Zauber ausgetrieben hat. Komm, wir gehen nach Condebamba! Was würde Salvinia sagen, wenn sie wüßte, daß du den Pachachaca bitten willst, die *chunchos* zu bringen, damit sie das Tal in Brand stecken? Damit wir alle sterben, alle, Menschen und Tiere? Damit alles verbrannt wird, während du feierst? Du bist verrückt! Alcira wird dich beruhigen. Schon allein sie zu sehen . . .«

Er legte einen Arm um meine Schulter und zog mich auf die Straße. Meine neuen Schuhe glänzten, und ich fühlte mich in meinem neuen Anzug unbehaglich.

»Laß uns zum Fluß gehen, Markask'a«, bat ich auf Quechua. »Der Pachachaca weiß, in welcher Stimmung die Geschöpfe sich ihm nähern und warum sie zu ihm kommen.«

»Ja, gewiß. Dafür bleibt uns noch der ganze Sonntag. Ich möchte ihn bei der Brücke durchschwimmen. Und du wirst sehen, wie der Herr mich achtet. Diese Tat werde ich dir widmen. Ich will dort ins Wasser gehen, wo die größten Wirbel sind. Dann mußt du es Salvinia erzählen.«

»Ich begleite dich, Markask'a. Der Fluß kennt mich.«

»Nicht, wenn du hineingehst. Und nicht, wenn du die Strömung nicht achtest. Dann reißt er dich mit und zerschmettert deine Knochen an den Felsen. Etwas ganz anderes ist es, wenn du demütig am Ufer zu ihm sprichst oder wenn du ihn auf der Brücke betrachtest.«

»Ich will ihn durchschwimmen, genau wie du.«

»Vielleicht.«

»Die Mitte der Strömung ist am fürchterlichsten; dort ist der Pachachaca ein Teufel, nicht der ruhige Herr, der er zu sein vorgibt, wenn du ihn betrachtest. Dort ist er wirklich ein Teufel, und du spürst in seiner Kraft, daß alle Geister nach dir greifen – die Geister von den Felswänden, aus den Höhlen, aus den unterirdischen Gängen und von den Kakteen mit den aufgespießten Tieren, die im Wind hin und her schwanken. Du darfst nicht hineingehen, nein, du nicht. Ich, ja, denn ich bin einer seiner Söhne.«

Markask'a nahm mich mit nach Condebamba. Auf den Maulbeerbäumen sangen die Lerchen, als hätten sie es gelernt. Sie saßen auf den obersten Ästen und flogen von dort manchmal auf die Gipfel der wenigen Weiden, die zwischen den Maulbeerbäumen wachsen. Die Indios nennen die Lerche *tuya.* Sie ist wunderschön, hat einen starken Schnabel und sitzt meist auf den obersten Ästen. Sie singt auf den Gipfeln der dunkelsten Bäume, dem *lúcumo,* dem *lambra,* dem *palto,* besonders auf dem *lúcumo,* dessen Stamm glatt ist und dessen Äste oben eine breite Krone bilden. Der kleine gelbe Körper der *tuya* mit den schwarzen Flügeln hebt sich gegen den Himmel und die dunklen Bäume ab; sie fliegt von einem hohen Ast zum anderen und singt immer neue Lieder. In den kalten Gegenden gibt es keine *tuyas,* ihr Gesang verrät die Geheimnisse der tiefen Täler. Seit jeher haben die Peruaner Musik komponiert, indem sie der *tuya* lauschten und zusahen, wie sie durch die Weite, an den Bergen vorbei und unter den Wolken flog, die an keinem anderen Ort der Welt so vielfältig und gegensätzlich sind. *Tuya,tuya!* Während ich ihrem Gesang zuhörte – ihr Gesang war das, woraus ich gemacht bin, die ferne Gegend, der man mich entriß, um mich unter die Menschen zu bringen –, sahen wir auf der Allee die beiden Mädchen.

Alcira war fast das getreue Abbild eines anderen jungen Mädchens, das ich mit zehn Jahren geliebt hatte. Ich hatte sie in Saisa kennengelernt, einem Dorf, in dem Ziegenhirten lebten und das in einer trockenen Gegend lag, durch die kein Bach floß und wo nur Kürbisse wuchsen. Dieses junge Mädchen aus Saisa hatte Haare von der Farbe frischen Gerstenstrohs. Ihre Augen waren blau wie die meines Vaters, aber unruhig wie die eines Vogels aus den Bergen, sie waren sehr groß und glichen zwei Quellen. Sie trug baumwollene Kleider und hohe Stiefel. Ihr Bräutigam war ein Schnapsschmuggler, ein grober Bursche mit großen schwieligen Händen, die innen weiß wie Wachs waren. Sie hieß Clorinda. Ich hatte nur zwei Tage Zeit, um sie zu bewundern, dann setzten wir unsere Reise fort. Auf dem Ritt durch die weite Wüste, die Saisa von einem Hafen im Süden trennt, sagte ich immer wieder ihren Namen vor mich hin.

Alciras Gesicht glich dem Clorindas so sehr, daß ich sie zuerst für das junge Mädchen aus meiner Kindheit hielt. Vielleicht war sie aus ihrem Dorf geflüchtet und ihrem Bräutigam davongelaufen.

In Gegenwart der beiden Mädchen wurde ich noch verwirrter, und ich beschloß, mich zu verabschieden. Ich mußte an den Fluß, auch wenn ich erst nachts zurückkäme. Salvinia blickte mich erstaunt an, sie betrachtete mich prüfend, als hätte sie mich noch nie gesehen. Alcira hob nur zweimal die Augen. Sie schien vor Salvinia Angst zu haben. Wir standen im Schatten eines dichtbelaubten Maulbeerbaums, der uns beschützte. Einmal wagte ich, Alcira ganz anzusehen, und ich entdeckte, daß ihre Waden sehr dick und ihre Beine sehr kurz waren. Als ich ihr Gesicht noch einmal betrachtete, fühlte ich Erleichterung.

»Ich muß nach Patibamba«, sagte ich.

»Von hier aus? Jetzt?« fragte Salvinia.

»Ja. Ich muß gehen. Auf Wiedersehen. Wo wohnen Sie, Alcira?« fragte ich.

»An der Straße, die vom Platz zum Elektrizitätswerk führt.«

Ich gab erst Alcira, dann Salvinia die Hand. Ich sah Antero nicht an. Ich rannte. Er lief ein paar Schritte hinter mir her, aber ich hörte nicht, was er sagte.

Ich lief wie gehetzt durch die Allee. Dann kehrte ich um.

Ich wollte die Kaserne sehen. Sie wurde neu angestrichen. Mit Pinseln, die lange Stiele hatten, bemalten zehn Männer die Wände. Zwei Soldaten standen am Tor Wache. Ein Unteroffizier lehnte sich gegen die Wand im Schatten und blickte auf das Feld hinaus. Durch das offene Tor konnte ich ein paar große Pferde und verschiedene Offiziere sehen, die über den Hof gingen. Die Büsche um die Kaserne waren gestutzt worden. Eine Weile blieb ich vor dem Tor stehen. Dann lief ich nach Huanupata.

»Alcira, Alcira«, sagte ich vor mich hin, »Clorinda.«

Die *chicherías* waren geöffnet. Ich ging hinein. Soldaten aßen die scharfen Speisen und tranken große Gläser *chicha*. Die Mädchen bedienten sie.

›Bald werden sie Musik machen‹, dachte ich, ›und die Soldaten werden tanzen. Es ist Samstag.‹

Die Soldaten sprachen Quechua, erzählten schmutzige und fröhliche Geschichten, machten Späße und lachten. Und die Mädchen lachten mit.

Das Viertel war laut und geschäftig, viele Leute standen herum. Ich ging zu der *chichería,* vor der ich am Tage des

Aufstandes, als ich aus Patibamba zurückgekommen war, *chicha* getrunken hatte. Sie war geöffnet. Es war die *chichería* Doña Felipas. Ich trat ein. Hier saßen noch mehr Soldaten. Ich suchte keinen Tisch, sondern ging sogleich in den Hof. Dort fand ich einen Hund, der an einen Pfahl gebunden war und zwischen Abfällen auf dem schmutzigen Boden lag. Die Fliegen summten in Schwärmen und verdunkelten das Licht. Der Hund knurrte nicht einmal. Ich ging zu ihm. Ein Soldat kam und ließ an der Wand Wasser. Dann sah er mich an.

»Dein Hund?« fragte er.

»Nein. Er gehört Doña Felipa«, antwortete ich.

»Die ist erledigt. Die wird eine Kugel bekommen, eine hübsche kleine Kugel.«

»Man sagt, sie wird mit den *chunchos* zurückkommen«, wandte ich ein.

Der Soldat begann zu lachen.

»Ihre Seele vielleicht. Aber sie, sie ist tot. In San Miguel. Bestimmt.«

Er war betrunken.

»Die Armee, zum Donnerwetter. Wir, ich, wir sind die Herren. Die Frauen hier, die weinen und weinen; aber man nimmt sie einfach. Sie sind gut, die von hier, und es ist hübsch, wenn sie weinen, zum Donnerwetter!«

Ich ging hinaus und fragte eine der Mestizinnen, wer die *chichería* geöffnet habe.

»Der Mann Doña Felipas«, antwortete sie und zeigte auf ihn.

Er saß mit zwei *cholas* an einem Tisch. Seine Haut war rot wie die der Leute, die die scharfen Pfefferschoten essen. Gerade zerschnitt er eine große gelblich-grüne Schote. Er schnitt sehr sorgfältig, auf seiner Stirn stand der Schweiß.

»Stimmt es, daß Doña Felipa tot ist?« fragte ich die Mestizin und schaute ihr in die Augen.

»Ach was«, rief sie und lachte. »Betrunkene Soldaten träumen. Betrunken ist betrunken. Aber du, geh weg von hier, Junge«, und sie schob mich hinaus.

Ich trat auf die Straße. Der Soldat, der im Hof mit mir gesprochen hatte, suchte schwankend einen Tisch.

Der Weg zum Fluß begann hier ganz in der Nähe. Ich sah das kleine, bunte Kreuz, das den Beginn der weiten Wege anzeigt;

es war am Ende der Gasse auf einem Stein festgemacht, und das weiße Schweißtuch flatterte im Wind.

Ich begann zu laufen. Ich mußte den Fluß und die Brücke sehen. Ich mußte den Schal der Führerin und die Reste vom Blut des geköpften Maultiers sehen; ich mußte den Fluß sehen und mit ihm sprechen, ich mußte ihm meine Botschaft anvertrauen und ihn nach Clorinda fragen.

Plötzlich sah ich Pater Augusto, der auf der anderen Seite den Hang zum Fluß hinunterritt und das Ufer schon fast erreicht hatte. Mir fiel ein, daß man ihn auf die Hacienda Raurabamba gerufen hatte, damit er in der Kapelle die Messe lese. Ich versteckte mich in der Nähe der Brücke, um ihn vorbeizulassen. Ich duckte mich hinter einen *guayaba*-Baum, der von wuchernden Flechten umschlungen war. Die kleinen Blätter der Schlingpflanzen bedeckten die Mauer neben dem Weg und kletterten am Stamm des Baumes empor; seine Früchte waren silberne Schoten mit zartem süßem Fleisch. Ich pflückte ein paar Früchte und aß sie, während ich beobachtete, wie der Priester die Brücke erreichte und langsam hinüberritt. Plötzlich sah ich die Schwachsinnige; halb im Gebüsch verborgen lief sie in einiger Entfernung hinter dem Priester her. In diesem Augenblick entdeckte ich auf dem Steinkreuz der Brücke Doña Felipas Schal, der im Wind hin- und herflatterte. Er hatte die Farbe von Orangen.

Die Schwachsinnige hatte die Brücke erreicht. Sie rannte über den Gehsteig und blieb vor dem Kreuz stehen. Sie betrachtete den Schal. Einen Augenblick stand sie neben dem Kreuz still, blickte zu meiner Seite des Flusses herüber und begann zu schreien. Sie war nicht stumm, aber sie konnte nur unartikulierte Schreie ausstoßen. Sie schrie mehrere Male. Ich ging bis zu einem großen Stein in der Nähe des Flusses, am Rand eines Zuckerrohrfeldes. Von dem Stein aus sah ich, daß Pater Augusto sein Maultier anhielt und der Schwachsinnigen mit den Händen Zeichen machte; auch sie rief ihn. Aber der Priester gab dem Maultier die Sporen und ließ die Frau zurück.Ich hatte Angst um sie. Die Brücke ist hoch, und das Wasser, das in Wirbeln tosend niederstürzt und an den Pfeilern hochschlägt, zieht den Betrachter zu sich herunter; die senkrechte, feuchte Felswand, die sich von der Brücke in den Himmel hebt, bedrückt das Herz. Auf der Brücke hört man ein tiefes Grollen, das aus dem Inneren der Wand, aus dem schäumenden Wasser, ja selbst aus dem fernen Stück Himmel kommt, das von den Felsen umrahmt ist. Ich wußte, daß nervöse Pferde auf der Brücke scheuen und daß ihnen die Reiter dann die Sporen geben, weil sie fürchten, die erschreckten Tiere könnten über das Geländer in den Fluß springen.

Die Schwachsinnige stieg auf die Brüstung, aber sie konnte nicht an den Schal herankommen. Sie hielt sich am Kreuz fest und begann, wie ein Bär daran hochzuklettern. Sie erreichte einen Arm des Kreuzes, klammerte sich daran fest und preßte den Oberkörper gegen den Stein. Ich begann zu laufen, denn der Pater hatte die Brücke längst überquert. Ich rannte zwischen den Büschen hindurch, zerriß die Schlingpflanzen. Die Schwachsinnige riß das Tuch herunter und band es sich um den Hals. Ich betrat die Brücke. Die Frau hielt sich mit dem Rücken zum Fluß am Längsbalken des Kreuzes fest. Was geschähe, wenn sie losließe? Sie würde in den Fluß stürzen, sie würde das vielleicht verdienen. Aber sie rutschte langsam auf Brust und Bauch an dem senkrechten Stein herunter, bis beide Füße die Brüstung erreicht hatten. Dort ruhte sie sich eine Weile aus und sprang auf den Gehsteig. Voller Freude schwenkte sie das Tuch in den Händen und band es sich dann um den Hals. ›Nun los‹, dachte ich, ›ich nehme ihr den Schal weg und werfe ihn in den Fluß. Dann bringe ich sie nach Abancay zurück.‹ Aber sie begann zu rennen und zu schreien, sie schrie wie eine Verdammte. Sie lief, ohne mich zu sehen, an mir vorbei, und ihr Gesicht leuchtete vor Glück. Sie rief jemanden, vielleicht Pater Augusto, vielleicht Lleras. Sie lief noch immer und verschwand schließlich hinter einer Biegung des steilen Hanges, klein und rund und schreiend. Sie schrie gepreßt wie alle dicken Leute mit kurzem Hals.

Ich ging auf die Brücke. Meine Gedanken vom Nachmittag, die Sehnsucht, mit der ich an den Pachachaca geeilt war, hatten sich verflüchtigt. Ein paar Schwalben spielten fröhlich zwischen den Bogen der Brücke, streiften dicht über dem Wasser dahin, setzten sich einen Augenblick auf das steinerne Geländer, flogen davon und kehrten wieder zurück. Unaufhörlich, unermüdlich zogen sie seltsame Schleifen über den Kreuzen, als wollten sie der großen Brücke, der brandenden

Strömung Ehre erweisen, der Strömung, die in schäumendem Ungestüm vorbeischoß und auf die Felsen spritzte, auf die ich mich für einen Augenblick gesetzt hatte – ein unscheinbares, schwaches Wesen, noch unscheinbarer als die geflügelten Grillen, die die Vorübergehenden in den Straßen von Abancay zertreten.

Dann dachte ich wieder an Doña Felipa, an Clorinda und an die Mestizin in der *chichería*.

›Du bist wie der Fluß, Señora‹, sagte ich leise und betrachtete den breiten Strom, der sich in einer scharfen Biegung zwischen blühenden Ginstersträuchern verlor. ›Man wird dich nicht fassen. Du wirst zurückkommen. Und ich werde dein Gesicht betrachten, das stark wie die Sonne am Mittag ist. Wir werden Feuer legen, Brände stiften, die Schwachsinnige in ein Kloster bringen. Lleras ist schon verbrannt, und Añuco, glaube ich, stirbt. Und du, Pachachaca, gib mir nun Kraft, um wie die Schwalben den Hang hinaufzufliegen, denn ich muß Alciras Haus bewachen. Und wenn ich morgen mit Markask'a zurückkomme, töte ihn nicht, aber erschreck ihn ein wenig; und mich, laß mich so schnell hinüber wie den Gesang des *zumbayllu,* wie den Gesang des *zumbayllu.*‹

Dann lief ich, so schnell ich konnte, den Hang hinauf. Ich war sicher, daß ich vor Pater Augusto in Abancay sein würde. Ich blieb einen Augenblick am Rand des Weges stehen, um den Fluß noch einmal zu betrachten. Die Schwalben durchschnitten geräuschlos die Luft und kamen mit den Flügeln schlagend bis zu mir; wie schwarze Sterne stürzten sie unter den Bogen der Brücke hindurch.

»Ich will nicht geringer sein als du, Schwalbe«, rief ich.

Aber in der Nähe von Patibamba mußte ich ausruhen. Ich hatte Pater Augusto und die Schwachsinnige überholt, weil sie dem Reitweg gefolgt waren und ich die Abkürzungen benutzt hatte.

›Welche Kühnheit, mich mit den Töchtern der Brücke zu vergleichen‹, sagte ich zu mir. ›Sie sind schneller als Wolken und Wasser, ich aber bin schneller als irgendein Schüler aus Abancay, schneller sogar als Markask'a.‹

Ich erreichte die Stadt bei Einbruch der Dämmerung.

Die Soldaten verließen in Gruppen Huanupata. Ein Unteroffizier trieb sie zusammen und bewachte sie. Von Westen bis zur Mitte des Himmels brannten die Wolken in großen Flammen.

»Ich, *patroncito*«, sagte ein Soldat mit weinerlicher Stimme und mischte spanische Wörter in sein Quechua, »ich . . . Herr, *aguila, wamanchallay, patu rialchallay**. Was soll aus mir in einem fremden Dorf werden? *Runapa llak'tampi ñok'achally***.«
Er begann zu weinen, und der Unteroffizier versetzte ihm einen Fußtritt. Das Gesicht des Soldaten wurde weiß und starr. Er wollte fortlaufen, aber er begann von neuem leise zu singen: *»Aguila, wamanchallay, patu rialchallay***.«* Dann fügte er hinzu: »Von mir geschwängert an einem fremden Ort.«

›Wenn er die Brücke sähe‹, dachte ich, ›wenn er die Brücke sähe, würde er aufhören zu weinen oder er würde sich schreiend vom Kreuz in die Strömung stürzen.‹

Ich mußte zum Elektrizitätswerk gehen, um Alciras Haus zu bewachen. Ich mußte mich beeilen, aber ich konnte es nicht. Ich folgte dem Soldaten bis auf den Platz. Er hatte die Augen geschlossen und tastete sich mit den Füßen vorwärts. Er sprach denselben Quechua-Dialekt wie ich. Am Ausgang des Platzes befahl der Unteroffizier der Truppe, nach links zu gehen.

Es war spät. Das Licht versank am Horizont, und die Wolken wurden schwarz. Ich ging in die Schule zurück. Leise sang ich den *huayno* des Soldaten: »Als ich dich sah, von der Höhe herab, weintest du allein, königlicher Adler . . .« Die meisten der Internen waren schon zurückgekehrt. Sie schienen glücklich zu sein. Auf den Stufen der Galerie spielte Romero *rondín*. Palacitos saß neben ihm.

Der Pförtner kam und sagte: »Morgen früh geht der Bruder mit Añuco nach Cuzco. Die Pferde stehen schon bereit.«

* Der erste Vers eines *huayno*: »Ach Adler, ach Sperber, ach königlicher Pfau.«
** »Allein, ganz allein in einem fremden Dorf.«

Yawar Mayu

Der Bruder verließ sein Zimmer nicht, um mit uns den Rosenkranz zu beten, und der Pater Rektor erschien nicht zum Essen. Wir aßen schweigend. Später lief Palacitos im Gang Pater Cárpena nach und fragte ihn laut:

»Geht der Bruder wirklich fort, Vater? Geht Añuco weg?«

»Ich weiß nichts«, erwiderte der Pater kurz. Palacitos kam in den Eßsaal zurück.

»Sie gehen weg«, sagte er auf Quechua. »Nun ist Lleras endgültig verdammt. Jetzt ganz gewiß. Auf seinem Körper werden Borsten wachsen, sein Schweiß wird in Strömen fließen, und sogar die Tiere auf der Kordillere werden erschrecken. Nachts wird er auf den Gipfeln schreien. Felsbrocken werden herunterstürzen, und seine Ketten werden klirren. Und niemand, niemand, nicht einmal seine Mutter wird ihm verzeihen. Mein Gott!«

Er sah Valle an, der ihn aufmerksam betrachtete.

»Geh du morgen früh zur Beichte, Valle«, sagte er zu ihm auf Spanisch und mit ungewöhnlicher Heftigkeit. »Beichte beim Pater Rektor, damit du ein Herz bekommst.«

Chipro stand neben uns.

»Ja, ich werde beichten«, antwortete Valle lächelnd und ging auf den Hof hinaus.

»Ich habe Lust, ihn richtig zu verprügeln«, sagte Chipro.

»Morgen früh, bevor sich der Bruder auf den Weg macht«, warf Chauca ein. »Sag es ihm jetzt, und wir stehen früh auf.«

»Nein, nicht morgen«, sagte Palacitos.

»Doch, morgen«, wiederholte Chauca. »Ich habe gehört, daß die Regimentskapelle nach der Messe und am Nachmittag auf dem Platz spielen wird. Wenn du ihm ein Auge blau schlägst, kann er nicht mit seinem *k'ompo* herumstolzieren. Verprügle ihn nur!«

Chipro lief auf den Hof und schrie:

»Valle, Valle, hör, du Bohnenstange, hör doch, du Pfau!«

Wir liefen hinter ihm her.

Valle wartete auf der Galerie neben der ersten Säule.

»Ist morgen Konzert?« fragte Chipro.

Wir standen nun alle im Hof.
»Warum morgen?«
»Weil wir uns morgen schlagen. Aber nicht so wie das letzte Mal in die Weichteile, sondern bis wir uns die Nasen einschlagen. Willst du dich denn nicht revanchieren? Morgen früh, bei Anbruch der Dämmerung auf dem Spielplatz!«
Valle zögerte.
»Morgen«, sagte er. »Gut, du schlauer Indio. Du kannst mich wecken.«
Und er ging durch die Galerie davon.
»Wenn der Bruder hierbleibt, dann nicht, Chipro. Wenn er bleibt, gehen wir mit Valle zum Konzert«, sagte Palacitos.
»Valle? Glaubst du, der geht mit dir?« fragte Chipro.
»Nein, natürlich nicht. Er wird mit seinen Mädchen gehen. Wenn der Bruder und Añuco tatsächlich wegfahren, dann verprügle ihn. Ich bete für dich, und du haust ihm ein Auge blau. Dann soll er beichten, du mußt ihn dazu zwingen.«
»Gut«, sagte Chipro.
Die Nacht war dunkel; Peluca verschwand. Nach kurzer Zeit folgten ihm die älteren Jungen in den inneren Hof.
»Die Verdammten finden keine Ruhe«, sagte Palacitos auf der Galerie. »Sie finden nicht einmal jemanden, der sie verbrennt. Wenn man sie nämlich mit List und Tücke in einen engen hohen Pferch locken und dort einsperren würde, könnte man sie leicht verbrennen. Man müßte sie nur mit Feuer, Benzin und Zunder umzingeln. Aber nur ein Heiliger würde das tun! Die Verdammten brennen wie Schweine, sie brüllen, sie schreien zitternd und bebend um Hilfe. Sogar die Steine bekommen Ritzen und Spalten, wenn sie das Geheul der brennenden Verdammten durchbohrt. Und wenn sie in diesem Augenblick den Klang der *quena* hören, dann beginnen sie, in Flammen gehüllt, traurig zu tanzen. Wenn das Feuer erlischt, erhebt sich eine Taube aus der Asche. Aber wie viele Verdammte müssen ihre Strafe für immer erleiden! Auf Händen und Füßen kriechen sie in der Kordillere umher, laufen über die verschneiten Gipfel bis zu den Seen; manchmal steigen sie in die Täler hinab, aber das geschieht selten. Gewiß spürt Lleras schon, wie seine Haut hart und er dick und fett wird. Ach, der Ärmste!«
»Und seine Frau?«

»Die wird er zuerst verschlingen, bei Gott!«

Aus dem inneren Hof kamen die älteren Schüler zurück. Peluca ging auf die Galerie des ersten Stockwerks.

Die Schwachsinnige würde nun ihren Schal betrachten und lachen; oder vielleicht hatte sie ihn in irgendeiner Kiste in der Speisekammer versteckt. Tanzend, den Schal um den Hals geschlungen, war sie den Hang hinaufgelaufen. Sie war nicht auf den Spielplatz gekommen.

Mitten in der Nacht hörten wir auf dem Hof Pferdegetrappel. Ich lag wach im Bett. Palacitos fiel auf die Knie.

Auch Chipro, dann Chauca und Iño erwachten. Wir zogen uns an.

»Wecke Valle«, sagte Chauca, als Chipro auf Zehenspitzen an mein Bett kam.

»Nein. Wir wollen uns zuerst von Añuco verabschieden«, erwiderte ich.

Wir gingen zusammen auf den Flur.

Der abnehmende Mond erleuchtete den Hof. Zwei gesattelte Pferde, die ein Mann am Zügel hielt, warteten am Fuß der Treppe. Ein beladenes Maultier scharrte in der Nähe des Brunnens mit den Hufen auf den Steinen. Die Tür zum Schlafzimmer Pater Augustos stand offen. Der Bruder trat heraus; der Mond schien auf sein weißes Gewand, aber der Filzhut warf Schatten auf sein Gesicht. Wir waren barfuß. Dann kam Añuco. Noch nie war er mir so klein vorgekommen wie in diesem Licht und in dieser Stille. Deutlich sah man die Giebel der Ziegeldächer, auf die das Licht des Mondes einen hellen Schein warf. Die Schatten der Wände, der Kreuze auf den Dächern, des Unkrauts, das zwischen den Ziegeln wuchs, waren schwärzer, düsterer und trauriger als je in einer anderen Nacht. Der Bruder und Añuco gingen sehr langsam. Sie sahen uns, sagten aber nichts. Ich ging als erster zur Treppe. Der Mond fiel jetzt auf das Gesicht des Bruders; er strich mit den Händen über meinen Kopf und küßte mich; dann beugte er sich zu Palacitos herunter und küßte ihn auf die Stirn. Als Añuco kam und das Mondlicht auf seine eingesunkenen Augen fiel, konnte ich die Tränen nicht mehr zurückhalten. Er aber wollte nicht weinen. »Leb wohl«, sagte er zu mir und gab mir die Hand. Sein Gesicht war schmaler geworden; er trug ein weißes, gestärktes, glänzendes Hemd. »Ich gehe, ich muß jetzt gehen«, sagte er. Und da ich mich nicht rührte, reichte er Palacitos die Hand. »Du kannst meine Murmeln haben«, sagte er zu ihm. »Aber paß auf, daß sie dir niemand wegnimmt. Pater Augusto wird sie dir geben.« Ich trat zur Seite, und Palacitos umarmte ihn. »Niemand soll sie sehen, nur die aus meinem Dorf«, sagte Palacitos. Er weinte nicht, die Freude über das Geschenk hatte ihn bestürzt und verwirrt. Im Mondlicht ging Añuco die Treppe hinunter. Sie bestiegen die Pferde. Der Bruder ritt als erster fort. Im Tor drehte sich Añuco um, hielt sein Pferd an und winkte zum Abschied mit dem Arm. Auf dem Rücken des Pferdes kam er mir nicht nur sehr klein vor, sondern so dünn und durchsichtig, als wäre er dem Tod nahe.

Der Hof war leer. Palacitos schlang die Arme um meinen Hals und begann laut zu weinen.

»Brüderchen, Brüderchen, Väterchen«, klagte er.

Die Nacht griff mit ihren Klauen nach ihm, die Nacht, die durch diesen Abschied noch unergründlicher, noch erdrückender geworden war, eine Nacht, die das Leben bedrohte.

Dann traten Chipro, Iño und Chauca aus der Dunkelheit hervor, in der sie gewartet hatten.

Zu viert trugen wir Palacitos davon.

»Wecke Valle nicht«, bat er. »Wir wollen ihn achten, wir wollen ihn lieben.«

»Ja, lassen wir ihn schlafen. Laßt uns nicht mehr kämpfen«, sagte ich zu Chipro.

Er nickte.

»Nein, wir wollen nicht mehr kämpfen«, antwortete er.

Einen Augenblick hörten wir noch das Trappeln der Hufe auf dem Pflaster. Dann legten wir uns ins Bett und schliefen tief.

Am Morgen sah Valle Chipro an.

»Du hast mich nicht geweckt«, sagte er.

»Wir wollen es verschieben. Einverstanden? Zuerst das Konzert und die Mädchen. Für Faustschläge bleibt Zeit genug, das Regiment aber könnte wieder abziehen.«

Valle antwortete nicht. Doch sah er uns fragend an.

»Entschuldige, Valle«, sagte Chipro. »Ich möchte nicht mehr kämpfen, nicht, weil ich Angst habe, sondern weil der Bruder fort ist.«

»Das ist vernünftig, sehr vernünftig«, antwortete Valle. Er öffnete seinen Schrank und begann in seinen Krawatten und Anzügen zu suchen.

Chipro ging zu Palacitos und fragte:

»Gibst du mir eine von Añucos Kugeln?«

Iño, Chauca und ich standen um ihn herum; wir sagten nichts. Er sollte von selbst verstehen.

Palacitos zögerte, betrachtete uns einen Augenblick prüfend und sagte dann fast feierlich:

»Euch, ja, und auch Romero. Aber ihr sollt nicht mit ihnen spielen. Sie sollen ein Andenken sein.«

Das Militärkonzert verwandelte die Stadt. Nach der Messe hielt der Pater Rektor eine lange Predigt auf Spanisch. Er sprach in der Kirche von Abancay nie Quechua. Er rühmte den Oberst-Präfekten, lobte die Großmütigkeit, den Takt, die Aufrichtigkeit des Regimentskommandeurs. Mit weiser Hand habe er jeden nach seiner Schuld bestraft und den Frieden in der Stadt wiederhergestellt. »Jene, die aus Entsetzen über ihre eigene Schuld geflüchtet sind, werden zurückkommen«, sagte er. »Vielleicht werden die Scham und die Mühen, die sie erlitten haben, Strafe genug sein. Ein Exempel ist statuiert worden, ohne daß Blut fließen mußte. Nur die beiden Frauen haben in ihrer Maßlosigkeit ein gutes und braves Tier geopfert und versucht, mit den Eingeweiden des Opfers den Weg zur Brücke zu versperren.« Er kündigte an, daß die Stadt jetzt eine Truppe ausgebildeter Gendarmen erhalte, die für Ordnung sorgen würden. »Der Pöbel erfindet Gespenster, um den gläubigen Christen Entsetzen einzujagen«, sagte er weiter. »Und das ist ein unwürdiger Betrug. Die *colonos* aller Haciendas sind unschuldige Seelen, bessere Christen als wir, und die *chunchos* sind Wilde, die ihre Wälder niemals verlassen werden. Und wenn sie mit Hilfe des Teufels dennoch kämen – was sollen Pfeil und Bogen gegen Gewehre ausrichten? Denken wir an Cajamarca . . .!« rief er. Dann, die Augen auf die Muttergottes gerichtet, erflehte er mit seiner hohen metallenen Stimme Vergebung für die Flüchtigen, für die Verirrten. »Du, liebreichste Mutter, Du wirst den Teufel aus ihren Seelen vertreiben«, sagte er. Er kniete auf der Kanzel nieder und begann, das Ave Maria zu beten. Die Damen und Herren, die Mestizen und die

Schüler und ein paar Indios, die mit ihren Frauen in die Stadt gekommen waren, knieten ebenfalls nieder und sprachen das Gebet nach. »Doña Felipa: die Schwachsinnige aus unserer Schule hat deinen Schal. Tanzend und springend ist sie mit deinem Schal auf der Brust den Hang hinaufgelaufen. Und sie ist nicht mehr in der Nacht auf dem dunklen Hof erschienen. Nicht mehr . . .« Das sagte ich halblaut auf Quechua, als die übrigen beteten. »Ein Soldat sagt, sie hätten dich getötet. Aber das ist nicht wahr. Welcher Soldat könnte dich auch töten! Denn wenn du ihn nur von weitem anblickst, vielleicht vom anderen Ufer des Flusses, kannst du ihm mit deinen Augen die Hand und vielleicht sogar das Herz ausreißen. Der Pachachaca, der *Apu* ist auf deiner Seite.«

»Du lachst ja«, sagte Chauca leise zu mir.

Ich sprach die letzten Worte des Ave Maria mit und sagte dann:

»Das Blut des Maultiers ist nicht mehr auf der Brücke. Die Hunde haben es wohl aufgeleckt.«

Als die Messe vorüber war, spielte die Militärkapelle in der strahlenden Sonne einen Marsch. Es war eine große Kapelle, und die Soldaten marschierten in Viererreihen bis zur Mitte des Platzes. Die hintersten trugen die größten Instrumente, das Metall warf den Schein der Sonne auf die Soldaten, und sie wirkten kleiner.

»Soldaten, Soldaten«, schrien ein paar Jungen, und wir folgten alle der Musik.

Die meisten Kinder in Abancay hatten nie eine große Militärkapelle gehört. Die kleinen Soldaten, die in den letzten Reihen die riesigen Instrumente trugen, erfüllten uns mit Jubel, und wir sprangen vor Freude in die Luft. Der Kapellmeister hatte zwei goldene Streifen an seiner Uniform; er war Sergeant. Er war sehr groß, und sein schöner Bauch verlieh ihm Würde.

Die Kapelle stellte sich im Pavillon in der Mitte des Platzes auf. Ich war mit Palacitos und Chipro zusammen. Die schwarzen Klarinetten mit ihren komplizierten Metallteilen fesselten unsere Aufmerksamkeit. Ich betrachtete die dünnen, silbernen Arme, die die Klappen bewegten; gebannt sah ich zu, wie sie die Löcher auf dem Instrument öffneten und schlossen, wie die Luft entwich und mit ihr die verschiedensten Klänge. Die Saxophone waren ganz aus glänzendem Metall; die Soldaten hoben sie hoch und schienen sie auf uns zu richten. Diese silbernen Instrumente, auf denen auch nicht das kleinste Stückchen Holz oder gelblichen Metalls zu sehen war, sangen wie menschliche Stimmen. Sanft und zärtlich hielten sie den gleichen Ton lange fest, und ihre ernste Stimme drang in meine Seele ein. Ihre Stimme war anders als die des großen *pinkuyllu* des Südens oder die des *wak'rapuku*. Das silberne Saxophon sang auf dem glühenden Platz wie ein Abgesandter der Sonne, ja, der Sonne. Kein Instrument, das ich in den Dörfern der Anden gehört habe, keines, das die Mestizen und Indios bauen, hat eine Beziehung zur Sonne. Ihre Musik erinnert eher an den Schnee, an das Licht der Nacht, an die Stimme des Wassers, des Windes oder der Menschen. Aber der Gesang der Saxophone und Trompeten, die die Soldaten freudig in die Höhe hoben, schien zur Sonne emporzusteigen und auch von ihr zu kommen. Einer der Musikanten, der Posaune blies, bewegte den Zug wie ein Schausteller aus dem Zirkus. Die Trommler und der Beckenschläger schienen Magier oder wohlwollende Kobolde zu sein; wir sahen, wie sich ein Trommelstock in der Luft drehte. Manchmal schwiegen die Bässe, und die Klarinetten und Saxophone trugen die Melodie. Und dann, wie ein klangvoller, gebändigter Fluß, dessen Fluten plötzlich einen Wald singender Lerchen erreichen, erhoben die Metallinstrumente, die Posaunen und Becken, die den Takt schlugen, ihre mächtign Stimmen und brachten Geländer und Dach des Pavillons zum Zittern. Ein Soldat, auf dessen Brust die vergoldeten Knöpfe der Uniform leuchteten, schlug die Beckenteller mit solcher Gewalt zusammen, daß ich mich wunderte, keine züngelnden Flämmchen aus den Tellern hervorschießen zu sehen. Ich wartete lange, aber vergeblich darauf.

Nicht nur der Platz, nein, auch die gekalkte Fassade der Kirche, die Türme, die Balkone, die Berge und lichten Wälder, die an den Hängen der Kordillere hinaufklettern, bis dorthin, wo der erste Schnee liegt, der wolkenlose Himmel, an dem die Sonne strahlte – alles war wie verzaubert von der Musik der Regimentskapelle, verzaubert von dem harmonischen Zusammenspiel so vieler geheimnisvoller Instrumente. Der Dirigent sah uns nicht an. Mit jedem Augenblick schien er mächtiger und stattlicher zu werden. Sein majestätischer Bauch mußte, während er manche Musiker zum Schweigen brachte, Töne mit den Händen dämpfte oder plötzlich die Trompeten spielen ließ, irgendeine wichtige Aufgabe erfüllen.

Als die Kapelle einen *huayno* spielte, erhob sich rings um den Pavillon das Gemurmel vieler Stimmen.

»Hör, Chipro, warte hier auf mich«, sagte ich. »Ich will Alcira meine Liebe erklären.«

Palacitos, der in andächtiges Staunen versunken am Eingang des Pavillons stand, schrie plötzlich:

»Chipro, Iño, Ernesto, seht! Der Prudencio aus K'ak'epa, aus meinem Dorf. Der Prudencio spielt Klarinette. Prudenciucha, mein Junge, *papacito*!«

Er zeigte mit dem Finger auf ihn und der Indio machte uns Zeichen mit den Augen und dem Kopf.

»Jajayllas, jajayllas!«

Palacitos sprang herum, warf die Arme in die Luft und umarmte uns alle.

»Der Prudencio! Aus meinem Dorf! Ein Indio, Brüder! Mit gebundenen Händen holten sie ihn zum Militär, und wir sangen *jarahuis* beim Abschied. Und nun ist er hier und spielt! Was für ein tapferer Bursche! Ein König!«

Ich ließ ihn in Gesellschaft Chipros und Iños zurück.

»Wartet auf mich, ich bin gleich wieder da«, sagte ich.

Ich wollte Salvinia, Alcira und Antero sehen und mich dann in einen Falken verwandeln, um über die Dörfer zu fliegen, in denen ich glücklich gewesen war. Ich wollte mich auf den Giebeln der Dächer niederlassen, dem Lauf der Bäche folgen, die den Dörfern Wasser bringen, einen Augenblick auf den vertrauten Bäumen und auf den Steinen ausruhen, die die bestellten Felder voneinander abgrenzen, und dann, dann wollte ich vom Himmel herab den anderen zurufen.

Ich sah Valle, der in Begleitung einer Reihe junger Mädchen aufgeblasen umherstolzierte. Der *k'ompo* seiner roten Seidenkrawatte war so groß, daß er mich zum Lachen reizte; der Knoten war viel zu dick für Valles dünnen Hals und paßte schlecht zu seiner feierlichen Kleidung, zu der Art, wie er gesucht und höflich redete, und wie er die Lippen bewegte, als gehörten sie gar nicht zu ihm. Er gab an und brachte die Mädchen zum Lachen. Wo kamen nur die vielen eleganten jungen Leute, die Damen und Herren her? Sie mußten aus den umliegenden Haciendas nach Abancay gekommen sein. Nun gingen sie langsam in Begleitung der Offiziere auf den Wegen im Park und auf der Straße spazieren.

Das Volk aber stand oder saß in Gruppen herum. Die älteren Schüler zogen in langen Reihen hinter den Schülerinnen aus der Mädchenschule her.

Salvinia, Alcira und andere Mädchen gingen zusammen spazieren. In ihren Schuluniformen wirkten sie jung und zart. Die schwarzen Strümpfe zeichneten Alciras Waden ab. Sie waren häßlich. Ihre Haare dagegen waren schön und leuchteten wie reife Gerste. Auch die Farbe ihres Gesichtes erinnerte an Gerste, an gemahlene Gerste; vielleicht war ihr Gesicht etwas dunkler, wie die Frucht des *capulí*, die in einer Hülse reift, die im Herbst gelb wird. Ein feiner Flaum bedeckte ihre Haut, und ihre Augen waren traurig wie die Clorindas. Warum wohl? Bei Clorinda war das verständlich. Sie lebte in einem trostlosen, den Winden ausgesetzten Dorf, das von trockenen Hügeln umgeben war, die nur im Winter kurz blühten – im Winter, wenn es kalt war und der Nebel wochenlang in niedrigen Schwaden vorbeistrich, ohne sich zu heben, wenn er in die Schluchten hinunterstieg und die Spitzen der Berge einhüllte. »Was seid ihr? Ihr seid weder Fisch noch Vogel«, sagten die Leute zu den Bewohnern von Saisa, dem Dorf Clorindas, »weder Meer noch Berge, weder Salzwasser noch Süßwasser, nur feiner Regen und Nebel im Winter.« Das Dorf lag zwar nicht in der Wüste, aber es hatte keine Äcker oder Weiden. In Saisa wuchsen nur ein paar Gräser um eine armselige Quelle, zu der das Vieh und die Füchse von weither zum Trinken kamen, und es gab Kürbisse, die die Bauern in den Schluchten anpflanzten, wo es offenbar ein bißchen feucht war. Außerdem war Clorindas Bräutigam ein grober Bursche mit schwieligen Händen. Sie war die einzige dauerhafte Blüte in Saisa – so eigenartig wie die Gegend, in der sie geboren war, unvergeßlich mit ihrer etwas heiseren Stimme, heiser vielleicht von der Feuchtigkeit und der Schönheit des Winters. Mit der Erinnerung an das Mädchen von Saisa konnte man nicht in Alciras Nähe bleiben. Ihre Waden und ihr gedrungener Körper waren häßlich. Man mußte gehen.

Ich sah Antero nicht. Ich ging ein kurzes Stück hinter Salvinia her. Ihre Freundinnen und sie versuchten, den jungen Männern nicht in die Augen zu sehen. Ich fühlte mich sicherer als sonst. Meine Lackschuhe waren elegant, ich trug eine Krawatte, die Manschetten meines Hemdes sahen ein bißchen aus den Jackenärmeln hervor. Mein neuer Anzug störte mich nicht mehr. Ich hob den Kopf und sah den Oberst in Begleitung einiger Herren, die goldene Uhrketten auf den Westen trugen. Ich trat zur Seite, ohne die Verlegenheit und Empörung zu spüren, die diese Herren sonst in mir wachriefen. ›Sollen sie doch vorbeigehen‹, dachte ich. Zwei Jungen, die ich noch nie gesehen hatte, näherten sich der Mädchengruppe um Salvinia. Sehr höflich stellten sie sich vor. Der größere blieb neben Salvinia stehen.

»Ich bin der Sohn des Kommandeurs, ich bin gestern angekommen«, hörte ich ihn sagen.

Er forderte die Mädchen auf, weiterzugehen, und nahm Salvinias Arm, um sie von ihren Gefährtinnen zu trennen und neben ihr zu gehen. Die Mädchen ließen alles geschehen, sie wurden rot und verlegen, aber ihre Augen strahlten.

Ich jedoch wurde wütend. Ich folgte der Gruppe, unbeachtet und ausgelöscht, ohne jemanden zu kennen. An der Ecke sah ich Antero, der auf einem Mäuerchen saß. Seine Augen waren gerötet, sie waren trüb wie die Augen eines bösartigen Hundes, den man mit einem Stock auf die Schnauze geschlagen hat. Ich ging zu ihm hin.

»Ich werde dem Kerl den Schädel einschlagen«, sagte er. »Jetzt gleich.«

Die Musik spielte ein Lied von der Küste. Es war fast zwölf Uhr.

Er wartete, bis sich die Gruppe ein paar Schritte entfernt hatte. Wir hörten Salvinia lachen. Mit langen Sätzen lief Antero hinter ihnen her. Ich folgte ihm.

Er berührte den jungen Mann an der Schulter. »Er ist der Sohn des Kommandeurs«, hatte ich ihn gewarnt.

»Hören Sie«, sagte Antero. »Hören Sie, drehen Sie sich um!«

Der Junge blieb stehen. Auch die übrigen wandten sich uns zu. Wir traten alle zur Seite, an den äußeren Rand des Gehsteigs, weil neue Reihen von Spaziergängern kamen. Salvinia wurde blaß. Ich sah, daß sie zu uns kommen wollte, dorthin, wo wir vier Männer standen. Erstaunt und verstört blickte sie uns an.

»Hier herüber«, sagte Antero zu dem jungen Mann. »Und

ihr, ihr geht weiter«, befahl er den Mädchen. Sie gehorchten und gingen eilig davon.

Antero ging voraus zum Spielplatz der Schule. Die beiden Jungen gingen völlig verdutzt hinterher. Der Spielplatz war nicht weit entfernt, etwa zwanzig Meter. Ich dachte, daß der Sohn des Kommandeurs irgend etwas tun würde, aber Antero war stärker als die beiden. Er war uns allen überlegen, und vielleicht half ihm auch meine Wut. Die Stimme Markask'as klang so wie an jenem Samstagabend, am Tag des Aufstands, als wir von Condebamba zurückkamen und er mit mir gesprochen hatte.

»Hören Sie«, sagte er zu dem Jungen, als wir den Spielplatz erreicht hatten, »das Mädchen, das Sie am Arm genommen haben, gehört mir. Ich bin Antero Samanez. Falls Sie mit ihr anbändeln wollen, müssen Sie mich vorher aus dem Feld schlagen oder einen zahmen Burschen aus mir machen, was schwieriger sein dürfte. Denn ich bin vom Apurímac.«

Und wieder kam er mir vor, als trüge er schon Stiefel und eine Peitsche. Natürlich! Er konnt ja in seiner Hacienda ohne weiteres die *colonos* umbringen, wie er mir gestern Abend selbst gestanden hatte.

»Wissen Sie, daß ich der Sohn des Kommandeurs bin?« fragte der Junge. Er war so nervös, daß seine Lippen zitterten.

»Ihr Vater mag der Kommandeur sein«, erwiderte Antero. »Aber vielleicht ist Ihre Mutter eine Hündin.«

Der andere stürzte sich auf ihn – der andere Junge, der Zeuge. Antero duckte sich rechtzeitig, faßte ihn an den Beinen und warf ihn gegen die alte Mauer, die uns vor den Blicken der Spaziergänger im Park schützte. Die Muttermale Anteros schienen lebendig zu werden und sich zu bewegen.

»Deine *cholita* ist mir scheißegal«, schrie der Sohn des Kommandeurs. Und er lief in Richtung des Parks davon. Antero konnte ihn nicht aufhalten.

Der andere erhob sich.

»Gehen wir ein Stück weiter weg«, sagte er. »Einer von uns soll den anderen auf den Knien um Verzeihung bitten. Auch ich bin ein Sohn des Kommandeurs. Keiner soll versuchen, uns zu trennen.«

Die Musik spielte einen Marsch, das war das Ende des Konzerts. Ich wollte zu den Musikanten zurück, denn Palacitos sollte mich Prudencio vorstellen.

»Ich habe nichts gegen Sie. Ich habe Sie beleidigt, ohne es zu wollen. Ich knie nieder, ja, ich gehe auf die Knie. Aber als Mann, mein Junge«, sagte Antero.

Tatsächlich kniete Markask'a auf dem dreckigen Boden, der voller Exkremente war, nieder; hinter der alten Mauer pflegten die Vorübergehenden ihre Bedürfnisse zu verrichten.

Der andere betrachtete ihn verwundert; ich sah das Staunen in seinen Augen und dann eine Flamme, die sich entzündete.

»Ich komme aus Piura«, sagte er. »Ich dachte nicht, daß in Abancay, in Abancay . . .«

Er half Markask'a beim Aufstehen und gab ihm die Hand.

»Ich gehe zu den Musikern«, sagte ich.

Ich lief davon und ließ die beiden allein; ich lief schnell, sehr schnell, doch die Schnelligkeit meiner Beine war nichts, gar nichts im Vergleich zu dem Verlangen, das in mir brannte.

»Prudencio, Markask'a, ich!« schrie ich laut. »Palacitos!«

Ich fand den Platz leer, der Marsch war verklungen. Ich lief weiter und holte die Soldaten in der Nähe der Kaserne ein. Palacitos stand am Straßenrand. Im rechten Winkel verließ die Kapelle den gepflasterten Weg, der vom Feld zur Kaserne führte, und marschierte durch das große bogenförmige Tor.

»Ich treffe Prudencio hier am Nachmittag«, sagte Palacitos.

»Ich begleite dich!«

»Nein. Warte in Doña Felipas *chichería* auf mich. Ich möchte zuerst mit ihm von meinem Dorf reden.«

»Darf ich das nicht hören, Palacitos?«

»Wir wollen von meinem Dorf reden. Ich muß ihm erzählen; nachher kommen wir in die *chichería*. Ganz bestimmt!«

»Und wenn Prudencio am Nachmittag nicht ausgehen darf?«

»Der Zapfenstreich ist um sechs Uhr, nach dem Mittagessen kann er ausgehen. Ich warte lieber hier auf ihn. Geh du in die Schule und bitte für mich beim Väterchen Rektor. Sag ihm, daß ich auf meinen Landsmann warte. Lauf, bitte, lauf!«

»Und wenn er nicht ausgehen darf?«

»Dann werde ich am Tor darum bitten. Bestimmt! Ich werde dann den Sergeanten bitten«, antwortete er, als er meine Bedenken verstand.

Ich ließ ihn am Rand der breiten staubigen Straße stehen, die zur Kaserne führte. Ein paar Kinder und Mestizen gingen von der Kaserne in die Stadt zurück; andere stiegen auf schmalen Fußpfaden, die sich am Hang entlang und zwischen Büschen und Bäumen hindurchschlängelten, in ihre Dörfer hinauf.

›Sie wollen allein von ihrem Dorf reden, wie ich es auch täte, wenn ich unter den Musikern jemanden aus meinem Dorf getroffen hätte. Einen Sohn von Kochi oder von Felipe Maywa zum Beispiel‹, dachte ich, als ich allein in die Schule zurückging. Das plötzliche Zusammentreffen des Indios aus K'ak'epa mit Palacitos beschäftigte mich sehr. Prudencio würde nach allen seinen Verwandten, nach den heiratsfähigen Mädchen, den jungen Burschen, den Alten und den Großmüttern, den Musikanten des Dorfes fragen. Vielleicht gab es dort einen Harfenspieler, irgendeinen berühmten *quena*-Bläser, einen, der die Mandoline oder den *quirquincho* spielte. Er würde nach den Erbauern der Instrumente und nach den Webern und Weberinnen fragen. Welches Mädchen hat den schönsten Poncho oder *chumpi* gewebt? Und für wen? Sie würden zusammen lachen. Prudencio würde über den einen oder anderen Witze machen, vielleicht über einen jähzornigen Mann, der nur ein Auge hatte, über einen Geizhals, vielleicht sogar über den Priester oder die bigotten alten Tanten, über irgendeinen lahmen, aber gutmütigen Esel, der seinen Herrn beim Traben hin und her schaukelte. Und wenn es ein Mädchen war, das auf dem lahmen Esel ritt, würden beide noch lauter über die Geschichte lachen, und Palacitos würde sich vor Vergnügen krümmen. Prudencio würde auch nach den berühmten Tieren des Dorfes fragen, vielleicht nach einem Gespann kräftiger Ochsen, die sehr begehrt waren und einen kleinen Grundbesitzer glücklich machten; nach den Mutterkühen, die von ihren Besitzern geliebt und gepflegt werden, nach den Hunden und Hähnen, aber vor allem nach den Hunden. In der Gegend, aus der Palacitos stammte, gibt es viele Pumas und Füchse. So gab es bestimmt auch irgendeinen tapferen, starken Hund, der Füchse zerrissen und sich bei der Verfolgung eines Pumas schwere Verletzungen zugezogen hatte und der deshalb im ganzen Dorf berühmt und gefeiert war. Später würde Palacitos den Musikanten nach seinem Leben bei den Soldaten fragen. Wie hatte er nur gelernt, auf jenem Instrument zu spielen, das es doch in den kleinen Dörfern gar nicht gab? Wie, wie hatte er das nur fertiggebracht? Und was war ein Oberst? Vielleicht hatte er sogar einen General gesehen? Und er, Prudencio, konnte er mit Maschinengewehren umgehen? Was war das für eine Waffe? Wie weit konnte man damit schießen? Stimmte es, daß ein einziger Kanonenschuß ein Loch in einen Berg schlagen, einer ganzen Viehherde die Eingeweide herausreißen und eine Million Menschen köpfen konnte? Und daß dann das Blut dieser Million Menschen davonfloß, aufspritzte und Schaumkronen bildete wie ein Fluß? Und daß ein General oder ein Hauptmann so kaltblütig waren, daß sie am Ufer dieser Ströme aus Blut Schnaps tranken? Und daß ein Sergeant solche Kaltblütigkeit niemals lernte, auch wenn die Sergeanten in den Kriegen schlimmer rasen und toben als die Obersten und den Christen mit den Bajonetten, die sie bei den Parademärschen vorn auf die Gewehre pflanzen, den Bauch aufschlitzen? »Die Leute sagen, daß die Soldaten im Krieg vor Wut sogar Blut lecken wie Hunde; wenn sie wieder aufstehen, sehen sie aus wie Schlächter, das Gesicht und selbst die Brust mit Blut verschmiert, so rennen sie dann schreiend weiter. Weder Donner noch Teufel flößen solch ein Entsetzen ein wie diese Soldaten. Und doch sind es Christen, Brüder, Christen!« Solche Dinge erzählte uns Palacitos oft an den Abenden, wenn wir auf der Treppe vor der Galerie saßen. Auch mir teilte er sein Entsetzen und seinen Abscheu vor dem Krieg mit. Wir überlegten uns oft, daß es besser wäre, vor dem 21. Lebensjahr zu sterben. »Nicht einmal der Mond hat mit den Toten des Krieges Mitleid. Er weint nicht um sie, sagen die Leute. Und sein Licht bringt nicht einmal die Zähne der Opfer zum Glänzen; im Gegenteil, die Zähne der Gefallenen sollen im Mondlicht schwarz werden. Auf den Feldern, über die der Krieg hinweggebraust ist, leiden die Knochen bis zum Tag des Jüngsten Gerichts. Und die Aasgeier müssen erbrechen, wenn sie eine dieser Leichen gefressen haben.«

Palacitos fand kein Ende, wenn er von Toten und Verdammten zu erzählen begann. Danach gingen wir zitternd, wie in einen eisigen Abgrund, ins Bett.

Jetzt würde er mit Prudencio von seinen Ängsten sprechen, von den Soldaten, die ihm Grauen einjagten, von den Maschinen, die sie bedienten und an denen sie töten lernten; und dann würde er zu uns kommen und uns seine Entdeckungen berichten. Die Begegnung mit dem Musikanten hatte ihn sogar die Murmeln vergessen lassen, die ihm Pater Augusto geben sollte, und zwar gerade jetzt, da er hungrig auf der Straße unter dem brennenden Himmel stand und auf den Klarinettenspieler wartete. Nicht eine einzige Wolke war zu sehen, und wir stammten beide nicht aus dem heißen Tal.

Als ich allein durch die Straßen ging, dachte ich an all das und mußte deshalb sehr langsam gehen.

In der Nähe der Schule sah ich einen *kimichu* Unserer Lieben Frau von Cocharcas. Er bog an der Straße nach Cuzco um die Ecke, und wir trafen uns im Schultor. Er spielte auf seiner *chirimía* und rief mit seinem Spiel die Leute zusammen. Auf dem Schrein des Madonnenbildes saß ein kleiner Papagei; er schien fröhlich zu sein, er hatte viele Federn und betrachtete die Vorübergehenden. Aber mehr als der Klang der *chirimía*, die ich in den Bergen gehört hatte, wo die Stimme jedes einzelnen Instruments kristallklar erklingt, fesselten mich Gesicht und Aussehen des Indios, der den Pilger begleitete. Beide waren wie die Indios in Andahuaylas gekleidet und trugen grau-weiße wollene Hosen. Der Gefährte des *kimichu* hatte einen dunkelblonden Bart, und sein Rock war sehr kurz. Ein dicker dunkler Schal mit gelben wellenförmigen Streifen, zwischen denen große Blumen leuchteten, bedeckte seinen Hals. Der Mann hielt den Kopf gesenkt, und seine Haare hingen strähnig auf den Schal. Er sah mich an. Seine Augen waren hell und drückten irgendeine tiefe Unruhe aus. Vielleicht war er verrückt. Ich ging ein paar Schritte hinter ihm her. Er begann laut auf Quechua zu singen. Seine Stimme war so durchdringend wie seine Augen. Die Hymne, die er sang, hatte einen langsamen Rhythmus. Die Erwachsenen und die Kinder, die ihm folgten, blieben still; so war die Hymne deutlich zu hören. Der *kimichu* verhielt den Schritt. Ich konnte nicht länger hinter ihnen hergehen. Die Lippen des Sängers waren vom Kauen der Coca-Blätter fleckig. Ich sah, daß er in der einen Hand ein Röhrchen mit einem metallenen Mundstück für die *llipta* trug. ›Woher kommt er wohl? Woher kommt er?‹ fragte ich mich aufgeregt. Vielleicht hatte ich ihn als Kind in irgendeinem Dorf, in der Kordillere oder auf einem der großen leeren Plätze in den Dörfern gesehen. Sein Gesicht, der quälende Ausdruck seiner Augen, seine hohe Stimme, der blonde Bart, vielleicht auch der Schal gehörten nicht nur zu ihm; sie schienen aus mir selber, aus meinem Gedächtnis aufzutauchen. Von einer kleinen Gruppe von Menschen geleitet, gingen die beiden fort. ›Nachher will ich ihn suchen‹, sagte ich mir. ›Es wird leicht sein, ihn in Abancay zu finden.‹

Dann ging ich in die Schule.

In der *chichería* Doña Felipas fand ich nur einen einsamen Harfenspieler. Ich wunderte mich, daß ihn keine Geige begleitete, denn Violine und Harfe bilden für gewöhnlich die Orchester der Dörfer. Ich kannte nur wenige sehr berühmte Harfenspieler, die allein, ohne Begleitung, für Feste verpflichtet werden. Jemand trommelte dann auf das feine Holz der Harfe, um den Takt zu schlagen und den Tanz zu beleben. Der Klang der guten Harfen ist sanft und klar. Oft gehen die Teilnehmer der Feste um Mitternacht auf Straßen und Plätze, um dort weiterzutanzen. Dann nimmt der Harfenspieler sein Instrument und folgt ihnen; er trägt es auf Brust und Schulter, den breiten Teil nach oben und die Drahtsaiten in der Nähe des Kiefers. Selbst unter freiem Himmel wird die Stimme der Harfe nicht schwächer, man kann sie in allen Straßen, die auf den Platz münden, hören. Man erkennt einen berühmten Harfenspieler, der auch in die entferntesten Dörfer gerufen wird, an der Art der Begleitung. ›Vielleicht ist er einer der großen‹, dachte ich, als ich den Mann neben seinem Instrument in einer Ecke der *chichería* sitzen sah.

Die Jungen meines Alters pflegen gelegentlich eine *chichería* aufzusuchen, aber selten allein. Deshalb setzte ich mich nicht, sondern lehnte mich in der Nähe des Musikers an die Wand. Allmählich kamen Gäste, und ich wünschte, ich hätte meine alte Hose angezogen, aber das war am Sonntag in der Schule nicht erlaubt. Viele musterten mich erstaunt. Die Mädchen, die die Gäste bedienten, erkannten mich und lächelten mir halb gutmütig, halb spöttisch zu. Das Mädchen, das mir von Doña Felipa erzählt hatte, brachte mir ein großes Glas *chicha*. In diesem Augenblick begann der Musiker die Saiten zu stimmen.

Wie sollte ich soviel *chicha* trinken, wenn ich mich nicht setzen konnte? Das Mädchen blickte mich herausfordernd an.

»Trink doch, Junge«, sagte sie.

Nein, sie spottete nicht. Sie lachte nur.

»Trink, Junge! Ich habe dir ein großes Glas gebracht, wie für einen Mann.«

Ich blickte von einer Seite zur anderen. Der Harfenspieler drehte sich nach mir um und begann ebenfalls zu lachen.

So nahm ich das Glas in beide Hände, setzte es nur zwei- oder dreimal ab, dann war es leer. Ich war erschöpft.

»Ein tüchtiger Junge, Donnerwetter nochmal«, rief das Mädchen. Ihr Gesicht war schmutzig, und ihre hohen runden Brüste tanzten vergnügt unter dem rosafarbenen Leibchen.

Ich wäre für mein Leben gern auf die Straße gegangen, um dort auf Palacitos zu warten.

»Nun darfst du dem Papacha Oblitas zuhören«, sagte das Mädchen und zeigte auf den Harfenspieler. »Er wird auch von Doña Felipa singen.«

Sie nahm mein Glas und ging in die Küche. Anmutig bewegte sie die Hüften, und ihre nackten Beine und Füße hoben sich jung und frisch von dem schmutzigen Boden ab. Sie ging schnell, mit kleinen Schritten, den Kopf auf die eine Seite des kurzen dunklen Schals geneigt. Der Musiker hatte heimlich meine Unruhe beobachtet; nun überraschte ich ihn, wie er mich ansah.

»Sie ist gut, mein Junge«, sagte er.

Ich begriff, daß er große Erfahrung haben mußte und an Tausenden von Festen mit Mestizen, Herren und Indios teilgenommen hatte. Und wenn man ihn Papacha nannte, dann mußte er ein Meister sein, der in unzähligen Dörfern berühmt war. Ich wußte nicht, ob ich gehen oder mich an einen Tisch setzen sollte. Meine Lackschuhe, die langen Manschetten meines Hemdes und die Krawatte hemmten und störten mich. Aber wo sollte ich mich hinsetzen? Neben wen? In diesem Augenblick betraten vier Soldaten die *chichería*, einer von ihnen war ein Unteroffizier. Sie setzten sich in der Nähe des Musikers an einen Tisch. Der Unteroffizier rief nach dem Mädchen.

»Komm mal her, du Kind mit den schönen Haaren«, sagte er im Quechua-Dialekt von Cuzco.

Als sie kam, sagte ihr der Unteroffizier eine grobe Anzüglichkeit. Die Soldaten lachten, und da entdeckte mich der Unteroffizier.

»Spielen mit dem Mädchen, sie nicht beleidigen, Junge«, sagte er auf Spanisch.

»Esel, du Esel«, rief das Mädchen.

»Kein Esel, sondern verliebt, verliebt wie ein Dummkopf«, erwiderte der Unteroffizier, und alle lachten.

Der Musiker stimmte noch immer sein Instrument. Er mußte wirklich ein Papacha sein. Er stimmte schnell und entlockte den Saiten Arpeggios und wohlklingende Akkorde. Die Töne schleppten sich nicht wie bei einem unsicheren, mittelmäßigen Spieler am Boden hin. An der Decke des Raums zitterten Fäden aus schwarzem Ruß. Mehr Soldaten kamen, aber Prudencio und Palacitos waren nicht zu sehen. Ich wollte gehen.

Der Harfenspieler begann mit einem *huayno*, dessen Rhythmus dem der *huaynos* von Abancay ähnlich war. Ich kannte ihn. Er mußte aus Ayacucho oder Huancavelica sein. Aber es war auch etwas vom Stil des Apurímac in ihm. Der Spieler sang, und in meiner Erinnerung tauchten die Dörfer der Anden mit ihrer durchsichtigen, klaren Luft auf.

Auf der Pampa von Utari,
weine noch nicht,
gefleckter Schmetterling.
Noch lebe ich
und will zu dir zurück,
will zu dir zurück.
Wenn ich sterbe,
wenn ich verschwinde,
dann leg Trauer an,
und lerne weinen.

Warum wählte Meister Oblitas gerade dieses Lied als erstes? Nie hatte ich in Abancay traurigere Worte oder eine traurigere Melodie gehört.

Als er die dritte Strophe begann, betrat der Sänger die *chichería*, der den *kimichu* der heiligen Jungfrau von Cocharcas begleitet hatte. Etwas unbeholfen drängte er sich zwischen den Leuten hindurch und kam auf den Harfenspieler zu. Der Schal hing ihm noch immer um den Hals, und die großen Blumen wirkten hier in diesem dunklen Loch genauso sonderbar wie vorher im hellen Licht der Straße. Von den geschweiften gelben Linien schien ein Leuchten auszugehen, und die Blumen sahen wie wirkliche Blumen aus und nicht, als wären sie in den Stoff gewebt. Es waren große Blüten, die fast die ganze Breite des Schals bedeckten – eine Rose, eine rote Nelke, deren Blätterkrone auf dichtem schwarzen Grund leuchtete. Noch nie hatte ich ein so dickes Gewebe gesehen; selbst die Strümpfe der *morochucos* und die *chullos* im Süden waren dünner. Als ich den Schal aus der Nähe sah, stellte ich erstaunt fest, wie schmutzig er war.

Meister Oblitas sang weiter:

Noch lebe ich.
Der Falke wird dir von mir sprechen,
der Stern am Himmel erzählt dir von mir.
Noch will ich zurückkommen,
noch kann ich zurück.
Noch ist es nicht die Zeit der Tränen,
gefleckter Schmetterling.
Die *saywa*, die ich auf dem Gipfel errichtete,
ist noch nicht eingestürzt,
frag sie nach mir.

Die Harfe spielte die Melodie allein weiter; die Strophen des *huayno* waren zu Ende.

Der Gefährte des *kimichu* verlangte *chicha* und betrachtete den Harfenspieler. Seine hellen Augen glänzten wie die Augen eines Falken im Dämmerlicht; dann sahen sie mich an. ›Irgendwo habe ich ihn schon gesehen, aber wo?‹ fragte ich mich. Er leerte ein großes Glas *chicha*. Dann trat er näher zu dem Meister heran. Dieser entlockte den Saiten noch immer die gleiche Melodie. Der andere stand hinter ihm, neben mir. Er war klein, sehr klein, fast ein Zwerg und außerdem dick. Auf der Straße, als er die feierliche Hymne auf die Jungfrau gesungen hatte, war mir seine Gestalt nicht so sehr aufgefallen. Nun spürte er wohl, wie eingehend ich ihn beobachtete. »Guter Harfenspieler«, sagte er zu mir mit seiner hellen Stimme und zeigte auf den Musiker. Als die Melodie zu Ende war, begann er zu singen:

Rio Paraisancos,
du reicher Fluß,
verzweig dich nicht,
bis ich zurückkomme,
bis ich zurück bin.
Denn wenn du dich verzweigst,
wenn du dich in zwei Arme teilst,
wird ein anderer die kleinen Fische fangen,
die ich aufgezogen habe,
und vergeudet werden sie sterben am Strand.

Der Rhythmus war noch langsamer, noch trauriger; trauriger waren auch der Klang und die Worte. Die hohe Stimme traf mein schon so sehnsüchtiges Herz wie ein eisiger Strahl. Papacha Oblitas wiederholte die Melodie so begeistert, als wär er selbst aus Paraisancos. Die Harfenklänge machten das Lied sanfter, es verlor etwas von der stechenden Traurigkeit, die in der Stimme des Mannes gelegen hatte. Warum klingen die Lieder am Ufer der tiefen Flüsse, am Fuß der felsigen Wände voller Büsche und Sonne so sanft, wenn die Wellen wild emporschäumen und die Abgründe Entsetzen einjagen? Vielleicht weil auf den Felsen kleine zarte Blumen mit dem Wind spielen, weil die dröhnenden Wasser des großen Flusses zwischen Blüten und Flechten zu Tal stürzen und die Vögel hier fröhlicher und glücklicher singen als an irgendeinem anderen Ort auf der Welt. Der Sänger klagte weiter:

Wenn der Wanderer zu dir zurückkommt,
dann kannst du dich in zwei Arme verzweigen,
dann werd' ich selber für die kleinen Fische sorgen und sie füttern,
Und wenn ihnen das Wasser fehlen sollte, das du ihnen gibst,
wenn ihnen Sand fehlen sollte,
füttere ich sie mit meinen Tränen,
mit den Kindern, die mein Augapfel sind.

Wer kann die Grenze zwischen dem Heroischen und der Eiseskälte der großen Traurigkeit ziehen? Wenn der Mensch solcher Musik lauscht, dann weint er, bis er sich in Schmerz verzehrt, bis er untergeht; oder er kämpft gegen Legionen von Kondoren, Löwen und Ungeheuern, die – so wird erzählt – auf dem Grund der kalten Seen und auf den Hängen der Berge leben, auf den Hängen, die immer im Schatten sind. Als ich diesem Gesang lauschte, fühlte ich mich imstande, gegen den Teufel zu kämpfen. Sollte er auch eine Maske aus Pumafell oder Kondorgefieder tragen, sollte er riesige Federn schwenken oder seine Fangzähne zeigen – ich würde mit ihm kämpfen und ihn besiegen.

Die Gäste hatten aufgehört zu trinken und zu reden. Niemand tanzte. Als der Gefährte des *kimichu* sein Lied beendet hatte, brachte ihm der Unteroffizier ein Glas *chicha*; er trank auf sein Wohl und bat ihn an seinen Tisch. Aber der andere wollte nicht. Er setzte sich hinter der Harfe auf den Boden. Ich hockte mich neben ihn und fragte ihn auf Quechua:

»Bist du nicht einmal vor vielen Jahren zusammen mit einem anderen *kimichu* in Aucará auf einem Fest des Christus von Untuna gewesen?«

»Ja, da bin ich einmal gewesen«, antwortete er.

»Hast du da am Ufer des Sees gesungen, dort, wo Christus einmal erschienen sein soll?«

»Ja.«

»Und dann hast du dir einen Dorn in den Fuß getreten, als du fortgingst, und mein Vater, ein Mann mit blauen Augen, hat dir eine Münze aus Gold gegeben.«

»Natürlich. Und du warst ein kleiner Junge, so, so klein«, und mit der Hand zeigte er, wie klein ich damals gewesen war.

Wir plauderten lange zusammen auf Quechua.

Ich setzte mich neben ihn, und das Mädchen brachte uns *chicha*. Sie lachte laut, als sie mich neben dem Sänger auf dem Boden hocken sah. Die *chichería* war nun voll von Einheimischen und Fremden.

»Stammt dieses Lied aus Paraisancos?«

»Nein. Aus Lucanamarca. Ein Bursche, der von der Küste zurückkam, hat es gesungen. Den Text hat er zu bekannten Melodien selbst gemacht. Ich habe es hier auf der Straße gehört, deshalb bin ich hereingekommen. Ich bin nämlich Sänger.«

»Und der Bursche?«

»Er ist an die Küste zurückgekehrt – Don Luis Gilberto.«

»Don?«

»Ja, Don! Er ist ein Herr. Er ist mein Vetter und hat eine Schneiderwerkstatt.«

»Und du?«

»Ich ziehe umher. Mit der Muttergottes von Cocharcas ziehe ich umher. Seit langer Zeit. Sonst singe ich nie in den *chicherías*. Aber das Lied meines Vetters – es ist stark. Als er in sein Dorf zurückkehrte, waren alle seine Mädchen bereits vergeben. Da haben sie viel gelitten. Frauen leiden!«

»Und der Schal?«

»Aus Paraisancos. Tatsächlich!«

»Von deiner Frau?«

»Frau? Ich wandere, ich ziehe mit der heiligen Jungfrau durch die ganze Welt. Eine kleine Einäugige hat ihn für mich gemacht.«

»Eine Einäugige?«

»Und sie hat ihn schnell gemacht. Hat er sich etwa verfärbt? Die Farben sind noch so fest wie damals, als er neu war.«

»Und die Madonna ist aus Cocharcas? Paraisancos ist weit.«

»Ich wandere und wandere. In Lucanamarca bin ich schon lange nicht mehr gewesen.«

»Und die Einäugige?«

»Aus Paraisancos, wo die heilige Jungfrau her ist.«

»Und der Schrein?«

»Alt. Er gehört der Maria.«

Ich nannte die Namen von zwanzig verschiedenen Dörfern, und er kannte sie alle.

»Und du, Junge, warum ziehst du herum?«

»Mein Vater ist auch ein Pilger.«

Aus den Augen des Sängers war das Geheimnisvolle gewichen. Sie blickten mich nun vertraut an, mit einer Zärtlichkeit, die mir Kraft gab. Ich nahm ein Ende des Schals in die Hände.

Der Sänger roch nach Schweiß und nach ungewaschenem Wollstoff, aber ich war an diese Gerüche gewöhnt. Sie störten mich nicht, nein, sie weckten in mir geliebte Erinnerungen aus meiner Kindheit. Er war ein Indio wie die Männer aus meinem Dorf. Er gehörte zu keiner Hacienda. Er war in die *chichería* gekommen und hatte gesungen; der Unteroffizier hatte ihm Hochachtung bezeigt, und auch die *chichería*.

Nun saßen wir nebeneinander. Doña Felipas Mann sah ich nicht.

»Komm, wir essen *picantes*«, schlug ich ihm vor. »Ich lade dich ein. Wie heißt du?«

»Jesús Warank'a Gabriel.«

»Gabriel?«

»Jesús Warank'a Gabriel.«

»Jesús, hast du eine einfarbige dunkelrote Mütze gehabt, als du in Aucará warst?«

»Freilich, mein Junge. Von der Farbe der Brombeeren.«

»Daran hat man dich sogar auf der Pampa erkannt, als wir um den See herumgingen. Nur du hast eine Mütze von dieser Farbe gehabt. Hunderte von Tauben flogen von einem Ende des Sees zum anderen, bis zu den Inseln voll dorniger Büsche. Und kleine Enten schwammen kreuz und quer durch das Wasser, und für einen kurzen Augenblick sah man kleine Wellen, die sich hinter ihnen kräuselten.«

»Ja, Junge. Es gab viele Dornen auf der Pampa. Selbst aus dem Wasser tauchte ein Hügel voller Dornen auf.«

»Gehen wir essen! Mein Vater hat mir aus Coracora Geld geschickt.«

»Ach, Coracora! Wie hübsch sie dort *charanguito* spielen!«

Alle Tische waren besetzt. Meister Oblitas spielte die weichen *huaynos* von Abancay. Der Unteroffizier und die Soldaten tanzten. Das Mädchen, das mir die *chicha* angeboten hatte, entwischte ihnen gelegentlich, um Gäste an anderen Tischen zu bedienen, aber meist kehrte sie sogleich zurück. Sie tanzte mit nach vorn geneigtem Kopf; sanft und zärtlich bewegten sich ihre runden Arme im Takt der Musik. Sie machte kleine Schritte, hob manchmal den rechten Fuß oder bewegte sich in dem fröhlichen Rhythmus zwischen den Soldaten hin und her. Ich war glücklich. Wir schauten dem Mädchen zu und warteten darauf, in die Küche zum Essen zu gehen.

Die übrigen Gäste tanzten nicht; sie schauten den Soldaten zu. Ich wunderte mich, daß Doña Felipas Mann nirgends zu sehen war.

»Die *huaynos* von Abancay sind schön, das Herz wird sanft, wenn man sie tanzen sieht, wenn man sie singen hört«, sagte Don Jesús auf Quechua.

Meister Oblitas sang:

Ach mein Fink, mein verwöhnter Fink,
du stiehlst aus meinen Feldern die Bohnen, mein Fink,
du stiehlst von meinen Feldern den Mais.
Du tust so, als stählest du die Bohnen,
du tust so, als stählest du den Mais,
doch du hast mein Herz gestohlen.

Der Tanz endete mit einer schnellen Fuge, und die Soldaten stampften heftig mit den Füßen. Sie schwitzten.

Der Meister machte eine Pause. Ich ging in die Küche und verlangte *picantes*. Die Köchin war eine dicke junge Mestizin, sie trug viele Ringe an den Fingern und goldene Ohrringe.

»Sind Sie mit Doña Felipa befreundet?« fragte ich sie auf Quechua. Sie nickte.

»Ich habe in Patibamba Salz an die Frauen verteilt«, sagte ich, und sie lächelte.

»Sie ist meine Base, die Doña Felipa. Don Paredes haben wir hinausgeworfen.«

»Don Paredes?«

»War ein Nichtstuer. Er wird wohl in eine andere *chichería* gegangen sein.« Und sie lächelte wieder.

»Geben Sie dem Sänger und mir zu essen.«

Sie füllte zwei große Teller und reichte sie uns neben der Küchentür. Im Stehen kosteten wir die *picantes*. Sie brannten wie der Teufel, aber dem Sänger schmeckten sie. »Herrlich«, meinte er.

Die *chichera* schenkte uns wenig Aufmerksamkeit, nicht einmal, als ich mit ihr von Doña Felipa sprach. Sie sah den Harfenspieler an.

Ein anderes, älteres Mädchen – nicht das, das tanzte – ging zu dem Musiker, und wir sahen, daß sie ihm eine Melodie vorsummte.

»Gut«, sagte Meister Oblitas.

Er spielte einen Tanz, der an einen *jaylli* erinnerte, jedenfalls war der Rhythmus sehr ähnlich. Die Zuhörer waren erstaunt. Don Jesús und ich sahen den Musiker erwartungsvoll an. Das Mädchen begann zu singen:

Es heißt, daß der *huayruro*, der *huayruro*
nicht kann, nicht kann.

Wie soll er auch können?
Warum soll er auch können?
Was soll der erschreckte *huayruro* machen
gegen Doña Felipas Hand?
Gegen Doña Felipas Macht?
Huayruro, *huayruro*, was sollst du auch machen?
Wohin sollst du flüchten?
Das Maultier Doña Felipas und seine Eingeweide
haben dich ins Verderben gelockt.
Huayruro, *huayruro*.

Die Soldaten trauten ihren Ohren nicht. Das Gesicht des Unteroffiziers schien zu gefrieren. Obwohl er betrunken war, begannen seine stumpfen Augen unruhig zu flattern.

Ein Soldat wollte aufstehen. Aber nicht Empörung spiegelte sich in seinen Augen, sondern jener Funke, den der plötzlich einsetzende Rhythmus im Tänzer entzündet. Vielleicht hatte er in seinem Dorf *jaylli* oder den Tanz der Scheren getanzt und wollte nun einen anderen auffordern, mit ihm um die Wette zu tanzen. Ich glaubte, den Tanz zu erkennen.

»Ein *piruchan*«, rief ich dem Sänger zu. »Ich glaube, das ist der Tanz, mit dem man in meinem Dorf den Beginn der Regenzeit feiert – in Chaupi, im *ayllu* von Chaupi.«

Der Sänger schüttelte den Kopf.

»Ein *imachá*«, sagte er. »Der *piruchan* ist schneller.«

Das Mädchen begann wieder zu singen. Die drei Frauen in der Küche begleiteten sie. Während ich dem Gesang lauschte, einer Hymne, die aus den Fluten des Pachachaca aufzusteigen schien, sah ich die Soldaten und den Unteroffizier unverwandt an. Was würde geschehen? In diesem Augenblick entdeckte ich, daß auch das Mädchen die Pocken gehabt hatte und die Narben davon im Gesicht trug.

Der Soldat, der schon vorher aufstehen wollte, stand nun neben dem Harfenspieler. Der Unteroffizier traute seinen Augen nicht. Er schwitzte.

Der Soldat bat das Mädchen, weiterzusingen; er hob die Arme und begann geschmeidig zu tanzen.

»Bravo, gut«, rief der Sänger Don Jesús. Und wieder leuchtete aus seinen Augen jenes tiefe, klare, unerforschliche Licht. Ich spürte, daß ich für ihn nicht mehr da war. Er betrachtete den Soldaten, als tanzte nicht der Soldat, sondern seine eigene, von ihm losgelöste Seele, die Seele des Sängers der Muttergottes von Cocharcas.

»*K'atiy*«, rief er dem Soldaten zu, »*k'atiy*«.

Der Soldat drehte sich in der Luft, berührte mit gespreizten Beinen den Boden und sprang von neuem in die Höhe. Mit komplizierten Schritten führte er, einmal mit dem einen, dann mit dem anderen Fuß, einen Steptanz auf. Meister Oblitas schien den Rhythmus des Tanzes zu beschleunigen; er hielt den Kopf gesenkt und sah den Tänzer nicht an. Aber ich wußte, daß er ihm trotzdem mit den Augen folgte, ja, daß er mit verhaltenem Atem auf ihn achtete und daß die Sprünge des Soldaten und die Bewegungen seines Körpers die Hände des Musikers führten, daß beide – Tänzer und Musikant – von der gleichen Kraft getrieben wurden. Das Mädchen improvisierte die Worte des Liedes; auch sie hatte sich genau wie der Tänzer und der Musiker irgendwo im Unbekannten verloren.

Huayruro, *huayruro*,
aus was, aus was bist du gemacht?
Aus Blei, nur aus Blei bist du gemacht.
Aus Kuhdreck bist du gemacht.

Es war die letzte Strophe. Der Harfenspieler und der Soldat blieben allein. Meister Oblitas begann, Melodie und Rhythmus zu variieren. Wir wußten nicht, wer – ob der Soldat oder der Musiker – mit den Variationen begonnen, wer den Anfang gemacht hatte. Aber sie stammten nicht aus Abancay, das stand fest. Sie stammten nicht aus diesem engen Tal, das im Feuer beginnt und bis zum Schnee reicht, dessen stickigster Teil nach gärendem Zuckerrohr riecht und voll von Wespen und stummen, weinerlichen *colonos* ist.

Wir standen alle und schauten dem Soldaten zu, als in der Tür ein Guardia, ein *huayruro* erschien; die Musik brach ab, der Tanz hörte auf.

»Raus«, schrie er.

Niemand hatte ihn kommen sehen. Wahrscheinlich hatte er das Lied auf der Straße gehört und war hereingekommen.

»Ich verstehe Quechua, ich bin aus Pausa. Der Musiker und der Soldat sind verhaftet«, sagte er.

Hinter ihm erschien ein zweiter Guardia. Beide trugen spitze Hüte mit breitem, steifem Rand und einem Lederband. Im Zwielicht unterschied ich deutlich die roten Tuchstreifen an den Jacken. Sie waren groß, ihre Gesichter glatt rasiert, Gamaschen und Schuhe glänzten trotz der staubigen Straßen von Abancay.

Der Sänger der Muttergottes blickte sie ruhig an; ich hatte das Gefühl, als fielen seine tiefen Augen auf weit entfernte Gegenstände.

Die beiden Guardias trugen Pistolen am Gürtel. Der eine nahm die Waffe in die Hand und hielt die Leute zurück, während der andere auf den Musiker zuging. Die dicke Mestizin kam aus der Küche. Sie schien keine Angst zu haben. Ein paar Männer versuchten, sich auf allen vieren davonzumachen. Der Guardia rief sie zurück.

Als der andere *huayruro* auf den Soldaten zutrat, stand der Unteroffizier vom Tisch auf.

»Ich, der Unteroffizier, ich befehle«, sagte er.

Der Guardia zwinkerte mit den Augen.

»Sie haben Ausgang, ich bin im Dienst«, erwiderte er.

»Ich befehle. Ich, der Unteroffizier«, wiederholte er in seinem barbarischen Spanisch. »Komm, Condemayta«, befahl er dem Soldaten.

Der Unteroffizier war klein. Er hielt sich zwar aufrecht, aber seine Augen waren vom Alkohol glasig. Aufmerksam, die Beine etwas gespreizt, sah er den Guardia an. Der Soldat trat an den Tisch des Unteroffiziers, der Guardia ließ ihn gehen.

»Aber Sie sind verhaftet«, sagte er zu Meister Oblitas.

Er zwang ihn, aufzustehen, indem er ihn heftig am Rock riß.

»Ich? Ich bin Musiker von Beruf, mein Herr«, sagte der Meister. »Verhaften Sie die Wirtin.«

Er sprach ein sehr korrektes Spanisch.

»Nimm ihn mit«, rief der andere Guardia an der Tür.

Kreischend stürzte sich die Wirtin auf den Guardia.

»So nimm doch mich mit! Schieß doch, wenn du willst! Schieß nur! Er ist unschuldig«, sagte sie auf Quechua. Die drei Mädchen standen um den Guardia herum.

Der Sänger neben mir begann mit seiner hohen Stimme die ersten Töne einer religiösen Hymne zu singen.

Inzwischen konnte sich der Guardia nicht mehr rühren, weil

sich die drei Mädchen an seine Arme und Beine gehängt hatten und ihn fast zu Boden rissen. Der andere schoß. »Kugeln«, schrie die dicke *chichera* und klammerte sich noch fester an die Beine des Guardia. Don Jesús sang weiter, als wäre er in der Kirche oder zwischen den Ruinen eines Dorfes, das ein Wildbach zerstört hat.

Der Unteroffizier brachte den Sänger zum Schweigen. »Hör auf, Bruder«, sagte er. Und mit langsamen Schritten ging er auf den gefesselten Guardia zu. Die Soldaten folgten ihm.

»Laß ihn, Mamita, laß ihn«, sagte er zu der dicken *chichera*. Sie ließ den Guardia los, und die Frauen traten ein paar Schritte zurück.

»Gehen wir, Guardia«, sagte der Unteroffizier zu dem *huayruro*.

»Mit dem Harfenspieler.«

»Gut, mit dem Harfenspieler. Los, lauf«, befahl der Unteroffizier.

Die Soldaten schleppten den Musiker mit sich. Der Soldat, der getanzt hatte, ging hinterher.

Die Frauen sagten kein Wort.

»Keiner, der es mit mir aufnimmt«, sagte der Unteroffizier mit lauter Stimme. »Mit mir, mit der Armee!«

Hoch erhobenen Hauptes ging er an der Spitze der Gruppe davon.

Die dicke *chichera* wußte nicht, was sie tun sollte. In ihrem Kopf arbeitete es. Sie blickte ihre Gäste an, die unruhig herumstanden, als wären sie eine Herde Schweine. Dann sah sie den Sänger, die Harfe an der Wand, schließlich mich an. Inzwischen gingen die Soldaten auf die Straße.

Der Sänger der Madonna stürzte sich auf das Instrument.

»Ich, Papacha«, sagte er.

Er strich über die Saiten und stimmte sie. Dann spielte er das gleiche Lied, zu dem der Soldat getanzt hatte. Doch die dunklen Töne gelangen ihm nicht; seine rechte Hand konnte in den tiefen Lagen die Akkorde nicht variieren, die Melodie aber sprang wie Feuer aus den Saiten. Das Gesicht, die Stirn des Pilgers waren rot, sein Bart schien zu leuchten, und seine Augen waren tief wie die eines Falken. Aber keine unschuldige Kreatur kann in ihren Blick jene mitreißende Erregung legen, die unergründlicher und undurchdringlicher ist als alle Lichter und alle Schatten der Welt. Ich fühlte das Verlangen, nach dem Rhythmus dieser Musik zu tanzen. Ich wollte schon aufstehen. Ich hatte die Scherentänzer, die Gaukler gesehen, die wie Teufel in den Vorhöfen der Kirchen tanzten, ihre Beine wie wilde Katzen bewegten, lange Sätze machten und mit kleinen Schritten wie die Tausendfüßler durch die Galerien der Dörfer strichen. Frühmorgens, im Licht der Dämmerung hatte ich gesehen, wie sie auf den Mauern des Friedhofs tanzten; dann schlugen sie die eisernen Scheren zusammen, aus deren Spitzen die Morgenröte zu flammen schien. Tausendmal hatte ich mir gewünscht, es ihnen gleichzutun; ich hatte in der Schule mit den anderen Kindern getanzt. Hier konnte ich es nun tun, zur Musik meines Freundes und vor einem verstörten Publikum, das aufgerüttelt werden mußte, damit es seine Seele und den Mut wiederfand, auf die Straße zu gehen und Papacha Oblitas vor dem Gefängnis zu retten. Aber die Gäste rannten in wilder Flucht davon und warfen Tische und Bänke um. Die *chichera* schimpfte laut auf Quechua:

»*K'anras, wiswis* – Geschöpfe ohne Mutter, vom Wind gezeugt.«

Auch der Sänger und ich mußten gehen, die *chichería* blieb still und verlassen zurück. Ich begleitete Don Jesús ein gutes Stück Weg durch die Gassen und über das Feld.

Er wohnte in einer Hütte mit einem zerlöcherten Blätterdach in der Nähe der Wasserleitung, die oberhalb von Abancay durch die Berge führt. Der *kimichu* schlief auf der Galerie. Der kleine Papagei kauerte auf dem Schrein der Muttergottes und suchte in seinen Federn nach Flöhen. Es war spät. Die Strahlen der Sonne, die sich schon den spitzen Bergen zuneigte, über die der Weg nach Andahuaylas führt, fielen voll und warm auf die Galerie. Wir waren müde.

»*Tatallay, tayta*« sagte der Sänger.

Da fiel mir Palacitos ein, der Undankbare. Er mußte den Nachmittag im Gespräch mit dem Klarinettenspieler in einer anderen *chichería* oder auf dem Feld verbracht haben.

»Wollt ihr am Abend um Almosen bitten?« fragte ich Don Jesús.

»Nein«, antwortete er. »Wir gehen morgen weiter. In Abancay ist nichts zu machen.«

Das traf zu. Die Muttergottes von Cocharcas wandert auf

dem Rücken ihres *kimichu* durch die Dörfer der Gläubigen – Indios oder Mestizen, Damen oder Herren –, und ihre Diener sprechen nur Quechua. In den Städten geht sie in die Viertel am Rande der Stadt, sucht dann die Kathedrale oder die größte Kirche auf, bleibt zu Ehren der Kirche einen Augenblick im Vorhof und wandert dann weiter – Hunderte von Meilen. Der *kimichu* spielt *chirimía*, der Papagei sitzt auf dem Schrein oder auf der Schulter des Pilgers und späht über die Felder. Der Einzug in die Dörfer wird überall ein Fest – der *kimichu* und sein Gefährte, falls er nicht allein ist, werden hoch geehrt. Aber hier in Abancay, in dieser Stadt voll Soldaten und Guardias mit glänzenden Sporen und Gamaschen, lauter neuen Herren, die die Leute aus dem Volk genau so hochmütig betrachteten wie die Verwalter und Großgrundbesitzer – was sollte die Madonna von Cocharcas mit ihrem Papagei, ihrem *kimichu* und ihrem Sänger hier? Leb wohl! Auf der Galerie verabschiedete ich mich von Don Jesús.

»Papay, Don Jesús, sing auf der Brücke des Pachachaca, am Fuß des Kreuzes«, bat ich ihn. »Sing für mich, damit ich bald von hier weggehen kann.«

»Ja, natürlich«, antwortete er. »Natürlich. Wir wollen dort mit der Muttergottes rasten.«

»Auch den Fluß mußt du bitten, Don Jesús.«

»Natürlich. Ich werde den *Apu* Pachachaca bitten.«

»Sag unserem Vater, daß ich von ihm Abschied nehmen werde.«

»Ja.«

Ich umarmte ihn. Die Sonne fiel auf die große Kordillere gegenüber, die voller Felsen und Abgründe ist.

Ich ging nach Abancay zurück, angstvoll und verwirrt, aber auch glücklich.

›Was, was sind die Menschen?‹ fragte ich mich.

Ich traf die Militärkapelle, die – von einer Horde Kinder, Señoritos und Mestizen begleitet – auf den Platz marschierte. Kleine Jungen in zerlumpten Kleidern rannten übermütig herum; sie stolperten über die Steine und standen wieder auf, ohne das Gesicht zu verziehen. Sie liefen dauernd um die Musikanten herum, sahen sie ganz aus der Nähe neugierig an und bestaunten die Instrumente. Gleich hinter der Kapelle marschierte eine Gruppe Jungen, die sich sehr anstrengten, möglichst lange Schritte zu machen und darum wild mit den Armen schlenkerten. Sobald sie zurückblieben, begannen sie zu laufen, damit sich ja niemand zwischen sie und die Musik schieben konnte. Andere Kinder betrachteten die Instrumente, vor allem die riesigen Bässe. Sie lachten, weil die Soldaten neben den Instrumenten so klein wie Zwerge oder merkwürdige Insekten wirkten. Sie lachten und schrien laut. Sie hörten dem Marsch zu, blickten sich an und jagten sich. Eine feierliche Gruppe von Mestizen und *comuneros* schritt neben den Musikanten auf dem Gehsteig oder am Rand der Straße. Die Kinder versteckten sich beim Spiel hinter den Mestizen und den Frauen und hielten sich an ihren Beinen fest; sie sahen die älteren Leute respektlos und mit glänzenden Augen an, in denen Vergnügen und Jubel strahlten wie in einem Meer, wie in einem Wald, in dem nach dem Regen Myriaden von Tropfen in der Sonne funkeln.

Ich konnte dieses unbeschwerte Glück der unschuldigen Kinder nicht mehr teilen; ich ging auf einer Seite, in der Nähe der Erwachsenen, neben der Kapelle her. Ich sah Palacitos, der ganz dicht neben Prudencio ging. Er gehörte nicht zu den Kindern, die auf der Straße herumtollten. Er war allein, und man sah, welche Bedeutung er sich selber zumaß. Sein Ausdruck war sehr ernst; er schien zur Kapelle zu gehören, aber man wußte nicht genau, welche Funktion er ausübte. Zog er an irgendeinem unsichtbaren Faden, der in unbekannter, aber notwendiger Beziehung zum Marschieren der Soldaten und zum Zusammenklang der Instrumente stand? Als ich ihn genau betrachtete, stellte ich fest, daß er der einzige wirklich feierliche Zuschauer und Begleiter der Kapelle war.

Wir kamen in den Park, und der Jubel der Kinder erreichte seinen Höhepunkt. Sie strömten über die Blumenbeete, zertraten die Rosen und Lilien, um als erste in der Nähe des Pavillons zu sein. Ein Park! Ein Platz! Jedesmal, wenn ein Mensch einen Platz betritt, geht durch die plötzliche Veränderung des Raums oder der Erinnerung ein Wandel in ihm vor. Ich sah mich nach Palacitos um, aber auch er war davongestürmt, er würde nun in der ersten Reihe vor dem Pavillon stehen und sich an das eiserne Gitter klammern. Ich ging einen Weg im Park entlang.

Auf der breiten Straße, die den Park von den Häusern und Gehwegen trennt, wuchs Unkraut. Dort sangen nachts die fliegenden Grillen, die es in allen Küstentälern und in den tief eingegrabenen heißen Schluchten gibt, die von der Kordillere bis zum Rand des Urwalds reichen. Trotz der lauten Musik hüpften die Grillen durch die Luft oder zirpten in ihren Verstecken. Diese Insekten fesselten mich. Grillen mit Flügeln? In den Dörfern, in denen ich früher lebte, hätte ich jeden für verrückt gehalten, der mir gesagt hätte, daß Grillen fliegen können. Hier waren sie so zart und lebhaft wie die Grillen in den gemäßigten oder kalten Zonen; sie bewegten die langen Fühler, als versuchten sie, den Weg, den unbekannten Raum zu erforschen, in den sie fielen. Sie drangen mutig in erleuchtete Zimmer ein, wo die Menschen sie – genau wie an der Küste – zertraten, unbekümmert um ihre sanfte Stimme, ihre anmutige Unschuld. Die Menschen zerdrückten diesen Boten, diesen Besucher aus dem verzauberten Teil der Erde; sie dachten nicht daran, ihn wieder fliegen zu lassen, und sie spürten das Zittern des kleinen kühlen Körpers nicht zwischen den Fingern. In jener Nacht bemühte ich mich eifrig, die Grillen von den Wegen zu entfernen, auf denen sie so gefährdet waren. Die Grillen in meinem Dorf haben keine Flügel; sie singen in der Nacht auf allen Feldern hell und klar zur Freude der Menschen. In Abancay aber mußte man sie verteidigen. Es war mühsam, sie mit den Händen zu fangen und behutsam wegzutragen, denn sie sind sehr zart und haben feine Gelenke. Ihre Glieder reißen leicht ab, und es ist entsetzlich, sie ohne Arme, Beine oder Flügel zu sehen, genauso entsetzlich wie den Fleck, den Schatten zu entdecken, der von ihnen übrigbleibt, wenn sie auf dem Boden eines Zimmers oder auf den steinigen Wegen zertreten werden. In jener Nacht gab es zum Glück nicht viele Grillen im Park. Er liegt in der Nähe trockener Felder. Die Musik legte einen schützenden Mantel um mich.

Als ich einen Augenblick die Spaziergänger im Park betrachtete, merkte ich, daß ich mich in der Nähe eines Ausgangs befand und daß mich manche Leute mit unverhohlener Neugier anblickten. Ich war bereits ein junger Bursche. Ich beschloß, in die Schule zurückzugehen, um zu lernen oder zu lesen. Dann sah ich Antero in Begleitung des Sohnes des Kommandeurs. Beide waren gleich groß, aber der Sohn des

Kommandeurs wirkte gewandter, er war schlank, jedoch nicht mager. Lebhaft betrachtete er die Spaziergänger, die Mädchen. Die Schülerinnen trugen nun andere Kleider, einige von ihnen kannte ich; so, ohne Uniformen, sahen sie fast wie richtige junge Damen aus. Antero grüßte mich mit der Hand und ging weiter. Fast sogleich aber kehrten beide um und kamen auf mich zu.

»Du hast nichts gesagt, du darfst nichts sagen«, flüsterte Antero. »Ich stelle dir Gerardo vor.«

Der Sohn des Kommandeurs reichte mir mit ernster Miene die Hand.

»Ich weiß, daß du ein Mann bist«, sagte er zu mir, »daß du Antero gern magst, daß er tapfer ist wie wenige oder wie kein anderer.«

Ich drückte seine Hand. Er sprach wie die Küstenbewohner – unheimlich schnell, ohne die Wörter zu artikulieren, und ein wenig singend.

»Ich werde nichts sagen, und ich habe nichts gesagt«, antwortete ich. »Geht nur. Ich freue mich, Sie kennengelernt zu haben, Gerardo.«

Trotz des schwachen Lichts in jener Nacht auf dem Platz bemerkte ich in Gerardos Augen einen seltsam verschiedenen Glanz. Das linke Auge wirkte leicht trüb und gleichzeitig stechender, es zeigte sozusagen deutlicher, was an dem Jungen besonders war. In den Bergdörfern, wo alle Quechua sprechen, fällt der Küstenbewohner immer auf; er ist anders. Gerardo hatte mich mit jenem Auge – durch den Schatten, der darin lag – so sanft angeblickt wie ein Pferd, in dessen Augen sich menschliches Verständnis spiegelt. Eine Straßenlaterne hatte sein Gesicht beleuchtet. Nachmittags beim Kampf hatte ich diese Besonderheit nicht beachtet. Ich hatte sie nicht bemerkt, doch diesmal hatte mich der Junge lange angesehen. Ich spürte, daß mich beide, Antero und er, für ein Kind hielten. Ich war es auch, aber Antero hatte den Unterschied zwischen uns nie betont, wir vergaßen ihn, wischten ihn aus. Antero hatte sich um mich gekümmert, hatte sich, seitdem er mir – Lleras zum Trotz – den *zumbayllu* geschenkt hatte, um mich bemüht. So hatte er mich mitgenommen, um Salvinia in der Allee zu treffen, so hatten wir den *winku* zusammen im Schulhof tanzen lassen. Aber jetzt im Park zeigte er sich deutlich als der, der er war – ein junger Löwe, der erwachsen geworden ist. Er zeigte es deutlicher als damals, als wir aus Condebamba zurückkamen und er ein Dutzend Indias zu seinen Geliebten machen wollte, falls Salvinia einen anderen vorziehen und er sie verlieren sollte.

Sie gingen weiter, holten eine Gruppe Mädchen ein und verlangsamten den Schritt. Neben dem Sohn des Kommandeurs wirkte Antero derb und schwerfällig. Ich sah, daß ihn die Schüler mit Staunen, ja mit Bewunderung betrachteten. Ich wartete an der Ecke, bis die Kapelle den Walzer zu Ende gespielt hatte.

Weder Salvinia noch Alcira kamen vorbei. Ein Duft von Parfum schwebte in der Luft. Elegante Damen und Herren, Gruppen von Offizieren und jungen Mädchen spazierten durch den Park. Die Offiziere standen um die Mädchen herum und begleiteten sie dann. Der Schmuck der Damen funkelte. Manche Ohrringe waren sehr lang; verschwenderisch hingen sie in den Ohrläppchen, und ihr Glanz erhöhte die Schönheit der Gesichter. Ich kannte keines der Mädchen, aber ich hätte Teppiche aus Blumen unter ihren Füßen ausbreiten mögen und wäre gern zum Himmel hinaufgestiegen, um als Zeichen meiner Verehrung für jede einzelne einen Stern herunterzuholen. Das Geschrei der jungen Männer, die ihnen folgten, der Übermut, mit dem sie die Mädchen manchmal anstießen, und noch mehr die frechen Blicke, die sie ihnen zuwarfen – all das ärgerte und erbitterte mich. Andere allerdings betrachteten sie voller Hingabe, so wie es sich gehörte, und traten respektvoll zur Seite, wenn ein Mädchen vorbei wollte. Ich hätte die groben Kerle, die nicht daran dachten, sich in andächtigem Schweigen vor den Mädchen zu verneigen, gern mit Schlägen oder auf irgendeine andere Art gedemütigt. Gleichzeitig überlegte ich, ob diese mit Juwelen behängten Wesen einen Mann glücklich machen konnten, ohne sich zu beflecken. Wie sollten sie auch? Sie befanden sich in unerreichbarer Höhe. Auch wenn ihre Füße den Boden berührten, wenn sie spazierengingen und der Musik zuhörten, so waren sie doch unendlich weit fort. Diese Entfernung war so unüberwindlich, daß kein Falke, mochte er noch so kühn sein, kein Insekt, selbst wenn es die kräftigen Flügel des *huayronk'o* hätte, sie bezwingen konnte. Oder genügte es vielleicht, eine Uniform anzuziehen und eine glänzende Peitsche in der Hand zu tragen, genügte es, so schneidig und selbstbewußt aufzutreten wie Gerardo, um in der Nähe dieser Wesen zu leben und sie an die Hand zu nehmen? Ich aber, ich wollte keinen Verrat an mir selbst verüben.

Der Walzer war zu Ende. Valle tauchte in Begleitung einiger hübscher Mädchen auf. Aber Valle trieb es zu weit, er heuchelte und spottete. Er tat so, als wüßte er mehr und hätte es weiter gebracht als alle anderen. Er gestikulierte mit den Händen und bewegte geziert die Finger; er brachte seinen Mund so nah an die Gesichter der Mädchen, daß sie seinen Atem spüren mußten. ›Warum stoßen sie ihn nicht von sich auf die Straße?‹ dachte ich. Aber sie schienen keinen besonderen Widerwillen gegen ihn zu empfinden.

Ich verließ den Park und faßte einen Entschluß, den ich selber für verrückt hielt und den ich dennoch ausführen mußte – ich wollte ins Gefängnis gehen und nach Papacha Oblitas fragen.

Das Gefängnis lag ganz in der Nähe des Platzes. Um diese Zeit war es allerdings geschlossen. Das Eingangstor hatte in Kopfhöhe ein kleines vergittertes Fenster, hinter dem mich der wachhabende Polizist nicht genau sehen konnte.

»Señor«, begann ich. »Señor Guardia, ich bin ein Patenkind des Harfenspielers, des Pachacha Oblitas, den man am Nachmittag eingesperrt hat. Hat man ihn wieder freigelassen?«

»Weiß ich nicht«, antwortete er.

An seinem Akzent merkte ich, daß er aus dem Apurímac oder aus Ayacucho stammte. So versuchte ich es auf Quechua.

»Papacito, dann frag doch. Ich möchte ihm etwas bringen, auch wenn es nur etwas zum Essen ist.«

»Man hat ihm Essen gebracht wie für einen Bischof. Aber er wollte nichts nehmen. Morgen kann er das Gefängnis wieder verlassen, bestimmt.«

»Weint er?«

»Sei nicht blöd! Warum soll er weinen?« Der Polizist sprach ganz leise. »Er hat sich höchstens die Hände zerschunden, weil er damit gegen die Wand geschlagen hat. Geh jetzt!«

»Danke, Papacito! Sag ihm, daß sein Patenkind gekommen ist, der Schüler, der neben ihm in der *chichería* saß.«

»Ja. Aber geh jetzt, los!«

Ich hörte Schritte hinter der Tür und lief eilig davon.

Dann beschloß ich, den Notar Alcilla zu besuchen. Ich hatte noch eine halbe Stunde Zeit. Ich mußte am Schultor vorbei und fand die Flurtür offen.

Alcilla würde im Bett liegen, die Kinder wären zu Hause, und seine demütige blasse Frau würde beten. Ich hatte Angst vor dieser Familie. Krankheit, Einsamkeit und Klagen hatten eine Mauer um sie gebaut. Dorthin zu gehen, bedeutete zu leiden, ohne zu wissen warum. Ich ging schon lange nicht mehr hin. Der Pater Rektor war jetzt mein Vormund.

Der halbdunkle, stille Schulhof lockte mich. Ich gab den Plan auf, den Notar zu besuchen, und ging in die Schule.

Ich war noch nie allein auf dem gepflasterten Hof gewesen. Ich setzte mich auf den Rand des Brunnens. Die Musik der Kapelle war trotz der Entfernung und der Hausmauern deutlich zu hören. Die Frösche hüpften um den Brunnen herum und quakten laut. Ich merkte zum erstenmal, daß ihre Stimme in Abancay tiefer ist als in den Bergen, obwohl dort das Quaken der Frösche im Chor der Grillen wie langsamer Glockenklang nachschwingt. In Abancay wie in allen heißen Gegenden quaken die Frösche mit einer Art jubelnder Zärtlichkeit, und die Grillen zirpen nicht im Chor, sondern fliegen herum und singen jede für sich. Andere Insekten aber fliegen in Schwärmen aus, und das unaufhörliche Summen und Brausen verwirrt den Fremden, betäubt ihn und macht ihn schläfrig.

Auch hinter den Bretterwänden auf dem hinteren Schulhof versteckten sich manchmal, wenn auch selten, Frösche und Grillen. Dort hängten Spinnen ihre Netze an die zerbröckelnde Decke und fingen darin die kleinen gelben Blumen, die in den Ritzen wuchsen.

Zum erstenmal fühle ich mich von den Mauern der Schule beschützt und empfand sie fast als ein Zuhause. Ich war so lange herumgezogen, und vorher hatte ich in dem Dorf, das eigentlich mein Heimatdorf war, in einem so feindseligen und fremden Haus gelebt – (ja, es war mein Dorf, aber keines seiner Häuser, kein Zimmer, kein Hof, kein Flur gehörte mir, und meine Katzen wurden von den Hunden des Hausbesitzers, der sie mit seinem Geschrei und seinen grausamen Augen aufhetzte, in Stücke gerissen) –, daß ich nun in dieser Nacht das Gefühl hatte, die Schule werde mich beschützen. Sie empfing mich mit ihren vertrauten Räumen, mit den großen, quakenden Fröschen und dem Brunnen, in den das Wasser in der Stille herabtropfte, mit der Galerie, wo ich den blassen, weinenden und verwirrten Añuco gesehen und die volle tiefe Stimme des Pater Rektors gehört hatte, als er ärgerlich und unschlüssig war. Ich war jetzt meiner selbst wieder sicher geworden. Ich hoffte, daß mich auch der innere Hof empfangen würde, und ging langsam dorthin; eine große Müdigkeit, ein tiefes Verlangen nach Zärtlichkeit brannte in meinen Augen.

In der Nähe der Latrinen traf ich Peluca.

»Die Hure ist nicht gekommen«, sagte er laut, als er mich erkannte. »Sie will nicht mehr. Heute würde ich sie dir abtreten! Bestimmt, ganz sicher! Damit du endlich lernst, ein Mann zu sein.«

Er ging vor den Bretterwänden auf und ab.

Ich nahm eine Handvoll Erde und warf sie ihm ins Gesicht. Er schrie auf, schlug die Hände vor die Augen und lief mir nach. Ich duckte mich zur Seite, und er rannte an mir vorbei in den ersten Hof.

Ich ging in die Küche.

Die Köchin war Palacitos und mir wohlgesinnt. Sie hörte, wie Peluca rannte, und begann zu lachen. Eine von Fliegen verschmutzte Lampe warf ihr trübes Licht auf die verrußten Wände der Küche.

»Sie ist auf dem Turm«, sagte sie auf Quechua. »Ach, ja.«

»Auf dem Turm?«

»Ja, auf dem Turm.«

»Mit dem neuen Schal?«

»Natürlich. Sie gibt ihn nicht mehr her. Sie hat ihn mitgenommen und versteckt.«

»Hast du sie hinaufgehen sehen?«

»Ja. Das Schloß ist so ausgeleiert wie der Küster betrunken ist. Und sie kann besser klettern als ein Bär. Ich habe gesehen, wie sie hineinging.«

Ich hielt es kaum für möglich, daß sie unentdeckt über den Platz hatte gehen können. Allerdings ging niemand vorsichtiger als sie – sie huschte umher, als wäre sie ein kleiner runder Schatten. So erschien sie auch jedesmal auf dem inneren Hof – ganz plötzlich war sie da, und es half den Schülern nichts, wenn sie den Gang auch noch so gierig überwachten.

»Ich gehe. Ich will sie sehen«, sagte ich.

Die Köchin blickte mich erstaunt an.

»Vielleicht ist sie nur über den Platz gegangen, um die Musik zu hören. Vielleicht steht sie vor einer Tür, in einem Flur oder neben einem Laden?« fragte ich.

»Dort könnte man sie doch treten. Man könnte ihr alles mögliche antun, sie ist doch nicht normal. Aber sie ist auch ›anders‹; wenn sie will, kann sie aus dieser Welt ganz still und ruhig verschwinden, sie kann von den Felsen in eine tiefe Spalte springen oder in den Schatten einer Höhle treten. Doch sie muß wohl noch lange leiden. Dazu ist sie hier.«

»Leiden sie denn?«

»Es sind doch auch Menschen. Warum sollten sie nicht leiden? Glaubst du, daß ihr Körper nur tote Haut ist?«

»Warum nur müssen sie leiden?«

»Dazu hat Gott sie in diese Stadt geschickt.«

»Vielleicht leidet sie nicht, vielleicht ist sie jetzt fröhlich im Turm. Fröhlicher als du, obwohl du Tag und Nacht in der Küche bist. Und fröhlicher als ich.«

»Ach Kind, vielleicht.«

»Ich gehe jetzt«, sagte ich. »Aber im Hof könnte mich Peluca erwischen.«

»Das wollen wir sehen«, erwiderte sie und nahm eine große Zange aus dem Feuer.

»Das wollen wir sehen. Sicher erschrickt er ganz schön.«

Wir gingen auf den Hof. Peluca hörte uns und lief uns entgegen. Die Köchin trieb ihn mit der Zange zur Treppe und hielt ihn dort in Schach.

»*Papacito*, Esel«, sagte sie, »sei jetzt ruhig.«

Ich lief auf die Straße. Die Kapelle spielte noch immer, und der Park schien stolz auf die Damen, Herren und Offiziere zu sein, die in ihm spazierengingen, während die Mestizen und die Indios auf der Straße oder auf den Gehsteigen vor den Häusern standen und sich um den Pavillon drängten. Ich lief bis zur Kirche, ohne daß mich jemand sah.

Das kleine Schloß an der Tür zum Turm war verschwunden, und die Kette hing herunter. Die Tür war angelehnt. Ich erreichte sie im Schatten des Turms. Obwohl ich Angst hatte, öffnete ich vorsichtig den einen Türflügel, schlüpfte hinein und machte ihn wieder zu. Die Dunkelheit war undurchdringlich.

Aber nun verlor ich die Angst. Plötzlich spürte ich eine Hoffnung, eine Hoffnung, die mein Herz wild schlagen ließ. Ich zog die Schuhe aus und tastete mich die Stufen hinauf. Ich war gewohnt, barfuß zu gehen, und als Kind konnte ich so leise gehen wie eine Katze. Niemand würde mich hören.

Nach und nach wurde es heller. Aber die Helligkeit kam nicht von einer Lampe im Turm, sondern war der Widerschein der Straßenlaternen und des mit Sternen übersäten Himmels. Ich hatte meine Schuhe an den Gürtel gebunden, um die Hände frei zu haben.

Ich ging ganz nahe zu der Schwachsinnigen hin, so daß ich sie deutlich sehen konnte. Sie lag unter dem Bogenfenster, das auf den Platz hinausging. Die unordentlichen, häßlichen, schmutzigen Haare hoben sich gegen das Licht ab. Sie bewegte abwechselnd die Füße, wie ein Puma mit dem Schwanz wedelt, wenn er zufrieden ist. Ich hörte, wie sie unaufhörlich lachte. Sie war weit weg von den Menschen. Sie lachte laut, in kurzen Abständen. Mit dem Arm deutete sie auf den Platz und lachte wieder. Wahrscheinlich zeigte sie auf die Leute, die sie kannte oder die es ihrer Meinung nach verdienten, daß man über sie lachte, oder die tatsächlich lächerlich waren. Ihr Lachen war stoßartig, aber nicht unzusammenhängend.

Am Vortag hatte sie Doña Felipas Schal vom Kreuz an der Brücke heruntergeholt. Aber die Tat dieser Nacht war größer. In dieser Nacht lauschte sie der Musik am höchsten und feierlichsten Ort der Stadt und betrachtete dabei prüfend die Großen von Abancay. Sie zeigte auf sie und richtete sie. Sie freute sich voll und ganz, sie feierte sich selber, wie es vielleicht sonst niemand tat. Und doch weckten ihr Lachen, die Bewegungen ihres Körpers, ihre Haare eine entsetzliche Traurigkeit in mir. Warum? Vielleicht weil ich sie nackt gesehen hatte, den Rock über den Kopf gestülpt, weiß, begehrt, der Preis in den blinden Kämpfen der Schüler, tierisch und verdummt. Wie hatte ich in den Stunden gezittert, wenn sie nachts auf dem inneren Hof am Boden lag und mich weder der Himmel noch die Erde verschlingen wollten – trotz meiner Gebete.

Ich war verwirrt, wartete aber noch einen Augenblick länger. Ich hatte das Gefühl, eine Sünde zu begehen, wenn ich sie nur ansah.

Dann stieg ich die Treppe noch vorsichtiger wieder hinunter, einmal weil der Abstieg auf schwierigen Wegen oder Stufen mehr Aufmerksamkeit verlangt, aber auch weil ich von einem ganz anderen – einem bedrückenden – Gefühl erfüllt war, anders als jenes, das mich den Turm hinaufgetrieben hatte.

Nur die blauen Augen meines Vaters hätten mich beruhigen, hätten mich von all dem Bösen befreien können, das ich an diesem Tag gesehen hatte. Und wie so oft lief ich schnell in die Schule zurück, in der kindischen Hoffnung, ihn lächelnd vor der Tür zu finden. Dann fiel mir Peluca ein, und ich wartete auf die Rückkehr anderer Schüler. Ich hörte, daß die Kapelle unter den Klängen eines Marsches in die Kaserne zurückkehrte.

»Der Gesang des *rondín* hat dich erreicht. Vielleicht auch der Gesang des *winku.* Als er dich in Chalhuanca nicht fand, ist er nach Coracora geflogen, denn er war stark genug, um die Welt zu umfliegen«, rief ich und dachte an meinen Vater. Und wieder fühlte ich mich einsam und fest in dieser Stadt, aus der er, mein Vater, mit Recht geflohen war.

Und Añuco? Würde er jetzt weinend die fiebrigen Ufer des Apurímac entlang reiten? Von Lleras wußte ich, daß seine Knochen und sein Fleisch nur noch eine verwesende Masse waren, die das Wasser des großen Flusses – »der Gott, der spricht« – an irgendein schlammiges Ufer geschwemmt hatte, wo die vom Teufel besessenen vielfarbigen Würmer sie fressen würden.

Die colonos

Die Guardias, die Doña Felipa verfolgten, wurden tagelang von den Bauern in die Irre geführt. Im gleichen Dorf sagten die einen, daß die *chichera* vor wenigen Augenblicken langsam auf ihrem Maultier vorübergeritten sei, die anderen aber wollten nicht einmal ihren Namen gehört haben und von ihrer Ankunft nichts wissen. Höflich gemeinte, aber falsche Auskünfte zwangen die Guardias, bald Felswände zu erklettern, bald in die Schluchten hinunterzusteigen oder stundenlang die Berghänge zu durchsuchen. Wenn sie in die Dörfer zurückkehrten, bestraften sie aus Ärger die Behörden des Ortes. Sie kamen auch nach Andahuaylas. Dort behauptete die Hälfte der Leute, das Doña Felipa bereits durchgekommen und nach Talavera gegangen sei, die andere Hälfte aber sagte, daß man sie noch nicht gesehen habe, daß sie aber sicher kommen werde.

Fest stand nur, daß sie nicht gefunden wurde. Auf Befehl des Präfekten blieben die Guardias in Andahuaylas und errichteten dort einen Kontrollposten. Täglich erhielten sie Berichte über die Reise Doña Felipas und ihrer Gefährtin und über ihre Flucht nach Huamanga. Aber sie hörten auch, daß die beiden in San Miguel, am Rand des Urwalds, dort, wo es schon Schwärme großer blauer Papageien gibt, eine *chichería* eröffnet hatten.

In Abancay dagegen wurde Doña Felipas *chichería* nicht geschlossen, nicht einmal nach dem Zwischenfall mit den Soldaten. Mit Unterstützung der Guardias zog Don Paredes wieder als Besitzer ein und setzte die junge dicke *chichera* vor die Tür. Sie mußte Abancay verlassen und zog nach Curahuasi, in ihr Heimatdorf. Sie ging zusammen mit dem Harfenspieler, Papacha Oblitas, der aus dem gleichen Dorf stammte.

In der folgenden Woche verließ das Regiment Abancay, und die Guardias zogen in die Kaserne. Die Priester erklärten, daß das Regiment nicht nur wegen des Aufstandes nach Abancay gekommen sei, sondern um die alljährlichen Manöver abzuhalten, daß die Truppe viel zu lang im Quartier gelegen habe und daß der plötzliche Marsch zum Apurímac und Pachachaca ein großer Erfolg gewesen sei, der dem militärischen Kommando in Cuzco Ehre mache.

Die Externen hatten das Gefühl, die Stadt sei plötzlich leer geworden. Verschwunden waren die Offiziere, die auf der Straße, in den Wirtschaften, den Salons und Herrschaftshäusern jeden mit ihrem Glanz geblendet hatten. Ich verstand nicht, warum viele der stolzesten jungen Mädchen so traurig zurückblieben, ja sogar um die Offiziere weinten, und daß sich ein paar verlobt hatten. Ich hörte, daß sich zwei Mädchen aus der Stadt das Leben nehmen wollten. Sie waren mit ihren Offizieren an die abgelegenen Ufer des Mariño gegangen, und die Leute erzählten, daß sie dort – allerdings freiwillig – »entehrt« worden seien.

Die Uniform gab den Offizieren ein unwirkliches Aussehen. Ich hatte nie so viele von ihnen auf einmal gesehen; sie beherrschten die Stadt, nahmen sie in Besitz, setzten sich darin fest wie ein Schwarm bunter Ziervögel, die Erde und Raum erobern. Die Garnisonskommandanten, die ich in den Dörfern kennengelernt hatte, waren fast immer großmäulig, unordentlich und betrunken gewesen. Aber die Offiziere des Regiments riefen, wenn man sie so zusammen sah, neue, unvertraute Eindrücke und Vorstellungen wach. Die Gewehre, die Bajonette, die roten Federbüsche, die schöne Musikkapelle flossen in meiner Erinnerung zusammen und verschmolzen miteinander. Die Bilder quälten mich, und ich fürchtete mich vor dem Tod.

Die jüngeren Offiziere trugen Peitschen aus glänzendem Leder. Sie gingen in ihren hohen, fein gearbeiteten Stiefeln selbstsicher und schneidig umher. Wenn sie sich einmal bis nach Huanupata verirrten, gerieten die Leute in Aufregung und starrten sie in grenzenloser Bewunderung an. Die älteren Offiziere aber erfreuten sich keiner besonderen Ehrerbietung, denn die meisten von ihnen waren dick und hatten große Bäuche. Die Mädchen blickten ihnen ängstlich nach, wenn sie vorübergingen.

Die Leute sagten, daß der Oberst nur ein einziges Mal in Huanupata gewesen sei. Er stammte aus Trujillo, hatte einen alten spanischen Namen, und seine Feierlichkeit, seine Bewegungen und sein Benehmen wirkten gekünstelt und falsch. Nur in der Kirche setzte er ein ernstes und strenges Gesicht auf. In der goldbestickten Uniform mit den Epauletten, allein in einem großen Sessel, von Weihrauch eingehüllt, der bis zum Dach der Kirche emporstieg, sah er so imposant aus, daß wir vor ihm mehr Angst und Ehrfurcht empfanden als vor einem Großgrundbesitzer. Man erzählte mir, er sei bei jenem Mal, als er in Begleitung verschiedener Offiziere und anderer Herren Huanupata besuchte, sehr schnell durch die Straßen gegangen. Am Ende habe er sich über den widerwärtigen Geruch beklagt, der aus den *chicherías* und den Hütten auf die Straße drang.

In jenem Teil der Stadt hielten die Leute viel Schweine; den Fliegen ging es dort gut, und sie summten in Schwärmen um die Köpfe der Passanten. Das Wasser in den Pfützen verfaulte in der Hitze, verfärbte sich und wurde dick und schlammig. Aber hinter ein paar hohen Holzwänden, am Rande von Huanupata, sahen die Zweige eines *limonero real* hervor; hoch oben hingen die reifen oder grünen Früchte, die Wonne der Kinder. Wenn es einem kleinen Jungen aus Huanupata gelang, eine der Zitronen mit einem Stein herunterzuschlagen, nahm er sie fast ehrfürchtig in die Hände und lief, so schnell er konnte, davon. Sicher hatte er irgendwo in seinen Kleidern, vielleicht in einem Knoten des Hemdes, ein Stück der billigsten *chancaca* versteckt, die in den Haciendas des Tals hergestellt wird. Die große Zitrone aus Abancay hat eine dicke Schale, deren Fleisch eßbar ist und die sich leicht entfernen läßt. Ihr brennender und zugleich süßer Saft gibt gemischt mit der schwarzen *chancaca* die wohlschmeckendste und kräftigste Speise der Welt. Sie schenkt Freude, und man glaubt, aus ihr das Licht der Sonne zu trinken.

Ich konnte nicht verstehen, warum so viele hübsche, junge Mädchen, die ich beim Konzert im Park gesehen hatte, nun um die Offiziere weinten. Ich verstand es nicht, und ich empfand Mitleid mit ihnen. Ich sagte schon, daß fast alle Offiziere schneidig und mit ihren langen, glänzenden Peitschen ein wenig unwirklich waren. Sie trugen merkwürdige taillierte Röcke, hohe farbige Mützen und seltsame Stiefel; ich fand sie unfreundlich, weil sie die übrigen Menschen von einer anderen Welt aus zu betrachten schienen. Sie waren höflich und übertrieben ihre Ritterlichkeit ein wenig. Dadurch erschienen sie mir unnatürlich, als wäre ihr Verhalten das Ergebnis langer

Versuche, genauer und geheimer Prüfungen, die in Kellern oder verborgenen Höhlen bestanden werden mußten. Sie waren nicht wie andere Menschen, Fremde oder Freunde, die ich kannte. Bei den älteren Offizieren bemerkte ich in der kurzen Zeit, die ich sie sah, allerdings nur noch Spuren dieser falschen Höflichkeit, dieser kriecherischen Zuvorkommenheit der jungen. Sie traten überall mit großer Sicherheit auf, als wären sie nicht aus Erde gemacht und würden sie nicht wieder zu Erde werden, sondern als seien sie die Herren der Welt – wo auch immer sie sich befanden. Und ihr Blick war anders, irgendwie roh, voll von einer Wollust, die nur sie zu haben schienen. Als ich erfuhr, daß sie abgezogen waren und die Stadt verlassen hatten, mußte ich dauernd an sie denken.

Ich erinnere mich, daß ich mir einmal nachts im inneren Hof vorstellte, sie seien Tänzer oder gespenstische Erscheinungen. ›Sie sind Masken‹, sagte ich mir. Die Masken wollen die Menschen immer mitnehmen und sie irgendwo hinführen. Nach Meinung der bigotten alten Frauen und auch der Indios kam der Scherentänzer aus der Hölle; er wollte die Menschen mit seinen Sprüngen und seinem Kostüm voller Spiegel blenden. Er schlug seine eisernen Scheren zusammen und balancierte über ein Seil, das zwischen dem Turm und den Bäumen auf dem Platz aufgespannt war. Aber er schien der Bote aus einer anderen Hölle zu sein, nicht der, die die Priester beschreiben, wenn sie ärgerlich und böse sind. Die *ukukus* dagegen, in ihren Fellen peruanischer Bären mit kleinen spitzen Ohren, mit Masken vor den Gesichtern, die nur die glänzenden Augen des Tänzers freigeben – die *ukukus* versuchten, uns ins Dickicht zu locken, dorthin, wo der große Urwald beginnt, an die fürchterlichen Abgründe der Anden, wo die wilden undurchdringlichen Wälder wachsen. Und diese anderen Masken? Der Oberst? Die *huayruros* mit ihren Sporen und Gamaschen, die so anders waren als die bescheidenen Gendarmen, die sie ersetzten? Die dicken Hauptleute, die so stolz waren, wenn sie den Oberst beim Parademarsch begleiten durften? Wohin würden sie uns führen? Aus welcher unterirdischen Schicht der Erde kamen sie? Wann würden sie ihren Tanz beginnen, damit wir sie vielleicht erkennen und verstehen könnten?

Was hatten sie zu den schönen Mädchen gesagt? Was hatten sie mit ihnen an den Ufern des Mariño gemacht? Warum weinten diese Mädchen nun? Vielleicht hatte ihnen sogar Salvinia ihr kristallklares Lächeln geschenkt! Ich erschrak. Und das Entsetzen ließ mich meine Gedanken weiterspinnen: Vielleicht hatte auch Clorinda, diese zarte Blüte trockener, nur im Winter grünender Felder, eine dieser Masken angeblickt. Vielleicht hatte sie diese Maske sogar ihrem Bräutigam, dem verschlagenen Schmuggler, vorgezogen, und vielleicht hatte eine ihrer Hände die Epauletten berührt.

Um mich gegen diese blinde Verzweiflung zu wehren, rief ich mir das Bild der Brücke über den Pachachaca, das Bild der Schwachsinnigen, die hoch oben auf dem Turm strahlend vor Glück den Schal Doña Felipas umklammert hielt, in Erinnerung. Dann dachte ich an Prudencio und an den Soldaten, dem ich auf der Straße nachgegangen war, weil er unter Tränen ein Lied aus meinem Dorf gesungen hatte. »Nicht sie, nicht die Soldaten«, sagte ich laut. »Sie sind wie ich. Nicht sie!«

Palacitos hatte mich gehört und kam zu mir.

»Träumst du?« fragte er.

»Wozu sind Soldaten gut?« fragte ich gedankenlos.

»Wozu?« antwortete er sofort und lächelte. »Um zu töten, natürlich. Du träumst ja.«

»Er auch? Prudencio auch?«

»An der Front, ja«, erwiderte er. »Ich weiß es. Warum fragst du das?«

»Aus Dummheit«, sagte ich ohne Zögern. »Ich habe meinen Vater nicht so nah wie du. Ich träume, ich fasele einfach.«

»Mein Vater kommt!« rief er. »Er kommt bald«, und er umarmte mich stürmisch.

Ich vergaß sofort meine dunklen Ahnungen. Palacitos hatte noch nie den Besuch seines Vaters mit Begeisterung erwartet. Im Gegenteil, sobald er aus einem Brief erfuhr, daß sein Vater komme, zeigte er sich bedrückt. Er versuchte dann, zu lernen, schlug immer wieder die Bücher auf, erkundigte sich nach Definitionen. Er hatte Angst und verbrachte die Nachmittage in der Küche auf ein paar Fellen, die die Köchin im dunkelsten Winkel hinter der Tür ausgebreitet hatte. Wenn er die Küche verließ, stellte er neue Fragen und machte sich Notizen. Den Lehrern, besonders dem Pater Rektor gegenüber benahm er sich demütig und bescheiden. Der Pater Rektor erriet natürlich den Grund und sprach ihm manchmal Trost zu.

»Mut, Palacitos«, pflegte er zu sagen, »Mut, mein Junge.« Er nahm Palacitos' Kinn in die Hände, hob sein Gesicht in die Höhe und zwang den Jungen, ihn anzusehen. Dann begann Palacitos zu lächeln.

Nun erwartete er zum erstenmal die Ankunft seines Vaters mit Ungeduld.

»Die Murmeln, Bruder«, sagte er. »Ich werde sie meinem Vater schenken und ihm von Lleras, vom Bruder und von Prudencio erzählen.«

Er hatte eine Glaskugel nach der anderen genau untersucht. Wie die Augen unbekannter Tiere waren sie alle voneinander verschieden. Der Anblick dieser kleinen runden Dinger, in denen sich farbige Lichter kreuzten, begeisterte ihn so sehr, daß er sich wieder von seinen Kameraden zurückzog, aber diesmal aus einem anderen Grund. Er hatte die Kugeln seinen Freunden gezeigt – Romero, Chipro und mir. Einen Augenblick hatte er überlegt, ob er auch Valle rufen sollte, doch dann hatte er auf Quechua eine sarkastische Bemerkung gemacht und die kleine Truhe verschlossen. Zwei oder drei Tage lang trieb er sich danach singend und pfeifend allein im Internat herum; nur selten kam er zu uns. »Añuco hat mich gern, nicht?« hatte er plötzlich einmal gefragt.

Und dann begann er zu lernen, während des Unterrichts aufzupassen und auch besser zu verstehen. Einmal hob er sogar den Arm, um eine Frage des Lehrers zu beantworten, und die Antwort war richtig. Der Lehrer hatte kaum Zeit, sich zu wundern. Er stellte verschiedene weitere Fragen und Palacitos, obwohl er vor Angst bereits ein wenig zu zittern begann, antwortete richtig.

Ich sah, daß auch seine Kameraden kaum Zeit und Gelegenheit hatten, ihn mit Fragen zu bestürmen, ihre Neugier wegen dieser plötzlichen Veränderung und ihr Erstaunen darüber zu zeigen. Die Pausen verbrachte er mit mir, mit Romero und Iño. Romero, der sportliche Held der Schule, groß und berühmt, blieb ihm treu. Er spielte und plauderte mit ihm, nahm ihn unter seinen Schutz und half ihm so zu einer ruhigen Entwicklung.

Und nun erwartete er stolz, mit dem Gefühl, eine Heldentat vollbracht zu haben, seinen Vater.

»Wird dir dein Vater glauben? Werden ihm die Kugeln gefallen?« fragte ich ihn.

»Er wird mir glauben, Brüderchen. Sein Herz wird fast stillstehen. Ich kann mich an alles erinnern, an alles. Ich werde ihm von den Büchern erzählen, von Arithmetik und Geometrie. Geometrie! Brüder! Er wird erschrecken, bestimmt. Er wird mich nicht wiedererkennen.«

Zusammen liefen wir auf den äußeren Hof. Ich war glücklich, daß er an diesem Abend mit seiner Freude zu mir gekommen war.

Antero aber zog sich von mir zurück. Sein neuer Freund Gerardo wurde in der Schule zum neuen Helden, der sogar Romero im Springen und Speerwerfen übertraf und alle seine Gegner im Boxkampf besiegte. Er spielte Fußball so geschmeidig wie ein Aal und so schnell wie ein Pfeil. Nur im Laufen und im Weitsprung war ihm Romero überlegen. »Du bist großartig, Romero«, sagte er vor allen anderen im inneren Hof immer wieder zu Romero. Beim Fußballspiel hatte Romero Lleras ersetzt, und Gerardo wurde Kapitän der Mannschaft. Der Pater Rektor plante bereits eine Reise nach Cuzco, um dort seine Mannschaft gegen das *Colegio Nacional* antreten zu lassen.

»Auf nach Cuzco!« rief der Pater nach den Trainingsspielen in Condebamba und nahm Romero und Gerardo am Arm.

Mit den weißen, zerzausten Haaren wirkte er jung; er lächelte und ging mit langen Schritten über den Platz.

Wir klatschten Beifall.

»Von Gerardo kann ich etwas lernen«, sagte Antero einmal während einer Nachmittagspause im Schulhof zu mir. »Die Frauen. Er versteht etwas davon.«

»Die Frauen?«

Ich hatte noch nie gehört, daß er »Frauen« sagte. Wie ich pflegte er »Mädchen« zu sagen, und in der letzten Zeit hatte es ohnehin nur noch einen Namen gegeben – Salvinia, und in zweiter Linie Alcira.

»Natürlich, die Frauen«, antwortete er. »Er weiß etwas von ihnen, er ist erfahren. Er hat schon zwei Geliebte. Salvinia aber haben wir beide verlassen. Keiner soll sie haben.«

»Was heißt das? Keiner?«

»Ich habe eine andere und eine zweite in Aussicht. Aber Salvinia bewachen wir. Sie ist die verbotene Frucht, nicht nur für mich, sondern auch für Gerardo. Niemand soll sie versuchen. Gerardo hat eine gehabt am Mariño, der Schurke. Sie weinte, als er sie nahm. Und ich . . .«

»Was?« schrie ich.

»Nichts, Bruder«, erwiderte er. »Wir bestrafen nur Salvinia. Du hast ja selber gesehen, wie sie mit Pablo, Gerardos Bruder, gelacht hat. Nicht wahr? Du hast es selber gesehen. Nun hat sie Angst, wenn sie uns sieht. Vor beiden. Ist das nicht Verrat?«

»Ihr zwei stolziert umher und meint weiß Gott, wer ihr seid – fast schon wie Lleras und Peluca«, sagte ich.

Er blickte mich an, halb empört, halb neugierig.

»Ihr flucht zwar nicht, und ihr seid auch keine Bösewichte. Aber ihr seid schlimmer als Lleras, ihr seid dreckig, weil ihr den Mädchen auflauert wie die Hunde. Warum macht ihr Salvinia Angst?«

»Sag selber, ob sie nicht gelacht hat! Gib zu, daß sie kokettiert hat!« schrie er.

»Ich weiß nicht, Markask'a. Du bist älter als ich, du mußt es besser wissen. Aber am Nachmittag gebe ich dir den *zumbayllu* zurück. Ich habe ihn lange untersucht und nun kann ich selber *zumbayllus* machen.«

»Wovon redet ihr?« fragte Gerardo und sprang mit einem Satz von der Galerie auf den Hof herunter.

Die Iris in seinem linken Auge war groß wie bei einem edlen Pferd. Sie hatte nicht die gleiche Farbe wie das rechte Auge, das von einem glänzenden Braun war. Die linke Iris war von einem hellen Grün, das in andere unbestimmte Farben überzugehen schien, wobei vielleicht das fröhliche und glänzende Braun wie ein dunkler Grund vorherrschte.

»Ernesto versteht das nicht, er ist noch zu klein«, sagte Antero. »Er wurde wütend, als ich ihm erzählte, daß wir Salvinia bewachen und daß du ein anderes Mädchen von Abancay besessen hast.«

»Bewachen! Ja, ich weiß schon, daß du dich benimmst wie ein lüsterner Hund, der in allen Straßen schnüffelt. Wäre es nicht anständiger, wenn ihr Salvinia in Ruhe ließt?« fragte ich.

»Ein lüsterner Hund? Wir verteidigen Salvinia. Niemand darf sich ihrer Tür nähern. Das ist zwar nicht meine Art«, antwortete Gerardo, »aber Antero hat es so entschieden. Ich habe ihm gesagt, es wäre besser, wenn er wie ich aufs Ganze ginge. Alles andere gefällt den Frauen nicht.«

»Was gefällt ihnen nicht?«

»Das Bewundern, das Anbeten, all das«, antwortete Antero. »Sie sind verrückt nach Gerardo, weil er Positivist ist, weil er den Körper haben will.«

»Lüge, du Hund! Lüge, du Dieb! Ihr ekelhaften Kerle!« schrie ich.

»Lüge? Sie laufen mir alle nach und schreiben mir Briefe. Sie tun alles, was ich will.«

»Dann, Gerardo, dann gehörst du zu den Verlorenen, genau wie Peluca. Wenn der tapfer wäre, würde er dich windelweich prügeln, er würde dir das Gesicht einschlagen, und dann hättest du die Frauen gesehen. Er würde dich zwingen, hinter ihm her auf den Knien durch alle Straßen zu rutschen, wie du es verdienst. Du wärst sein Handlanger, wenn er mit der Schwachsinnigen schläft. Sagt nicht sogar Antero, daß du alle Mädchen zum Weinen bringst? Hau ab, du Sohn eines Militärs, du Schwein!«

Er stürzte sich auf mich. Antero hielt ihn am Rock fest. Ich war darauf gefaßt und stemmte mich gegen ihn. In wildem Durcheinander kamen die anderen Schüler gelaufen. Ich war blind vor Wut und versetzte dem Sohn des Kommandeurs einen Fußtritt; dann hielt mich jemand von hinten fest.

»Was ist hier los?« hörte ich den Pater Rektor fragen, der die Stufen von der Galerie herunterkam.

Aus Achtung vor dem Rektor zerstreuten sich die Jungen im Hof. Wir drei blieben.

»Was ist los?« fragte der Pater noch einmal und blickte uns nacheinander an.

»Nichts, Vater«, erwiderte Gerardo fest.

»Ernesto hat Gerardo beschimpft und ihm sogar einen Fußtritt versetzt«, rief Peluca von weitem. »Ich habe es gesehen.«

Alle sahen Peluca an. Der lachte verlegen mit dem Ausdruck eines Dummkopfs, der bereut und gleich zu weinen anfängt.

»Er lügt«, sagte Gerardo. »Wir haben nur Spaß gemacht.«

»Du, du gehst sofort in dein Klassenzimmer, du hast das Lernen sowieso nötig«, befahl der Pater Peluca. »Die Glocke läutet.«

Die Pause war zu Ende.

Der Pater blieb mit uns dreien allein.

»Vater«, bat ich, »lassen Sie mich einen Augenblick hinaufgehen; ich möchte Antero dringend etwas geben.«

»Gut, geh!« sagte er.

Mit großen Sätzen rannte ich die Stufen hinauf. Ich öffnete meinen Koffer, zuunterst lag mein einziger *zumbayllu*. Im Schlafsaal war es dämmerig; die hölzernen Dachbalken, die nie verkleidet worden waren, schimmerten undeutlich im Licht eines halb offenen Fensters. Eine Nachtigall, *jukucha pesk'o*, winzig klein und flink, hüpfte singend auf einem der Trägerbalken hin und her; dann flog sie durch das Fenster davon.

»*Zumbayllu*, mein *zumbayllu*, leb wohl! Du tust mir leid! Du wirst in schmutzige Hände, in schmutzige Taschen kommen. Der, der dich machte, ist jetzt mit dem Teufel verbündet.«

Dann ging ich hinunter. Der Pater redete noch immer mit Gerardo und Antero. Ich sah die beiden vor mir, groß und stark, mit gelblicher Haut, und ich erwartete, daß aus dem Fleck in Gerardos linkem Auge Eiter oder irgendeine andere eklige Flüssigkeit herausquellen würde.

Ich ging zu ihnen. Die Anwesenheit des Pater Rektor ließ mich einen Augenblick zögern. Aber dann zog ich den *zumbayllu* aus der Tasche.

»Ich gebe ihn dir zurück, Antero«, sagte ich. »Besser jetzt, wenn der Pater Zeuge ist.«

Offensichtlich hatte ich ihn überrascht. Verwirrt nahm er den kleinen Kreisel entgegen. Doch dann sah ich eine Veränderung in seinem Gesicht. Die frühere Reinheit schien zurückzukommen, es wurde schöner, als würde es von innen heraus noch einmal ins Licht der Kindheit getaucht. Der zynische, bestialische Zug um seinen Mund verschwand, und das Blut färbte seine Lippen rot.

»Nein, Bruder«, sagte er. »Ich habe ihm den *zumbayllu* geschenkt. Vater, ich will ihn nicht zurückhaben.«

Gerardo war verblüfft, er fühlte sich unbehaglich. Anscheinend hatte auch er die Veränderung in Anteros Gesicht bemerkt. Der Pater spürte, daß zwischen uns etwas geschehen war. Prüfend blickte er uns in die Augen. Gerardo wirkte nun unsicher, fast verloren zwischen uns. Der Fleck in seinem Auge war ausdruckslos, glich der vergrößerten Pupille einer Katze im Schatten, verriet kein Gefühl, kein Verständnis. Ich verachtete ihn nicht mehr, und meine Empörung legte sich. Ich sah ihn an, und er zwinkerte mit den Augen.

»Warum gibst du ihm den Kreisel zurück? Sollte er nicht ein Andenken sein?« fragte der Pater.

Die Aufmerksamkeit, die er uns schenkte, war ganz offensichtlich dem Sohn des Kommandeurs, dem neuen Fußballhelden zu verdanken.

»Er war ein Andenken an Abancay«, sagte ich. »Antero hat ihn schon zurückgenommen, aber jetzt, wenn er ihn mir wiedergeben will . . .«

Antero streckte mir den *zumbayllu* entgegen, als verbrenne er sich die Finger daran.

»Ein Andenken an Abancay? Was soll das heißen?« fragte der Pater Rektor.

»Durch den *zumbayllu* bin ich jetzt aus Abancay, Vater«, antwortete ich. »In keinem anderen Dorf gibt es solche Kreisel.«

Wieder blickte er uns an.

»Macht die Sache unter euch aus«, sagte er dann. »Ich glaube, das ist das beste. Aber schwört, daß ihr euch nicht streitet. Der hier ist außerdem noch ein Kind. Und ihr zwei seid fast junge Burschen! Junge Burschen!«

Der Priester schmeichelte ihnen wie allen anderen, die im Tal von Abancay Macht besaßen. Im Umgang mit diesen Leuten war er sehr geschickt; er wählte dann sorgfältig die Worte und die passenden Bewegungen. Ich habe immer die Absicht gespürt, die die Menschen beim Sprechen in den Klang ihrer Stimme legen, und ich habe den Grund dieser Absicht meist begriffen, denn ich bin unter Menschen aufgewachsen, die einander haßten und die mich haßten. Und natürlich konnten sie nicht jedesmal die Peitsche schwingen oder tätlich werden oder die Hunde gegeneinander hetzen. So bedienten sie sich der Sprache; mit ihrer Hilfe verletzten sie einander, sie legten in den Klang der Stimme – mehr noch als in den Sinn der Worte – bald ein schleichendes, bald ein schnell wirkendes Gift.

Antero und sein Freund gingen, nachdem sie sich respektvoll vom Pater Rektor verabschiedet hatten. Antero ging hinter Gerardo her. Mir gaben sie nicht die Hand.

»Und du, du kleiner Kerl«, sagte der Pater hinterher zu mir,

»hör auf, Gerardo zu belästigen. Du wirst sehen, daß wir durch ihn mit allen Fußballmannschaften und sogar den Athleten aus Cuzco fertig werden. Freu dich lieber darüber.«

Ich steckte den *zumbayllu* in die Tasche und streichelte seinen kalten Stachel und seine Augen. Mit diesen Augen sang und tanzte er. Nun lag er ruhig und still zwischen Brotresten und *chancaca* in meiner Tasche. Sobald die Externen fort wären, würde ich ihn im äußeren Hof auf den Pflastersteinen tanzen lassen. Dann wäre er das lebendigste, das flinkste und glücklichste, das beste Wesen, das sich im Licht der Sonne bewegte.

Am folgenden Tag sagte keiner der beiden Jungen ein Wort zu mir. Sie übersahen mich. Auf Anteros Lippen lag wieder jene Bestialität, die vor allem seinen Mund, weniger die Züge seines Gesichts verunstaltete. Seine Muttermale, besonders die an der Oberlippe und am Hals, schienen durch einen unsichtbaren inneren Strom mit den Lippen verbunden zu sein. Auf der Haut brünstiger Eber hatte ich Flecke gesehen, die Anteros Muttermalen glichen.

Gerardo zog mich für die beleidigenden Worte, die ich ihm vor Zeugen im Hof gesagt hatte, nicht zur Rechenschaft. Ich erfuhr, daß ihm Antero erklärt hatte, ich sei eben ein Fremder und manchmal nicht ganz richtig im Kopf. Sie verbrachten ihre Zeit mit sportlichen Übungen; Antero war ein guter Werfer. Die Schüler bewunderten Gerardo immer mehr. Er war fröhlich und kameradschaftlich mit den Kleinen. Er trainierte sie im Springen und Laufen und ähnlichen Übungen, die seiner Meinung nach die Beweglichkeit und die Widerstandsfähigkeit entwickelten. Auch Palacitos machte mit und war stolz darauf.

Pablo, Gerardos Bruder, befreundete sich mit Valle. Wie dieser huldigte auch er der Gelehrsamkeit und der Eleganz. Er machte außerdem Martel, Garmendia und einen anderen Jungen zu seinen Freunden. Dieser Junge war dünn und bleich, hatte einen ausländischen Namen und hatte sich auch vorher nie unter das Volk gemischt. Sie achteten alle sorgfältig auf ihre Kleidung und gingen nie auf den Spielplatz. Sie verbrachten die Pausen auf der Galerie des ersten Stockwerks, und der Pater Rektor duldete es. Meistens standen sie vor seinem Zimmer, das über dem Eingangstor der Schule lag, aber der

Pater ließ sie gewähren. Wenn sie so an diesem Ort, zu dem sie eigentlich keinen Zugang hatten, zusammen waren, sauber gekleidet, mit gestärkten Manschetten und seidenen Krawatten, Valle mit seinem *k'ompo*, den er nun jeden Tag trug, machten sie den Eindruck überheblicher Außenseiter, die in der Schule nur zu Besuch waren. Sie gingen alle in die oberen Klassen. Die Diskussionen und endlosen Reden, die sie auf der Galerie wie auf einer Bühne führten, erschienen mir unwirklich und übertrieben. Valle diskutierte am meisten; die Haltung der anderen wirkte trotz der stillen Verachtung, mit der sie uns alle betrachteten, etwas natürlicher.

Wenn es läutete, geschah es oft, daß Gerardo atemlos in den Hof gelaufen kam, schwitzend, die Haare zerzaust und die Kleider verschmutzt. Spöttisch blickte er dann die gelehrten und herausgeputzten Jungen auf der Galerie an und lachte laut und ungezwungen.

»Meine Herren, meine Herren«, rief er und krümmte sich vor Vergnügen.

Aber weder seine Worte noch sein Lachen waren bös gemeint. Er war ein fröhlicher, starker Junge, der über die lachte, die sich selber ausschlossen. Manchmal rannte er, so schnell er konnte, um Peluca herum.

»Laß sehen, ob ich dir deine Weinerlichkeit austreiben kann«, sagte er zu ihm, ohne ihn verletzen zu wollen.

Peluca drehte dann den Kopf hin und her und schaute dem anderen zu. Der große Fleck im linken Auge Gerardos wurde lebendig, wenn er plötzlich vor Peluca stehenblieb und eine bezwingende und grausame Freude ausstrahlte.

Die Jungen der Galerie behandelten Gerardo mit einer gewissen Herablassung, hinter der sich Unruhe und vielleicht sogar Neid verbargen, obwohl sie – ausgenommen Valle und Pablo – kluge und zurückhaltende junge Leute waren, die sich aus Gewohnheit und weil sie dazu erzogen waren, für Bücher interessierten. Aber eine spürbare Erregung lief jedesmal über ihre Gesichter, wenn sie von Gerardos Erfolgen bei Mädchen und im Sport hörten und wenn er so laut und fröhlich lachte.

Auch Romero unterwarf sich ihm.

»Gar keine Frage«, sagte er, »an der Küste wissen sie mehr als wir; sie sind uns in allem voraus.«

Lange Zeit spielte er abends nicht mehr *rondín*. Ich sah, daß er bedrückt war, und ging ihm nach. Palacitos war begeistert von seinen neuen Entdeckungen.

»Ich kann nicht spielen, die Atmosphäre fehlt«, sagte Romero eines Abends.

»Ohne dich hätten wir keine Fußball- und keine anderen Mannschaften, und dabei kennst du nur Andahuaylas und Abancay und den Weg dorthin«, sagte ich.

»Glaubst du nicht, daß uns die Leute von der Küste überlegen sind?«

»Doch, das glaube ich auch. Aber du! Wer schlägt dich im Weitsprung? Wer ist beim Fußball ein besserer Verteidiger als du? Gerardo? Ich habe selbst gesehen, wie du auf dem Platz mit ihm spielst und der Ball bleibt immer schön bei dir.«

Romero war naiv, groß, stark und gläubig.

An diesem Abend spielte er *huaynos*.

»Du schämst dich fast schon wegen des *huayno*, nicht?« fragte ich ihn.

»Glaubst du?«

»Ich bin an der Küste gewesen, Bruder«, sagte ich. »Im Hafen von Lomas. Die Kirche ist eine Höhle, die die Fischer den Seelöwen weggenommen haben, und der Turm besteht aus dem Skelett eines Walfischs. Ein schöner Hafen, Brüderchen. Aber traurig mit einem wilden Meer, das in der Nacht stöhnt wie eine Herde wilder Stiere.«

»Dieser Gerardo – wenn er mit einem redet, bringt er einen dazu, andere Dinge zu tun als die, die man möchte. Nicht, daß ich von den *huaynos* genug hätte. Aber er versteht kein Quechua; vielleicht verachtet er mich, wenn er mich mit den anderen Quechua sprechen hört. Er versteht es nicht, und er sieht einen an, als wäre man ein Lama. Ach, zum Teufel! Spielen wir einen *huayno de chuto*, so indianisch wie möglich«, rief er plötzlich mit Begeisterung. Er führte den *rondín* an seinen Mund, als wollte er das Instrument verschlucken; er entlockte ihm die tiefsten Klänge, als sänge sein selbstloses großes Herz. An den ersten Tönen erkannte ich die Melodie und die Worte:

> Binde deine kleine Kuh an, Tante,
> mein Stier hat sich losgerissen . . .

»Hör mal«, sagte Romero danach, »es ist wahr, daß die

Frauen nach Gerardo verrückt sind. Vielleicht weil er neu ist hier und weil er ein Sportheld ist. Sie laufen ihm alle nach.«

»Reden wir nicht von dem, Romerito. Spiel weiter, morgen kommt Palacitos' Vater . . .«

Es war schrecklich zu hören, daß sich die Mädchen um Gerardo stritten. Es war besonders schrecklich, seit ich wußte, was er und Antero einander im Vertrauen erzählten. Begriffen die Mädchen denn nichts? Merkten sie denn nicht, daß sich der Sohn des Kommandeurs nicht von Peluca unterschied? Daß er genauso war? Ekelerregend, wenn auch nicht so ungeduldig, nicht so unbändig gierig wie Peluca, aber genauso speicheltriefend wie ein Frosch; vorsichtig, schlau und so ansteckend, daß er Markask'as Muttermalen und Gesicht jene Bestialität angehängt hatte, die diesen nun befleckte.

»Warte auf mich, Romerito«, sagte ich.

›Es ist wohl sein Schicksal, das Schicksal seines Blutes‹, sagte ich mir und dachte an Antero, während ich langsam auf den Spielplatz ging. An einem Ende des dunklen Hofes grub ich mit den Händen ein Loch. Ich vertiefte es mit einem Stück Glas und dort begrub ich den *zumbayllu.* Ich legte ihn in das Loch, streichelte ihn noch einmal mit den Fingern und deckte ihn dann zu. Ich fühlte mich erleichtert.

»Was mag nur geschehen sein?« fragte mich Peluca, der im Gang herumstrich. »Seit acht Tagen ist sie nicht mehr gekommen.«

»Die Schwachsinnige?«

»Ja. Die Köchin sagt, daß sie seit sechs Tagen fiebert. Und die Väter kümmern sich um nichts und wollen nichts wissen.«

»Hohes Fieber?«

»Sie zittert, sagt die Köchin. Warum besuchst du sie nicht? Dich läßt die Köchin herein.«

»Morgen früh, Peluca, morgen früh.«

Zusammen gingen wir auf den gepflasterten Hof zurück. Romero spielte noch immer die Melodie, die mich begleitet hatte, als ich den *zumbayllu* begrub, den Tänzer, der mir das Tal nahe gebracht und die Erde, Körnchen um Körnchen, gezeigt hatte, von den schneebedeckten Gipfeln bis hinunter zum sandigen Grund des Pachachaca und des Apurímac, des Herrn aller Flüsse. Nun müßte ich in einem Laden einen neuen *winku* kaufen. Ich hatte mir den alten genau angesehen. Mit

Hilfe der Köchin und im Beisein der Schwachsinnigen würde ich mit einem glühenden Nagel die Augen des neuen Kreisels öffnen. Dann wollte ich an seinem Körper einen orangenfarbenen Stachel anbringen und nachher zum Fluß hinuntergehen. Auf der Brücke würde ich ihn tanzen lassen. Seine Stimme würde in der tiefen Schlucht widerhallen und das Rauschen des Flusses übertönen. Und nach dem ersten Gesang würde ich ans Ufer gehen und den Kreisel in den Wassern des Pachachaca taufen, inmitten der Strömung. Das Wasser sollte ihn stählen wie Feuer das Eisen.

»Hör mal, du«, sagte Peluca geheimnisvoll, als wir zur Galerie hinaufgingen. »Hör mal, nimm dich vor Gerardo in acht. Hast du seine Augen nicht gesehen? Sind das vielleicht die Augen eines Christenmenschen? Du hast ihn schrecklich beleidigt. Jeden Augenblick können dich die Guardias holen, dir den Kopf abschneiden und dann fressen dich die Aasgeier und die Hunde. Diese Guardias wissen alles, denn sie haben studiert, sie sind nicht wie die Gendarmen, die sich mit den *chicheras* balgen. Paß auf, Fremder! Wer würde nach dir fragen? Hast du nicht gesagt, daß dein Vater hundert Meilen weit weg ist? Und wenn sie deinen Körper in der Nacht in den Pachachaca werfen? ›Schwein. Sohn eines Militärs!‹ hast du zu ihm gesagt. Das vergißt man nicht. Und sie, begreifst du nicht, daß sie hier in Abancay die Herren sind?«

Was er sagte, war unzusammenhängend, aber mehr oder weniger verständlich. Seine Kehle weitete sich beim Sprechen, und die Worte klangen düster und feierlich. Ich hörte ihm aufmerksam zu.

»Meinen Körper sollen sie in den Pachachaca werfen?« fragte ich.

»Deinen toten Körper.«

»Stirbt der Körper?«

»Was sagst du?«

»Ist das Wasser tot, Peluca? Was glaubst du?«

»Das ist etwas anderes.«

»Wenn das Wasser lebt, möchte ich, daß sie meinen Körper in den Pachachaca werfen. Vielleicht würde mich dann der Fluß in irgendeinem Wald oder unter dem Wasser an einer stillen Stelle großziehen. Glaubst du das nicht?« fragte ich.

»Wenn du eine Frau wärst, dann vielleicht. Du phantasierst.«

»Ich bin noch nicht wie du. Vielleicht würde er mich weit wegtragen, in die Berge, dann würde ich mich in eine schwarze Ente oder in einen Fisch verwandeln, der Sand frißt.«

»Wirklich, ich glaube, du bist verrückt. Hör zu, Ernesto, nachdem du den Sohn des Kommandeurs beleidigt hast und er dich seit zwei Wochen nicht einmal mehr ansieht, und da dein Freund Markask'a, weil es Gerardo so paßt, auch nicht mehr mit dir spricht, würde ich an deiner Stelle davonlaufen; ich würde zu meinem Vater gehen. Irgendwohin zu gehen ist leicht, aber hierzubleiben? . . . Irgend etwas haben sie mit dir vor . . . Glaubst du, der Pater Rektor würde sich für dich einsetzen?« fuhr er fort. »Trau ihnen nicht. Sie können warten. Es wird nicht morgen sein und nicht übermorgen . . . Aber vergiß es nicht! An irgendeinem Tag . . .«

»Und du würdest auch davonlaufen, weil du mir das gesagt hast?«

»Ich? Warum? Ich habe es dir nur gesagt, sonst nichts. Irgend etwas wird geschehen, ganz bestimmt. Wenn nicht Gerardo, werden es andere dem Kommandeur erzählen.«

»Du würdest hingehen und es ihm sagen, nicht wahr? Wie vorhin dem Pater«, schrie ich ihn an.

»Ich, Brüderchen, ich? Ich bin ein Hund, ich weiß, daß ich ein Hund bin. Aber zum Kommandeur gehe ich nicht. Gib acht! Glaube nichts! Ich werde auf dich aufpassen.«

»Warum?«

»Gott hat erlaubt, daß ich dich warne. Er hat mich bestraft. Nun sind wir zusammen wie die Verurteilten, die man aneinanderkettet. Mein Gott! Verlaß die Stadt nicht, geh nicht auf die Felder, geh nicht an den Pachachaca!«

Ich ließ ihn mit seiner Stöhnerei allein.

Romero hatte aufgehört zu spielen und plauderte mit Chipro.

»Was hat Peluca gesagt?« fragte er.

»Daß die Schwachsinnige Fieber hat.«

»Wirklich?«

»Hohes Fieber.«

»Hört mal«, sagte Chipro mit unsicherer Stimme, »ich weiß, daß viele Menschen am anderen Ufer, in der Hacienda Ninabamba im Sterben liegen. Irgend etwas ist los. Man hat Pater Augusto geholt, damit er dort eine Messe lese. Aber das hat nur dazu geführt, daß das Fieber in andere Weiler gedrungen ist. Ich bin aus einem Dorf, das oberhalb von Ninabamba liegt; gestern hatte ich Besuch von dort. Ich gehe mit meiner Familie auf die andere Seite der Kordillere. Sie glauben, es sei die Pest. Man sollte nicht in den Tälern bleiben, denn in der Hitze wütet das Fieber erbarmungslos.«

»Und warum weiß in Abancay niemand etwas davon?«

»Warum? Vielleicht, weil das Regiment hier war. Die Abwechslung! Aber jetzt wissen sie es sicher und treffen Vorbereitungen.«

Iño und der Junge aus Pampachiri kamen herbeigelaufen.

»Iño hat gehört, daß die Guardias auf der Brücke kontrollieren.«

»Kontrollieren? Und wie wollen sie das Fieber kontrollieren?« fragte Chipro.

»Dummes Zeug«, sagte Romero, »seitdem das Regiment hier war, erfinden die Leute in Huanupata solche Geschichten. Daß die Pest kommt, daß die *chunchos* kommen und wer weiß was . . .«

»Ninabamba ist die ärmste Hacienda und liegt am weitesten von Abancay entfernt, schon fast in den Bergen. Wir werden ja sehen«, erwiderte Chipro. »Wenn es wirklich das Fieber ist, wird es wie eine Feuersbrunst, in die der Wind bläst, von Plantage zu Plantage springen. Mich wird es nicht erwischen. Ich gehe über die Kordillere.«

Die Glocke läutete zum Schlafengehen. Langsam gingen wir die Stufen hinauf, leise, ohne uns zu drängen.

Der Pater Rektor betete mit uns im Schlafsaal. Als er schon hinausgehen wollte und auf die Tür zuschritt, sagte der Junge aus Pampachiri:

»Vater, man hat mir erzählt, daß am anderen Ufer das Fieber ausgebrochen ist. Wissen Sie etwas davon?«

»Was?« fragte der Pater.

»Das Fieber, Vater, Typhus. In Ninabamba ist es ausgebrochen, und die Leute erzählen, daß es sich auf die anderen Haciendas ausgedehnt hat. Die *colonos* essen schon die Läuse von den Toten. So ist es . . .«

»Ich weiß von nichts, von gar nichts. Sicher sind es wieder die *chicheras*, die Geschichten erfinden, um den Leuten Angst zu machen. Seid nun still. Laßt uns noch einmal beten!«

Wir beteten wieder. Und die Stimme des Paters veränderte

sich. Er bat und flehte in heftigem Ton. Dann, als wäre er sich dessen plötzlich bewußt geworden, fiel er wieder in das alltägliche Gemurmel zurück. Aber am Ende schlug er das Kreuz und sagte feierlich: »Im Namen des Vaters, des Sohnes und des heiligen Geistes. Amen.«

»Schlaft ruhig, meine Söhne!«

Langsam schritt er zur Tür und löschte das Licht.

Ich erwartete, daß alle wieder aufstehen oder sich wenigstens in ihren Betten aufsetzen, daß sie um das Bett des Jungen aus Pampachiri oder um Chipros Bett herumstehen würden, um weiter über die Pest zu sprechen. Ich wußte, wie leicht sie in Unruhe gerieten, Geschichten erzählten, erfanden, Gerüchte ausspannen, ausschmückten und sich im Übertreiben überboten. Aber diesmal steckten sie den Kopf unter die Decke und waren still. Jeder sonderte sich vom anderen ab. Auch ich blieb allein. Alle hatten wir die Pest mindestens einmal in unseren Dörfern erlebt. Es mußten die Erinnerungen sein, die nun zwischen den Betten Abgründe auftaten.

»Das Fieber ist gekommen.« Die Nachricht erfüllte meinen Körper, meine Gedanken. Ich hatte in zwei Dörfern gesehen, wie Hunderte von Menschen an der Pest starben – in Querobamba und in Sañayca. In jenen Tagen schüttelte mich das Entsetzen, wenn sich eine Fliege auf mich setzte oder wenn eine Spinne von der Decke oder von einem Zweig herunterfiel. Ich betrachtete dann gebannt die Spinne, bis meine Augen brannten. Im Dorf hielt man sie für den Tod. Die Leute verfolgten auch die Hühner, die im Hof oder im Stall gackerten, und warfen ihnen Holzstücke oder Steine nach, um sie zu töten. Sie glaubten, die Hühner trügen den Tod in sich, wenn sie gackerten, und freuten sich darüber. Das heisere abgehackte Gegacker zerriß die Stille, die in allen Häusern gewahrt wurde, damit der Tod die Menschen nicht finden sollte. Sie flehten den Wind an, er solle nicht blasen, denn auch im Staub kam der Tod. Die geschlachteten Schafe wurden nicht mehr in die Sonne gehängt, weil die *chiririnka*, eine dunkelblaue Fliege, die auch in der Dunkelheit summt und so den Tod ankündet, ihre Eier in das Fleisch legt; sie weiß schon Stunden vorher, wer sterben wird, und dreht ihre Runden in der Nähe. Alles, was sich heftig oder plötzlich bewegte, war gefährlich, und so schien das Leben in den Tagen und Wochen, in denen die Pest wütete, ausgelöscht zu sein. Nur die Glocken läuteten Tag und Nacht und die Leute, die den Toten das Geleit gaben, sangen mit hohen falschen Stimmen Hymnen, die uns erschauern ließen. Selbst die Sonne schien sich verfinstert zu haben, denn manche *comuneros*, die die Hoffnung nicht aufgegeben hatten, steckten wie jedes Jahr das trockene Gras und die Büsche auf den Hängen in Brand. Am Tag schläferte der Rauch uns ein, und in der Nacht sank das Licht des Feuers tief in unsere Herzen. Wir sahen mit Erstaunen und Verwunderung, daß die Pest den großen Eukalyptusbäumen nichts anhaben konnte und daß die Würmer, die sich im Schlamm wanden, sie überlebten.

Ich rollte mich im Bett zusammen. Wenn die Pest wirklich käme, würde ich in die schmutzigen, stinkenden Hütten auf den Haciendas gehen und alle umbringen. »Sie darf die Brücke nicht überschreiten«, schrie ich laut.

Ein paar Schüler setzten sich auf.

»Er hat recht, sie darf die Brücke nicht überschreiten«, sagte der Junge aus Pampachiri.

»Ja. Sollen die am anderen Ufer zugrunde gehen – wie die Hunde«, stimmte Chipro zu.

»Du hast gesagt, daß sie bereits die Läuse von den Toten essen. Was soll das heißen, Bruder? Was bedeutet das?«

Als ich dem Jungen aus Pampachiri diese Frage stellte, erstarrte mein Blut zu Eis; ich fror in dem warmen Schlafsaal.

»Ja. Die Familien kommen zusammen und säubern den Kopf und die Kleider der Leichen von Läusen und zerquetschen sie zwischen den Zähnen, Bruder. Aber gegessen werden sie nicht.«

»Du sagtest aber, daß man sie ißt.«

»Sie beißen hinein, sie zermalmen ihnen den Kopf. Ich weiß nicht, ob man sie ißt. Sie nennen das *usa waykuy*. Und es hilft gegen die Pest. Sie ekeln sich vor den Läusen, aber sie tun es, weil es gut gegen den Tod ist.«

»Wissen sie denn nicht, daß die Laus das Fieber verbreitet?«

»Nein. Die Läuse verbreiten das Fieber? Die Toten – keiner weiß warum – wimmeln von Läusen, und die Leute glauben, daß Gott den Läusen Flügel wachsen läßt, wenn die Pest kommt. Flügel, Bruder! Die Flügel sollen ganz klein sein, nur so groß, daß die Läuse von einem Menschen zum anderen fliegen können, vom Kind zum Vater oder vom Vater zum Kind.«

»Der Teufel wird den Läusen Flügel wachsen lassen«, warf ich ein.

»Nein! Es ist Gott! Nur Gott kann den Tod schicken. Der Teufel hat einen Schwanz, aber der Tod ist größer als er. Mit dem Schwanz führt der Teufel uns, die wir heißes Blut haben, in Versuchung.«

»Hast du die Flügel an der kranken Laus je gesehen?«

»Nein. Niemand hat sie gesehen, Bruder. Sie sollen durchsichtiger sein als Glas. Und wenn die Laus fliegt, bewegt sie die Flügel, aber man sieht es nicht. Laß uns beten, Bruder!«

»Aber still beten«, schrie Valle, »still«, wiederholte er fast bittend.

»Im Chor, wie in der Kirche«, sagte Peluca und kniete nieder.

»Seid endlich still! Ihr benehmt euch wie alte Gluckhennen«, sagte Romero mit fester Stimme. »Nur wegen der Schwachsinnigen all dieses Zittern und Fürchten. Es gibt keine Pest, nirgendwo. Die *chicheras* verteidigen sich und rächen sich mit dem Maul. Hoffentlich bekommen sie noch einmal Prügel.«

Keiner sagte mehr ein Wort. Romero hatte wohl viele beruhigt. Peluca legte sich wieder in sein Bett, und alle schliefen ein. Manche stöhnten im Traum. Die ganze Nacht lauschte ich dem Atmen der Jungen. Gruppen von Menschen gingen durch die Straße. Dreimal hörte ich das Wort Pest. Ich verstand zwar nicht, was die Leute sagten, aber das Wort drang klar und deutlich an mein Ohr. Ein paar Schüler erwachten um Mitternacht, setzten sich auf und legten sich wieder hin. Es schien ihnen warm zu sein, aber in meinem Bett war es kalt.

Ich wartete reglos auf die Dämmerung. Einmal schrak ich zusammen, weil ich glaubte, den Tagesanbruch verpaßt zu haben. Den Hähnen war nicht zu trauen, denn sie krähten oft die ganze Nacht. Wenn einer aus Versehen oder weil er krank war, zu krähen begann, fingen die anderen auch an. Deshalb wartete ich auf die Vögel, die *juskucha pesk'os*, die auf den Dächern wohnen. Eine dieser Nachtigallen wohnte sogar im Schlafsaal, weil die Balken nicht verkleidet waren. Im Morgengrauen wachte sie auf, flog von Balken zu Balken, flatterte mit den Flügeln, die fast so klein waren wie die Flügel eines Kolibris, und flog schließlich zum Fenster hinaus, das immer offenstand, um frische Luft hereinzulassen.

Endlich wachte sie auf, flog auf einen der Balken, hüpfte dort lange herum und drehte sich um sich selbst. Sie hatte die Farbe eines Eichhörnchens und war ebenso flink. Nie habe ich sie ruhig gesehen und die Felder oder den Himmel betrachtend. Sie hüpfte herum, schlug mit den Flügeln und spielte. Nun ruhte sie sich eine kleine Weile auf dem Fensterbrett aus, auf das das Licht fiel, und mein Herz, das kaum noch geschlagen hatte, freute sich wieder, als hätte ihm der kleine Vogel, dessen Augen ich nun sehen konnte, etwas von seiner unerschöpflichen Lebendigkeit geschenkt. Kein Fluß, kein Diamant und auch nicht der schönste Stern glänzen jemals so sehr wie die Augen dieser Nachtigall der Anden. Dann flog sie davon, glitt durch das offene Fenster. Die Helligkeit des Morgens drang herein, legte sich über die Dinge im Zimmer und hüllte mich ein. Ich sprang aus dem Bett und zog mich leise an. Dann öffnete ich die Tür des Schlafsaals und hob sie ein wenig an, damit sie nicht knarren konnte, so wie es damals Chauca gemacht hatte, als er hinausgegangen war, um sich vor der Kapelle zu geißeln.

Mir schien, daß der Himmel von innen her erleuchtet sei und der Erde seine Freude verkünden wolle. Ich fand, daß ich wie an jenem Morgen, an dem ich mich zum erstenmal als Geschöpf des Pachachaca gefühlt hatte, den *zumbayllu* tanzen lassen sollte. ›Ich hole ihn‹, sagte ich zu mir, ›vielleicht hat er andere Töne gelernt, weil er eine Nacht unter der Erde geschlafen hat.‹

Ich lief auf den inneren Hof. Die Tür im kleinen Gang, der zur Küche und zur Kammer der Schwachsinnigen führte, stand offen. Alle meine Ängste erwachten wieder.

»Sie«, sagte ich.

Ich ging durch den engen Gang auf den kleinen Hof, wo das Brennholz gestapelt wurde. Dort floß das stinkende Wasser aus den Latrinen durch eine mit Steinen eingefaßte Rinne ab. Die Tür zu der armseligen Kammer der Schwachsinnigen war nur angelehnt. Ich stieß sie auf und blickte in die erstaunten Augen der Köchin. Offenbar war auch sie gerade gekommen, ihre Augen füllten sich mit Tränen.

Die Schwachsinnige lag auf ein paar Fellen. Ich ging zu ihr.

An dem Haken an einem der Balken, die das Dach aus Wellblech trugen, hing über ein paar Lumpen Doña Felipas Schal.

Ich betrachtete das Gesicht der Kranken, ihr Haar, das dreckige Hemd, das die Brust bis zum Hals hinauf bedeckte.

»Mamita«, sagte ich zur Köchin, »Mamita, sag ihr Lebewohl; und mir, sag mir auch Lebewohl.«

Schon entschlossen kniete ich auf dem Boden nieder.

Haar und Hemd der Frau wimmelten von Läusen, die langsam herumkrochen, sich an die einzelnen Haare klammerten, die der Frau ins Gesicht und auf die Stirn fielen. Reihenweise liefen sie am Rand des Hemdes und an den Nähten entlang, eine nach der anderen, eine unendliche Kette.

»*Imam*? *Imam*?« fragte die Köchin.

»Sei ruhig, geh vor die Tür und bete dort. Sie stirbt«, sagte ich.

Die Köchin wußte es. Sie kniete nieder und begann das Vaterunser auf Quechua zu beten.

Wie im Licht der hellen Mittagssonne, die auf mein Heimatdorf fiel, sah ich deutlich den kleinen kristallklaren Wasserfall vor mir, in dem die Angehörigen die Kleider der Toten, der Opfer des Fiebers, zu waschen pflegten; ich sah auch den Eukalyptusbaum, in dessen Schatten sie auf dem Platz weinten, wenn sie die Särge einen Augenblick absetzten.

»Diese Kreatur, die soviel gelitten hat, nimm sie zu Dir, Herr«, sagte die Köchin, die das Vaterunser beendet hatte und nun ihr eigenes Gebet an Gott auf Quechua richtete. »Sie hat gelitten, sie hat Schmerzen erduldet. Gehend und stehend, arbeitend und ruhend hat sie gelitten. Gib ihr nun Licht für ihren Geist, mach einen Engel aus ihr und sie wird zu Deinem Ruhm singen, o Herr . . .«

»Ich will den Pater benachrichtigen«, sagte ich. »Geh nicht hinein, bis ich zurückkomme.«

Auf dem äußeren Hof blieb ich stehen. Ich hatte das Gefühl, das Tausende von Läusen auf mir herumkrabbelten und mich wärmten. ›Könnte ich ihn wohl anstecken? Aber wie?‹ fragte ich mich zögernd. Doch die anderen mußten gerettet werden. ›Ich will ihn rufen und dann gehen‹, sagte ich mir.

Ich ging langsam die Stufen hinauf und achtete darauf, daß das Holz nicht knarrte. Ich klopfte ans Fenster im Schlafzimmer des Paters. Er hörte mich.

»Vater«, sagte ich. »Die Schwachsinnige, Marcelina, ist tot. Typhus, Vater. Lassen Sie sie aus der Schule bringen.«

Dann lief ich zurück. Vor der Tür der Kammer lag die Köchin noch immer auf den Knien. Ich trat ein und sah mit plötzlicher Freude den Schal Doña Felipas. Ich machte ihn von dem Haken los und gab ihn der Köchin.

»Bewahr ihn auf, Señora, behalte ihn für mich als Andenken«, bat ich sie.

Sie stand auf und trug den Schal in die Küche.

Als sie zurückkam, hatte ich mich neben der Schwachsinnigen auf den Boden gesetzt.

»Wenn ich sterbe, wäschst du meine Kleider«, sagte ich zu der Köchin. Sie blickte mich entsetzt an und antwortete nicht.

Ich nahm die Hände der Toten und faltete sie auf ihrer Brust; die Hände waren schwer. Das fiel mir auf, und ich sagte es der Köchin.

»Weil sie soviel gearbeitet und soviel gelitten hat«, antwortete sie.

Eine *chiririnka* summte um meinen Kopf, aber ich hatte keine Angst. Sie riechen die Toten aus weiter Entfernung und begleiten sie mit ihrer traurigen Musik. Als sie an die Decke flog, sagte ich zu ihr: »Setz dich auf meinen Kopf. Und dann spuckst du ins Ohr oder in die Nase der Toten.« Marcelina war nun ganz weiß und ihr Gesicht spitz.

Ich bat sie im Namen aller Schüler um Verzeihung und fühlte beim Sprechen, wie die Hitze, die ich durch die Läuse gespürt hatte, abnahm. Das Gesicht der Frau wurde schöner und verlor den tierischen Ausdruck. Von selbst hatte sie die Augen geschlossen. Der Pater kam.

»Geh hinaus«, schrie er mich an, »weg von hier, du Unglückskerl!«

»Jetzt nicht mehr, Vater«, bat ich ihn. »Es ist zu spät.«

Aber er nahm mich am Kragen und schleppte mich hinaus. Hinter ihm standen zwei Männer mit Leintüchern. Sie wickelten die Tote schnell ein und trugen sie davon. Ich blickte ihnen nach.

Der eine der Männer hatte sie am Kopf gefaßt, der andere an den Beinen. Es war noch früh am Morgen. Hastig überquerten sie den gepflasterten Hof und traten in den Schatten des Tors. Der Pförtner öffnete, und sie gingen hinaus.

Ich weinte, als mich der Pater Rektor mit Stößen und Püffen

in den Rücken bis zu dem kleinen Wasserbehälter neben den Latrinen beförderte. Ich mußte mich ausziehen, und der Pförtner rieb mich mit einem Tuch ab, wickelte mich dann in ein Leinentuch und trug mich in die leere Zelle Bruder Miguels.

Auf der oberen Galerie sah ich über den steilen Felswänden jenseits des Tals die Sonne aufgehen.

Zu zweit legten sie mich in Bruder Miguels Bett. Der Vater wusch mir die Haare mit einem Desinfektionsmittel und band danach ein weißes Tuch um meinen Kopf.

»Sie ist vor etwa zwei Wochen mit Pater Augusto nach Ninabamba gegangen«, sagte ich. »Ich habe beide auf der Brücke gesehen. Wie ein Bär kletterte Doña Marcelina am Steinkreuz in die Höhe. Sicher war der Tod schon in ihr, so wie er jetzt in mir ist.«

»Dieses unglückselige Vieh! Mit den Indios, mit den Kranken wird sie sich herumgetrieben haben«, schrie der Vater in einem Anfall von Zorn, den er nicht mehr beherrschen konnte.

»Dann ist die Pest schon hier, Vater. Dann ist sie hier. Ich werde sterben. Sorgen Sie dafür, daß man meine Kleider wäscht, sie nicht verbrennt und daß in der Kirche jemand für mich singt. Die Köchin weiß Bescheid«, sagte ich.

»Du Unglücksjunge«, schrie er mich an. »Wann bist du bei ihr gewesen?«

»Im Morgengrauen.«

»Bist du zu ihr ins Bett gegangen? Gesteh' es!«

»Ins Bett, Vater?«

Er blickte mich durchdringend an, und in seinen Augen brannte ein schreckliches Feuer.

»Vater«, schrie ich. »Sie haben die Hölle in Ihren Augen.« Er zog die Decke über mein Gesicht.

»Hast du dich zu ihr gelegt? Sag, bist du zu ihr ins Bett gegangen?« Er keuchte, und ich hörte, wie sein Herz klopfte.

Es gibt die Hölle. Hier war sie, sie klapperte mit den Zähnen und keuchte wie ein Blasebalg.

»Sag, hör, du verrückter Junge, bist du zu ihr ins Bett gegangen?«

»Väterchen«, schrie ich und setzte mich auf. »Väterchen, wie können Sie mich so etwas fragen? Beschmutzen Sie mich nicht! Die Flüsse werden Sie mit sich reißen, denn sie sind auf meiner Seite. Der Pachachaca könnte kommen.«

»Was?« fragte er. Er kam so nahe an mich heran, daß ich den Duft seines Haares roch. »Du bist also nicht zu ihr gegangen? Du bist nicht zu ihr ins Bett gegangen? Antworte!«

Ich merkte, wie er unsicher wurde, wie ihn die Aufregung übermannte, und ich glaubte, ihm würde schwindlig. Er war ein Mann von heftigem Temperament.

Er nahm meine Hände. Und wieder sah er mich so lange an, bis ich seinen Blick erwiderte. In seinen Augen hatte sich die Spannung entladen, die ihm das Aussehen eines heißblütigen Tiers gegeben hatte. Ich sagte:

»Ich habe bei ihr gebetet. Ich habe ihre Hände genommen und sie über ihrer Brust gefaltet. Im Namen aller habe ich von ihr Abschied genommen. Sie ist ruhig gestorben. Zum Glück ist sie tot. Und nun, auch wenn mich das Fieber erwischen sollte, lassen Sie mich gehen, lassen Sie mich zu meinem Vater gehen.«

»Immer der gleiche. Verirrte Kreatur. Du hast keine Läuse, nicht eine einzige. Wir haben dich rechtzeitig gerettet. Vielleicht hätte ich dich diese Dinge nicht fragen sollen. Ich komme später zurück.«

Er lief ganz plötzlich aus dem Zimmer. Ich hörte, daß er die Tür verschloß.

Ich zwang mich, an den Apurímac und an die Wälder wilden Zuckerrohrs an seinen Ufern zu denken, an das Schilf, das im Wind hin- und herschwankt, und an die Möwen, die jubelnd im Licht über dem Wasser kreisen; an Bruder Miguel, an seine dunkle Haut und an sein Haar, das, wenn es sich kräuselte, die Form des Kopfes sichtbar werden ließ. Der Bruder hätte mir nicht solche Fragen gestellt; er hätte mir eine Tasse Schokolade und Brötchen bringen lassen und mich mit seinen weißen demütigen Augen angesehen – demütig wie die Augen aller Wesen, die die Welt wirklich lieben.

Ich zog die Decke über den Kopf und konnte die Tränen nicht mehr zurückhalten. Aber es waren fast glückliche Tränen, als wäre ich einer Gefahr, vielleicht der Berührung mit dem Teufel entgangen. Dann, wieder ruhiger geworden, setzte ich mich auf, um mich in dem kleinen Raum umzusehen und die Heiligenbilder zu betrachten, die an den Wänden hingen. Ich kannte ein Marienbild, und ich sagte zum Bruder:

»Dir, Bruder Miguel, sage ich, daß die Señora, bei der ich in

Huamanga wohnte, mir einmal ein Bild der heiligen Jungfrau schenkte, genau wie dieses hier in deiner Kammer. Es hatte einen Glasrahmen, und ich trug es in der Zeit, die ich in Huamanga verbrachte, in meiner Rocktasche. In der Nacht hängte ich es am Kopfende des Bettes an die Wand. Dann ging mein Vater nach Cangallo. Eine Woche später ließ er mich mit den Maultiertreibern nachkommen und schickte mir einen hübschen Esel mit blaugrauem Fell für die Reise. Die Treiber aber hatten zuviel Fracht angenommen. So baten sie mich, ihnen den Esel als Lasttier zu überlassen und boten mir an, mich hinten auf ein Maultier zu setzen, das große Ohren und ein gelangweiltes Gesicht hatte, denn es war sehr zahm. Aber das Tier tat mir leid, und ich ging zu Fuß. Ich kann sehr gut zu Fuß gehen, Bruder. Wir verließen Ayacucho um drei Uhr morgens, um bei Sonnenaufgang auf dem Gipfel zu sein und die Pampa der *morochucos* bei Tageslicht zu überqueren. Du weißt, Bruder, daß diese bärtigen Reiter Banditen sind. In der Eile und Verwirrung der Abreise vergaß ich, das Bild der heiligen Jungfrau von der Wand zu nehmen. Es fiel mir erst ein, als wir den Gipfel schon fast erreicht hatten und die Sonne aufging. ›Ich hole euch wieder ein‹, sagte ich zu den Maultiertreibern und ging den zwei Meilen weiten Weg in die Stadt zurück. Ich lief durch den Hof in meine Kammer, und das Bild hing noch dort. Ich nahm es von der Wand, es war ganz klein in seinem Glasrahmen. Die Señora küßte mich, als sie mich mit dem Bild fortgehen sah, und schenkte mir eine Apfelsine für den Weg. Am Mittag hatte ich die Treiber mitten auf der Pampa eingeholt. Sie gingen schnell und trieben die Tiere vor sich her. Sie halfen mir, mich hinten auf eines der Maultiere zu setzen, und freuten sich, als ich ihnen das Bild zeigte, denn es konnte uns gegen die Banditen beschützen. Drei Jahre später zerbrach ein Verfluchter aus meinem Dorf den Rahmen und warf mir das Bild ins Gesicht. Du mußt wissen, wer es war, Bruder. Eine Viper soll in sein Bett kriechen und ihm ihr Gift in die Augen spritzen. Er soll blind zur Hölle marschieren, er soll hinfallen und sich wieder erheben und sie nie finden. Vielleicht wäre es schlimmer für ihn, als im Feuer zu rösten. Ich kenne ihn!«

Dann hörte ich Schritte auf dem Gang, es waren die Schritte vieler Leute. Die ganze Schule mußte in Aufruhr geraten sein; der Lärm hatte begonnen, als ich mit dem Bruder sprach.

Ich nahm das Tuch von meinem Kopf. Es war weiß, und ich fand nicht eine einzige Laus darin. Es roch nach dem Desinfektionsmittel.

»Bruder«, fuhr ich fort, »vielleicht bekomme ich doch kein Fieber. Vielleicht werde ich gerettet. Marcelina wird für mich beten. Sie wird die Flügel der Läuse verbrennen und uns retten. Aber ich kann nicht mehr zum Pachachaca hinunter. Ich muß einen Umweg machen und über Cuzco gehen.«

Ich stieg aus dem Bett. Ich war nackt und wickelte mich in eine Decke. So ging ich herum, um meine Kräfte auszuprobieren. »Ich habe kein Fieber. Ich will weg! Der Vater hat mich gerettet. Er hat zwar Schmutz in seiner Seele wie die anderen, aber er hat mich verteidigt. Gott behüte ihn!«

Ich ging wieder ins Bett. Es war warm, und ich fühlte mich darin geborgen. ›Der Geist des Bruders‹, dachte ich. ›Wenn sie nur die Brücke sperren würden; es ist das einzige, was sie tun können.‹

Ich rüttelte an der Tür. Ich könnte Botendienste tun oder mit den Guardias zum Fluß hinuntergehen. Allerdings bezweifelte ich, ob diese eleganten Soldaten mit ihren Stiefeln und Hüten die Sonne der Schlucht und die lange Wache aushalten würden. Aber meine Zelle war verschlossen.

›Wie eine Lawine werden die *colonos* herüberfluten‹, überlegte ich. ›Oder werden sie in ihren Hütten mit den armseligen Strohdächern einfach sterben? Sie haben keine Angst vor dem Tod, sie warten mit traurigen Hymnen auf ihn. Niemand kümmert sich um den Tod eines Indios. In den freien Dörfern tragen die Angehörigen Trauer, doch die *colonos* haben selbst diese Sitte vergessen. Wie die Würmer kriechen sie auf fremder Erde umher, weinen wie Kinder, und wie demütige Christen empfangen sie die Befehle des Verwalters, des Stellvertreters Gottes, des Patrons und Herrn, der so unerreichbar ist wie Gott selber. Wenn einer dieser Herren befehlen würde: ›Gib meinem Hund deine Zunge zu essen‹, würde der *colono* den Mund öffnen und dem Hund seine Zunge anbieten. Sie würden sicher zitternd und bebend sterben, wie die schwachsinnige Marcelina, aber sie würden ins Himmelreich eingehen, um dort ewig zu singen. Nein, sie werden nicht über die Brücke kommen‹, sagte ich mir. ›Sie werden es nicht wagen. Und wenn es einer doch tun sollte und dann die bewaffneten Guardias mit ihren breitrandigen Hüten, den Gamaschen und Sporen sieht, wird er sie mehr fürchten als den Tod.‹

Ich hörte die Glocke nicht läuten und hörte nicht, ob die Externen kamen. Dann fiel mir ein, daß es Samstag war. Pater Cárpena brachte mir das Frühstück.

»Zeig her«, sagte er und untersuchte sorgfältig meinen Kopf.

»Nicht eine einzige Laus«, meinte er dann. »Aber bis morgen bleibst du hier drin. Man hat dir unnötigerweise viel zuviel von diesem Mittel auf den Kopf geschmiert.«

Er sagte, ich solle mir die Haare waschen, und gab mir eine stinkende Seife.

»Vater, sind die Externen nicht gekommen?« fragte ich.

»Sie trainieren Fußball und turnen. Auch die Internen sind dabei. Sie wissen, daß du krank bist.«

»Krank?«

»Ja, daß du die Grippe hast. Sie sollen sich nicht beunruhigen. Die Leiche Marcelinas ist ins Spital gebracht worden. Es war ein Herzschlag.«

»Ein Herzschlag? Und die Läuse?«

»Die hat sie immer gehabt.«

»Darf das Personal hier hereinkommen? Alle?«

»Die Köchin ist bereits weg, zur Vorsicht. Die Kleider der Schwachsinnigen sind verbrannt und die Küche ist desinfiziert worden. Alles, auch der hinterste Winkel. Auch den Pförtner haben wir desinfiziert, obwohl er nicht in der Schule schläft.«

»Warum denn, wenn es nicht die Pest ist?«

»Die Pest? Jeder schmutzige Körper zieht Läuse an, und wenn er krank ist, noch mehr.«

»Nein, Vater. Es ist das Fieber. Lassen Sie die Brücke sperren! Ich habe gesehen, wie die Leute in den Dörfern an Typhus starben. Sie sahen genauso aus wie Marcelina. Und so wie alle sagen, genauso wimmelte Doña Marcelinas Leiche von Läusen.«

»Doña? Warum Doña? Du phantasierst wohl, obgleich du kein Fieber hast. Bleib ruhig, mein Sohn, um des Bruders willen, den du gern gehabt hast.«

Sie konnten nichts machen. Am Nachmittag strichen die Internen im Flur an der Tür meines Zimmers vorbei. Man schien sie aber zu überwachen, denn keiner versuchte, mit mir zu sprechen.

In der Nacht war es still auf dem Hof. Nur für wenige Augenblicke hörte ich Romeros *rondín*. Er spielte den *huayno* von Huanta, der dem Oberst Ramirez gewidmet war, der die Indios auf dem Friedhof ausheben ließ. Pater Cárpena brachte mir das Essen.

»Rede nicht!« befahl er.

So aß ich schweigend, und von neuem peinigten mich schlimme Ahnungen.

Tief in der Nacht klopfte jemand an meine Tür.

»Hast du Fieber?« fragte eine Stimme. Es war der Pförtner Abraham.

»Hast du Fieber?« wiederholte er.

»Nein«, erwiderte ich.

»Aber ich, Junge. Ich gehe in mein Dorf, um dort zu sterben.«

»Nein«, rief ich. »Du wirst den anderen das Fieber bringen. Wohin willst du?«

»Nach Quishuara. Auf die andere Seite des Pachachaca. Dort liegen sicher schon viele im Sterben. Der Pater hat alle meine Läuse verbrannt. So kann ich keinen mehr anstecken, denn er sagt, es seien die Läuse. Sie krochen über meinen Körper und auf meinem Kopf herum« – des Spanischen müde geworden, verfiel er ins Quechua. »Ich habe keine mehr.«

Ich wollte ihn fragen, ob er mit der Schwachsinnigen geschlafen habe, doch erschrak ich über meine eigenen Gedanken und schwieg.

»In Nanibamba hat es angefangen«, sagte ich.

»Von dort hat sie es mitgebracht. Ich ging manchmal zu ihr. Was für ein Unheil! So kommt der Tod, Kind. Die Heimgegangene mag vom Himmel aus andere verteidigen, aber mich wird sie rufen, weil ich in ihrem Bett geschlafen habe, als sie schon das Fieber hatte. Sie wird mich rufen. Und sie wird mich auch finden. Gott hilft ihr jetzt. Es gibt keine Rettung mehr. Ich könnte in einer Quelle untertauchen oder in den Urwald gehen, aber es wäre alles vergeblich. Ich bin gezeichnet. Es ist besser, wenn ich in meinem Dorf sterbe.«

Die Indios und Mestizen – und auch wir – sprechen gern vom Tod. Doch wenn man auf Quechua vom Tod sprechen hört, glaubt man ihn schon zu umarmen, man glaubt, eine weiche

Puppe oder einen eisigen Schatten in den Armen zu halten, einen Schatten, der die Brust zusammendrückt und dabei das Herz berührt und es erschreckt – obwohl der Tod so leise daherkommt wie das zarte Blatt einer Lilie, wie der Schnee, der Schnee auf den Gipfeln, dort, wo es kein Leben mehr gibt.

»Abraham, hier kannst du gesund werden. Sicher wird die Schwachsinnige nicht um deinen Tod bitten. Im Himmel hat sie ihre Leiden vergessen«, sagte ich zu ihm.

»Es ist nicht sie, Kind«, antwortete er. »Es ist Gott. Ich habe mit einer Kranken geschlafen. Sie wollte nicht. Sie wollte wirklich nicht, Kind. Nicht ich bin in ihr Bett gegangen, bestimmt nicht, es war der Teufel. Je heißer ihr Körper wurde, desto mehr verlangte mich nach ihm. Der Friedhof, das ist mein Ziel. Geradenwegs dorthin. Nach Jahren werden sie meinen Schädel in ein Fenster auf dem Friedhof legen*. Wenn du je in mein Dorf kommst, wenn du groß bist, dann such ihn, Kind. Er wird einen grünen Fleck auf der Stirn haben. Diesen Teil mußt du mit einem Stein einschlagen und dann begräbst du mich, auch wenn es nicht tief ist, unter der Erde. Leb wohl, Kind. Ich wollte dir nur diesen Auftrag geben. Einmal wirst du nach Quishuara kommen, auch wenn es zwanzig Jahre dauert. Danke, *papay*, der Teufel in meinem Körper muß sterben. Leb wohl, *papay*!«

Ich hörte, daß er wegging. »Leb wohl«, rief ich.

Er ging die Stufen hinunter. In diesem Augenblick hätte ich seine Schritte gehört, selbst wenn ihn der Teufel in einen Tausendfüßler oder in eine Schlange verwandelt hätte. Gleich darauf öffnete er das Tor im Flur und schloß es wieder von außen. Noch in der Nacht würde er mit schnellen Schritten über die Brücke gehen. Am Fuß des Kreuzes würde er den Hut abnehmen und sich verneigen. Niemand könnte ihn aufhalten. In seinem Dorf würde er sterben.

Nach diesem Abschied konnte ich nicht mehr schlafen. Viele Menschen gingen in dieser Nacht durch die Straßen. In der Kammer des Bruders war es sehr dunkel, weil es nur ein einziges kleines, hohes Fenster, eine Luke gab. Ich hörte, daß die Leute schnell gingen, und ich hörte auch das Geräusch bloßer Füße auf dem Pflaster. Unbeweglich, aufmerksam hor-

* Die indianischen Grabmäler sind oft wie kleine Häuser gebaut mit Löchern als Fenster, in die die Schädel hineingelegt werden. (Anm. d. Üb.)

chend lag ich im Bett. Der Tod kam langsam näher, er kam in Decken gehüllt, er kam vom anderen Ufer des Flusses. ›Man müßte die Brücke versenken‹, dachte ich. ›Man müßte sie mit Dynamit sprengen, damit die Bogen einstürzen. Warum greift man das Fieber nicht von hinten an?‹ Denn das Gesicht des Fiebers sah nach Abancay.

Am Morgen weckte mich das Öffnen der Tür.

»Ach«, rief Pater Cárpena erschreckt.

Ich war auf dem Rücken liegend eingeschlafen, in der gleichen Stellung, in der man die Toten zu betten pflegt.

Ich stand auf.

»Und Abraham, Vater?« fragte ich.

»Abraham?« erwiderte er und blickte mich scharf an.

Pater Cárpena war ein sehr gesunder Mann. Seine Ohren waren rot, und seine Augen glänzten vergnügt unter den dichten Brauen.

»Warum fragst du nach ihm?«

»Er ist weg, Vater«, sagte ich. »Er hat Fieber. Er kam und hat sich von mir verabschiedet. Er wird sein Dorf noch erreichen. Das Fieber darf ihn nicht vorher überwältigen, nein, es darf das nicht.«

Der Pater setzte sich auf einen Stuhl und blickte mich an.

»Aber du bist nicht krank«, sagte er.

»Nein, ich nicht. Er kam, um sich von mir zu verabschieden, weil ich bei Marcelina geblieben bin, als sie mit dem Tod rang, und weil ich ihr die Hände gefaltet habe. Sicher hat er das gewußt.«

»In der ganzen Stadt und auf den Haciendas laufen Gerüchte um. Die Leute haben immer gleich Angst. Weißt du, daß wir Peluca aus dem Internat verwiesen haben, weil er im inneren Hof, neben den Latrinen, wie ein Hund heulte. Ich glaube, er hat den Verstand verloren. Simeon, der Junge aus Pampachiri, hat sich davongemacht. Die übrigen Internen gehen morgen. Aber du bleibst hier.«

»Peluca heulte, Vater?«

»Ja, mein Sohn, er heulte.«

»Seine Mutter hörte sicher die Hunde heulen, als sie ihn im Leib trug, oder er ist an einem unheimlichen Ort aufgewachsen, wo die Hunde gequält wurden.«

»Vielleicht, mein Sohn. Drei Verwandte haben ihn abgeholt

und ihm die Hände gebunden. Er hat die ganze Stadt in Aufruhr gebracht. Sicherlich wird ihn der Schlag treffen.«

Der Pater war unruhig. Er hatte damals Peluca mit einem Fußtritt im inneren Hof zu Boden geworfen.

»Vater«, sagte ich zu ihm. »Der Pater Rektor glaubte . . ., ich sei ein Teufel, ich hätte heißes Blut. Das ist die Strafe.«

»Aber du gehst nicht weg.«

»Ich werde gehen. Alle werden gehen.«

»Ab morgen«, sagte er, »ist die Schule für einen Monat geschlossen.«

Sie ließen mich nicht heraus. Zuerst schlug ich gegen die Tür und versuchte, die Kette zu zerreißen. Aber Pater Cárpena rief im Flur:

»Was willst du draußen machen? Die Verzweiflung sehen? In der Kammer ist der Geist des Bruders um dich.«

»Gut, ich will warten«, antwortete ich, »wie lange es auch dauern mag.«

Am nächsten Morgen kamen Pferde in den Hof. Viele Menschen rannten unzählige Male die Treppen hinauf und hinunter, flüsterten und versuchten, keinen Lärm zu machen.

›Sie haben bestimmt Angst, daß das Fieber in meinem Blut wächst‹, überlegte ich. ›Deshalb lassen sie mich nicht hinaus. Meine Freunde dürfen gehen, und sie kommen nicht einmal, um sich von mir zu verabschieden.‹

Nach und nach verließen die Pferde den Hof; ich zählte zehn.

Gegen Mittag hörte ich, daß sich jemand meiner Kammer näherte. Vor der Tür blieb er stehen. Zwei Goldmünzen zu je einem Pfund rollten durch die Spalte unter der Tür, und danach wurde ein kleines gefaltetes Papier durchgeschoben. Es war Palacitos. Ich sprang aus dem Bett.

»Ich gehe mit meinem Vater weg, Brüderchen. Leb wohl«, sagte er hastig mit leiser Stimme und lief davon.

Ich konnte ihm nicht einmal antworten, er hatte sich zu schnell wieder entfernt, und ich konnte nicht mit ihm sprechen. Ich nahm das Papier. Offensichtlich hatte er es in Eile geschrieben. Ich las: »Mein Vater schickt Dir das für Deine Reise. Und wenn Du nicht gesund wirst, für Dein Begräbnis. Leb wohl, Brüderchen Ernesto.«

Ich hörte Vater und Sohn die Stufen hinuntergehen. Ich hob die beiden Münzen auf und ging ins Bett zurück.

Palacitos dachte und fühlte wie die Indios und Mestizen in den Dörfern. Er sorgte sich um das Begräbnis. Wenn kein feierlich geschmückter Priester anwesend ist und nicht genug Messen gelesen werden, dann gewinnt der Teufel das Spiel und schleppt die Seele mit sich. Mit seinem Geschenk wollte Palacitos meine Angst lindern, und so schrieb er mir zum Abschied: »Für Dein Begräbnis.«

Wenn ich aber Fieber bekommen sollte, würde ich wie Abraham fortgehen. Vielleicht käme ich nicht mehr nach Coracora, bestimmt aber in mein Heimatdorf, das drei Tagereisen näher an Abancay liegt. Ich würde über die rote Erde auf den Paß nach Huayrala reiten und aus dem edlen Ton des Berges einen Hund formen, der mir helfen sollte, den Fluß zu überqueren, der dieses Leben von dem anderen trennt. Vom Fieber geschüttelt würde ich mein Dorf erreichen, ohne eine einzige Laus auf meinem kahl geschorenen Kopf. Dann würde ich in irgendeinem Haus sterben, aber gewiß nicht in jenem, in dem ich aufgewachsen war und wo man mich als den Sohn eines Fremden haßte. Das ganze Dorf würde singend hinter dem kleinen Sarg herziehen, in dem sie mich zum Friedhof trügen. Die Vögel würden sich auf Mauern und Büschen niederlassen und für einen Unschuldigen singen. Da mein Vater nicht da wäre, würde der Alkalde die erste Schaufel Erde auf den Sarg werfen. Und der Grabhügel wäre mit Blumen bedeckt. ›Es ist besser, so zu sterben‹, überlegte ich und dachte an den wahnsinnig gewordenen Peluca, an die trüben, verdorbenen Augen des Paters Rektor, an Markask'a, der so plötzlich zum Schwein geworden war, an seine Muttermale, die zugenommen hatten, als hätte sich in ihnen Fett angesammelt. Ich würde die Stadt auf dem Weg nach Condebamba verlassen und auf dem Platz einen Strauß dunkler Lilien pflücken, den ich vor Salvinias Haustür legen wollte. »Bleib auf der Hut«, würde ich auf einen großen Umschlag schreiben und darunter meine Unterschrift setzen.

Sicher war Abraham gekommen, damit mir durch seinen Abschied das alles klar werden sollte.

Zufrieden betrachtete ich die Goldmünzen. Nur wenige Leute besaßen noch solche Goldstücke. Palacitos' Vater wußte dem Rektor zu schmeicheln, indem er die Schulgebühren in Gold bezahlte. Das war jedesmal eine so feierliche Zeremonie, als zollte ein Edelmann einem anderen Edelmann seinen Tribut. Zum erstenmal hatte er seinem Sohn eine dieser Münzen gegeben, als Palacitos Romero beschenken und sich bei ihm bedanken wollte – so wie er es von seinem Vater gelernt hatte. Ich besaß nun zwei dieser Münzen – für mein Begräbnis oder für meine Reise. Palacitos, der »Indio Palacitos«, wie ihn die hochmütigen Schüler und seine Gegner manchmal nannten, hatte mir in meine Abgeschlossenheit zwei Goldmünzen gebracht, die mir helfen würden, in einen der beiden Himmel zu kommen: in den meines Vaters oder in den, der in einem anderen Leben jene, die in diesem gelitten haben, erwarten soll.

Gold findet der Mensch tief unter den Felsen oder im Sand der Flüsse. Sein Glanz entzückt jeden, der es im Sand oder an den dunklen Wänden der Höhlen leuchten sieht. Ich wußte, daß die Verarbeitung des Goldes langwierig ist, daß es im Feuer geläutert und in weise Mischungen gegossen wird, deren Geheimnis nur die Ingenieure und Magier durch lange Erfahrungen kennen. Eine Goldmünze in den Händen eines Kindes macht es zum König, zu einem der auserwählten Schmetterlinge, die geradenwegs in die Sonne fliegen. Ich habe sie gesehen; sie steigen glänzend und mit den Flügeln schlagend höher und höher. Trotz ihrer düsteren Botschaft halfen mir die Münzen in meiner Todesangst. Ich warf sie in die Luft, und sie fielen klingend zu Boden. Ich betrachtete sie von beiden Seiten und freute mich über den Federbusch des Inka auf der Rückseite.

›Ich will sie aufbewahren und nicht ausgeben‹, dachte ich. ›In den Dörfern brauche ich sie nur zu zeigen, und man wird mich sofort bedienen. Jeder wird glauben, ich sei der verirrte Sohn eines Fürsten oder ein Bote des Herrn, der die Ehrlichkeit der Menschen auf die Probe stellt.‹

Die Münzen waren schwer. Ich hatte nie abgenutzte Goldstücke gesehen; immer schienen sie alle neu zu sein. Meine aber glänzten noch mehr und klangen in der Stille, die um mich war, noch schöner.

›Sie sind für dich, Bruder‹, dachte ich, ›denn ich bin in deiner Kammer. Palacitos ist zu mir gekommen, um mir sein Gold zu bringen, als ginge er zur Kirche. Es soll nicht für mein Begräbnis sein.‹

Am Dienstagmittag öffnete der Pater Rektor die Tür und kam an mein Bett.

»Du gehst in die Hacienda deines Onkels Manuel Jesús«, sagte er. »Dein Vater ist einverstanden. Pferde gibt es keine, du mußt also zu Fuß gehen, aber du sagst ja, daß dir das gefällt.«

Ich setzte mich im Bett auf. Er blieb stehen.

»Zu dem Alten, Vater? Ich soll zu dem Alten?«

Er gab mir das Telegramm meines Vaters zu lesen. Ich sollte Abancay verlassen, in die Hacienda Huayhuay gehen und erst dann in die Schule zurückkehren, wenn man mich benachrichtigte.

»Ich nehme an, daß zwei Tage zu Fuß für dich ein Vergnügen sind. Die Hacienda liegt am Apurímac, aber auf der Höhe«, sagte der Rektor.

»Auf der Höhe?«

»Ja, sie ist durch steile Felswände vom Fluß getrennt und ein Weg, den nur die Indios kennen, führt wie eine Schraube durch die Wand und an den Fluß hinunter. Schon vor drei Jahren hat uns der Caballero eingeladen. Du schaffst es bestimmt, diesen Weg zu gehen . . .«

»Der Alte wird mir nicht einmal zu essen geben. Er ist geizig, schlimmer als ein Judas.«

Die Wangen des Paters röteten sich.

»Geizig?« fragte er empört. »Du sagst, er sei geizig?«

»Ich kenne ihn. Er läßt lieber die Früchte verfaulen, als daß er sie seinen Leuten gibt. Mein Vater . . .«

»Du bist von Sinnen. Jedes Jahr lädt Don Manuel Jesús die Franziskaner auf seine Haciendas ein. Und er behandelt sie wie Fürsten.«

»Die Franziskaner . . .? Hat er denn viele *colonos*, Vater?«

»500 in Huayhuay, 150 in Parhuasi, in Sijllabamba . . .«

»Gut, ich gehe, Vater«, rief ich. »Lassen Sie mich gehen, jetzt gleich.«

Er blickte mich immer erstaunter an.

»Ich verstehe dich nicht, mein Junge«, sagte er. »Ich verstehe dich genauso wenig wie sonst. Du kannst morgen früh gehen, bei Tagesanbruch.«

»Vater, spricht der Alte mit seinen *colonos* in Huayhuay Quechua?« fragte ich.

»Manchmal; aber du sollst dich nicht mit den Indios unterhalten. Ich warne dich. Don Manuel Jesús ist streng, aber großzügig. Er ist ein guter Christ. In seiner Hacienda gibt es keine betrunkenen Indios, keine Flöten oder Trommeln, keine vom Teufel besessenen Instrumente. Die Indios beten morgens und abends und gehen dann in ihre Hütten schlafen. Der Friede und die Stille Gottes herrschen auf den Haciendas Don Manuel Jesús'.«

»Und der Apurímac, Vater?«

»Was hat der damit zu tun?«

»Dürfen die Indios nicht einmal im Karneval an den Fluß, um dort zu singen?«

»Ich habe dir doch schon gesagt, daß Don Manuel sehr fromm ist. Du mußt ihm gehorchen und dich an die Ordnung der Hacienda halten – Arbeit, Ruhe, Frömmigkeit.«

»Ich kenne ihn, Vater. Gut, ich werde gehen. Zwei Tage, sagen Sie? Anderthalb für mich. Ich will mit den *colonos* beten und mit ihnen leben. Sind alle anderen Schüler schon weg?«

»Allc.«

»Und Antero?«

»Auch er.«

»Und die Söhne des Kommandeurs?«

»Sie sind alle fort, nur die Söhne der Armen nicht.«

»Und das Fieber. Vater?«

»Es wütet noch immer in den Haciendas am anderen Ufer. Es wächst.«

»Und die Brücke?«

»Man hat sie zugemauert und eine Tür in die Mauer gehauen, für die Medikamente . . .«

»Und die Köchin, Vater?«

»Ich weiß nicht«, sagte er.

»Sie ist gestorben«, sagte ich, denn seine schnelle Antwort hatte ihn verraten.

»Ja, aber isoliert, im Spital.«

»Und kahlgeschoren, man hat sie ohne Haare begraben.«

»Natürlich, mein Sohn. Woher hast du das gewußt?«

»Ich habe es geahnt, Vater. Abraham ist nach Quishuara

gegangen, um dort zu sterben. Dort wird das Fieber nun auch sein.«

»Du sollst die Schule nicht vorher verlassen«, rief er in plötzlichem Ärger. »Ich bringe dir einen Wecker, der um vier Uhr morgens läuten wird. Wir haben einen neuen Pförtner, er schläft in der Küche.«

»Darf ich nicht ausgehen, um von Abancay Abschied zu nehmen?« bat ich.

»Nein. Ich habe es deinem Vater versprochen.«

Der Ton seiner Stimme hatte sich in dem Augenblick verändert, als ich Abraham erwähnte. Er sah mich scharf an, er bohrte seinen Blick in meine Augen. Er verlor sich immer mehr, wie jemand, der im Unendlichen die verräterischen Anzeichen sucht, die doch die Frucht der eigenen Verstörtheit, der eigenen, in die Irre gegangenen Gedanken sind.

Ich zeigte ihm die beiden Goldmünzen. Vielleicht tat ich es aus Bosheit, aus der brennenden Unruhe heraus, die er durch seinen Verdacht in mir angefacht hatte.

»Was ist das?« fragte er.

»Zwei Goldmünzen, die jede ein Pfund wert sind, Vater.«

»Hast du sie etwa gestohlen?«

»Damit werde ich wie der Sohn eines Königs reisen, Vater. Ich will sie dem Alten zeigen und prüfen, ob Gott ihn hört . . .«

Während ich diese für mich selber unerwarteten Worte sagte, erwachten in meiner Erinnerung das Bild der Stadt Cuzco, die Stimme der Maria Angola, die aus dem Grund eines Sees zu kommen schien, das Bild des Christus' der Erdbeben und die großen tiefen Spiegel in der Kathedrale, die im Dämmerlicht glänzten.

Der Pater trat auf mich zu. Seine Augen waren stumpf geworden. Es schillerte wie schlammiges Wasser in ihnen, und sie verrieten sein Erstaunen, eine Gier, die langsam in seiner Seele wuchs.

»Hast du sie gestohlen, mein Sohn?« fragte er noch einmal.

Er war klug und energisch, aber nun zitterte seine Stimme. Jahrhunderte von Mißtrauen lasteten auf ihm; die Furcht und die Lust zu bestrafen, bedrückten ihn. Ich fühlte, wie mich das Böse versengte.

»Lesen Sie, Väterchen«, sagte ich. »Ein Geschenk meines Freundes, der sicher schon in seinem Dorf angekommen ist.«

Der Vater las Palacitos' Zettel und lehnte sich an das Kopfende des Bettes. Danach betrachtete er mich. Ich glaube, er hatte die größte Lust, mich zu schlagen. Ich war darauf gefaßt. Aber seine Augen wurden heller.

»Gut, du darfst ausgehen«, sagte er. »Wir haben in diesen Tagen viel durchgemacht. Die Schule ist leer, die Stadt auch, du wirst es schon sehen. Man soll dir deine Kleider bringen. Der Vater deines kleinen Freundes Palacitos ist strahlend vor Freude mit seinem Sohn fortgegangen – trotz der Angst und trotz des Fiebers.«

»Stellte er ihm Fragen? Wollte er, daß Sie ihn prüften?« fragte ich.

»Nein, es war nicht nötig. Der Junge zeigte ihm Añucos Geschenke, die Sammlung roter Kugeln, einen Brief des Bruders, in dem ihm dieser Glück wünscht und ihn segnet. Und er selber erzählte seinem Vater von Geschichte, von den Naturwissenschaften, der Geometrie . . . Du kannst zufrieden sein, mein Sohn! Palacitos setzte seinen Vater in Erstaunen und verschaffte sich Achtung.«

»Romero war schon weg?«

»Ja.«

»Und Chipro?«

»Er auch.«

»›Du wirst Ingenieur werden‹, sagte Palacitos' Vater. Danach ließ ich sie beide allein im Büro.«

»Dann, als sie allein waren, hat er wohl seinen Vater um die Münzen gebeten. Danach sind sie sofort gegangen?«

»Nein, aber bald. Zuerst holte der Junge im Schlafsaal seine Bücher und seinen Reisesack. Als er von mir Abschied nahm, weinte er nicht. Er sagte auch nichts von dir, obwohl er wußte, daß du eingesperrt warst, und das erschien mir merkwürdig.«

»Er war eben schon bei mir gewesen.«

»Gib auf deine Goldmünzen acht, denn du mußt allein reisen.«

»Ich werde sie nie ausgeben, Vater.«

»Warte, ich lasse dir deine Kleider bringen.«

Er ging aus dem Zimmer und ließ die Tür offen. Mit seinem borstigen, weißen Haar wirkte er groß und stattlich. Wenn ihn seine Heftigkeit nicht übermannte, strahlte seine ganze Erscheinung Güte aus. Seine Umarmung, seine Hand auf dem

Kopf eines kleinen Jungen, der traurig oder verzweifelt war oder unter Schmerzen litt, wirkten dann beruhigend und flößten Zuversicht ein. Vielleicht war ich der einzige Schüler, der – durch frühere Erlebnisse – ahnte, daß auch in ihm Düsterkeit und Unerbittlichkeit waren.

Am Nachmittag ging ich in meinem neuen Anzug in den Hof. Alle waren fort, Palacitos und Antero, die Schwachsinnige und Peluca, Romero und Valle, Añuco, die Köchin und Abraham – niemand war mehr da. Ich wußte, daß ich allein in der Schule war.

Einen Augenblick setzte ich mich auf die Stufen im Gang neben das kleine Wasserbecken.

Dann ging ich langsam auf den inneren Hof. Ich war so sehr in meine Erinnerungen versunken, daß ich nicht auf äußere Dinge achtete.

Drei Bretterverschläge dienten als Latrinen; einer war etwas größer, und hier hatten sich die Schüler immer auf die Schwachsinnige gestürzt. Unversehens stand ich vor dieser Tür und öffnete sie. Das Unkraut, das an der Wand in diesem feuchten Winkel wuchs, blühte. Ich pflückte die Blumen und band sie zu einem Strauß zusammen. Dann riß ich die Pflanzen aus, schüttelte die Erde von den Wurzeln und warf sie ins Wasser. Danach ging ich in den Hof zurück.

Der Friedhof lag weit außerhalb der Stadt, und unter den unzähligen Gräbern der armen Leute hätte ich das Grab Doña Marcelinas wohl nie gefunden. So beschloß ich, den Strauß an die Tür der Kammer zu hängen, in der sie gestorben war. Ich ging durch den engen dunklen Flur und warf einen Blick in die Küche. Zwei Männer saßen dort, aber sie hörten mich nicht. Der kleine Hof roch noch immer nach Desinfektionsmitteln. Vor der Tür der Kammer hing ein farbiges Schloß, aber keine gekreuzten Trauerbänder, wie es in den Dörfern üblich ist, wenn jemand stirbt. Ich steckte die Blumen ins Schloß.

Die Sonne würde die kleinen gelben Blüten schnell austrocknen und verbrennen. Ich hatte die Pflanzen ausgerissen, die Wurzeln und die Erde, die die Blumen genährt hatten, ins Wasser geworfen, denn ich wollte damit den einzigen lebenden Zeugen menschlicher Grausamkeit vernichten, die die Schwachsinnige auf Befehl Gottes entfesselt hatte. So würde sie nicht vergeblich wiederkehren, um mit Geisterhänden das Unkraut auszurotten, mit Händen, die nichts gegen die Ursachen des Fluchs und der Sünden dieses Lebens ausrichten können. Ich betrachtete den Blumenstrauß an der Tür und fühlte mich glücklich, fast wie ein Held, und ich spielte mit den Goldmünzen in meiner Tasche. Es stand nun fest, daß ich Abancay verlassen würde. Wie Marcelina im Himmel fühlte auch ich mich frei von aller Schuld, von aller Gewissensnot.

Schnell lief ich auf den Hof zurück. Die Männer aus der Küche folgten mir. Ich wollte die Stadt sehen, nach Patibamba und zum Pachachaca hinuntergehen. Vielleicht würde ich auf dem Weg dem Fieber begegnen, das mir entgegenkam. Es käme als altes Weib verkleidet, zu Fuß oder zu Pferd. Das wußte ich, und ich war bereit, mit der Alten fertig zu werden. Ich wollte sie mit einem Stein, auf den ich vorher kreuzweise gespuckt hatte, vom Pferd herunterholen. Und wenn sie zu Fuß käme, würde ich sie an dem langen Mantel packen, den sie hinter sich herschleifte. Während ich ihre Kehle fest zusammendrückte, würde ich das Vaterunser beten, sie dann zur Brücke zerren und sie vom Kreuz herab in die Strömung des Pachachaca werfen. Der geläuterte Geist Doña Marcelinas würde mir dabei helfen.

Ich lief bis zur Kreuzung, wo der Weg nach Patibamba abzweigt. Drei mit Gewehren bewaffnete Guardias hielten dort Wache.

»Es kommt niemand durch«, sagte einer von ihnen.

»Warum, Señor?« fragte ich. »Ich muß zur Brücke.«

»Wer schickt dich dorthin?«

Ich traute ihm nicht; er würde meine Erklärung ja doch nicht verstehen.

»Lassen Sie mich durch. Der Weg ist öffentlich«, sagte ich.

»Weißt du denn nicht, daß die Stadt im Alarmzustand ist? Daß Gefahr besteht?«

»Ist das Fieber schon gekommen?«

»Es wird zu Tausenden kommen. Nein, mein Junge. Geh zurück, geh nach Hause.«

Ich konnte an hundert verschiedenen Stellen über die Felder gehen und brauchte die Straße gar nicht zu benutzen. Aber der Guardia hatte etwas Merkwürdiges gesagt. Wie sollte das Fieber zu Tausenden kommen, wenn es doch nur ein einziges

Fieber gab? Ich kehrte um und schlug den Weg nach Huanupata ein.

Die *chicherías* und auch die übrigen Häuser waren verschlossen. Ich sah viele Leute in Richtung des Apurímac zu Fuß, zu Pferd und auf Eseln den Hang hinaufgehen. Sie hatten ihre Kinder bei sich, und die Hunde liefen hinterher. Sogar die Wirtschaften, wo die Indios und die durchreisenden Mestizen ihren Schnaps zu trinken pflegten, waren geschlossen. Der Wind zerrte an den dürren Blättern der Dächer und wirbelte den Staub durch die Straße. Die Luft im Tal war immer stickig, aber an diesem Nachmittag, in den leeren Straßen, schien sie mich in einen Mantel einzuwickeln, und ich hatte das Gefühl, zu schweben. Ich betrachtete eine Tür nach der anderen, bis ich eine fand, die aufstand, mit zwei gekreuzten Stangen davor. Ich trat ein.

Exkremente lagen auf dem Boden, und Fliegenschwärme summten umher. Die Sonne fiel auf ein paar alte Decken, die an einem Ende der Galerie vor der Küchentür lagen. Dicke, trockene Stämme waren zu einer Art Podest zusammengefügt. Ich ging näher und sah eine alte Frau auf dem Boden liegen, die den Kopf an ein rundes Stück Holz lehnte. Sie trug eine *makitu*, ein altes Kleidungsstück der Eingeborenen aus handgewebter Wolle, das ihre Arme bedeckte; um den Kopf hatte sie ein Tuch geschlungen. Das Gesicht sah aus wie das einer Mumie, die Haut klebte an den Knochen, die Nase war spitz und gelblich. Von den dünnen Lippen tropfte der Saft der Coca-Blätter. Als sie mich sah, bewegte sie den Arm, um mich fortzuscheuchen. ›Das Fieber‹, dachte ich. Aber ich ging nicht weg. Ich trat näher und sah, daß sie auf dem gleichen Lager ruhte wie die alten Leute in den indianischen Dörfern.

»Wer bist du?« fragte ich auf Quechua. Ich schrie, damit sie mich hörte.

»Ich werde sterben«, antwortete sie.

»Und deine Familie?«

»Ist weggegangen.«

Sie sprach verständlich.

»Warum haben sie dich nicht mitgenommen?« fragte ich gedankenlos.

»Weil ich sterbe.«

Wieder bewegte sie einen Arm, um mich zu vertreiben. Ich

verstand, daß ich sie ungeduldig machte, aber ich konnte mich nicht sogleich zum Gehen entschließen. Die Familie hatte sie verlassen, ohne Zweifel mit ihrem Einverständnis.

»Leben Sie wohl, Señora«, sagte ich respektvoll und ging still und langsam hinaus.

Draußen sah ich eine Familie, die eben die Straße verlassen hatte und sich anschickte, den steilen Weg zum Apurímac hinaufzusteigen. Ich lief den Leuten nach.

»Warum geht ihr fort?« rief ich schon von weitem.

Der Mann blieb stehen und sah mich erstaunt an. Er führte einen mit Pfannen und Decken beladenen Esel am Zügel und trug selber Hausrat auf dem Rücken. Die Frau hielt ein kleines Mädchen in den Armen. Ein Junge von etwa sechs Jahren ging neben dem Vater her.

»Sie sind auf Flößen über den Fluß gekommen, auf zehn Flößen. Sie werden bald hier sein«, sagte er.

»Wer?« fragte ich.

»Die *colonos* natürlich, die *colonos* aus fünfzehn Haciendas. Weißt du das nicht, Junge? Gestern Nacht ist ein Guardia gestorben. Er soll mit dem Säbel das Seil zerschnitten haben als ein Floß daran hing. Aber die meisten waren schon auf dieser Seite. Acht, heißt es, sind in den Pachachaca gefallen und der Guardia auch. Sie wollten die *colonos* am Ufer umzingeln, aber es ist ihnen nicht gelungen. Denn die Indios sind von dieser Seite wie die Ameisen hinuntergelaufen und haben die Guardias von hinten bedrängt. Arme Guardias, sie waren nur zu dritt. Sie schossen nicht, und die Indios haben ihnen nichts getan. Sie sind zurückgekommen und haben alles erzählt. Nun heißt es, daß sie den *colonos* mit Maschinengewehren den Weg zur Stadt versperren sollen. Lüge, mein Junge! Es wird ihnen nicht gelingen. Die *colonos* werden über alle Hügel strömen. Ich weiß es, ich war Unteroffizier . . .«

»Die *colonos* haben die Guardias in die Enge getrieben, sagst du? Die *colonos*?«

»Ja, die *colonos*.«

»Das glaube ich nicht. Das kann nicht sein. Das können sie gar nicht. Haben sie nicht Angst bekommen, als sie die Guardias sahen?«

»Ach, mein Junge. So einfach ist das nicht. Der *colono* ist wie ein Huhn, oder schlimmer. Er stirbt ruhig, ohne zu mucksen.

Die Pest aber ist ein Fluch. Wer hat die Pest, wer hat diesen Fluch geschickt? ›Kirche, Kirche, Messe, Väterchen‹ schreien die *colonos*. So gibt es keine Rettung mehr für uns. Es heißt, daß sie eine feierliche Messe wollen und daß der große Vater von Abancay sie lesen soll. Danach werden sie ruhig sein; sie werden zitternd, aber ruhig sterben. Doch für die Messe werden sie kämpfen, auch wenn ihnen die Guardias wie der Blitz entgegeneilen. Sie werden kommen. Vielleicht sind sie schon da.«

»Glauben die Indios denn, daß sie ohne Messe in die Hölle kommen?«

»Natürlich, gewiß, das ist es ja. Sie fürchten die Verdammnis und glauben, daß das Tal dann voll Verdammter sei. Mein Gott, was würde das geben! Es wird von Verdammten wie von großen Läusen, die größer als Hammel sind, wimmeln. Sie werden die Tiere auffressen, zuerst aber die Menschen! Mein Gott!«

»Deshalb gehst du von hier weg?«

»Und die Läuse, Kind? Die Messe muß gelesen werden. In der Nacht kommen die *colonos* nach Abancay, vielleicht kann der Vater sie erlösen. Sie werden kommen, aber die Kinder zurücklassen, denn die Kinder sind *angelitos*. Sie werden mit ihren Frauen kommen und Erlösung suchen. Aber ihre Läuse werden sie zurücklassen, im Park, in der Kirche, auf den Straßen, vor den Türen. Es wird von Läusen, diesem Fluch des Fluches wimmeln. Und sie werden uns alle auffressen. Sollen die Leute von Abancay vielleicht die Läuse zerbeißen wie die *colonos*? Sollen sie die Köpfe der Läuse zwischen den Zähnen zermalmen? Aus allen Winkeln werden sie in langen Reihen krabbeln. So sind die Läuse der Kranken.«

»Unteroffizier, du hast Angst«, sagte ich zu ihm. »Du ernährst dich von der Angst wie die *colonos* von den Läusen . . .«

»Die Läuse der Kranken vermehren sich anders. Es bleibt uns nichts anderes übrig, als wegzugehen. Was vermag ein mutiges Herz gegen diese Dinge?«

Als ich umkehren wollte, hielt er mich fest. Seine Frau sagte auf Quechua:

»Du bist ein hübscher Junge. Warum gehst du freiwillig zu den Läusen, die dich verderben werden?«

Sie waren entsetzt.

»Morgen früh werde auch ich diesen Weg einschlagen«, beschwichtigte ich sie.

Ich nahm Abschied von ihnen und lief in die Stadt zurück.

Durch ein Zuckerrohrfeld ging ich nach Patibamba. Ich schwitzte, weil ich mich geduckt zwischen den Pflanzen hindurchzwängte, auf die den ganzen Tag die heiße Sonne geschienen hatte. Aber ich wollte nicht, daß mich jemand entdeckte, deshalb vermied ich die Wege. Auf den Wegen brachten die Maultiere der Hacienda das Zuckerrohr in die Fabrik.

Auf allen vieren erreichte ich schließlich das Dorf der Indios. Es war leer. Niemand war zu sehen. Ich stieg auf den kleinen Hügel aus Resten und Abfällen und sah mich um. Die Wespen summten schläfrig und versperrten mir die Sicht. Die Türen zu den Hütten waren verschlossen, und an den dürren Blättern der Dächer zerrte der heiße Wind. Ich kletterte hinunter und ging durch die enge Gasse.

Ich klopfte an die erste Tür und hörte drinnen Schritte. Ich spähte durch eine Spalte und sah drei Kinder, die sich in einem Winkel versteckten.

Ich klopfte noch einmal.

»Mánan, nein«, rief das älteste Kind, ohne daß ich etwas gesagt hatte.

Sie versteckten sich in einem der dunklen Winkel der Hütte. Ich ging zu einer anderen Hütte und erhielt die gleiche Antwort.

Langsam und ruhig schritt ich durch die Gasse bis zum letzten Haus. Dort kniete ich mich auf den Boden und spähte durch die unterste Spalte in der Tür. Durch ein Loch im Dach fiel die Sonne voll ins Innere der Hütte. Es war bereits Abend, und das Licht war golden.

Neben dem Herd kniete ein ungefähr zwölfjähriges Mädchen und bohrte mit einer langen Nadel in der Hinterbacke eines anderen, kleineren Mädchens. Dieses stieß ohne zu weinen mit den Füßen; es war völlig nackt. Das größere Mädchen hob die Nadel gegen das Licht. Ich blickte genau hin und sah an der Spitze der Nadel einen ganzen Klumpen eitriger, blutiger Krusten. Das Mädchen erhob sich, um das Zeug ins Feuer zu werfen, und ich sah den Darmausgang und die Geschlechtsteile des kleineren Mädchens, an denen dicke weiße Blasen hingen wie bei den ekelhaftesten und verwahrlosesten Schweinen in diesem widerlich süßlich riechenden Tal. Ich lehnte den Kopf gegen die Wand, und der Gestank aus der Hütte überwältigte mich. Mir war, als stünde mein Herz still, als müßte das Licht der Sonne verlöschen und Regenstürme stürzten hernieder. Die ältere Schwester begann, in der Hütte ein Messer zu schleifen.

Ich stand auf und lief davon. Ich war noch empörter als am Morgen, als ich von der toten Doña Marcelina in ihrer Kammer ohne Trauerbänder Abschied genommen und den Blumenstrauß an das Türschloß gehängt hatte. Ich erreichte das Eisengitter des Herrschaftshauses, rief und schrie so laut ich konnte »Yaúú . . .! Yaúú . . .!«

Aber auch das Herrschaftshaus war leer. Ich schrie, schrie immer heftiger und klammerte mich an das Gitter.

Die Strahlen der untergehenden Sonne schienen aus meinem Mund zu kommen und vergeblich gegen das Gitter und in das stille, verlassene Tal zu prallen. Ich fürchtete, verrückt zu werden; ich glaubte, daß meine Brust zerspränge. Ich machte mich zum Fluß auf.

Ich rannte, nahm die Abkürzungen und hatte Angst, es könnte dunkel werden. Schon fast am Ziel stieß ich auf ein paar Guardias und einen Unteroffizier. Sie hielten mich an.

»Sehen Sie«, sagte der Unteroffizier und führte mich zu einer Biegung des Weges.

Die *colonos* stiegen den Hang herauf, und ich glaubte tatsächlich eine Hammelherde, Tausende von Hammeln vor mir zu haben. Links und rechts vom Weg kletterten sie über die Hügel, zwängten sich durch Büsche und sprangen über die Mauern aus Steinen oder Ziegeln, die die Felder abgrenzten.

»Sehen Sie«, wiederholte der Unteroffizier. »Ich habe Befehl, sie durchzulassen. Aber sie werden die Kirche und die Stadt tagelang verwüsten. Der heilige Pater Linares wird um Mitternacht eine Messe für sie lesen und ihnen die Reise ins andere Leben erleichtern.«

Ich beruhigte mich, als ich die *colonos* kommen sah.

»Sie werden nicht sterben«, sagte ich.

»Wer sind Sie?« fragte der Unteroffizier.

Ich nannte meinen Namen.

»Dann sind Sie der Freund Gerardos, des Sohns des Kommandeurs«, antwortete er. »Ich habe den Auftrag, Sie zu beschützen.«

»Gerardo hat das verlangt?«

»Ja. Er ist ein großartiger Junge. – Wir ziehen uns so zurück, wie die Indios vorrücken. Und Sie, mein Junge, kehren Sie um. Warum sind Sie gekommen?«

»Sind Sie ein Freund Gerardos?« fragte ich.

»Das sagte ich schon. Er ist ein großartiger Junge.«

»Lassen Sie mich mit Ihnen gehen.«

»Die Verordnung, nach der alle Haustore in Abancay geschlossen werden müssen, ist wohl bereits in Kraft getreten. Aber Sie, Sie können in die Schule zurück.«

»Ich will die *colonos* begleiten, Unteroffizier, und mit ihnen beten.«

»Warum? Warum Sie?«

»Sehen Sie mich an«, sagte ich. »Ich bin nicht wie Gerardo, auch nicht wie Antero, Gerardos Freund. Mich haben die Indios großgezogen, andere Indios allerdings, die männlicher und selbstbewußter waren als diese *colonos*.«

»Männlicher, sagen Sie? In anderem vielleicht, aber nicht, wenn es gilt, dem Tod zu trotzen. Hier sind sie; weder der Fluß noch die Kugeln konnten sie aufhalten, und sie kommen nun nach Abancay.«

»Ja, Unteroffizier, weil Sie ihnen den Weg freimachen. Vielleicht ist es besser, ich gehe zurück und benachrichtige den Pater.«

»Dann sagen Sie ihm, daß die *colonos* ungefähr um Mitternacht in der Stadt sein werden. Ich werde vorher einen Boten schicken.«

Er drückte mir die Hände. Er war erstaunt, fast verwirrt.

Singend lief ich zurück, während das Licht der Sonne langsam verlöschte.

In der Nähe des Herrschaftshauses von Patibamba, als es schon tiefe Nacht war, begann ich mit lauter Stimme ein herausforderndes Lied zu singen. Es war ein Karnevalslied aus Pampachiri, dem südwestlichsten Dorf im Tal des Apurímac.

Triumphierend ging ich durch die Straße, die die Hacienda mit der Stadt verbindet, und zertrampelte die Blüten der *pisonayes*, die auf dem Boden lagen. Der rote Blütenteppich leuchtete sogar in der Nacht.

Als ich in die Schule zurückkam, nannte mich der Pater Rektor halb ärgerlich, halb im Spaß einen »verrückten Vagabunden«. Es war spät, und die Lehrer hatten schon gegessen. Halb lachend drohte er mir, mich wieder einzusperren. Aber sein Gesicht wurde ernst, als er erfuhr, daß die *colonos* tatsächlich im Anmarsch waren und der Unteroffizier den Marsch zu ordnen versuchte, so daß die Indios ungefähr um Mitternacht in der Stadt eintreffen würden.

»Hast du sie gesehen? Hast du sie selber gesehen?« fragte er begierig.

Ich verstand, daß er bis zu diesem Augenblick gehofft hatte, die Schüsse der Guardias würden die *colonos* zurückhalten.

»Hast du gesehen, ob die Guardias Maschinengewehre haben?«

»Nein. Ich glaube, nicht«, erwiderte ich.

»Doch«, antwortete er hart, »aber sie haben sie wahrscheinlich irgendwo versteckt.«

»Sie haben nicht geschossen, Vater«, sagte ich. »Sie haben mir nicht gesagt, sie hätten getötet . . .«

»Das Blut . . .« Er beendete den Satz nicht. Doch ich erriet, was er sagen wollte.

»Wenn es so viele sind . . ., dann erschreckt sie das Blut nicht mehr«, sagte ich.

»Nicht?« rief er heftig. »Jetzt vielleicht nicht, weil sie die Messe hören wollen, weil sie der Messe wegen kommen, um nicht einfach so, wie die Tiere zu sterben . . . Aber sonst genügt ein einziger Hieb ins Gesicht . . . Ja. – Du kannst mir helfen, du scheinst ja keine Angst zu haben. Du bist wirklich verrückt. Du kannst mir bei der Messe helfen, falls der Küster nicht kommt. Du kannst die Glocken läuten.«

»Ja, Vater«, sagte ich und umarmte ihn. »In meinem Dorf läutete ich immer die Glocken, sobald ich den Priester den Hang von Huayrala herunterkommen sah. So werde ich es wieder machen.«

»Knie nieder«, befahl er.

Wir standen auf der oberen Galerie unter der Lampe, die über der Tür zu seinem Schlafzimmer hing.

Ich kniete nieder, und der Pater sprach ein paar Worte auf Lateinisch.

»Ich habe dir die Absolution erteilt«, sagte er. »Wir wollen hier drinnen auf den Boten des Unteroffiziers warten.«

Noch vor dem Boten kam der Küster. Der Vater führte mich am Arm in die Kammer des Bruders und packte meine Kleider in einen Reisesack.

»Ich bin für dein Leben verantwortlich«, sagte er. »Ich muß dich hier einschließen. Nach der Messe mache ich dir wieder auf.«

Er zog eine Uhr auf, die er aus seinem Schlafzimmer holen ließ, eine große Uhr aus gelbem Metall.

»Um vier Uhr wird sie dich wecken«, sagte er. »Dann stehst du auf, gehst in die Küche und rufst den neuen Pförtner; er soll dich in den Flur bringen, du gehst hinaus, und er wird das Tor wieder hinter dir schließen. In drei Stunden hast du den Gipfel erreicht, und vor Einbruch der Nacht wirst du in Huanipaca sein; dort erwartet man dich. Am folgenden Tag kannst du um die Mittagszeit vom Weg aus die Hacienda deines Onkels sehen.«

»Werden die Glocken um zwölf Uhr läuten, Vater?«

»Vorher. Die Leute in Abancay wissen aber, daß dieses Geläut nicht ihnen gilt.«

»Werden Sie den Indios eine Predigt halten, Vater?«

»Ich will versuchen, sie zu trösten; dann werden sie weinen, bis sie Erleichterung fühlen. Ich will ihren Glauben an Gott stärken und sie bitten, auf dem Rückweg durch die Stadt zu beten.«

»Sie werden triumphierend davongehen, Vater. So wie sie jetzt triumphierend den Berg heraufkommen. Ich werde sie nicht sehen, aber das Gebet von hier aus hören.«

»Du wünschst den Tod herbei, seltsames Geschöpf«, sagte er. »Friede sei mit dir! Geh nun schlafen, die Glocken werden dich wecken.«

Er nahm mein Gesicht in die Hände und betrachtete mich lange, als wäre ich eine jener stillen Stellen im Pachachaca. Ich fühlte, wie klar und durchdringend sein Blick war.

»Möge die Welt nicht grausam zu dir sein, mein Sohn«, sagte er. »Möge dein Geist Frieden finden auf dieser unruhigen Erde, deren Schattenseiten du so deutlich siehst.«

Sein weißes Haar, seine Stirn, seine Augen, sogar seine Wangen und seine Hände unter meinem Kinn strömten Ruhe aus, und mein Kummer legte sich – der Kummer darüber, daß ich die Ankunft der *colonos* mit ihren zerzausten Haaren und glühenden Augen, ihren Einzug in die Kirche nicht sehen könnte.

Der Pater wartete, bis ich mich hingelegt hatte. Dann ging er und ließ die Tür auf. Aber ich wollte nicht ungehorsam sein.

Um Mitternacht läuteten die Glocken dreimal. Der rauhe Mißklang ihrer Stimmen verriet, daß sie weder Gold noch Silber und auch kein menschliches Fett enthielten.

Unter diesem häßlichen Geläut würden nun die *colonos* in Abancay einziehen. Aber ich hörte lange Zeit keine Schritte, keinen Gesang und kein Geschrei. Selbst die Lasttiere haben Hufe, die auf dem Pflaster der Straßen oder auf der Erde widerhallten; der *colono* aber geht barfuß – barfuß und vorsichtig. Sie hatten jetzt wohl wie eine Herde stummer Tiere die Kirche betreten, und ich würde die ganze Nacht keinen Laut hören.

Ich wartete. Es war eine kurze Messe. Eine halbe Stunde, nachdem die Glocken verklungen waren, hörte ich ein dumpfes Geräusch, das näher kam. ›Sie beten‹, dachte ich.

Die Gasse, die vom Platz zur Landstraße nach Patibamba führt, war keine hundert Meter von der Schule entfernt. Das Geräusch wurde stärker. Ich kniete nieder, und der Wind trug das Gemurmel des Chors in meine Kammer.

»Sie gehen schon wieder, sie gehen weit weg, Bruder«, sagte ich laut.

Ich begann das Vaterunser zu beten und wiederholte es zweimal. Das Gemurmel wurde stärker, und ich hob die Stimme: »Vater unser, der Du . . .«

Plötzlich hörte ich Schreie. Ich öffnete die Tür und trat auf den Gang. Dort hörte ich die Stimmen besser.

»Geh weg von hier, Pest! *Way jiebre! Waaay . . .!*«

»*Rípuy, rípuy . . .* Geh weg! Ich verbrenne dich!«

Die *colonos* riefen auf der Straße die Pest an und drohten ihr.

Die Frauen begannen zu singen. Sie erfanden Worte zu einer Melodie, die an Begräbnissen gesungen wird:

> Meine Mutter Maria wird dich töten,
> mein Vater Christus dich verbrennen,

unser Kind Jesus dich erhängen.
Weg von hier, Fieber,
weg von hier!

Sie würden singen, bis sie den Rand der Stadt erreicht hätten. Der Chor der Stimmen entfernte sich, er schied von mir.

Sobald sie in Huanupata wären, würden sie alle zusammen einen letzten Schrei ausstoßen, der den unbekannten Welten und Kräften galt, die die Vermehrung der Läuse und die leisen, langsamen Schritte des Todes beschleunigen. Vielleicht würde der Schrei die *Mutter* des Fiebers treffen, in sie eindringen und sie zum Verlöschen bringen, so daß sie in harmlosen Staub zerfiel, der hinter den Bäumen verschwindet. Vielleicht.

Ich ging ins Schlafzimmer zurück.

In Patibamba würden sich die Indios trennen, und ein jeder kehrte zu seinem Herrn zurück.

Morgen früh wäre auch ich nicht mehr da. Weg von hier, Fieber! Die Toten würden auf den Friedhöfen ohne Mauern, ohne Tore und ohne Kreuze der Haciendas verscharrt. Aber den Lebenden würde es vielleicht nach dieser Nacht gelingen, die Pest zu besiegen.

Stundenlang hallten die Verwünschungen gegen das Fieber durch meine Kammer.

Ich war wach, als die gelbe Uhr des Pater Rektor die ersten Takte eines europäischen Marsches zu spielen begann.

Ich machte Licht und betrachtete die Uhr. Sie stellte die Fassade eines Palastes dar, dessen Säulen in mit Blättern geschmückten Kapitellen endeten. Die Uhr spielte weiter, und ich zog mich schnell an. Die Musik erinnerte mich an den Marsch der Militärkapelle, und es war, als verhieße sie mir einen glücklichen und nicht einen unheimlichen Weg ins Unbekannte. ›Ich will die Lilien für Salvinia pflücken und den Strauß an das Gitter vor ihrem Haus hängen‹, dachte ich, ›denn ich werde nie mehr zurückkehren.‹

Der Pförtner, ein Mestize, war wach. Er nahm seinen Poncho und begleitete mich in den Flur. Ich verließ die Schule. Die Uhr spielte noch immer; sie hüllte die Schule in ihre Musik ein, füllte die Gänge und drang bis in die dunkelsten Winkel.

Im Park pflückte ich die Lilien. Die *colonos* hatten sie nicht zertreten. Sie waren ernst und geordnet wie ein Trauerzug auf den Wegen gegangen. Ich ging zur Avenida. Der Strauß hatte nur drei Blüten, und ich hielt ihn so vorsichtig, als wären es die sanften Hände Salvinias.

Es war nicht schwierig, den Strauß zu den Klängen der schönen Musik, die mich noch immer begleitete, ans Gitter zu hängen. Die Nacht war hell, mit dichten Sternenfeldern. »Er ist für dich, Salvinia, für deine Augen«, sagte ich im Schatten der Maulbeerbäume. »Er hat die Farbe des *zumbayllu*, die Farbe des *zumbayllu*. Leb wohl, Abancay.«

Langsam stieg ich den Hang hinauf, als mir plötzlich die Warnung des Paters Rektor und die Erzählungen Anteros einfielen.

›Der Alte‹, dachte ich, ›der Alte.‹

Wie inbrünstig hatte er damals vor dem Altarbild des Christus' der Erdbeben in Cuzco gebetet, und wie hart hatte er mich im Salon mit seinen stählernen Augen angesehen! Ich dachte an den Pongo, der draußen im Flur stehengeblieben war und den ein einziger Befehl des Alten vernichten konnte. Und ich kehrte um.

Der Pachachaca stöhnte in der Dunkelheit, weit unten in der tiefen Schlucht. Die Büsche zitterten im Wind.

Das Gebet der Indios, ihr Singen und die letzten klingenden Schreie, die durch die Felsen hindurch bis zu den kleinsten Wurzeln der Bäume gedrungen waren, hatten die Pest nun zu Stein erstarren lassen.

›Es ist besser, wenn ich über den Fluß, dann nach Toraya und von dort in die Kordillere gehe‹, sagte ich zu mir. ›Das Fieber wird mich nicht mehr erwischen.‹

Ich kehrte um und ging durch die Stadt zurück.

Ich würde den Fluß am Nachmittag über die Hängebrücke von Auquibamba überqueren. Wenn die Verwünschungen und der Gesang der *colonos* das Fieber tatsächlich vernichtet hatten, dann würde ich vielleicht auf der Brücke sehen, wie die Strömung das Fieber im Schatten der Bäume mit sich riß. Es würde versuchen, sich an einem Ast des *chachacomo* oder an einem Ginsterzweig festzuhalten, oder es würde auf Teppichen roter *pisonay*-Blüten davonschwimmen. Der Fluß würde es in den großen Urwald tragen, in das Land der Toten – genau wie Lleras.

Wörterverzeichnis

alferado	Religiöses Fest, dessen Kosten von Grundbesitzern und Indios gemeinsam getragen werden
amarus	Schlangen der Inkas
apasanka	Tarantel
apu	Gott
arrayán	Busch aus der Familie der Myrtazeen
atatauya	Ausruf des Ekels
ayllu	Gemeinde selbständiger Indios, die zu keiner Hacienda gehören
capa	Tuch des Stierkämpfers
capulí	Baum aus der Familie der Rosazeen, dessen Früchte eßbar sind und Erdbeeren gleichen
chachacomo	auffallend knorriger Baum mit rötlichem Holz
chancaca	Rohzucker
charango	in Peru heimische kleine Guitarre mit fünf Saiten
chicha	eine Art Most aus Mais, Weizen oder Trauben
chichera	Besitzerin einer chichería
chichería	volkstümliche Kneipe, in der chicha ausgeschenkt wird
chipro	pockennarbig
chirimía	ein der Klarinette ähnliches Blasinstrument
chiririnka	große Fliege
cholo	Kreuzung aus Indios und Weißen, bei der die indianischen Züge überwiegen. Manchmal auch Bezeichnung für urbanisierte Indios.
chullo	Mütze, die den Kopf und einen Teil des Gesichts bedeckt
chumpi	Gürtel
chunchos	wilde Indios, die in den Wäldern im Westen Perus leben
chuto	Indio
colegio	private Mittelschule oder Gymnasium
colonos	Indios, die zu einer Hacienda gehören und praktisch Leibeigene sind
comuneros	freie Indios, die in Dörfern (ayllus) mit einer besonderen Organisation und eigenem Grundbesitz leben
concertados	Landarbeiter, die nur jährlich bezahlt werden
erkes	weinerliche Kinder unter fünf Jahren
guagua	Säugling

guardia civil	Landpolizei; im allgemeinen besser bezahlt und ausgebildet als die gewöhnliche städtische Polizei
huayno	indianisches Tanzlied
huayronk'o	große Fliege
huayruro	Saubohne; Spitzname der Guardia civil
imam	was
jarahui	indianisches Tanzlied
jaylli	Weihnachtslied
k'anras	wörtlich: Geschöpf ohne Mutter. Beschimpfung
k'atiy	wörtlich: »Mach weiter, schnell!«
kimichu	Indianischer Pilger, der mit einem Madonnenbild durch die Dörfer zieht und um Almosen bittet
k'ompo	großer Knoten
lambra	Baum zur Holzverwendung
layk'a	verhext
limonero real	Zitronenbaum, dessen Früchte besonders groß und süßer sind als die gewöhnlichen Zitronen
llipta	Kalk oder Asche, womit die Coca-Blätter zum Kauen vermischt werden
lúcumo	Obstbaum, in Peru und Chile heimisch
mánan	nein
marinera	Tanzlied von der Küste
mantas de Castilla	farbige Umschlagtücher
mayordomia	Ursprünglich eine Art Stipendium für angehende Priester; heute meist einfach Beitrag an die Kirche
Mestize	Person, deren Vater ein Indio und deren Mutter eine Weiße ist, oder umgekehrt; steht gesellschaftlich höher als ein Indio
molle	ein hauptsächlich in Peru beheimateter Baum, aus dessen Früchten eine chicha hergestellt wird
morochucos	sagenhafte Nachkommen der exkommunizierten Anhänger Almagros
nakak'	Wesen, das den Menschen die Kehle durchschneidet
ñujchu-Pflanze	Blüten, die von den Inkas als heilig betrachtet wurden
palto	Avocado-Baum
papacha	»großer Vater«, Meister
pejerrey	felchenartiger Fisch der Flüsse und des Meeres
peón	ungelernter Arbeiter
picantes	sehr scharfe Fleischgerichte
pinkuyllu	indianisches Blasinstrument
pisonay	Baum mit auffallend schönen roten Blüten, die in Dolden angeordnet sind. Familie der Leguminosen

pongos	Indios, die zu einer Hacienda gehören und zeitweise und ohne Bezahlung im Stadthaus der Herrschaft zu dienen haben
quena	große, melancholisch klingende Flöte
quinta	In der Nähe von Ortschaften gelegene Landhäuser mit Obst- und Gemüsegärten, jedoch ohne anderes Land
quirquincho	eine Art Gürteltier, aus dessen Schildpatt ein dem charango ähnliches Instrument hergestellt wird
rondín	kleines Blasinstrument aus Holz mit Metallplättchen; eine Art einfacher Flöte
sanku	in Wasser gekochtes Mehl
saywa	Steinmännchen, die die Wanderer auf den Gipfeln errichten
tankayllu	Hummel; Name eines Tänzers
tara	Weidenart, woraus Körbe, Stühle usw. geflochten werden
tayta, taytallay	Vater, Anrede
tuya	Lerche
ukukus oder uchucas	wilde Indios am linken Ufer des Marañón, in Peru
wak'rapuku	eine Trompete aus Horn
winku	Deformität von Gegenständen, die rund sein sollten
yawar mayu	blutiger Fluß
zumbayllu	Kreisel

Nachwort

José María Arguedas wurde 1911 in Andahuaylas, einer kleinen Stadt in den peruanischen Anden, geboren. Seine Mutter starb, als er drei Jahre alt war. Sein Vater heiratete nach ihrem Tode eine reiche Großgrundbesitzerin aus der Provinz Lucanas, deren Bevölkerung zu über 90% aus Indios besteht, die meist nur Quechua und kein Spanisch sprechen. Er war Anwalt und Richter. Seiner wenig orthodoxen Ideen wegen wurde er lange Zeit politisch verfolgt und war gezwungen, sich in verlorenen Bergdörfern zu verstecken. So blieb der Junge allein auf der Hacienda seiner Stiefmutter zurück, die ihn in die Quartiere der indianischen Mägde und Landarbeiter und in die Küche verbannte. Als er alt genug war, lief er davon und lebte von da an in den indianischen Dörfern der Provinz. Arguedas sagt von sich selber, daß er zu dieser Zeit zu einem reinen Quechua wurde. Jahre später, als sich die politischen Verhältnisse geändert hatten und sein Vater sich nicht länger zu verbergen brauchte, begleitete er ihn auf seinen ruhelosen Wanderungen durch die Dörfer und Städte Perus. Er doktorierte an der Universität San Marcas in Lima in Literatur und Anthropologie.

Fast alle seine Romane und Erzählungen* mit Ausnahme von *El Sexto* (der Name des Gefängnisses von Lima) wie auch seine anthropologischen Schriften beschäftigen sich mit der Lebensweise, der Folklore und der Kultur der Quechua-Indianer seines Landes.

Der Thematik nach scheint damit José María Arguedas jener literarischen Strömung anzugehören, die man in Südamerika je nach Region als *costumbrista*** (in Venezuela, Argentinien, Chile) und als *indigenista**** (in den Andenländern) bezeichnet hat. Diese Strömung versuchte im wesentlichen, sich von den starken europäischen Einflüssen in Stil und Thematik zu befreien, eigene Themen und eigene Ausdrucksformen zu fin-

* *Agua*, Erzählungen, 1935. *Yawar Fiesta*, Roman, 1940. *Diamantes y Pedernales*, Erzählungen, 1953. *Canciones y cuentos del pueblo quechua*, Lieder und Erzählungen, 1948. *Los ríos profundos*, Roman, 1948. *La agonía de Rasu Niti*, Erzählungen, 1962. *El Sexto*, Roman, 1962.

** Von *costumbres*, Sitten und Gebräuche.

*** Von *indígenas*, Eingeborene.

den. Die Gaucho-Literatur in Argentinien und Uruguay stellte der »zivilisierten« europäischen die »barbarische«, natürliche oder primitive Welt gegenüber. Der Venezolaner Romulo Gallegos in *Doña Barbara* (1929) und der Kolumbianer José Eustasio Rivera in *La Vorágine* (1924) beschrieben die überwältigenden, feindseligen Aspekte der Natur und ihren »barbarisierenden«, zerstörenden Einfluß auf die Menschen.

In den Andenländern, vor allem in Peru, Bolivien und Ecuador, begann man, sich von der feudalen Darstellung des Eingeborenen als eines treuen, aufopferungsvollen und ergebenen Sklaven zu lösen und die indianischen Lebensformen, Sitten und Gebräuche realistischer darzustellen. Fast gleichzeitig erschienen der Roman *Raza de Bronce* (1919) des hervorragenden bolivianischen Essayisten und Historikers Alcides Arguedas und die *Cuentos Andinos* (1920) des Peruaners Enrique López Albujar. Der Versuch, sich von den Europäern zu lösen, und vor allem die Suche nach einer eigenen literarischen Identität und nach einer Art nationalem Selbstbild führten zu einer Literatur, die vielleicht der traditionellen Anthropologie näher steht als dem Roman. Das gilt zum Beispiel für das 1941 erschienene Buch *El mundo es ancho y ajeno* des Peruaners Ciro Alegría und zum Teil auch für die Romane und Erzählungen des Ecuatorianers Jorge Icaza. Neben dem literarischen Bemühen macht sich immer deutlicher ein politischer und sozialer Protest, verbunden mit einer mehr oder weniger radikalen politischen Einstellung, bemerkbar.

Man darf nicht vergessen, daß zum Beispiel die peruanische Gesellschaft zu 60 bis 70% aus Indios, zu 10 bis 20% aus Mischlingen besteht und nur der Rest Weiße oder solche, die dafür gelten, sind. Die große Masse der Indios arbeitet entweder für die Großgrundbesitzer oder lebt in rein indianischen Gemeinden, den traditionellen *ayllus* mit eigenem Grundbesitz, die jedoch meist nicht für den Markt, sondern nur für den Eigenbedarf produzieren. Weder soziale noch wirtschaftliche Beziehungen verbinden die Kaste der Indios mit der herrschenden Schicht; die Indios sprechen überdies sehr oft kein Spanisch, sondern je nach Gegend Quechua oder Aymara. Der Versuch, diese verschiedenen Schranken zu durchbrechen und gesellschaftlich aufzusteigen, gelingt nur in den seltensten Fällen. Der Protest der Schriftsteller richtet sich gegen die

Abgeschlossenheit dieses Systems und die sich daraus ergebende Ausbeutung der Arbeitskraft und der Unwissenheit des Indios.

Innerhalb dieser Literatur lassen sich verschiedene Standorte unterscheiden, von denen ein solcher Protest erhoben wird. Der Schriftsteller kann sich außerhalb des feudalen Systems stellen und dieses als Beobachter von außen beschreiben, was wohl meist mit seiner Zugehörigkeit zur gesellschaftlich oder intellektuell führenden Schicht zusammenhängt. Es bleiben ihm in diesem Fall vor allem zwei Möglichkeiten: die »wissenschaftliche«, wirklichkeitsgetreue Beschreibung einer Gruppe oder Kaste, die er genau beobachtet und untersucht hat, oder die Verfolgung irgendeiner politischen oder humanitären Absicht, wobei er die Wirklichkeit oft verzerrt. Alegría und Icaza haben die erste dieser beiden Möglichkeiten gewählt. Sie stellen objektiv eine Situation dar, die sie nicht nur in ihrer gegenwärtigen Form, sondern auch in ihrer historischen, sozialen und wirtschaftlichen Entwicklung genau kennen, und erklären sie. In *El mundo es ancho y ajeno* beschreibt Alegría zum Beispiel den Kampf einer freien Gemeinde von Indios um ihr Land, das ihnen mit Hilfe von Advokaten entrissen werden soll, die sich, um ihr Ziel zu erreichen, die völlige Unwissenheit der Indios – nicht nur was Recht und Gesetze, sondern auch was die spanische Sprache betrifft – zunutze machen. Alegría stellt diesen Konflikt im Rahmen der modernen Welt dar, interpretiert ihn in Begriffen, die zu dieser Welt gehören, und versucht, ihn im Sinne eines Klassen- und nicht eines Kastensystems zu lösen.

Die Polemik dagegen, beruhe sie nun auf politischen oder humanitären Motiven, führt meist zu einer reinen Schwarz-Weiß-Malerei, in der das herrschende System in Bausch und Bogen verdammt oder das Schicksal der Indios mitleidig beklagt wird. Manchmal werden diese auch idealisiert, ja geradezu in den Stand von *bons sauvages* erhoben, ein Stand, von dem dann Erlösung und Läuterung erwartet werden. Seit den Diskussionen der spanischen Chronisten im 16. Jahrhundert, die sich untereinander und mit dem spanischen König darüber stritten, ob die Indios, diese Kuriositäten der Natur, als Menschen oder als Tiere anzusehen seien, über die väterlich-feudale Sicht, in der der Eingeborene um die Jahrhundertwende bei dem Kolumbianer Tomás Carrasquilla erscheint, bis zum *bon sauvage* – das Bild des Indios hat jedenfalls einen langen Weg zurückgelegt.

Der Standort José María Arguedas dagegen befindet sich innerhalb und nicht außerhalb des feudalen Systems. Der Konflikt, den er darstellt, besteht nicht zwischen diesen Systemen und der modernen Gesellschaft, sondern zwischen den beiden Kasten dieses Systems. Er spielt sich im Rahmen der feudalen Welt von Großgrundbesitzern und Indios ab, die Arguedas dank der Umstände seiner Kindheit und Jugend von innen kennenlernte und in der das einzige Mittel zur Lösung des Konflikts nicht in der allmählichen Änderung des Systems, sondern allein in der Gewalt besteht, die wiederum den Niedergang dieser Welt verursacht. Sein Standort bringt ihn also in gewissem Sinne den »feudalen« Schriftstellern nahe, mit dem entscheidenden Unterschied allerdings, daß er das System nicht mit den Augen der oberen, sondern der unteren Kaste, das heißt der Indios sieht. Der Protest fehlt auch bei Arguedas nicht, doch gestaltet er ihn anders, wenn auch nicht weniger wirklichkeitsgetreu als Alegría und Icaza. Was diese von außen beschreiben, sieht Arguedas mit den Augen der Indios von innen. Was sie im Rahmen der modernen Gesellschaft erklären, versucht Arguedas aus der Weltsicht der Indios zu deuten, und was aus dieser Sicht nicht gedeutet werden kann, bleibt unerklärt. In dieser Auslassung des Dichters spiegelt sich ein Merkmal der von ihm beschriebenen Welt wider, nämlich ihre immanente Unerklärlichkeit, ein Merkmal, das typisch ist für jede Kastengesellschaft, denn die verschiedenen Kasten besitzen ja keinen gemeinsamen Rahmen des Denkens und Handelns. Sie stehen sich völlig verständnislos gegenüber; die Vermutungen, die sie übereinander hegen, und vor allem die gegenseitigen Erwartungen sind falsch. Als zum Beispiel beim Aufstand der Mestizinnen die Armee nach Abancay gerufen wird, glauben die Indios, die Soldaten werden nun ein furchtbares Blutbad anrichten. Und als die »Pest« ausbricht, glauben die Bürger von Abancay, daß sich die Indios erheben werden, um die Haciendas und die Stadt zu plündern. Statt dessen wollen sic in der Kirche die Messe hören. Die Erwartungen von beiden Seiten sind also völlig falsch.

In dieser Aussparung spiegelt sich aber auch der Standort

Arguedas' wider, der das Geschehen nicht aus der Entfernung, sondern mit Hilfe der in seiner Welt selber vorhandenen Mittel beschreibt, aus denen er ein dieser Welt angemessenes dichterisches Werkzeug, eine besondere Sprache, einen besonderen Stil macht.

Die Welt, die er zeichnet, ist eine komplexe Mischung natürlicher, menschlicher und kultischer Elemente, die magisch gedeutet werden. Das Leben der Menschen tritt darin in Beziehung zu dem der Bäume, der Vögel, der Flüsse und Felsen, der Glocken, die aus Gold gegossen wurden, der Musikinstrumente und der Spielzeuge. Es ist eine Beziehung, in der sich der Mensch Lebloses und Belebtes im Bereich der Phantasie und der Vorstellungskraft angleicht oder zu eigen macht und sich eher mit Elementen der Natur als mit menschlichen Vorbildern identifiziert. Die Natur besitzt Güte und Macht, die Menschen aber sind gefährlich. Der jugendliche Erzähler des Buches sehnt sich nach den mütterlichen Mais- und Alfalfafeldern an den Hängen der Anden. Er wünscht sich zu sein wie der mächtige Fluß, der unbeirrt dem Meer entgegenstrebt und auf seinem Weg das Böse und Verdorbene in das Land der Toten trägt. Es ist eine Welt, in der sich die Grenzen zwischen Belebtem und Leblosem, zwischen Steinen, Tieren und Menschen, zwischen Subjekt und Objekt verwischen und die im Rahmen eines magisch-religiösen und sehr poetisch wirkenden Vorstellungsbildes gedeutet und erklärt wird.

Das Ineinanderfließen von Subjekt und Objekt ist ein Bestandteil der Sprache, des Quechua selber, einer Sprache, die nicht logisch-intellektuell strukturiert, sondern eher Sinnesverwandtschaften herstellt oder aufzeigt und in der die phonetischen Ähnlichkeiten, die Lautmalereien große Bedeutung haben. *illa* ist zum Beispiel ein bestimmtes Licht, das nicht von der Sonne stammt, *illa* sind die Verirrungen der Natur, die es zuläßt, daß Kinder ohne Arme oder Kälber mit zwei Köpfen geboren werden; *illa* sind auch die Klänge der großen Glocke aus Cuzco, die in den Bergseen versinken und sich dort in sagenhafte Stiere verwandeln, die in bestimmten Nächten auf die Gipfel der Anden steigen. Dem Klang und dem Sinn nach mit *illa* verwandt ist die Endung *-yllu*, die besondere, meist unheimliche Eigenschaften der Menschen und Tiere bezeichnet. Arguedas bewahrt diese Elemente, die Ausdruck einer bestimmten Denk- und Sozialstruktur sind, auch im Spanischen, was sich einerseits in dem formelhaften, fast rituellen Charakter mancher Dialoge und andererseits in den Assoziationen von Bildern, Gedanken, Gefühlen und Erlebnissen zeigt, die nicht auf logischen Beziehungen, sondern manchmal auf dem Klang (was in der Übersetzung leider meist verlorengeht), öfters aber auf dem ihnen vom Dichter zugeschriebenen und neuartigen Sinn beruhen. Eine in dieser Art zusammengefügte oder in Beziehung gesetzte Gruppe von Begriffen – etwa: Fluß, Musik, Vater, *zumbayllu*, Felsen, Macht, Botschaft; oder: blutige Flüsse, brodelnde Steine, versunkene Glockenklänge, Stiergebrüll – hat als solche keine von vornherein gegebene Bedeutung; sie wird erst dank einer besonderen dichterischen Absicht im Rahmen der Handlung sinnvoll.

In analoger Weise wird jedes Ereignis, das nicht zu dieser Welt gehört, sie aber in irgendeiner Art berührt, erst dann erklärbar und verständlich, wenn es in deren eigenen Begriffen gedeutet und damit – wenigstens in der Vorstellung – in sie integriert werden kann. So werden die schneidigen, selbstbewußten, jungen Offiziere, deren Abzug die jungen Mädchen zum Weinen bringt, als einen Tanz vollführende Masken gesehen, die aus verborgenen Höhlen in den Bergen kommen, wo sie ihre unheimliche Kunst – das Töten – gelernt haben.

Was mit Hilfe der zu dieser magischen Welt gehörenden Begriffe nicht gedeutet werden kann, erscheint als böse, als unheimlich, als angsteinflößend. Die Schüler des Internats, die nachts auf dem inneren Schulhof ihre »Männlichkeit« an einer schwachsinnigen Frau erproben, sind Verdammte und Verfluchte, deren Seelen in der Hölle verbrennen werden. Die geistesschwache Frau aber ist sich ihres Handelns nicht bewußt; sie ist ein Opfer des Einbruchs der anderen, der unverständlichen Welt.

Das einzige Band, das – in der Wirklichkeit und im Roman – die beiden einander so fremden Welten miteinander verbindet, das einzige Element, das sie gemeinsam haben, ist der Kult. Die Priester, die Lehrer des Internats, sind die einzigen manchmal fragwürdigen Vermittler; die Kirche ist der einzige Ort, an dem sich alle versammeln.

Diese zugleich gegensätzliche und vermittelnde Stellung kommt in der Schilderung der beiden Priester, des Paters

Linares und des schwarzen Bruders Alberto, zum Ausdruck. Der Pater Linares, der Heilige von Abancay, ist der Rektor der Schule, der feurige patriotische Reden hält, den Mächtigen schmeichelt und Doña Felipa, der Anführerin des Aufstandes der Mestizen und Symbol der Gerechtigkeit, die Exkommunikation androht, der aber auch auf die Haciendas geht, um den Indios zu predigen und ihnen Trost zu spenden. Der bescheidene Bruder Alberto dagegen ist ein Neger, von dessen Augen es heißt, daß sie so demütig seien wie die aller Wesen, die die Welt wirklich lieben, und der seinerseits zum Opfer der anderen Welt wird.

Das Unheil, das über diese aller Gewalttätigkeit abholde Welt hereinbricht, wird durch die Grausamkeit der Menschen bewirkt, die dem anderen, dem Bereich der Masken angehören. Von Kapitel zu Kapitel häufen sich die drohenden Anzeichen, die grausamen Handlungen gegen Menschen und Tiere, bis sich das so angesammelte und angestaute Böse in einer unerbittlichen Katastrophe entlädt. Es ist der grausame Geiz des Alten in Cuzco, der seine Ernte lieber verfaulen läßt, als sie den Indios zu geben. Es ist die Grausamkeit der Großgrundbesitzer von Abancay, die das wenige vorhandene Salz dem Vieh verfüttern, statt es unter ihren Leuten zu verteilen, und die die Armee rufen, um den Aufstand der Mestizen – auch diese gehören beiden Welten an –, den Aufstand gegen die Ungerechtigkeit niederzuschlagen. Die Grausamkeit, mit der die Schüler die schwachsinnige Frau vergewaltigen und ihren Kopf erbarmungslos gegen den Boden schlagen, die Wut, mit der sie sich gegenseitig um das Opfer streiten, die Sünde, die sie nicht bereuen. Grausamkeit und Haß sind ansteckend, es sind Gefühle, die um sich greifen wie heimtückische Krankheiten und deren am Ende auch der Pater Linares nicht mehr Herr wird. So erhebt eines Tages der Schüler Lleras, über dessen Herkunft niemand etwas weiß und den die Priester aus Barmherzigkeit bei sich aufgenommen haben, die Hand gegen den schwarzen Bruder Alberto, ein Verbrechen, das, wenn auch an einem Neger, so doch an einem Träger des Priestergewandes begangen wird, und das deshalb nicht nur vom Beleidiger, sondern auch vom Beleidigten gesühnt werden muß. Dieses Verbrechen und Lleras' Weigerung, es zu sühnen, öffnet dem Unheil Tür und Tor. Auf der anderen Seite des Flusses bricht das Fieber, die »Pest« aus, das der Priester nicht mehr beschwören und das der Fluß nicht mehr aufhalten kann, weil Gott den Läusen, den Trägern der Krankheit, Flügel wachsen läßt, die sie herübertragen. Geräuschlos, still, auf nackten Füßen überschwemmen die indianischen Bauern die Stadt Abancay, nicht um dem Tod zu entgehen, den sie weniger fürchten als menschliche Gewalttätigkeit, nicht um sich gegen ihre Herren zu erheben, nicht um die Stadt zu plündern, sondern um die Messe zu hören, vom Pater Linares die Absolution zu erhalten und dadurch der ewigen Verdammnis zu entgehen.

So zeichnet der Autor durch das magisch-poetische Fenster hindurch die grausamen Gegensätze seines Landes, Gegensätze, die kulturell, sozial und politisch bedingt sind und die sich nur fragwürdig und vorübergehend gelegentlich versöhnen.

Durch das lange Zusammenleben am gleichen Ort haben natürlich beide Gruppen bestimmte Elemente aus der Kultur der anderen übernommen. Die ursprüngliche Bedeutung dieser Elemente aber wurde meist verändert, um sie im Rahmen der empfangenen Kultur verständlich zu machen. So wurden die Indios zwar schon während der Konquista zum Katholizismus bekehrt, doch im Pantheon der Andenländer leben Christus und die heilige Jungfrau heute noch einträchtig mit den traditionellen lokalen Gottheiten und Geistern zusammen.

Die Weißen haben sich ihrerseits indianische Legenden und Traditionen zu eigen gemacht, und in vielen Haciendas glaubt man heute noch an den Einäugigen, der in Mondnächten durch die Felder irrt, an das schwarze Pferd, das seine Artgenossen aus dem Stall lockt, um sie ins Verderben zu führen, und an die Goldschätze, die die Inkas in den Bergen versteckt und verzaubert haben, damit sie niemand finde.

Neben den Städten, die sich modernisieren, wo die Schranken des Kastensystems gefallen sind und wo die *rising expectations*, die zunehmenden Erwartungen der Massen, Probleme und Konflikte ganz anderer Art hervorrufen, besteht jene Welt weiter, die Arguedas beschreibt und die sich in ihrem Denken und Fühlen, in ihrem gesamten Erfahrungsbereich radikal von der anderen unterscheidet. Hier werden die Konflikte, die Gegensätze nicht von den wachsenden Ansprüchen der indianischen Massen, das heißt nicht von unten, sondern durch die unerträglich werdende Unterdrückung von oben ausgelöst. Arguedas hat diese Gegensätze erfaßt, erlebt und gespürt und sie mit einfachen erzählerischen und sprachlichen Mitteln im Rahmen eines Buches dargestellt, das man als indianischen Erziehungsroman bezeichnen könnte.

Das erste Kapitel wirkt fast wie ein Schlüssel zum Verständnis des Landes, wie die Miniatur einer gesamten Kultur, deren Gegensätze symbolisiert sind, wie die rituelle Darstellung des Geschehens, das in den folgenden Kapiteln ausgeführt und entwickelt wird. Bei seinem ersten Besuch in Cuzco, der heiligen Hauptstadt des Inka-Reiches, schlendert der Junge – der Erzähler des Buches – des Nachts durch die mächtigen Ruinen der Paläste und Tempel, aus deren runden Steinen ohne Ecken und Kanten er die Stimme der Inkas vernimmt. Morgens besucht er die Messe in der von den Spaniern erbauten Kathedrale, die der Blitz nicht trifft, weil er sie scheut. Sie steht an einem rechteckigen, nicht an einem quadratischen Platz – dieser stammte somit aus der Zeit der Inkas –, an einem Platz, auf dem die Bäume nicht wachsen können. So wie sich die christliche Kathedrale und der Palast der Inkas in stummem Gegensatz gegenüberstehen, so stehen sich in Peru noch immer Weiße und Indios gegenüber, verständnislos und beziehungslos, die einen als Herren, die anderen als Diener, denen es trotz einer nun jahrhundertealten Unterdrückung gelungen ist, in stummer und demütiger Zähigkeit ihre Sitten und Gebräuche, ihre Lieder und Traditionen zu bewahren.

Suzanne Heintz

Inhalt